U0606566

野人河

霍竹山

著

作家出版社

笑，不需要翻译，

哭同样不需要翻译。

——题记

第一章

　　树梢颤了一下，张连旭左肩突然一阵疼痛，地黄蜂蜇了似的。他伸手摸了摸，好像渗出了血。接着，他就感觉有点儿瞌睡了，眼睑直往下跌，月亮瞬间就变形了，月亮变成方方的木斗了，月亮变成长长的扁担了，月亮变成一个掉了一角的猪食槽子了——破猪食槽子的月亮，黑糊糊地从眼睛里坠落了下去。亮光光的野人河站起来了，亮光光的野人河扭起了秧歌，好像村里正月闹社火的伞头"老红火"，手中还挥舞着一把花伞向他走了过来。啊，对面的那座山怎么会翻跟头了，那不是耍狮子的许二牛吗？他的跟斗翻得最利索，一个跟斗就翻到他的面前了。张连旭还听到了一阵锣鼓喧天的响动，一棵棵树排成整齐的队伍，从秦直道上威武雄壮地向他走来。张连旭开始发烧，头好像刚从火堆里拨拉出来的一颗烧山药蛋；他想呕吐，胃里仿佛刚咽进去了好多的毛毛虫；他要说什么话，嘴里却流起口水来了——他全身没有一丁点儿的力气了。

　　张连旭是被会飞的七寸蛇咬了。七寸蛇毒性极强，而且天越热毒性越大。真是防不胜防啊，裹腿选了最厚的老布，一层层缠至膝盖；鞋子是一双帆布运动鞋，他还不放心，又特意在帆布上涂了一层烟垢。蛇最怕烟垢了，火柴头大的一点儿烟垢，足可以毒死一条大蛇。以至蛇嗅到老旱烟味儿便远远地逃走了，可还是没防住能在树梢间飞来飞去的七寸蛇。

　　算是走进了鬼门关，张连旭分明看到黑白无常冷笑着向他走

1

　　他就感觉有点儿瞌睡了，眼睑直往下跌，月亮瞬间就变形了，月亮变成方方的木斗了，月亮变成长长的扁担了，月亮变成一个掉了一角的猪食槽子了——破猪食槽子的月亮，黑糊糊地从眼睛里坠落了下去。亮光光的野人河站起来了，……张连旭开始发烧……

来，手里还摆弄着一条锈迹斑斑的铁链。多久了，阎王爷多久没给无常派活儿了？也是，这段时间没听说村里谁家老人走了。真是倒霉透顶，咋偏偏让自己遇上了，我张连旭不是怕死，我都是死过几回的人了！红卫兵两派武斗，他们"红公鸡"队攻打"八一五"革命派占据的县城，等到枪炮声真正响起时，他们中有人吓得尿裤子。下午两点，一名留着短帽盖的女红卫兵，哭喊着跑出掩体，被炮弹炸飞了，一块带着黑发的头皮，落在了他的眼前……从此，张连旭的梦里，经常下着满是腥味儿的红雨，他一次次从惊悚中坐起。有时在大雪中，他依然感觉舞蹈的雪片，是那名年轻女红卫兵血色的头皮在飞，眼前也就一地红雪。还有，他在子午岭考察秦直道途中的几次迷路，每次他都看到了黑色或者白色的死亡，已经像冰冻漫进了心头。

最危险的一次是在初春，他带的水和干粮一点不剩，两瓶暖夜的烧酒也喝得只剩一点！子午岭找不到任何可以充饥的东西，野菜还没长出来，去年的野果也似乎被鸟兽们吃完了，怎么找也找不到。他嚼了几天枯草和背坡上的残雪，身体里保存的那些热量，被一点点掏空，他实在走不动了。其实，走只能是徒劳，是把仅剩的一点热量毫无意义地送给子午岭八百里的林涛。这是早晨还是傍晚，太阳是升起还是落下？他想起了父亲。父亲曾是陕北红军，在肃反中，面对一颗颗人头垒成还滴着血滴的"塔山"，面对一张张昔日战友陌生而熟悉的面孔，父亲无奈地逃进了深山老林。父亲靠一条牛皮带度过了那个血色的春天。张连旭现在连这样一条牛皮带也没有。谁让他要回归自然，谁让他扎一条帆布的裤带？他看见父亲端着一碗香喷喷的煮牛皮带给他送来了，母亲还在上面撒了一些葱花滴了几滴香油，啊，父亲怀里还揣了一瓶老白干，父亲却没裹住酒的香气，他嗅到了，是酒香，错不了！母亲好像端来了一盆炭火，他感觉温暖多了……张连旭以为自己死了，咋阎王爷跟乡亲们一样，说着亲切的方言？他努力地想着，自己是迷路了，自己是多少天没找到吃的了，而后筋疲力尽地躺下死去了啊！现在，却像睡在母亲的热炕上，身体里的热量也使他的手脚可以动起来了，但还觉得饿，他想一口吃下一大锅的羊肉，他想一口吃下三升米的糕二升面的馍，再喝上一大盆钱钱饭。

阎王爷就不该收饿死鬼，还不被吃穷才怪哩！他喊了声："我饿！""醒了，没事了！"他仿佛听见了母亲的声音。他闻到了小米稀饭的味道，他睁开眼睛，是在窑洞里，是母亲一样的老婶婶给他端来一碗稀饭。他想坐起来，他没有力气。婶婶也叫他躺着，用瓷调羹喂他喝……后来，婶婶告诉张连旭，村子里有人看见一个红毛野人抱着他送到她家院子，毛野人像给他喂了什么东西，还给他喂了酒，因为他身上有浓浓的酒味儿——这倒也是，张连旭的背包里，装了老白干。哪有什么野人？只不过是乡亲们一种美好的心愿罢了！他们将传说里的毛野人，当成救苦救难的观音菩萨似的，年年给他们送真金白银来，让他们一次次渡过艰难。更有人说，毛野人经常会给迷路的老乡指路，甚至保护被狼群围追的老乡回家。因此，乡亲们在窗花里，将毛野人剪成抓鸡娃娃，贴在节日的窗口上，毛野人俨然成了乡亲们心中的守护神。但张连旭宁愿相信，黑白无常嫌他是饿死鬼，怕他吃穷了阎王，才将他还阳送回人间来了。

——这回张连旭不是饿死鬼了！他才吃了野人河的水煮鱼，那味道完全是少年时代的记忆。他知道黑白无常来了，阎王终于给无常派任务了。可捉就捉吧，咋还让七寸蛇飞来咬他一口？人死离不了鬼，难道七寸蛇是小鬼幻化而成，是黑白无常守在子午岭森林里丑恶的"地使"！使着吃奶劲儿再看，果然是黑白无常，看无常都吃胖了，完全不是图画中瘦骨嶙峋的小鬼像，而是胖乎乎的。黑白无常还留着长发，一定是故意吓人的。张连旭感觉自己出不上来气了，他的脖子肿得像水桶一般粗，七寸蛇咬到他左肩上了。黑白无常跪下来，抱着他在疼痛的伤口用嘴吸了起来，吸一口血水吐出去，再吸一口吐出去，又吸一口血水吐出去……黑白无常转身钻进梢林，拔来几棵什么药草，在口里嚼碎了，涂抹在张连旭被蛇咬了的痛处，轻轻地抚摸着。黑白无常还嚼着什么东西，一口一口地喂

4

到他嘴里，黑白无常将他扛在了宽厚的肩上了，黑白无常是救他，还是要背他给阎王爷交差？他嗅到了黑白无常身体里山野的清香来了，是山丹丹花的，是蒲公英花的，是打碗碗花的清香……

一直以来，张连旭每到下午两点，恐惧准时来袭，使他痛不欲生，有时驴打滚儿似的在地上滚来滚去。而一次发病，父亲为让他坚强起来，给他讲了肃反一颗颗滴着黑血的人头"塔山"，谁知反倒加重了他的病情。他总是觉得有两个自己，一个若即若离地跟着他，绕着他转圈儿，在他身体的上空睡觉。可当他想走的时候，另一个"他"常常伸过来腿使绊儿，故意摔他一跤；他要睡觉了，"他"走进梦中一阵组合拳、连环脚，他无奈地蹲起来；没等蹲稳，那个"他"会揪住耳朵，迫使他原地站起；可站着那个"他"还是不允许，"他"会骑在他的肩上，"驾、驾、驾"地挥着皮鞭！

张连旭是研究秦直道的学者。几年来，秦直道像拴在他生命脖子上的一条锁儿线，真的系住了他的灵魂，让他欲罢不能。"老三届"毕业，其实是跟张连旭一样的农村学生没多大的关系，他家在农村，也没有上山下乡当"知青"的份儿，可也没人再给他们命个名儿，张连旭也就"老三届"了。因为父亲老红军的身份，他被推荐上了工农兵大学。在大学历史系，张连旭才明白了，从他家垴畔山经过的那条南北走向的古道，原来是被誉为中国古代高速公路——也是世界第一条高速公路的秦直道。毕业后，张连旭被分配到了地区文管所工作。正好，省考古研究所有一个关于秦直道走向的研究课题，他主动申请，于是秦直道这条锁儿线，就拴在了他的脖子上了。

秦直道在子午岭隐入老梢林里面，神龙见头不见尾，张连旭几次死里逃生，却不放在心上。他给自己立下誓言，不完成秦直道考察，绝不再婚。提起失败的婚姻，张连旭心头隐隐地疼了起来，他甚至觉得自己遭到报应了。因此，他也不敢再想婚姻，而是将秦直道的研究，作为他人生最有意义的生命工程去完成。张连旭经常会自言自语：司马迁的《史记·蒙恬列传》中说，"始皇欲游天下，道九原，直抵甘泉，乃使蒙恬通道，自九原抵甘泉，堑山湮谷，千八百里。道未就。"但这"未就"之道究竟修筑到了什么程度？是指秦始皇在崩逝沙丘，蒙恬含冤而死之际，秦直道其实没有完全竣工吗？那秦直道作为北方军事与政治的战略要道，是秦二世胡亥还是西汉初期才修筑完工的？

真是一个千古之谜，一道无解的代数！张连旭多少年来苦苦求索着，却好像陷入一盘总也下不完的象棋残局里了。

长年在野外考察秦直道，妻子已跟张连旭离婚。因为没有真正意义上完成考察，就没有形成关于秦直道的学术考察报告，自然无从谈及研究成果。张连旭只是一名默默无闻的考古学者，人们在没法称呼他时，就叫他"张考古"。他随大家的便，人家叫他啥他就应答啥。名字也好，绰号也罢，不过是一个可有可无的符号。只是对于称他"老师"的，他要强调一番，他享用不起，"老师"是神圣的，不能滥用。让人更觉得他迂腐呆板十足，缺少灵活，甚至有些神经兮兮。

张连旭把微薄的工资都用于秦直道的考察。

最初不得不雇向导。农忙时节，每次从咸阳五陵原出发时，虽然他不迷信，但还是在心里默默祭奠这些西汉诸帝，护佑他考察顺利，"不要节外生枝，也不要鬼迷心窍"——这是他这些年来的口头禅。然后，沿着秦直道的痕迹或者秦直道可能经过的地方，俨然奔赴战场，打着裹腿，一个村子一个村子向北走去。

历经两千多年的风雨沧桑，在更多的时候，秦直道真的像在跟张连旭玩捉迷藏的游戏，在一个村子里突然远远地躲藏起来，需要他细致地寻访，甚至不得不挖地三尺，顺藤摸瓜，一步一步在荒草丛中发掘找寻。一次两个乞丐不知所以然，竟跟着张连旭在草丛里边走边找了半天。

这可能与老乡们传说的毛野人不无关系。

有一个红毛女野人，在村子里来去时，要是吃了谁家的瓜果，一定会撂下一个五十两的银元宝。老乡们就盼女毛野人能光顾自家的田地——那将是一家人几年的收成。可是红毛女野人不是天天都来，在庄稼成熟的季节偶尔像是来村子里串亲戚似的，来那么少得可怜的几趟。也有人说，红毛女野人似乎要找一个如意郎君，是来村子里相亲的。于是，就有光棍汉盼女毛野人哪天走进自己的屋里，那不仅是一桩美满姻缘，更等于坐拥吃不完花不尽的银元宝！人们更多猜测，红毛女野人其实是马栏村那个带着小老婆躲藏到子午岭的老地主的女儿，算起来老地主应该作古了，而他在森林里长大的女儿，大概到了谈婚论嫁的年龄，但子午岭森林里再没有人家，他女儿耐不住孤独枯寂就跑出森林来了——要不哪来这么多的银元宝？

而有人循着女毛野人踪迹寻找时，听说就有意外捡到银元宝的美事儿。

过了口镇，地势渐次增高，路上的车辆行人也渐趋少了起来。张连旭像一个人在拍一部什么电影，孤独地走在起伏的黄土塬上。这一段路不需要向导，对这一段秦直道的走向，张连旭已经了然于胸——走在自己探明的秦直道上，对于张连旭是一种享受，这就像农民望着堆在场院上的粮食，然后点燃一锅老旱烟，喜悦之情只有自己心里最清楚。

又像是从哪一部电影里走出来的。一人一棍一背包，像当年的八路一样打着裹腿。一位关中老汉一边走一边好奇地打量着张连旭，回头却操着关中土语叫了起来："狗日的！我的驴子呢？"张连旭不由地笑了：老汉身后拉着一根驴缰绳，驴子早不知什么时候溜跑了。老汉返身寻驴，拉着驴缰绳跟在张连旭身后，前后左右地又瞅了一遍，不解地问张连旭："老乡，拍什么电影，怎么一个人啊，也不见个摄影影的？"

"不是，"张连旭说，"我是考察秦直道的，为防止毒蛇咬就缠了裹腿。"

"是不是皇上路？我给北京和西安来的人带过路，他们都坐着小车，你咋一个人走？那还不走到猴年马月了！"老汉很热情。

"是啊，"张连旭说，"我都走了几年，还没完整地走过一回，只是重复着自己走过的路。"说着，递一支香烟到老汉手里，并给老汉点上火，自己也点了一支。

"皇上路有什么好走的？谁又没在路上撒了银钱，真是吃饱了撑的，你们城里人就爱没事儿找事儿！"老汉抽了一口香烟说。

"不是的，"张连旭说，"我上大学时的理想就是要完整地走一回秦直道，可直到现在，我还没弄清它的准确路线。"

"弄明白了又能怎样？"

"你不知道，"张连旭说，"秦直道是咱中国最早的高速公路，当然也是世界第一条高速公路，我们研究古代历史，道路是重要的实物资料啊！"

两人就这样无拘无束地走着说着，老汉看见他的驴子了，远远地骂了一声，"狗日的——"黑毛驴儿听话似的站住不动了，也不再低头吃草，只是时不时地甩着长耳朵，拍打蚊蝇。老汉与张连旭握手辞别，提着缰绳去套毛驴儿。张连旭心里说，真算配成了一对儿，犟驴倔老汉！可老汉这回能顺顺利利地拉回毛驴儿吗？老汉刚才说过，他的驴犟着哩，又鬼精的贼，不晓得怎么把缰绳一下就脱了，吃得肥胖，狠见了喜欢。他看着老汉给驴子套上笼头，而后轻松一跃骑上了驴背，原路往回走了。黑燕皮毛驴儿耳朵一竖，迈开银蹄走了过来。老汉向张连旭挥了挥手，似想起了什么，又回过头说："要不，我把驴子借给你，四个蹄的总比你两条腿走着好啊！"

"不用，"张连旭说，"推碾碾磨，家里少不了驴。"

"没事儿，我没学问，可是我喜欢有学问的人。"

老汉说着就溜下驴背，给张连旭递过驴缰绳。张连旭婉言谢绝老汉的好意："这次我是不走回头路的，要是骑了你的毛驴儿，我还得原路返回来还驴。"

"不用你来还，你哪天不想骑了，喊上一声'回去'，我的毛驴儿自个寻上回家。"

张连旭见老汉诚心让驴，就不好意思地说："这样行吗？要是你的毛驴儿回不去，我上哪儿去给你找驴？"

"你不是要找皇上路？就一边找路一边找驴嘛！"老汉说笑着转身走了。

"那我，"张连旭感激地说，"那我代表秦直道谢谢你！"

"不是秦直道，是皇上路——"

"好吧，就叫皇上路。"张连旭问，"老人家，你家住什么村，你贵姓啊？"

"白鹿原上，白来问。"老汉回头应声，而后扬长而去。

老汉的关中土语，让说陕北方言的张连旭听了觉得好笑，"白来问"，这算什么名字？又想老汉也许不是说姓名，而是一句什么土语？看着老汉远远地走了，他才拉上毛驴儿前行。

毛驴儿好像听明白他俩对话似的，目送主人远去，跟着张连旭上路了。

晚上，张连旭住在距淳化县城几里远的一个村庄。骑着毛驴儿，自然不能到县城的旅馆里去住——这正好省钱。借宿下来，他给毛驴儿饮水，驴子不喝，甩着头躲闪，想来是白天在哪儿喝饱了不渴吧，户主人便帮他把毛驴儿喂在圈里。张连旭跟户主人要了一些剩饭，泡着开水吃了，然后倒头就睡。可他却像翻烧饼似的怎么也睡不着，"八百里秦川，不如陕北的边边。"意思是关中人不厚道，刁钻狡黠，以至圣人孔夫子西行都不入秦来。眼见为实，显而易见是谬论，看这关中淳朴的民风，一如他贫穷的陕北老家。

老娘今年六十有二，盼抱孙子都快把眼睛熬干了。自己倒好，婆姨离婚走了，也不敢跟父母说上一声。他是该与村里的枣花结婚，谁让自己不知好歹，上了大学后，就变成了负心汉，将枣花的爱情当成遮凉的草帽，不分青红皂白就扔掉了，也让母亲在村子里从此抬不起头来。前年春节回家，他看见坐娘家的枣花，怀里抱着一个孩子，身后跟着一个孩子，枣花看了他一眼，有些不好意思，远远地躲开了……

婆姨骂张连旭："跟你该死的秦直道过日子去！"

想起秦直道，张连旭便感觉来了精神，这条从他老家垴畔山上通过的古道，乡亲们都称为"圣人条"。村里人家处理房顶，都挖圣人条上的黏土，不仅雨水渗不下去，而且又不生杂草。更有人说，用圣人条上的土能沾圣人的灵气哩！后来张连旭上了大学，专业就是野外考古。可气的是张连旭属于典型的书呆子，在学术界两派争论秦直道的走向时，单位急着要他形成考察报告，他却以根本没弄明白为由一口拒绝。但固执也给张连旭带来了麻烦，领导将秦直道考察项目取消，张连旭从此没了考察经费，可他还坚持自费考察。

单位有人说他中邪了。因为一次吃饭时，张连旭说他在子午岭的梢林里，看见了一个红毛野人，从山坡一闪而过，速度快极了，像一道红色的闪电。同事开玩笑说，那一定是一个母野人，走起路来两个大奶头在胸前一甩一甩的，在向你示爱哩！张连旭较真地说："我真的看见了红毛野人。"另一个同事说，你瞎眉绽眼的，一定是把猴子什么的看错了。"不是，"张连旭说，"野人比我还高大，壮得像一头犍牛，怎能和地蘑菇一样的猴子混淆？老乡们也说毛野人吃了谁家的瓜果，就往下撂银元宝哩！"

尤为甚者，说他在野外考察丢了魂，要不也不会跟秦直道较上劲儿。最关键的是他考察多年没见一点成绩出来，这就有点像一只不能下蛋的母鸡，又不会叫鸣，结果可想而知。不仅如此，张连旭从不与各路的专家学者们提及秦直道，人家说起秦直道口若悬河，大体是亲自考察了多少次，并得到了学术界某大师的认可。张连旭却没有，他十余年来每次考察，好像只是为了一回旅行，为了风吹日晒得黑不溜秋，为了锻炼身体和磨炼意志。

"广东佬"却打心眼地钦佩张连旭。而且那种钦佩无以言表，是融入在血液里的。广东佬直至退休还经常跟人说起，作为文物学者、作家，张连旭用了半生的时间考察秦直道，并多次徒步踏查走完秦直道全程。从路面勘探、绘制柱状剖面图，到对每个勘探点的GPS定位，最后连接每个勘探点形成秦直道线路走向图，是一项人生值得骄傲的大工程。一次，广东佬跟张连旭聊天，说到张连旭在子午岭秦直道遇到了故事里的毛野人，以及张连旭跟毛野人的故事，一直以来让他深为感动，又与张连旭一样深感遗憾。后来，张连旭时而怀疑毛野人是外星来客，时而又说毛野人是马栏村带着小老婆逃进子午岭那个老地主的女儿。广东佬倒觉得，不管外星人也好，地主女儿也罢，张连旭和毛野人的故事，是一部传奇的长篇小说。张连旭说他再也拿不起笔了，他也没力量写作了。

而在张连旭的心底，大秦的铁骑像一支穿透历史的利箭，在直道上一回回驰骋而过，静夜里，他都能听到马蹄哒哒奔驰的声音。"大秦"的大纛所指，匈奴狼旗倒地，牛角声咽，马群如潮水般地退去了，河套并入大秦版图，万里长城已修筑在阴山之上……在很长一段历史的时空里，烽熄烟灭，边塞安宁。随之而来的是民族大融合的太平盛世，这才使得"胡人不敢南下而牧马，士不敢弯弓而抱怨"，这才有了李太白诗中"秦王扫六合，虎视何雄哉！挥剑决浮云，诸侯尽西来"的无限快意。

这是一条何等辉煌的路啊！

第二天，天刚麻麻亮，张连旭谢过户主人，乘凉早行。看着他一人一驴上路，户主人笑说："你倒像《西游记》里取经的唐僧，骑着白龙马。"

"哈哈，"张连旭不好意思地笑了，"我骑的可是一条黑毛驴儿；再说，我也没有像孙猴子、猪八戒那样神通广大的徒弟啊！"

"你这是重演《西游记》。"

"你抬举我了，谢谢！"谁都爱听好话，张连旭心上也美滋滋的，人说"关中没山汉，人人有学问"，此言不谬。

走上秦直道，张连旭还在想着取经的事，要是他真的有一个孙悟空这样的高徒，这千八百里的路程，一天还不转几个来回。特别是湮没于田园以及丛林中的秦直道，唤来土地老儿一问，不就清清楚楚的了！还用得着他一年年一次次地发掘考察吗？

张连旭注意到，他考察秦直道的时间，已远比蒙恬修筑秦直道的时间要长了。秦始皇于公元前212至公元前210年，命蒙恬监修这条重要军事要道。不过三年的时间,一条"道九原,通甘泉"的直道应该大体上竣工,紧接着以黄河为塞的九原郡,迎来了大批屯垦的移民。他的先祖可能就在这些移民当中,抑或到了咸阳还走过这条秦直道。因为张连旭家族里流传下来一句话,祖上曾是江南水乡人。这跟陕北大秧歌,又有一定的渊源关系,秧歌即是插秧耕地的劳动生活,是乡亲们对曾经的水乡生活的一种来自骨子里的想念。

现在,张连旭要第二十五次从秦直道的一个端点即淳化县甘泉山出发——这是他深信不疑的甘泉宫的位置所在,寻觅没入历史烟尘中的秦直道,一如第一次的激情。加之野外考察经验的积累,必备的方便面等食品和药品,以及香烟、雨伞、草帽、指南针、照相机、胶卷、手电筒、电池、换洗的衣服、一顶简易单人帐篷,还有属于他精神层面的陶埙等等,他背包里装的可以说是野外生活的家。这次他还多了一条黑毛驴儿做伴,尽管它"白来问"主人,说它"鬼精的贼",但张连旭感觉黑毛驴儿很是尽职尽责,丝毫没感觉到它有随时溜之大吉的奸猾。当然,他不准备给它脱缰的机会,这也许是它忠于职守的前提。

行十余里,经过一道沟渠,开始缓缓入山上塬,视野顿时辽阔。山塬看似一马平川,但张连旭知道这就好比戈壁滩上的海市蜃楼,完全是一种视觉上的假象。在刺槐、松塔、马茹子组成的灌木丛的后面,其实是一条条支离破碎的沟壑。洪水是最随意的大地行为艺术家,切割、刨挖、雕琢,它似乎从不考虑作品的细节,便让一道沟渠粗粝地呈现在了我们面前。它当然从不模仿,千条万条的沟壑就没有一条雷同的了。这是人们对千疮百孔的注解,这也是人们对千篇一律的鄙夷。

骑在驴背上,张连旭"嘘——嘘——"吹起了陶埙,感觉真是别有情趣。陶埙是他上大学历史系开始唯一喜爱的乐器。这些年来,这只陶埙一直陪伴着他,忧伤着他的忧伤,疼痛着他的疼痛,最直接地表达传递着他的心声。快乐对他而言,似乎不复存在,再说陶埙也不适合表现欢乐,这也许又是他特别喜欢埙声的根本所在。在他听来，只有埙的声音，才是真实自然而和谐的。埙以水火相和而后成器，亦以水火相和而后成声。而且，陶埙具有的远古的声音，又与他野外考古工作的本质极为相近。埙声表现的是杀伤性的穿透力，如白露里的秋风，所到之处，虽说是满地落叶萧瑟，但你不能无视枝头的果实，果实在埙声里光彩照人，果实在埙声里妖之艳之。尽管更多的时候，他只是随心所欲"嘘——嘘——"无腔无调地吹着，他心底却能感受到幽深的埙声里果实的真实。

"嘘——嘘——"的埙声里，一只什么鸟儿落到他戴着的草帽上了。鸟儿啊鸟儿，你才是我张连旭的知音！轻轻吹着陶埙，他却想着要是这一路鸟儿能在草帽上筑起一个巢来，那才是他埙声的一种境界。再者，要是鸟儿能在他草帽的巢里下蛋并孵出一窝小鸟儿，那便是高山流水，觅得知音的大境界了——人生的高度上有这么一窝鸟儿足矣！

在文管所上了班后，张连旭感觉一直在被不断地边缘化，单位工作虽说各干各的，但绝不是各行其是，好比一架古代的摆钟，每个齿轮的转动，不是随心所欲的，而是必须服务于时间。同事们都像是心有灵犀，总能够围绕着一个时间的中心转圈，他却难以心领神会，像是被甩在了时间的圈外。后来，他总算悟出了一些道道，单位工作的中心其实是大小领导，对他而言，便是文化局长和文管办主任，领导就好像钟摆，他们大小齿轮必须跟着钟摆的节奏转动。他知道这跟摆钟的原理正好相反，可这才是硬道理。领导就是"理部"，领导的眼色就是工作的方向，领导的话就是皇帝不可违背的圣旨……谁知悟到这些之后，他却被奇异的离心力甩得更远了。他再三思考，终于又明白了，原来他像吃草的动物，大家都习惯他的素食主义，他现在忽然异想天开地想吃荤，谁能接受得了！让他痛心的是，他压根儿就没打算变换口味，他只是知道了他不该知道的。单位里就没了知音，只有对手。

结婚之后，本以为有了知音，他当护士的妻子说不上怎么漂亮，但也对得起观众。原想他一个农村出来的，找了个城里女子，也算门当户对了！没料到他的护士妻子市井小民不说，还是个冷血动物，整天绷着一张职业的脸，像是他少短了她什么。单位分了房子，虽说仅几十平方米，但他布置得足够温馨——他已经努力做了。家里其他事情都还能应付，夫妻生活可不是一个人做得了的，那是舌尖上的美好等待，是眼神里的一个祈盼，是渴了一杯冰糖水的抚慰，是饿了能顶饱的半夜知心话，是夫妻两个心灵和谐的二重唱和合唱。护士倒好，他这边想唱了，她那边要猴似的"当、当"地敲起了锣，他酝酿好的一点情绪瞬间被抛到九霄云外了。他这才明白"人生得一知己"的重要。

鸟儿啊鸟儿，你真可谓我张连旭的知己，你就在草帽上筑巢吧，你就在草帽上生儿育女吧，我绝对不会打扰你的清静，我还要为你遮风挡雨！鸟儿却像听腻了他的"嘘——嘘——"埙声，鸣也没鸣一声就飞走了。鸟儿是不是将我当作骑驴的稻草人了，是我自作多情！可这已经够了，他在心里一样感激不知名的鸟儿，在他的埙声里停住飞翔，在他的草帽上歇息，它依然是他一生的知音。

到老乡们称作"大圪垯"的汉云陵了。

张连旭跳下毛驴儿，盘上缰绳，让驴子随地吃草。四下无人，他对着形如覆斗的封土堆作揖参拜。汉云陵是汉武帝的爱妃、昭帝之母赵婕妤的陵墓。这也是秦直道"道九原，抵云阳"的起点。

云陵故邑的废墟，四周城墙依稀可辨，城内瓦砾遍布，杂草丛生。残瓦陶片，似在向张连旭诉说着什么。他随手拾起几块绳纹板瓦的碎片——在这些时间断裂的碎片上，张连旭好像感觉到了古人的体温，抑或古人无言的话语。在一块瓦片上，张连旭意外地发现上面竟是西汉五铢钱的模印——这难道是守陵人偷铸钱币的实物，还是他们在寂寞的时光里，在捡拾起的一块板瓦上刻下的时代印记？

天已晌午，收藏起"五铢"钱模，张连旭牵驴朝铁王镇赶去。今天是铁王镇的集日，他要在那里搜寻关于秦直道的实物资料。五年前，也就是张连旭第十四次考察秦直道的行程中，他曾在铁王镇红崖村住过两天，在老乡家里他发现了云纹瓦当和铺地花纹砖。之前，村子里一定有一处历史性的古建筑，历历在目的残砖破瓦，就是确凿而有力的证据。特别是不同形制的铺地花纹砖，隐隐地在向张连旭透露着一座宫殿的信息。他还拾到了一块素面无纹和一块刻画着纹饰的战国半瓦当，泥质灰陶，均为半圆，因此称为半瓦当。说明早在秦汉之前的战国，这里就有一处古建筑。秦汉又在战国的基础上进行扩建，或者是部分的重建。更多的是一些残存的历史痕迹，陶器皿下面力士形支腿，作为摆设的陶马鞍子——上面足可以骑下一个几岁大的孩子，还有应该属于殉葬的陶牛陶羊陶猪等等。

古人太过吝啬，即便一个历史大事件，往往一笔带过，给后人解读历史留下无限的遐想。而文物就好像这一历史事件穿过的衣服。张连旭从中便可知衣服主人的身高体重，甚至健康状况。还有，那是一个王孙公子们宽袍长袖、峨冠博带的时代，而不是中山装或者西装革履的现代……

第二章

    张连旭好像又活过来了。他听到了小河流水的声音，他冰冻了的心现在感觉到了温暖。但他的头沉得似抓粪筐篓，不，是结在瓜蔓上最大的一颗南瓜，在秋风里直往地上掉。黑白无常是将他送到地狱来了，地狱里没有一点光亮，地狱的天空也没有星星，地狱里却流淌着人间的河流，看来阎王爷也要洗澡，小鬼们也要吃喝拉撒。黑白无常是不是忘了在他过奈何桥的时候，给他喝一碗孟婆汤，而使他现在还清楚地记得秦直道，记得他是被七寸蛇咬了。左肩膀还没有感觉，像打了足够多的麻药。

    流水声里，张连旭感觉到了一股温热，阎王爷真会享受，还洗着温泉澡呢！也是，小鬼们一定不会为给阎王爷找不到温泉而发愁，地热首先得通过他们的地盘，而后才到人间的。他也嗅到了水汽，嗅到了一股山野的芳香，怎么是子午岭山野的芳香？难道阎王殿在子午岭的山里，还是黑白无常整天奔跑在子午岭上，身体吸收了太多山野的气息？不，是阎王爷喜欢花儿，小鬼们将子午岭上芳香的花草移植到阎王殿里来了。张连旭分明感觉这芳香就是从身边飘散出来的，是从铺在身体下的柔软草褥里散发出来的。剩下的就是浓浓的中草药的苦味儿了，其中甘草是他可以分辨的味道，他实在想不明白了，黑白无常这是何苦来着？对了，无常是不是以为自己害了什么可怕的传染病，担心在阎王殿里扩散开来，而先要替他治好这种传染病？他想喊，我这不是什么病，而是被七寸蛇给咬了。可他怎么也喊不出声，嘴吃力地张了张，又无声无息地合上了。

张连旭肚子也有些饿了，这黑白无常跑哪儿去了，也该送饭菜来了吧！右手还能动弹，他摸了摸周边，阎王殿不该是这个样子啊，尽管一片漆黑，但经验告诉他，这是一个山洞，一个较为宽敞的山洞！他摸到了一个小石块，他挣扎着扔出去，他听到了石块碰撞洞壁的回声了。他又试着向上扔石块，山洞并不高，感觉也就十来米。黑白无常咋把自己背到山洞里了，是想敲诈他要一笔买命钱？他们也许不知道他没钱，他是月光族！阎王殿是不是也闹革命？或者是父亲经历的肃反，或者是红卫兵武斗？看来阎王殿也不干净，难怪他看见黑白无常捉人的铁链都生锈了！

现在，张连旭确实饿了。不能胡思乱想了，越想越饿，也许还不到开饭的时间，黑白无常不会撂下他不管的。

——他将毛驴儿寄养在镇子外边的一户人家里，然后只身进镇。肚子叫了起来，他在一家小饭馆里吃了一老碗"裤带面"，随着人流转了一圈，便在镇子显眼的地方摆下一个"收购古物"的小摊点，并摆上他刚捡到的"五铢"钱模。"收购古物"四个隶书大字，出自地区最有名书法家徐缓之手，徐缓坚持"隶行天下"，并以身作则，大家都说徐缓的隶书写到了秦汉的水准。张连旭请徐缓在一块白土布上写上"收购古物"的招牌后，又在白土布的右下角盖上了单位的公章，以此证明他是文物工作者，而不是文物贩子。可无论他走到哪里，这个收购摊子一摆开，谁都看他像是一个走村串巷的文物货郎了。自然有人请他去家里看一些文物，并与他商量能给怎样的收购价格，他们眼里的文物，更多的是值多少钱，能不能为家里换来一台收音机什么的新潮物件。

张连旭去看东西，却很少购买。一是他没有专门收购经费，另外一个原因是他也不想让这些文物拖累住了他的考察行程。除非是与直道有关的东西，除非是重要文物。更多的时候，他只是拍一张照片，并记录下文物的名称、发现地点、时间。他想着等他的秦直道考察结束之后，他要编写一本《秦直道民间文物》的著作，来介

　　流水声里，张连旭感觉到了一股温热，阎王爷真会享受，还洗着温泉澡呢！

绍秦直道的文物，介绍秦直道的风土人情。

张连旭常常因此收获颇丰。

一次在一座古城遗址，他通过老乡介绍，花两元钱买了一个"月饼模子"——老乡们误以为雕刻各式纹样的瓦当是古人做月饼的模子。上面四个篆书是"阳周□宫"——这不是秦汉大城阳周所在地吗？可惜一个字破损严重，已没法辨认，却丝毫不影响它作为一个重要历史事件的物证。

始皇、蒙恬、扶苏、汉武帝。

长城、直道、桥山、黄帝冢。

透过这几个与阳周最直接的关键性历史人物和大事件，张连旭觉得真实的阳周一下浮出了历史的水面。而之前史学家所指的阳周其实是错误的，不仅与直道的时空距离完全错误，而且与作为秦皇重镇、汉武行宫阳周的气派不相符——那所谓的阳周遗址，充其量是秦汉时期塞上的一处古城堡，或者军营要塞。

一段东西走向三四百米长的土城垣，残高五六米，下宽四五米，上宽两三米，夯层清晰，每层厚约八至十六厘米不等，整体呈现的是黄褐色。但仔细一看，每一个夯层用土明显不同，略薄一些的呈白色，且几层中间夹着一层，最厚的一层呈褐色，还有一层像是黑黏土，还有一层像是黄黏土……筑城用土如此讲究——这是张连旭在任何一处古城遗址都没有看到过的。这是典型的秦汉建筑工艺，这些夯土层就像历史的年轮，张连旭可以从中看到一个伟大而兴盛的朝代。

还有出土的文物，"大泉五十""小泉直一"的钱范，他看到了几块完整的，并且阳范、阴范皆有。而村里在"农业学大寨"时引水拉沙，一夜水声哗哗不停，第二天早晨人们在水渠里发现了大量"货布"，经文物部门整理，共计两万多枚，都是新朝王莽时期的。这是否在暗示，阳周一夜间毁于匈奴的战火？

就是在这个叫杨桥畔的村子，张连旭却在村子外看到县上立了一块重点文物保护的碑，写着"宥州古城"。张连旭生气了，真是关羽战秦琼，驴头对马嘴！他回去后，写信给那个县的文化局及文管所，要求纠正，却无回音。

而在另一次阳周之行中，他意外地发现了一个上腹阴刻"阳周塞司马"的陶罐，字体为汉隶，但蕴含篆味，有明显的小篆向隶书过渡的特点。

……

一支烟的工夫，张连旭的摊点前便围来了老乡。他们说着自己捡拾到的东西，有犁地捡到的半两钱，有割草拾得的古印章。一个小脚老太说，她小时候在麦田里放水，挖得一个足有半人多高的红石头大鸟。张连旭问："你家住在哪个村庄？那你挖的那个石鸟还在不？"

"梁武帝村。红石鸟就在我家柴垛下垫着哩。"老太太随口说。

"梁武帝村，那你能带我去看看吗？"张连旭对这只红石头鸟产生了极大的兴趣。

"行啊，只是我走不动了，要等集散了，坐村里来赶集的拉拉车一道儿回。"老太太银发红颜，看上去十分硬朗。

"我有毛驴儿，你骑我的驴子可以吧。"张连旭征得老太太同意，便收起"收购古物"的摊子。老太太走起路来略显吃力，骑驴却很在行，一条腿半盘在驴背上，一副悠然自得的神态。张连旭不由想起了奶奶，一双小脚走起来咯噔噔的，却就是走不出路程。从他记事开始，他就跟奶奶比快慢，奶奶还要赖，用拐棍钩住他。他曾试着穿奶奶麻雀大小的高木底儿鞋，一步也走不了，直往前里跌，真不知奶奶是怎么走的。奶奶走后，他将奶奶的绣花木底儿鞋留了两双。在大学期间，他曾向同学们展示奶奶的绣花高木底儿鞋，大家都一脸茫然，认为不可思议。一个女同学拿她的高跟鞋对比，感叹原以为所谓"三寸金莲"，是文学作品里故弄玄虚的写法，才知不是夸张虚构，真不敢想象她们走路的优雅姿势。历史系的女同学，人人追求新潮，又向往传统意义上的淑女，可惜谁都淑不起来，便一个个显得有些精神错乱。

在老太太家人的帮助下，张连旭从柴禾下小心地弄出石鸟，他大吃了一惊。这是一只用红石头雕刻成的朱雀，出土于早已变作麦田的甘泉宫。在他看来，这可以与他前年在洛川塬上收集到的"燕王直剑"属于同一个级别。"燕王直剑"现藏地区博物馆中，是镇馆之宝。而这只代表南方神兽的红石雕朱雀，雕刻之精细，造型之精美，是前所未见的。一根一根的羽毛，似乎可以迎风而起，朱雀是在欲飞而未飞的瞬间，被定格在这块红色石头上的。

啊，怎么说呢？张连旭已没法形容这只红色的朱雀了。他在心里说，这是一只火凤凰，这是秦汉石雕艺术的代表性作品。可哪里竟然有这种美如宝玉的红石？毫无疑问，就是现在将这只红石朱雀搁置在甘泉宫遗址的废墟上，也一定会使那永远的苍凉大放异彩，并且充满生机。甘泉宫——这座秦直道起点的宫殿，曾经是多么金碧辉煌！

老太太说："柴垛儿着过火，将这石头鸟都熏黑了。"

"噢，真是，"张连旭抚摸着红石朱雀说，"我说怎么像火烧过了似的。"他在心里想，将"火"置于柴下面，不着火才怪！也许正是一年年的柴禾堆救了它，要不，怕是不被淘气的孩子们损毁，也难逃文物贩子们的贩卖。"若要富，挖古墓，一夜变成万元户。"国家多少珍贵文物，就是让这些吃文物饭的败类给糟蹋了，这也成了这一时期以来文物空前的灾难。

老太太家里光景很好。宽敞的五大间瓦房——与周围邻居半地穴的窑洞反差很大。正屋顺着后墙摆放一只三堂清柜，柜子上是一摆溜作为装饰的长脖子西凤酒瓶，两边摆了一对绘有"渔樵耕读"图案的花瓶——应该是民国年间的老东西，体现了主人家的富裕和修养。柜子两旁摆放着一对太师椅，虽然多少与农家生活有些不是很般配，但看上去却一点也不扎眼。一家四世同堂，和睦的家庭氛围里，张连旭感受着村居的舒适与惬意——秦直道一路是淳朴的民风啊！

"这只石头鸟，是国家文物，我们应该给它找一个安身的地方。"当张连旭说出了要征集石朱雀时，老太太通情达理，说："不就是一圪垯子石头，只要对国家有用，你拿走好了。"

"不行，"张连旭说，"我们要给你征集文物的钱，等我回去了，还要给你寄来荣誉证书，也就是奖状。你说，要多少钱？"

"那就给二十块吧。"老太太很痛快。

"我给你一百，"张连旭说，"其实，这只是一点小意思，文物是不应该拿钱来衡量的。钱没了我们可以挣，可是，好的文物具有历史性、观赏性、唯一性，是不可再得的。"

"有用就好，我没白把它捡回家来，没白受一回累。"老太太很高兴。

老太太一家的厚道，让他的一声感谢显得是那么的做作！他们谁也没想着这是一件文物，更没想把红石朱雀与金钱画一个等号。也许老太太当年挖出它时，只是感觉它的漂亮，不应该让它沉睡在田野里，应该给它一个家，就像给猪挖坑给羊圈圈一样，让红石朱雀有一个归属的地方。从洛川塬上的"燕王直剑"，到梁武帝村的红石朱雀，张连旭不知怎样才能表达他一个文物工作者心底的敬意，代表国家说出对自己人民的敬意。多好的人民啊，在危难之际喊着"匹夫有责"的人民，在困难之中吃着野菜送来公粮的人民，在任何需要面前无私奉献的人民，现在他想大声对国家说，祖国，请永远记着尊重你的人民，请善待你的人民！

夜里，张连旭就住在了老太太家，梁武帝村，这也是他此行直道考察的真正始发地。村子里还没通电，煤油灯下，他与老太太的儿子边抽烟边聊天，才知已故老人曾是教书先生，祖父还在西安读过学堂，却留着大清的长辫子，一直到去世。母亲从小过门做童养媳，辛苦了一辈子，侍候了一辈子不下农田的父亲……

关于秦直道的起点，史学家们引经据典，为云阳与甘泉而争论不休。其实云阳和甘泉是同一个地方，打比方说，跟我们现在从北京坐火车，从西站和北京站出发一样。秦时的云阳县，属于京畿咸阳的西北门户，道路畅通自不必说，距离都城咸阳又不远。云阳县北的甘泉山，山高气爽，景色宜人，始皇避暑胜地的离宫——林光宫，就坐落在甘泉山向阳的南坡之上。多少军国大事，始皇就是在林光宫的晨光月色里跟近臣们商议，而后向全国发布。林光宫也是始皇坐镇指挥北击匈奴的军事中心，直道一通，从这里到北方的边防前线，大秦铁骑只需三天三夜便可驰达。而战争所需的粮草，直道就是保证，即使在天阴雨湿的情况下，也不出旬日便可源源不断地运来。

亡秦的战火，烧毁了冬暖夏凉的林光宫，也烧毁了始皇万世基业的美梦。直到雄才伟略的汉武帝时，又在甘泉山上大兴土木，修筑宫殿，并以山名之甘泉宫，作为武帝的避暑胜地及大汉处理重要政事的所在。甘泉宫从建筑规模上，已远远超过了秦代的林光宫，并把林光宫纳入其中。最是甘泉宫通天台，拔地百丈，直入云霄，成为大汉标志性的建筑。后世三国魏武帝曹操所建铜雀台，据考完全依照汉武帝之通天台而造，其影响不必言说。

一大早，张连旭去甘泉宫遗址——这是他第五次考察甘泉宫遗址了。远远地看到遗址上矗立着的两个夯土台，张连旭就感到一种亲切，一种从血液里流淌出来的亲切。也许前世，他跟这两个高耸的土台是兄弟，他转世投胎成为一名文物工作者，可它们历经两千年的风雨，依然坚守在这历史的天空。此时，他多想喊一声："老兄，我看你来了！"

这东西对峙的高大夯土台，当地群众叫作承露台和望母台，在望母台的东北还有一个稍低一点儿的亮马台。这些名称始于何年何月？当初它们是作为军事的瞭望台——类似于最后一把烽烟的烽火台，还是汉武帝祈求风调雨顺、五谷丰登的祭祀台？抑或就如它历史名称的通天台，是汉武帝迎接各路神仙降临凡界的"旱码头"，是彩云的帆影停泊的地方？不得而知。"秦皇东海求灵丹，汉武筑台盼永寿。"或许为祈盼长生不老，武帝修筑通天台以示心通天庭。在他们看来人之生死，似乎由冥冥之中的上天注定……然而古往今来，多少历史人物为自己最后赢得的只是黄土一抔。

望母台下一片麦田，麦子已是青黄相间，淡淡的清香沁人肺腑——这是张连旭陕北老家没有的田野气息。在富饶的关中人眼里，陕北这个地理名词的背后，好像只有贫困、干旱、落后了，他们其实都忽略了陕北人的聪明和吃苦精神，女人把爱剪成纤巧的窗花贴在窗口上，男人将情刻作粗犷的石雕置于大门道……麦田里闲置着一石鼓，径达一米，通高一米，轻叩似燕子低鸣。石鼓雕刻得雄浑大气，透过遒劲的刀锋，可以看出工匠的心迹。那是何等的磅礴大气，胸中涌动着的是怎样一股雄风；那也是一个汉子的肌腱的展现，似要呈给人们雄性的美。石鼓旁边卧有一只石猪，一肢回抱胸前，一肢耳边挠痒，憨态可掬，极富情趣，整个石猪看上去像是刚吃饱肚子，似睡非睡之中，被一只讨厌的飞虫搅扰了好梦，极不情愿地睁开睡眼想看个究竟；另一只石鼠，作半蹲状，两肢抱着一穗颗粒饱满的麦子，似要向人们献上丰收的果实，最是阴线雕琢的鼠眼，活灵活现，整只石鼠采用圆雕工艺，古拙中尽现洒脱，细腻间又显粗放，真的是想气死那个后来写下"鼠目寸光"的家伙。张连旭想，这石猪、石鼠可以"福猪长乐""灵鼠献瑞"名之，再看看石雕，感觉还是俗不可耐。面对古代艺术，他一个今人还是多些敬畏之心，少些自作聪明的附庸风雅。

张连旭推测，这里可能陈列着十二生肖的石雕像，那么这些生肖石雕，就应该是中国古代最早的生肖雕塑了。比起圆明园被八国侵略者盗走的铜生肖首，早了两千年。阴阳五行及堪舆学说几乎与中国古代建筑相始终，特别是宫殿，就是东西南北的建筑瓦当，也要绘画上青龙、白虎、朱雀、玄武守护神的图案。这样想来，他刚刚征集到的红石朱雀，应该是南边一个宫殿的陈列品了！

甘泉宫遗址面积，据之前考古工作者确定，方圆近百里。当然，在这个庞大的建筑范围内，还有高兴宫、长安宫、竹宫、迎风宫、露寒宫、储胥馆等等的建筑，是仅次于都城长安未央宫的宫殿群落。"拳夫人"曾陪汉武帝住在这甘泉宫中。班固在《汉书》里说，一次汉武帝在甘泉宫，随侍的钩弋夫人犯了过错，招来武帝斥责，后来钩弋夫人忧死于云阳宫。"拳夫人"死后，就地下葬于她居住的甘泉宫，但史籍也有葬钩弋宫、云阳宫之说。总是吹毛求疵的张连旭知道，史学家当然不会捕风捉影，他要弄明白的是钩弋宫、云阳宫、甘泉宫三者的位置及有无什么关联。

"万里长城今犹在，不见当年秦始皇。"望着甘泉宫空荡荡的废墟，张连旭长叹一声。但他不是远路而来的凭吊者，一声叹息就好像是全部的内容了。张连旭曾比喻自己是历史的医生，为历史把脉，还原历史的本来面目。现在，面对百里广阔的废墟，他感觉自己是多么的渺小！他走进瓦砾堆，像一个贪婪的守财奴，在这些冰凉的瓦砾间感觉着历史的体温。就在这里，张连旭曾发现过一块"长生未央"的瓦当、一枚鎏金的"甘泉"字样的印章及一片铺地花砖的残块。当地老乡说，在麦田放水时，水渗漏了，顺着挖下去，地下是五角形的陶管水道。这些东西绝对不会出现在民用建筑上，足以见汉武帝甘泉宫的冰山一角。

忙活了半天，只拣到了一枚缺角的"半两"钱币，仔细一看，钱文规整、挺拔，小篆字体，应该是秦时"半两"。但张连旭感到无比地兴奋，他在登上亮马台的时候，感觉这也许是汉武帝的点将台。当初，亮马台应该与承露台、望母台同样的高度，只是三个台的功能不一样。亮马台下，是一块开阔地，堆砌着的花砖残块，规格统一，非常标准，应是铺在一个广场上的地砖。遥想当年，大汉的王师虎贲军及其左右羽林精锐，从此出发，北伐匈奴，封狼居胥，燕然勒石……张连旭好像看到大汉雄壮、威武之师了，他听到了大司马霍去病"匈奴未灭，无以家为"的满怀豪情，他看到大将军窦宪"铄王师兮征荒裔，剿凶虐兮截海外"的不朽功绩。

太阳快升到当天了。坐在亮马台上，张连旭掏出埙，"嘘——嘘——"地吹了起来。埙声唤起他灵魂深处的回音，心底好似泛起一层层历史的涟漪，他似乎穿越到过去了。不，用他的话说埙声可以使人回归人性的本真，回归历史的本真……想着曾经演绎着怎样繁华奢靡的甘泉宫，化作眼前无边而空旷的废墟；想着被冷落而郁郁寡欢的"拳夫人"，这埙声不正幽怨着她的幽怨吗？啊，不，他是在为自己吹奏埙的，自然而又朴实的埙声最能表现他的心声，在被单位遗忘的孤独中，他仿佛守护一片心灵净土似的坚守着秦直道考察，失落是一碟小菜，寂寞同样是一碟小菜，其中的滋味只有他自己才清楚。猛地他感觉这梨形的陶埙，本来就是历史之树结出的一颗朴实无华的果子，几千年来它之所以不朽，正是因为有如他一样的失意学者需要倾听历史真实的声音，而不是嘈杂的带着浮华盛世的喧嚣之音。

天热了，他开始吹奏一首《小河淌水》的埙曲，他想着埙声给自己带来一些凉爽。在融融月色里，河水在淙淙地流淌，万千思绪尽随月光河水而去。一时间，他好像骑着马儿，漫步在秦直道上。月光如水，他来到那条被老乡们称为蚂蚁河的地方了，他分明听到蚂蚁河五月蜿蜒流淌的水声，随着埙声流向远方。

在甘泉宫的遗址上，他每次都要吹奏一会儿陶埙，但每次的感觉好像都不一样。埙声太适宜这永远沉默不语的废墟了，当然不是无限抒情的《小河淌水》，而是一曲哀婉的《叹香菱》。哦，也不完全是！他最早学埙吹曲子，可现在几乎是随心所欲"嘘——嘘——"地吹了，他吹纷繁的现实生活场景，也吹心里的惆怅情愫，在埙声中体味历史文化的沉淀。只是偶尔夹杂一些熟悉的埙曲，这样更适合表现心境。他在等待一只知音的鸟儿落在草帽上，他想让鸟儿真的以古朴的埙声为家。

正午的阳光让他热出一身汗水，《小河淌水》并没为他降温。啊，这轰轰烈烈的阳光与埙声多不合韵！好像坐在火堆边喝一杯透心凉的冰镇水，他停下了吹奏。他真想喝一杯凉水了，从包里找出水壶，猛灌几口。而后，张连旭又吃了一包方便面，接连抽了两支香烟。又登上承露台和望母台，以证明自己推理的正确。

但是，历史不可以推理。

他看了一下手表，下午两点，顿时感觉心往下沉。在阳光的血雨中，麦穗变成了那名年轻女红卫兵血色的头皮，从麦田里零乱地飞起，落到他面前时，已垒成一颗颗滴着血滴的人头"塔山"，那不是承露台吗？一阵阵阴风从心底刮过，汗水瞬间结冰了，他被罩在一团霜冻之中，他躺在地上打起了滚儿。那个"他"站在一边"嘿嘿"冷笑，"我考察秦直道，谁让你跟着——真烦人！"一时，张连旭搞不清楚谁是他谁是"他"了。因为他在考察秦直道，那在地上打滚儿的一定是"他"。可又觉得哪达儿有所区别，他对"他"一无所知，"他"对他可以说了如指掌。"他"像是他走失的孪生兄弟，又像是他的一个"活魂"，高尚着他的高尚，或卑鄙着他的卑鄙。很久他才梦中醒来似的，从霜冻中挣扎出来，看着那个"他"急匆匆走上秦直道。

秦始皇未完成直道的修筑，但始皇帝巡游天下的宏伟愿望，并没有因为"道未就"而停止。张连旭考证过，秦始皇"走"过秦直道，秦始皇的"巡游"虽然也是旌旗招展，但陪着他的还有一车奇臭无比的鲍鱼。我们却一点也不能小看这些鲍鱼，正是它们在混淆尸臭之余，还蒙蔽了镇守上郡的太子扶苏和大将军蒙恬的眼睛，使大秦王朝最强大的武装力量——三十万塞上边防军，兵不血刃成为赵高、胡亥掌控的王师。当然，这场"尸游"，是驰于直道上的一个阴谋了。

"亡秦者胡也"。当地流传甚广的一句民谣，让迷信的秦始皇认为，这是上天在提醒他的大秦帝国。他要防患于未然，修直道，伐匈奴，让"胡人"永世臣服。只有这样，他大秦帝国的江山才可以二世、三世、四世……千秋万代地传承下去。历史却跟秦始皇开了一个天大的玩笑，亡秦者，竟是他的儿子秦二世胡亥——一句民谣竟真的成为大秦永远的谶言！

而汉武帝走过秦直道。

据《汉书·武帝纪》，汉武帝泰山封禅之后，沿海一路北上，经山东半岛，北上碣石，出长城，直达辽西走廊的锦州，再西行承德，横跨内蒙古大草原，经九原，"还祠黄帝于桥山，乃归甘泉"。不难推断，大汉天子刘彻走了秦直道，而且走得那样的从容不迫，走得那样的旌旗蔽日，二十万抑或三十万军马，我们且不用去史籍里查考，我们只要知道这是一支大汉帝国的劲旅，这是一支足以威震匈奴的大汉帝国的铁骑就行了。

史家司马迁走过直道："吾适北边，自直道归，行观蒙恬所为秦筑长城亭障，堑山堙谷，通直道，固轻百姓力矣！"他的慨叹，说明秦直道在汉朝，作为北方重要的交通动脉，一直畅通无阻。在多次考察中，张连旭在秦直道上发现的钱币，有西汉时期字文平正、笔画方折、浑粗的半两及三铢、五铢，有王莽时期的大泉五十、小泉直一、货泉、货布，直至东汉时期的建武五铢、四出五铢，他甚至拣得一枚新朝珍贵的一刀平五千"金错刀"。这些不同时代的钱币——也可以看作是一个朝代的"名片"，当然，还有直道上的汉代建筑遗址，证明这一史实毫无疑问。

然而，秦直道是什么时间被废弃的？

真如老乡所说，秦直道至清晚，仍是陕甘宁蒙的一条通途吗？

张连旭上次在石门关考察时，当地一位老人告诉他说，几十年前，刘家店子梢林的古道通往定边，平时见到驴驮马载的商客来来往往，赶集一样。而石门关至马莲河子午岭的主脊凤子梁，是当时关中向北的必经之路。在关中棉花收获后的运输季节里，凤子梁上路旁的灌木枝上，粘花带絮，一路皆白，好像冬日里的"树挂"……

不觉已是红日西沉，回到老太太家里，老太太忙叫儿媳下面条，说："不就是几个黄土圪垯，值得你看一天！"

"老人家，你不了解，"张连旭说，"其实就这几个黄土圪垯，谁一辈子研究透了，就能成大学问家。"

"听老辈人说，那些土圪垯上原来有楼阁，楼阁里是皇上给将官立的碑，碑上刻着他们的功劳。"老太太见张连旭对她的话感兴趣，接着说，"刘二家做猪圈，就从圪垯下挖了十几块半截子石碑。"

"是吗？"张连旭吃惊地问，"那刘二家住哪达儿？"

"刘二家就在前庄。"

匆匆吃完一大碗鸡蛋汤白面条，乘着月色，张连旭要去刘二家看看，老太太的儿子给他带路。

　　张连旭的心从来没有这么痛过，如剥茧抽丝般地疼痛！刘二家的猪圈，一圈儿的石碑围着，上边高低不齐的地方，用铁丝捆扎了一些水渠里挖的水泥制板，使猪圈像一个石头的半地牢。也许是为了好看，石碑上刻字的一面都箍在猪圈里了，最下面的部分已剥蚀殆尽，中间部分大概是一代代的猪们挠痒痒已挠成凹形，只有上边部分可以看到这些字迹漫漶的石头曾是石碑，可惜字迹无一可识。时间本来就似一把无情的刀子，使这些风化严重的石碑历经沧桑，谁知又被做成了猪圈，让一段历史因此失去了细节，失去照人的光彩。

　　"可惜啊，可惜！"张连旭一手打着手电筒，一手摸着石碑感叹。但透过石碑细腻的石质，张连旭感觉好像触摸到了大汉皇家的脉络。是的，这些一如端砚一样石质细腻的石碑，比丝绸还滑润，用他们行话说，摸起来似小儿屁股蛋蛋。这只能是皇家，不会属于民间。而好比土织棉布一样的陕北清涧石板，只能供平常百姓家使用。

　　"铁王镇""梁武帝村""望母台""亮马台"——多么厚重的一串名字！就要离开老太太家了，就要离开梁武帝村了，就要离开秦始皇的林光宫、汉武帝的甘泉宫了，张连旭在留恋中睡着了。

　　鸡已叫鸣了，张连旭一直感觉似睡非睡的。熬到天亮，起床先给毛驴儿饮水，驴子还是躲着不喝。"怪了，这毛驴儿咋不喝水！"张连旭颇为疑惑。老太太的儿子说："毛驴儿受到惊吓，遽然嘶叫一声，屁滚尿流的，就几天不喝水——可能是你的驴子在山上遇上了毛野人！"老太太瞪了儿子一眼，"驴吃着青草，喝水自然少了——你胡说啥呀！"想想也是。张连旭谢过了老太太一家人，驮上红石朱雀，拉着黑驴沿着村西的一条深沟一路向北走去……

　　北面的山峰是甘泉山诸峰中较高的一座，叫英烈山，是渭河支流冶峪河的发源地，也是地理意义上关中与陕北的交界处。翻过英烈山，就进入了铜川地区的耀县。英烈山上有一座雷达兵站，一颗白色的巨型球体，仿佛刚刚从塬上升起的一轮满月，在阳光下熠熠地闪着银辉，在绿色丛林的背景里，显得格外引人注目。黑毛驴，红朱雀，绿丛林，白月亮，突然在张连旭的眼中构成了一道亮丽的风景线，令他瞬时有点惊愕——这是怎样的一幅现实、历史、山水、时空组成的画面！

爬上一道几里长的缓坡，向北已见群峰如聚，意态万千，神秘莫测的子午岭——古人称子为北，午为南，顾名思义子午岭是一条南北走向的长岭，并与本初子午线方向一致，由此北向绵延七八百里，苍茫山水之间，森林茂密，云遮雾罩，人烟稀少。子午岭横亘于陕甘交界，不仅有美丽的高原林海风光，而且还有悠久灿烂的诸多历史文化遗存。子午岭林区也是黄土高原保存完好的一块天然植被区，被美誉为黄土高原上动植物的天堂。岭上生长着松树、柏树、桦树等二百多种林木；栖息着豹、狍鹿、灵猫、黑鹳等一百五十多种野生动物。

当然，子午岭最神秘的莫过于传说中的毛野人了。

子午岭周边的村子里，有关毛野人的故事广为流传。早年间，一个雨夜里，马鞍山天主堂的门被敲得山响，一个身披草衣的黑脸大汉，抱来一个奄奄一息的婴儿。天主堂的洋大夫也没问长短，给婴儿做了检查，取过两支药水，一针打进婴儿毛茸茸的屁股蛋儿，婴孩就醒了，哇哇叫唤了起来。洋大夫又取出几颗药包好，递给婴儿的父亲，用手比划着嘱咐说："一次一颗，一天三次，吃上三天，孩子就好了！"黑脸汉子伸手接过药，点头似捣蒜，却不作声。洋大夫觉得蹊跷，仔细一看，眼前站着的哪里是穿着草衣的黑脸汉子？分明是一个浑身长毛的野人！就在洋大夫愣住的当儿，野人抱起婴儿走了，跨出门槛儿，又记起了什么，野人转身给洋大夫撂下一个金元宝，作为酬谢。后来，义和团、"红灯照"在定边李铁匠的率领下，联合蒙兵数千之众，围攻天主堂二十多日，最后李铁匠顶着包了生牛皮的沙毡攻上了寨子，在天主堂眼看要被攻破的时候，一个毛野人从天而降，众人眼睁睁地看着，毛野人似单枪匹马在长坂坡冲入曹营救主的赵子龙，于枪林弹雨中救走了天主堂的洋大夫。

也有猎人在子午岭的梢林里，看见过毛野人。几十年前有几个毛野人，好像是一家，老的小的都有——那毛野人跑起来飞快，经常在圣人条上走，鼻子比狗还灵，十里八里路上就能闻见生人味儿。因此，人一般看不到他们，他们却可以看到人。一年夏天梢林失火了，几十架山让火烧了个精光，毛野人可能被山火烧死了，从此没人再看见过。

……

秦直道从甘泉宫起始北行，一路缓坡，穿越英烈山，翻过马槽梁，直抵一座叫好花圪垯的山峰，然后顺着子午岭山脊主脉蜿蜒通向塞北大漠。秦直道史称为"云中之道"，概因盘桓于子午岭之故。历经两千多年的风雨侵蚀，秦直道在不少地段依然清晰可辨，有些路段甚至依旧可以通车，至今使用——这也可以佐证张连旭秦直道在汉朝是北方南北大通道的观点。

张连旭曾专程去祭拜华夏始祖轩辕黄帝。"迁徙往来，拔山通道，披荆斩棘，开辟荒蛮"的轩辕黄帝，据他考证，最早就在子午岭一带活动。黄帝陵墓也坐落在子午岭东翼苍松翠柏掩映的桥山之上，成为华夏儿女寻根祭祖的圣地，秦直道因而又被称作"圣人条"。

而后，张连旭绕道一百多里，考察子午岭东南侧海拔两千四百多米的古迹名胜地——玉华宫。玉华宫属于唐代帝王避暑行宫之一，也是著名的佛门圣地。玉华宫规模宏大，风景优美，集自然景观、人文景观于一体，"夏有寒泉，地无大暑"；深秋，红叶似火，万山红遍；隆冬，玉树梨花，美不胜收……只是网球场、垂钓园、狩猎场及林立的宾馆等娱乐场所，破坏了大自然赋予的水光山色，张连旭原来计划要在玉华宫住上两天，但面对如此"目不忍睹"的旅游开发，还是选择了"眼不见，心不烦"，悄悄离开。

之前，张连旭曾考察过汉昭君出塞的打扮梁唐、宋时期的莲花寺石窟，北宋庆州知州范仲淹为抵御西夏修筑的大顺城，金代石造像塔的塔儿湾等一些子午岭历史遗存。而让他难以忘怀的是坐落在子午岭中部的莲花寺石窟，一座现存较为完好的摩崖造像石窟。石窟开凿在平定川河与野人河交汇处的山峁上，山上乔灌丛生，山下石崖险峻，莲花寺摩崖造像就开凿在凹凸不平的崖面上……而就在摩崖造像不远的一处崖壁上，他发现了几组关于毛野人生活的岩画——这确实是一些毛野人，而不是我们远古的先祖。

老乡们告诉张连旭，那是毛野人自己刻画的！

透过岩画粗犷、锋利、苍劲的线条，张连旭真的感觉到，这或许就是毛野人们的杰作——虽然他不相信现在还有毛野人，但不能否决历史上有过毛野人的足迹！这难道是毛野人在表现属于他们的原始图腾，以及生活场景？特别在一幅隐没于草丛的"狩猎图"中，几个毛野人手持棍棒、石头，奋力冲上，形成夹击之势，围攻一头巨大的怪兽；怪兽则蹬足卷尾，昂头张嘴，长牙毕露，气势汹汹与毛野人们相对峙。而张连旭在其他表现狩猎的岩画中所看到的多是人们持戟、持弓迎面正对低首扬角疯狂扑来的野牛，一般情况下画中还点缀性地绘有树木，表现狩猎环境，而刻画的人物动物注重栩栩如生的神态动作，并多有猎犬一旁助猎，另外岩画题材也较为丰富，乘骑、放牧、舞蹈、征战、巫师作法等——与这幅"狩猎图"截然不同，也只有身体更为强壮的毛野人，才敢去主动攻击这样威猛的怪兽啊！而且雕刻者手上的力道，也不是人可以为之，除非他借助了神灵的力量。

让张连旭痛心疾首的是这些承载、积淀着厚重历史文化的古迹，抑或是需要我们破译的野人岩画，正被各地新兴的旅游产业无奈地凌辱着。他去找一位记者朋友，说："文物古迹正在让所谓无烟工业的旅游奸淫，你该写一写，呼吁一下。"可人家说："那你让文物古迹干什么，闲着也是闲着，还不是聋子的耳朵——摆设？"这是哪门子的歪理邪说？记者他妈的咋不说一句人话了？张连旭摔门而去。可旅游凌辱文物古迹的事，却一直令他闹心，成了他长期

32

以来的一种纠结。当然，张连旭考察子午岭这些人文历史及文物古迹，是要通过它们所承载的文化和历史信息，来解读秦直道。他自觉地将这些内容全部纳入他的秦直道考察研究。

特别是面对那些佛教文化的艺术珍品，张连旭发现其实秦直道在中西文化交流中，亦发挥了极其重要的作用。佛教文化的东渐，交通是重要的因素。佛教文化通过丝绸之路进入中土之后，又沿着几条固定的道路辐射渐以普及。但没有研究者注意到秦直道，没有几个研究者关注子午岭及陕北、陇东地区分布密集，内容丰富的石窟、佛塔，而忽略了秦直道在传播佛教文化中的地位及其影响，这不能不让张连旭感到遗憾，也更坚定他秦直道考察研究的决心。

本想再次借宿雷达兵站。去年张连旭曾在这里住过一晚，受到了士兵们的热情接待。第二天士兵们列队为他送行，在一片"再见"声中他都不敢回头，他感觉眼里已含满了泪水。现在又多了一条聪明的毛驴儿——这条通人性的黑毛驴儿，已经叫张连旭开始喜欢了。但无论如何拉着驴子进军营，怎么说都不妥，再说军营里也没有可以让毛驴儿落脚的地方，毕竟那是军营。

过了雷达兵站，张连旭突发奇想，要是在古代多好，兵营里应该有马圈，他的毛驴儿应该可以拴在马圈里，他便能在兵站里歇上一宿了。

夜里，住在兵站附近的一个村子。

张连旭梦见了那个他曾看见过的红毛野人，那真的是一个毛野人，她对他十分的温柔体贴，可他总是不理睬人家，以至毛野人恼了，开始愤怒地咬他，他惊叫着醒来。再睡着时，毛野人又从梦里来了。还是那个毛野人，把山上锄地的一个男人吃了。男人的婆姨来送饭，被毛野人挡住了，说："我给你捉虱子。"毛野人说是捉虱子，可把婆姨头上的血都给掐了出来。婆姨问："我头上咋红红的？"毛野人说："是我给你扎了根红头绳。"毛野人问婆姨："家里有几个娃娃？"婆姨说："四个，木墩墩、门栓栓、笊篱篱、马勺勺。"毛野人问清楚了，又把婆姨也吃了。然后，跑到婆姨家里，说："木墩墩、门栓栓、笊篱篱、马勺勺给妈开门来。"几个娃娃爬在猫道眼上一看，说："你不是我妈，我妈穿的红袄绿裤子。"毛野人一听，忙将婆姨的衣裳拿出来穿上，娃娃们就把门开开了。黑夜，毛野人说："胖墩胖墩挨妈睡。"笊篱篱和马勺勺就说："妈，我胖。"睡到半夜，毛野人又把笊篱篱和马勺勺吃了。木墩墩和门栓栓听见响声，问："妈——妈，什么响哩？"毛野人说："老鼠打架哩，没事儿好好睡！"木墩墩说："妈——妈，我要撒尿。"毛野人说："尿到炕圪崂。"木墩墩说："不敢，炕神爷打哩。"毛野人说："尿到灶火坑。"门栓栓说："不敢，灶神爷打哩。"毛野人不耐烦了："那你俩要到哪儿尿哩？"木墩墩和门栓栓说要到院子里尿。毛野人不放心，就拿绳子拴在两个娃娃的腿上，才放他俩出了门。木墩墩和门栓栓一到院子，解开绳子拴在老公鸡腿上跑了……

张连旭再醒来时，天已亮了。奇怪，咋梦了一夜的小时候，这不是奶奶讲的毛野人的故事吗？

匆匆忙忙洗了一把脸，随即出发，在给毛驴儿驮石朱雀时，张连旭发现毛驴儿弓腰直躲，懒驴上磨屎尿多，张连旭想骂，一看才发现昨天没注意，竟让石朱雀磨烂了驴脊梁。主人拿来一个破旧的稻草帘子，帮忙披在驴脊梁上，再驮上石朱雀时，毛驴儿一副懂事乖巧的样子，倒让他有些过意不去了。好心的"白来问"要是知道他的毛驴儿如此遭罪，不指着鼻子臭骂他一顿才怪哩！

第三章

　　山洞里的光线变化了一下，漆黑之中，远处闪电似的亮出了一丝灰白的缝隙。张连旭想着，一定是黑白无常给他送饭来了，阎王殿开饭了。黑白无常会给自己送什么好吃的来，小鬼们每天都吃些什么，他不敢往下想。他现在最想喝一碗消暑解毒的绿豆稀饭，当然有两张烙饼更好，要是再加一盘清油调苦菜那就没得说了！黑白无常走过来了，是黑无常还是白无常？张连旭知道眼前只来了一个。伸手不见五指啊，鬼到底什么样子？

　　张连旭装作还在昏迷中，他听到无常在吃什么，无常怎能自顾自地吃呢！无常要是跟他索要贿赂，他该如何应对？总不能打一张白条吧——再说白条在无常这儿永远白不了，谁敢赖下无常的钱，那才叫要钱不要命！浓浓的中草药味儿，啊，无常在为自己嚼草药，无常轻轻扶起了他，他躺在无常温暖的怀中了——不是说鬼和死人一样冰冷吗！无常身上散发着一股醉人的子午岭山野的芳香，是马兰花的，是地椒椒花的，是老婆脚后跟花的……无常开始给自己敷药了，无常眼中的晶亮他感觉到了，无常就是无常，走在这伸手不见五指的山洞如履平地，无常的眼睛能穿透漆黑的夜色。无常又嚼起了草药，无常开始给他喂草药了。天哪，无常是不是一直在给自己嚼草药喂？他其实感到口中残留的草药渣了！他不由地咳了起来，无常似乎吃了一惊，仔细端详着他，无常眼中亮起了两盏灯。

　　张连旭不得不醒过来，他睁开了眼睛，他直起身子，他想看看

　　啊，无常在为自己嚼草药，无常轻轻扶起了他，他躺在无常温暖的怀中了……

无常长什么样，可他只看到两盏"鬼火"。

无常起身给他递来了一瓢河水，张连旭接过瓢仰头便喝。无常又给他找来一只生的野猪蹄，他却不知如何是好了，无常这不是捉弄自己吗，生野猪蹄叫他如何吃？

他想起自己的背包，背包里有足够一段时间的生活用品。他跟无常比划着要他的背包，他在漆黑里认真比划着，无常能明白自己的意思吗？

坏了，坏了！无常似乎还没到石器时代，无常还不懂得使用"火"——那他真要茹毛饮血了，那他也许会饿死在这里了！"生吞活剥"，张连旭想起大学时一个同学的外号，因为崇尚原始，来自内蒙古大草原的"生吞活剥"壮得似牛，可以用风干的牛羊肉当一顿午餐。之后，烧一壶砖茶，颇为享受咝溜咝溜地一边喝茶，一边优哉游哉地看书……他们心里还把"生吞活剥"的每每双手递到面前的"美食"，视作一种近乎人格的侮辱。早知有今天，就跟"生吞活剥"学着生活。无常要是将"生吞活剥"救进洞里来，那就好了！

想到这里，张连旭不由地一阵恐惧。无常根本没明白他的意思。对了，应该让无常先将他的行李取回来，那些食物足够他生活一段时间。还有，火，他应该先在洞中想法生起一堆火来。他想起他的打火机，此时他更想美美地抽上一支香烟。可香烟在中山服左上兜里，打火机在右下兜里，无常把中山服放在哪里了？

张连旭比划了一阵，无常却没有任何反应。

他丢下野猪蹄子：我吃不下这东西，你去找我的行李，我的食物在那里。他想拉上无常跟他出洞，却感觉踩在中山服上了，他拿起中山服穿，说着"我跟你出去找吧"——他不知哪里来的力气！无常却惊恐地夺过他要穿的中山服，无常力气太大了，好像无意之中，中山服竟被一撕两半，张连旭慌忙上去抢了过来，要是没了衣服，他就完全回到原始社会了。啊，香烟还在！啊，还有三袋方便面的调料！哎哟，老天爷，亲爱的老天爷你真眷顾落难人，打火机还在！这些现在都是无价的宝贝，千万得藏好了！

唉，这个比猪还愚蠢的该死的无常！

但张连旭很快平静下来，他放下已经两半的中山装，他满面笑容地跟无常说，我现在没多少钱，你要是允许，我可以给你打上一张欠条，总之我也不敢赖下你的账。又拿起地上的衣服，指着前边洞口的方向，说："你把我的东西拿回来，我要吃饭，我要穿衣服，我要在这里生一堆火——火，你不明白火，火是一切文明的开始与标志，我们将野猪蹄子烤熟了吃。"无常好像明白了什么，按着张连旭坐下，倒退了几步，然后转身向洞口处大步流星地去了。

啊，无常总算明白了，张连旭看见山洞里一道闪电似的灰白缝隙。他这会儿轻松多了，看来无常并不想要他的命，无常一定是来跟他索钱的，那他还不如装成一个有钱人，无常要多少就答应多少，欠条不行，哪怕高利贷上，好死不如赖活着，又不是要当汉奸！

想了一大堆事情，张连旭有些发困，他在不知不觉中睡着了，那个"他"出现在了他的面前，跟他说："一直以来，是我在考察秦直道……"跟他说话的口吻完全一模一样，他还是另外的"他"走进一个奇怪的梦里了：

"嘟——嘟——"毛驴儿受惊了，打了一个清脆的响鼻，又一个响鼻掉下了半截，好像远山戛然而止的空旷雷声。子午岭的夜显得格外骚动，张连旭知道动物们的白天来了。

毛驴儿跟着高亢地嘶叫了一声，子午岭整个夜的山林都跟着抖动了起来，一棵棵油松、辽东栎、茶条槭、白桦及南蛇藤、悬钩子、水枸子，手拖手似的往一达猛地拉扯了一下，又恋恋不舍地分开了。接着又传来毛驴儿乱踢蹄子的声音，似在与什么动物奋力地搏斗。张连旭循声打开手电筒，一道亮光唰地照了过去。他不由地毛骨悚然，一个穿了蓑衣的怪物，直直地站在毛驴儿身后——是传说中的毛野人，一个足有两米高的女毛野人！

张连旭清楚地看到毛野人隆起的乳房，惊恐的眼睛闪着绿光，一身反穿了山羊皮袄般的长毛在手电的照射下，呈现出橘黄的颜色。毛野人受到了惊吓，在凝固的时间里，用毛茸茸的大手挡住了

38

射来的光线，转身逃下山坡，好像石磨骨碌碌地往山下滚，但没有另一扇石磨滚落的声音。张连旭想起了远古的传说，他看清了毛野人惊慌失措的一个转身，一头长发似奔驰的马尾一飘，附近的树梢跟着晃动，眨眼之间毛野人就从手电扇形的光圈里消失了，森林打开一个巨大的洞。

毛驴儿耳朵倒竖，尾巴端夌，仿佛一架多少年没有使用的榆木扇车，再也转不动秋天丰收的时光了，中了魔咒似的。

毛野人原来害怕手电光。

张连旭很是得意，看来只有人才是这世界万物的主宰啊，简单的科技含量，就能制服森林里的庞然大物。对了，毛野人应该是动物世界里的智者吧，或者可以将它划入人类——一种过渡时期的类人动物。要是它真的具有较高的智商，抑或是我们人类在进化过程中，派生出来的更为原始的人种。

张连旭跟自己说："毛野人啊，我会征服你的！"

谁知另一个"他"高呼："亲爱的毛野人，我愿意臣服于你，我愿意做你忠实的仆人！"

那个"他"能说会道，他想狠狠揍"他"一顿，可没找着。

当然，这手电筒不能频繁使用，要是毛野人像适应阳光、月光一样适应了手电光，说上一声"技止此耳！"那就坏了。张连旭在推下手电的开关时，看了看他心爱的夜光手表，已五点一刻——天就要亮了。

"嘿嘿嘿……"猫头鹰一阵凄厉的怪叫声，又让张连旭的心跳加速了。在他的陕北老家，猫头鹰的叫声是最不吉祥的，就好比恶毒的诅咒。人们通常称猫头鹰一类的夜鸟儿为"恨虎""鸤怪子"，并说"恨虎恨老的，鸤怪子叫小的"，谁家垴畔上要是传来这种叫声，主人一定要请来巫婆祈神安土，驱灾求吉，以保家宅平安，人口无事。

张连旭实际上属于无神论者，从来也不迷信。在家里时，父亲母亲因此没少怨怼他，嫌他不拜天地神灵，不去先人的坟头挂孝烧纸。以至父亲在骂他不肖子孙时，他只是一笑了之。而此前，他还曾劝说父母亲不要迷信——要是这世界上果真有鬼神的话，那就没有我们人现在的立足之地了——满世界的鬼神会说，让开，你占了我的地儿！想想多可怕。后来，看到迷信其实是父母和乡亲们生活里不可缺少的重要组成部分，是不可以被谁轻易说服的，就任由他们信马由缰地请神拜佛，他不参与也不再反对。

现在，张连旭发现他自己心底其实有顽固的迷信成分存在。天地之间，还真像有什么神灵，在我们看不到的空域里暗中主宰着一切。

东方露出鱼肚白了，早起的鸟儿，已开始在树枝间不知疲倦地鸣叫。子午岭的早晨，属于这些活泼的精灵，它们在林中飞翔，更像是在快乐地荡秋千；它们不需要什么秋千架，从一棵树的枝条上倏地就到另一棵树上了；它们吵醒了这子午岭薄雾的早晨，在它们的鸣叫声里，露珠一颗一颗从树叶上悄悄滑落，它们是子午岭会飞又会唱歌的花朵。张连旭却无心听鸟儿们的合奏，他在想着毛野人一定也受了惊吓，毛野人再不会来了吧！折腾了半夜，此时他感觉上下眼皮好像要粘在一起，躺下就睡着了。

在毛驴儿一阵聒噪的叫声里，张连旭醒了。天大亮了，他看了看表，七点半了。洗漱在子午岭是想也不敢想的奢侈，他用双手搓了两把脸，然后一骨碌坐起来，拉开帐篷向外一看，毛驴儿倒像没事似的，在一棵大树上挠脖子。

张连旭走到毛野人逃去的地方，他想看看毛野人的脚印，估摸一下毛野人的身高、体重，可是什么也没有。腐殖物堆积了一尺多厚，踩上去感觉是铺了几层的绒毯，没有任何痕迹。向远看去，梢林横七竖八，密密匝匝，几米之远就俨然是一堵又一堵以树作为柱子的墨绿的篱笆墙。

收拾起帐篷，牵过毛驴儿，驮上他的宝贝文物，向北看了一眼就出发了。

没料想考查秦直道，竟然邂逅故事里的毛野人。张连旭知道，不少人无数次走进深山密林，去探索野人的踪迹，但没有获得任何确凿的证据。认为有野人存在的依据都是所谓有人亲眼看到野人从远处一闪便消失了；另外就是一些毛发、脚印以及粪便等等。而有些人进行野人的考察和研究，目的就是要标新立异，一鸣惊人，而不是从科学的立场出发，用科学的方法来证实野人传闻的真伪，从而得出正确结论，这是多有意思的讥讽！

这对于他也算意外的收获。

张连旭在想，等这次秦直道考察结束之后，他要进行子午岭野人调查——虽然这不属于他的研究范畴，但既然他邂逅了野人，就有必要揭开中国野人之谜。

前行的路越走越艰难，这是一片由虎榛子灌丛和沙棘灌丛组成的屏障。直至正午，他感觉还没走出几里路。裤腿也被荆针多处剐破，有点像才开始流行的新潮女子们的毛边儿裤了。他不时地挥着砍镰，一刀一刀劈开渔网一样连在一起的藤蔓，砍一刀走一步，砍一刀走一步，路似在砍镰下边。

"嘟——"突然，毛驴儿又喷起了响鼻，而且拉着张连旭后退了足足一大步。他左右环视，并没发现那个毛野人啊。父亲说过，驴子眼短。张连旭再向前行时，毛驴儿却不肯走了，怎么也拽不动。他索性坐下，从驴子背上取下方便面和水壶，一边歇息一边吃午饭。并给毛驴儿倒了几把黑豆，它却不吃，眼睛瞪得圆圆的，耳朵高高竖起，好像哪达儿隐藏着随时会出来威胁它性命的虎狼。对了，是不是真的来了虎狼？这子午岭的野生动物里就有豹子——可怕的猛兽。张连旭站起来四顾，似有什么动物在身后一闪隐入林中不见了，他只感觉到仿佛一面橘红的小旗子晃了一下。

是那个毛野人，一定是那个女毛野人，它在悄悄地跟踪他，它到底要干什么，难道毛野人想吃他的毛驴儿不成？

> 左是个怕来右是个怕，
> 见了个苍狼就比驴大。

> 说是个紧来又是个紧，
>
> 碗口粗的长蛇把眼瞪。

一阵三弦声在耳旁响起，是陕北说书里的"行路恐怖"，正从密林深处遥远地传来。张连旭感觉头皮紧绷绷的，人随着毛驴儿拉紧的缰绳倒退，三弦声也一阵紧似一阵，似夏天里突然刮起一股凛冽的白毛风。

> 左是个怕来右是个怕，
>
> 毛野人抱着半截人腿把。
>
> 说是个紧来又是个紧，
>
> 黑老鸹嘬了一颗人眼睛……

张连旭自己跟自己说，我才不怕哩！手却牢牢地攥住砍镰，觉得有些失态，也顾不了这么多了，他放开嗓门吼起了陕北信天游："羊肚子手巾哟三道道蓝，咱见个面面容易拉话话难。"对面的山娃娃将他的吼声传过来，又传过去。仿佛有几个人在唱，仿佛这子午岭群峰中来了他的一个考察队。他感觉轻松了一些，再看毛驴儿也安静了下来，向前跨了一步，跟着低下头来，嘴唇一揽一揽地开始吃起了黑豆。

张连旭打开地图粗略计算了一下，他已深入子午岭南段林区约四十里。秦直道经过甘肃正宁县的刘家庙子林场、黑马湾、野狐崾岘、南站梁，再走一天就应该到陕西旬邑县雕岭关了；再走两三天，穿过了这一段陡峭的土石山区，梢林会稀疏起来，"路"就会好走一些的。张连旭取出照相机，没头没脑地胡乱拍了几张照片，又四处瞅了瞅，继续前行。

下午，走得更为艰难吃力。他一边砍着藤萝，一边哼着小曲儿，把驴缰绳拴在腰间，让驴紧贴身后。看着指南针，走走停停，还要在地图上标明位置。直到太阳落下梢林，他对照地图看着山势，似乎并没走出多远，今天预定的路程看来是没法完成了。一个本该完美的句号，让他点成了不规则的逗号。

但实在不能走了，要是迷了路——那可是糟糕透顶的事。卸下行李，撑起帆布帐篷，在撕开一包方便面时，感觉没有一点胃口，又抓了一把炒米嚼了几口，一口气喝下半壶水，他在想：今夜是否可以睡个好觉？

月牙儿刚升起来，很快又从西边的山峰坠了下去。山坡林间，突然传来一声野猫的嘶叫，一只鸟儿被捕获了，一阵翅膀无奈拍击的声音空且远。美好的夜色复归美好，宁静的星空更为宁静。暖风吹过，林涛如水，真叫人享受啊！眨眼之间，一棵柴松静悄悄地向他走来，一棵山杨静悄悄地向他走来，一棵旱柳静悄悄地向他走来……一棵棵树都在他眼前转了一圈儿，之后，又安静地走回到原来的位置了。他从背包里找出埙来，"嘘——嘘——"低沉的埙声，如老酒一样最是解乏。当然，老白干要两人喝着才有趣儿，而埙更像是为一个人准备的。因此，在所有的乐器中，张连旭只钟爱陶埙，钟爱埙声苦涩而悠远的穿透力。

毛驴儿还是老样子，丝毫没有要走的迹象。他现在最后悔的是不该将石朱雀及一纸箱的文物带进梢林来——当然也包括"白来问"的驴子。这一段秦直道远比他想象的要难走几倍！之前他随着向导，并没感到多么艰难。只是不停地跟着向导猫腰钻来钻去，走不过去的地方，向导挥镰砍一下两下。一天行三四十里，其实不成问题。可是向导都不愿钻入梢林的深处，使得他一直未能如愿地走过一次子午岭秦直道。还有一次迷路了，是他一而再、再而三地诱使向导，并许诺增加两倍的工钱，向导才带着他冒险——可差一点走不出来。

而秦直道走向的争议，就是从子午岭中北段开始的。

一种观点认为秦直道从雕岭关开始，循着子午岭主脊，经陕西黄陵县艾蒿店，甘肃襄乐县五里墩，到达兴隆关。再经甘肃合水县的黄草嶙岈到青龙山，沿合水、华池两县分水岭向西北延伸，到华池县的麻子崾岘。然后纵穿华池县境，经大红庄、小墩梁、老爷岭、新庄畔、羊沟畔、黄蒿池畔、深崾岘、高崾岘、墩儿山，穿过打扮梁的雷崾岘、五里湾、张新庄、田掌，进入陕甘两省交界的丁崾岘、大墩梁，直达营崾岘。在营崾岘秦直道与明长城并行，秦直道沿明长城内侧向西北延伸，经营盘梁、南湾、箱子湾，而后出长城，进入陕西定边县的马崾岘，大体呈西北走向。

另一种观点则以为秦直道从雕岭关东南三百米处转向直北，而后离开子午岭主脉，进入子午岭支脉的南寺，在东寺沟上山，下山后进入黄陵县境内黑庄子、双扇门、冠家砭西北转向上畛子、三面窑进入富县，沿着野人河支流川子河的山梁向北延伸，经过火沟门、八面窑，于白马驿跨川子河，复向西北。沿着川子河支流的杨家沟和桦树沟之间的山梁，再经木炭窑、白家店、梨树庄、椿树庄，至椿树庄后折向正北，沿野人河支流桦树沟和大树坪沟之间的山岭向北，在桦树沟西侧山岭作"之"字形弯道下山，而后，穿过葫芦河，在坡根底村复又上山，至望火楼。此段山岭，当地群众称为"车路梁"。秦直道在望火楼下山后，又跨埝沟水，经水磨坪村上山，沿埝沟与大东沟之间的山梁北行，穿松树崾岘、山西油家窑子、圣人条、迎河沟、寨子山、架子梁，到达墩梁。墩梁地处陕北富县、甘泉、志丹三县交界处，是野人河与葫芦河分水岭的主峰。秦直道穿过墩梁后，经甘泉县、志丹县、安塞县，进入靖边县的郑石湾，呈偏东北走向。

两条线路之间，相差了一百多里。

其实，关于秦直道的走向和途径，已经至少有五种不同的意见了。而张连旭正是要辨析这些不同观点，为中国史稿地图的完整无缺，寻找没入史迹的真实的秦直道。

张连旭在多次考察中发现，之前学术界有争议的关于秦直道走向"从雕岭关进入甘肃境内"的说法不能成立。通过实地考察，他认为秦直道从雕岭关东南三百米处转向直北之路线是正确的。特别是从旬邑县的石门关至黄陵县的上畛子，这段长约一百公里、宽约三十米的秦直道遗迹，在森林和植被的掩盖下基本保存完好，无可争议。

而就是在这一段秦直道遗迹上行走，张连旭感觉出来秦直道正南正北的走向。他还试着在地图上将这一段秦直道向南北延伸，发现咸阳和九原郡正位于这条线上。

当然，关于秦直道走向存在的这些差异，张连旭无数次地想过，几条岔路会不会是通向秦直道的另外道路？就像我们现在的高速公路，总是跟一条条的道路相互连接，形成一个四通八达的公路交通网……

张连旭有些倦意，刚闭上眼，感觉秦直道从半空化作一道闪电，在他胸口上狠狠击了一下。他似乎感觉到了被撞击的疼痛，这不是鞭子抽在身体上的感觉，而是从心灵深处猛然间发生的一种被撕裂的疼痛。多少年了，为了考察秦直道，他舍弃了升迁舍弃了职称，甚至舍弃了家。他也想着快起来，哪怕早一年能完成考察报告。可秦直道似乎不这么想，跟他捉迷藏一样故意要他慢下来，再慢下来。秦直道好像比他更孤独，需要他这样一个耐心陪着玩的伙伴。

任何艺术其实都是一种"毒品"，一种不知不觉间上瘾的毒品。你要是真正地爱上它，那便无药可救了，你永远也不可能戒掉。当然艺术的毒瘾你也不需要戒掉，因为艺术的毒品在人性方面的表现，首先是善良，它让爱它的人变得善良而又不顾一切，不屑一切，不畏一切，甚至是自己的生命。正因为如此，为了艺术，有人心甘情愿献身，有人上天入地求索，有人不管不顾守望……张连旭就这样，他将考察秦直道——这一考古艺术作为生命里的一部分，秦直道实际上就像他肚子里一根弯弯的肠子，多少年来一直伴着他的呼吸蠕动爬行，在他的梦里缠绕延伸，九头牛也拉不直。

一夜平安无事。张连旭一觉睡到天亮，揉了揉眼睛，爬起向外一看，毛驴儿耷拉着耳朵躺在帐篷前，似睡非睡，一副悠闲自在的样子。他起来小解，一泡尿冲出了两只仓皇逃避的蚂蚱，一跳两跳蹿入草丛不见了。黑毛驴儿跟着站起，悠然甩了一甩粘在脖颈上的杂草，向他走来。

张连旭倒出一些黑豆，让毛驴儿吃。摇了摇水壶，还听见晃荡声，他仰面漱口，却舍不得吐掉，都咽进肚里。水壶空了，又从塑料桶里灌满，他拧上壶盖。发现毛驴儿边吃边回头看他，毛驴儿一定也渴了——真难为它了！张连旭想给驴子喝点水，但毛驴儿立即躲开，好像一口水就会淹死它似的。

"狗咬吕洞宾——不识好人心。"张连旭骂着毛驴儿，转身收拾行李，自个喊了一声，"出发！"

一天颇为顺利。途中张连旭只歇息了两次，喝水、吃炒米和方便面。他的右手腕有点肿胀，每砍下去一镰，都要吃力地抬起，吊了一块石头似的沉重。每当看到一个烽火台的遗址，他就像见到久别的亲人一样，认真地丈量周长、高度，并在地图上标明方位。在一处应该属于行宫的遗址上，他停了下来，此时夜影子已经降了下来，他要在这里安营住宿，等明天再详细考察——这一带他之前并没有走过，也就是说这座行宫，还没有出现在他的秦直道的线路图上。

实在累极了，他一躺倒就没知觉似的睡着了。

睡梦中，张连旭感觉地震似的被掀翻在地。睁开眼睛，他才发现帐篷不见了，目光里已是一片迷茫的星空。他在摸枕边的手电筒时，眼前的怪物双手一提，像老鹰抓小鸡似的将他凌空举起，然后用一只长满长毛的手臂，将他夹进怀里飞奔而去。

难以挣扎，他做了那个女毛野人的俘虏！

张连旭感觉两肋要被毛野人巨大而有力的手臂给箍断了，隐约听到一声肋骨断了的"咯嘣"响，一种钻心的疼，麻药似的迅速全身弥漫；在指头蛋蛋舌头尖尖头发梢梢间自由地跑步，令他咽不是吐不是，哭也不是叫也不是。毛驴儿呢，该死的驴子这回咋没叫唤一声？也没听见它再踢蹄子？毛驴儿一定是一命呜呼了，说不准已让这个毛野人吃进了肚子——毛野人不识饥饱，整个身体里就装了像牛肚子一样的十个大肚子，吃着哩屙着哩。耳畔传来奶奶的声音。他问奶奶："那毛野人不生娃娃？"奶奶说："毛野人是大树上结的。"

都怪自己大意啊！

这个女毛野人原来一直在跟踪他，他还以为已经走出了毛野人的领地；这个女毛野人害怕他的手电光，因此才在他摸手电筒的瞬间把他抓了起来；这个女毛野人看来还挺聪明，它一定是在不知不觉间对他和毛驴儿发起的攻击；这个女毛野人要带他到哪里？是不是要拿他回去喂小毛野人？那就是说，他要被小毛野人撕成一块一块送到嘴里，嚼碎了一口一口地咽进肚子……又一阵疼痛，是浑身每一处都像是被小毛野人咬住不放的疼痛，小毛野人锋利的尖牙直入骨髓；一个小毛野人开始撕咬他的胳膊了，真是怪了，被小毛野人吞进嘴里的血肉，却还在他的身上尖锐地疼着。

这不是幻觉，他感觉好像已被毛野人撕成了八块，好像小毛野人已在每一个地方都咬了一口，好像肝花五脏都掉到了冰冷的地上了，满地都是模糊的污血，满地都是星星点点的疼痛，他感慨自己的生命原来如此顽强！

他渐渐开始恢复理智，集中精力往好的方面想，如何变被动为主动，跟毛野人搏斗并战胜毛野人？不能继续承受这种无休止的折磨了，他也必须摆脱这种要命的窘境！他不由发出一声叹息，唉，在大学真不该上历史系，真不该喜爱陶埙，而是上体育系，喜爱少林功夫，说不准可以一招制服毛野人！又是一阵钻心入肺的疼，该死的女毛野人，你就不知道背着我走？像庄稼人背粪篓那样背着我，像猪八戒背媳妇那样背着我，像老猴子背小猴那样背着我——张连旭感觉实在撑不住了，整个的人像暴雨中的破屋即将垮塌下去。他在女毛野人怀里使劲儿挣扎了一下，女毛野人没有反应，他又使尽全力地扑腾了起来——要是可以一下子挣脱逃走了，那当然是不幸中的万幸。但女毛野人的手臂好似一个钢铁的牢笼，他的挣扎简直是蚍蜉撼大树。不过女毛野人似乎感觉到了他的不舒服，低头看了他一眼，又照旧在丛林之间钻来钻去地奔跑。再让女毛野人这样掐下去，不等见到小毛野人，他恐怕就呜呼哀哉了，至少也会被掐断几根肋骨。硬的不成，就来软的。张连旭将手伸到女毛野人的胳肢窝儿里一阵乱挠，女毛野人"嘿嘿"笑着将他撂在了地上，并像人一样双臂交叉着护住了胳肢窝儿。张连旭长长地舒了一口气，趴在地上却起不来，他试着动了动，身体各个部位还活络浑全，并无什么大碍。

张连旭给自己壮胆，在心里说：我会征服你的，女毛野人！

女毛野人掐着他翻沟过梁，走了这么远的山路，竟然没有一点儿累的感觉，瓷瓷地看着张连旭，眼里燃着两点儿磷火一样的亮光。这不是老家山坡上的星星吗？曾多少次照亮他心中的黑暗，温暖过他寒冷的童年。对了，这是深爱过他的枣花钉在他身上明净的目光，他却像对待杂草硬给拔去了，都是轻薄害的！女毛野人又把张连旭抓了起来，轻轻地抓了起来，轻轻地扛在了肩上。张连旭感觉到女毛野人双手抓他时的温柔了，它并不想现在弄死他！难道女毛野人想让他带小毛野人，给它们当老师？还是想叫他烧火做饭、洗锅喂猪、扫院晒场，给它当一个使唤的奴隶？想到哪儿了，毛野人又不是人，怎么可能像人一样地生活！但他现在舒坦多了，他也感觉到了一种高度——这是小时候骑在父亲肩头的高度，一个夏天里站在梯子上伸手掏麻雀蛋的高度，一个秋天里爬在树上摘枝头桃子的高度。他当然不敢再挠毛野人的胳肢窝儿了，现在只能选择顺从，要是再让它撂下来，那非甩断他胳膊腿儿什么的不可。

张连旭感觉舒坦多了。要不是驮在女毛野人的肩上，他完全可以美美睡上一觉，做一个奶奶老掉牙的关于毛野人的梦：一个女毛野人，抢了一个拦羊的关在山洞里当男人，拦羊的想家想他的一群羊，毛野人说甚也不让走，他们生了一个娃儿。娃儿长大了，能掀开洞口的石头了，拦羊的趁毛野人不在，带着娃儿跑了……他问奶奶："毛野人不是大树上结的吗？怎么又会生娃了？"奶奶说："那是拦羊的娃儿，是人！"上了大学，他知道奶奶故事里的毛野人，不过是远古图腾崇拜的产物。老家陕北历史上是多民族融合的地方，戎、狄、羌、匈奴、鲜卑、突厥、党项等二十多个少数民族曾在此聚居。他们都说祖先是猿猴与人生育的。从最早的图腾崇拜中演化而来，毛野人的故事便广为流传了。不承想，还真有毛野人。这女毛野人会不会也是抢他做男人？他想看看手表——他的夜光手表，可是又不敢松开抓着女毛野人的左手。现在除了身上穿的衣服，只有这一件东西属于他了，眼镜、地图、手电筒，还有石朱雀及那一箱珍贵的文物都不见了——他实在不该带着这些东西钻梢林啊！好在落在秦直道遗址上了，好在还是一座行宫所在地，以后一定会被考察秦直道的同行发现并带走……

对了，指南针是拴在上衣纽扣儿上又装进衣兜的，不会轻易掉下去。从走进子午岭大森林，他便将指南针像自己另外的一只眼睛似的保护了起来。子午岭原始森林里只有白天黑夜，没有任何可以参照的方向，他明白这玩意儿的重要性。

"白来问"的黑毛驴儿肯定遭了女毛野人的"黑手"！它使用了什么"武林绝招"——要不毛驴儿不会就范，就是不弄出一些响动，也会破锣似的挣扎着嘶叫几声，给他发出求救的信号，他也知道危险来了。"白来问"还说它"鬼精"哩，真是一条"灰驴"！

哎，还想那些干什么？命都要没了，还想那些遥远的事情！现在该想一想如何逃命是关键，怎样突袭女毛野人，将它击伤或者击晕了逃走？要是不成，后果他负得起吗？太极武术技法里有"四两拨千斤"，他在揣摩毛野人的软肋，必须找到致命之处，而后一击制胜。

现在应该求菩萨保佑不要丢了指南针——如果真有神灵的话；现在应该估摸一下女毛野人掳走他的时间——因为方位实在无法分辨。他是向后趴在女毛野人宽厚的肩膀上的，他的头垂吊在女毛野人厚实的长发里，而双手似乎抓在女毛野人腰间的什么地方，是毛野人的细腻光滑的皮毛，还是毛野人柔软而很有质感的草裙，他不敢细究。他想把左手伸过来看看时间，又担心让女毛野人发现了，想想还是不看为妙。女毛野人身体上有一种淡雅的清香，是山丹丹花儿的香，是打碗碗花儿的香，也是蒲公英、苦菜花儿的香，是这子午岭林间到处飘散着的山花儿的香，他竟恍惚有些迷醉了。

女毛野人家里还有些什么人？错了，错了，是多少野人？它们看着女毛野人扛着他这个猎物回来，一定会欢呼雀跃一番吧！他的噩梦在它们的欢呼之中开始了，它们会像狼群一样扑向他——多惨啊！只是他的考察成果要石沉大海了，只是母亲盼着带小孙子的心愿要成梦了，只是他要编著撰写的《秦直道民间文物》永远无法成书了……他的眼睛有些发酸，父亲就他一个儿子，母亲生下他之后，父亲祈望再生男孩子，因而给他取名"连续"——意思是叫母亲接连不断地生出一群男儿，为败落下来的老张家光宗耀祖，母亲却接连生了几个女孩……考上大学后，他将父亲给他取的"连续"改为"连旭"，是想使他的人生如旭日东升……现在一切都结束了，结束得是这样的没精打采，一如一张纸在没有被写字之前，便被风吹走了，飘落到时间看不见的深渊。

不，一切才开始，女毛野人，我一定会征服你的！

可脑海中响起那个"他"温柔的声音，"我愿意，我愿意，做你忠实的仆人，听从你从早到晚的召唤！""他"得意地在唱。

张连旭在为自己鼓劲的同时，也清楚事态的严重程度。他在不经意间，将自己的人生像玩垒蛋似的，高高垒了起来，现在想放下来，平静地生活，才发现取其中任何一颗，都有崩塌的危险。此时此刻，他的生命，也许已成一地鸡毛了，在风中轻飘飘地飞起落下……没有谁会关切注视——这是他无论如何不能接受也不甘心的事情。因此，即便是死亡他也要挣扎，正如乡亲们说的，兔儿危了也咬一口，可这一口从哪里下呢？他仿佛被困进了一个没有门窗的石头屋子里了，有力使不出来，其实也没有力气可使。他在想，要是对着坚硬的石壁狠狠踹上一脚，那只能伤及自己；而一口咬下去，那牙齿一定会磕崩的。

女毛野人在将张连旭放下时，又"嘿嘿"地笑了起来。这是女毛野人在示威，还是传递友好信息？他怎么感觉它是一脸女人的坏笑，对，就是人们常说的女人的坏笑，带着调皮和恶作剧的成分，在故意作弄他。他又臆想，这女毛野人难道是秦直道的守护神，不允许他对秦直道的冒犯，而发出这样古怪的笑声？他心里想说，我可并没有冒犯秦直道，也不敢冒犯，而且对秦直道我是充满敬意的。一次次行走在秦直道上，我能感觉历史的云烟从耳边掠过的声音，车辚辚，马萧萧，我从这历史的声音里感知秦皇汉武的雄韬伟略，以及秦汉的血色雄风。他还想求女毛野人放了他，我不过是你盘中一餐，我给你买一头牛来，我再给你买一头猪两只羊来。他此时坚信，女毛野人对他的苦求不会无动于衷。

啊，不是说毛野人在抓住人吃的时候，要笑得晕过去吗？女毛野人却丝毫没有要晕过去的迹象啊！

现在张连旭隐约看见女毛野人了，它比自己高了二三十公分，也就是说女毛野人身高大约在两米一二十公分，身体比他宽了至少两大拃，但女毛野人一点也不显得臃肿，而是苗条，倒像做着健美操的高个子美女，浑身透着健康的力量。星光下，张连旭看到了女毛野人一对好像扣了砂锅似的浑圆浑圆的乳房，女毛野人燃烧着火的手指，女毛野人燃烧着火的眼睛，女毛野人燃烧着火的嘴唇，女毛野人燃烧着火的放浪而得意的笑声……

他不由脸上一阵儿发烧，梦中还感觉身体的某个部位潮热了。

女毛野人靠在一块巨大的石头上，转过身双手一用力，巨石后面露出一个黑漆漆的洞口——应该是到毛野人的家了吧！

张连旭在女毛野人"开门"时，偷偷看了看手表，已近凌晨三时。女毛野人拉着他站起，将他掀到洞中，而后又搬动巨石，将洞口堵住了。

啊，咋这么倒霉，真是石头屋子！

洞里黑沉沉的，女毛野人拉着他上上下下左左右右地往深处走。走着走着，他感觉到一股热气，似乎还听见远处的流水声——这应该是一个溶洞吧，要是打着手电多好！走了约两三里路，女毛野人按他坐下——在一块平展的地方好像铺了一层厚厚的柴草，甚至还散发着田野花草芳香的气息。他感觉这里的空间很大，仿佛一座大会议室，并且再次听到了潺潺流淌的水声。同时一股蒸汽从左边扩散过来，想来应是一处地下温泉。

并没有其他野人，难道就女毛野人一个吗？或许它们出去还没回来，或许还有野人住在更深的洞中，或许有的野人已经睡觉了。

他要逃跑，可堵在洞口的那一块巨石，足有一两吨重，哪里去找撬开这块巨石的一根杠杆？这女毛野人的力气也太大了，它竟然毫不费力地搬开这么大的一块巨石！这个溶洞在子午岭的什么位置？啊，不，应该叫野人溶洞！它距离秦直道有多远？毛野人以什么作为食物？它会吃了自己吗？如果毛野人没吃了他，那他在野人溶洞能坚持多长时间？如何逃脱？不会游泳啊，要不，说不准地下会有一条流向山外的暗河，他可以通过暗河逃命！

毛野人洗澡去了。

也许等待他的是茹毛饮血，是食不果腹，是疾病缠身，是永远的暗无天日。

啊，毛野人会使用简单的工具了！也许通过毛野人，我们可以看到人类在进化过程中一段不可知的历程——这何尝不是自己研究的课题？洞穴，渔猎，草衣，这不是遥远的石器时代吗？——这的确是一个溶洞。好在毛野人从旅行帐篷将他掳来，要是睡在家里，那也许裤衩都不穿着。

梦中醒着，醒时又梦，张连旭说不清楚自己是梦还是醒了！？

而被毛野人抢走的一定是那个"他"，是那个高呼着"亲爱的毛野人，我愿意臣服于你，我愿意做你忠实的仆人"的混账东西！也许那个可恶的"他"，从此不会来骚扰他了，他可以成为真正的自己了……

第四章

　　无常回来了，无常抱回了张连旭的背包，以及他的旅行帐篷。无常还给张连旭摘回了子午岭正熟黄了的山杏，他闻到了山杏诱人的清香了，无常大概明白他吃不下去生野猪蹄，无常明白人间烟火。张连旭也不客气，抓起山杏就吃，他知道自己活过来了，现在必须保持健康的体力。

　　头不再像秋风里的南瓜一样沉了，张连旭觉得有力气站起来了，他想小便，无常不知有没有卫生间？无常匆匆过来扶住他，无常比他还高大，无常身体里好像烧着一盆炭火，让他感到一阵温暖。躺多久了，张连旭腿脚还真有点儿木，他站起来停了停，这泡尿该在哪儿解决？小河是无常喝水的地方，尿在小河里有些不合适。再说也不知小河的深浅和方向，一脚滑下去，也不是闹着玩的。无常好像知道他要小便，扶着他走向水声，而后背转身，双手向后扶着他，生怕他跌入河里似的。或者说，无常害羞，难道无常是个女鬼？

　　无常咋不跟他提钱的事，无常懂人言吗？

　　他不管三七二十一地尿了起来，如释重负！这泡尿憋多久了，张连旭一下轻松起来，尿气浮上来，满是中草药的味道，无常给他喂了多少草药？小便完，在无常转身扶他的瞬间，他的脸分明挨着乳房了，他感觉无常的身体抖了一下，难道无常真的是女鬼！

　　张连旭从背包里摸出手电筒，他想看看无常到底长什么样，是

　　啊，这哪里是什么黑白无常，是他梦里的那个女毛野人，那个
高个子的美女……

男还是女？手电光唰地照过去了，无常来不及躲藏，仿佛暴露在舞台中央光圈里的演员，一脸的惊恐。啊，这哪里是什么黑白无常，是他梦里的那个女毛野人，那个高个子的美女，身材苗条，容光焕发，长发飘飘，一件草围裙，充满了古意，似他曾在什么地方见过喊健美操的高个子美女，浑身透着健康的力量——光影中，张连旭看到女毛野人一对好像硕大花蕾似的浑圆浑圆的乳房。女毛野人就像他梦里梦见过的，用手遮住了眼睛，但女毛野人没有逃跑。山洞顿时静了，手电反射回一种奇特的晕光，似真似幻，小河的流水声，似一阵突然而至的大风，从张连旭的心头轰轰然地卷过。

真有毛野人，老乡们没有瞎说，毛野人现在就真实地站在他面前，这就是两次救了他命的毛野人，这就是一次次走进他梦中的毛野人！张连旭心的原野上，电闪雷鸣，瞬间已是零下几十度的寒冷，还说是黑白无常，还说是子午岭森林里邪恶化身的"地使"——亏他想得出来！他曾那样地排斥毛野人，那只是老乡们以讹传讹，那只是奶奶讲的一个故事，一个关于民族图腾的故事，试想在一块封闭的黄土地上，二十几个少数民族，在相互融合的过程中，毛野人作为某个甚至几个民族的图腾崇拜传承下来了，也被继承下来了。不管怎么说，毛野人也不能是人一样的高等动物，想象它们毛茸茸的外表，就说明毛野人进化有缺陷，这就意味着它们与牛羊有相似之处，它们充其量学着类人直立行走罢了！

可是，眼前的毛野人，一下砸碎了张连旭有关毛野人的全部排斥。她善良，她漂亮，她健康，她气质，她古典……他能一口气说下来这个女毛野人无数个标准美女应该具备的元素。她还是自己真正的救命恩人，他后悔不该把老乡的话当成耳边风。婶婶说的红毛野人，他宁可相信是老门——那个看过麻衣相懂得奇门遁甲的老门，那天算到他有难了，到了最危险的时刻，老门就走进森林救了他，只是老门忙，将他送到就近老乡家里了。他还准备抽空儿去问老门，只是秦直道让他这会儿走不开。

张连旭说："谢谢你，真的谢谢你！"他并且给毛野人深深地鞠了一躬。

毛野人指着手电的亮光，示意他关掉手电筒。张连旭才知自己太没礼貌了，怎能这样对待自己的救命恩人。他在推下手电开关时，他听到毛野人在叽咕着什么——声音有些沙哑发闷，这是不是毛野人们的语言？毛野人不知道他听不懂她的话，她也一定听不懂人类的语言，他相信她明白他要表达的意思，他想毛野人刚才叽咕的也一定算一门外语，只是他还翻译不了，但他明白毛野人似乎在说，那是她应该做的，遇到你也会这样做。

山洞又变得漆黑一团，张连旭的心却亮了。生活在漆黑中，原来也是一种境界，需要心灵的敞亮——这大概也是那些闭关修行者，选择一个封闭环境的原因吧！只要心里亮着一盏灯，无所谓黑夜。难怪传说中的神仙都住在山洞里，他们的日子里，其实有十个太阳在洞中升起落下，落下又升起，因此他们的节气里，可以永远春暖花开，蜂飞蝶绕；或者秋风习习，稻谷飘香……毛野人也不仅仅是习惯了这种漆黑吧，当然，她夜视的能力，不需要一盏灯，更多应该是她心中亮着，自然地亮着。现在，张连旭能感受到家特有的温暖了。这些天来，他占了毛野人舒适的野草床铺，弥漫着山野清香的床铺，让毛野人受了多少苦累，为他采药、嚼药、敷药，从真正的无常那里将他救回……想着这一切，深深的内疚感从张连旭的心头漫开，何苦来着，他就要逃离城市，选择秦直道，选择苦难！难道自己的心理真的不正常了？眼前又落下年轻女红卫兵鲜血淋淋的头皮，他又想起父亲人头堆成的"塔山"，这使他度过了一个个血色的下午，血色下午两点的梦。对了，现在应该是下午两点，因为年轻女红卫兵是下午两点被炮弹撕裂的，因为父亲是在一个下午两点给他讲起滴着黑血的肃反。因此，张连旭得了一种罕见的下午两点恐怕症，每每他心慌意乱，眼前就会呈现出那些可怕的场景，这又使他产生一种幻觉，有人要杀他，将他的头割下垒在"塔山"之上，将他的身体粉碎了，下一场红雨，他浑身便自然地跟着疼痛起来。因此他最不相信的就是人了，特别是同学同事朋友，只有他们才是潜在的敌人，是某一天突然放倒自己的对手，他就想远远地躲开。从考察秦直道开始，他便深深陷进去了，秦直道一下成了他最主要的朋友、伙伴甚至可以说精神的情人了！

毛野人又要给张连旭换药了，她嚼着药草的声音很响，山洞里飘起了中草药苦涩清冽的味道。毛野人敷好药后，将几棵草药递到他手里，让他自己嚼着吃下，他有点儿发怵，能嚼得动吗？可他不想让毛野人失望，便学着毛野人大口嚼了起来，啊，真难为毛野人了，这哪里是嚼的东西，他哪里能嚼得动！一阵苦酸中，舌头直往嗓子眼里缩，他想呕吐，却忍住了，他装作不在意的样子，使尽了劲儿地嚼，硬着头皮往下咽。苦啊，真苦，这是什么药草？他嚼得牙关都酸困起来了，他咽得眼泪都淌出来了。但他不能让毛野人看扁了自己，既然活过来了，就应像个男人，就应像个男子汉，显示出男子汉的气概，男子汉的雄风。

毛野人没看完张连旭表现的雄风和气概，跟他叽咕了一句什么，起身走了。毛野人走出山洞了，张连旭感觉到了远处闪电似的亮出了一丝灰白的缝隙。现在，张连旭不需要演戏了，他需要一堆火，他要烧着吃这只野猪蹄，增强他还有些虚弱的身体。他从背包里取出的打火机，只能先烧了毛野人的床铺，他有些不忍，可实在无奈啊，他更要毛野人接受火，让毛野人开始全新的火的生活。

啊，好在毛野人铺了一个柴草窝！张连旭看了看，足够他烧起一堆文明之火希望之火，足够让他烧熟了这只野猪蹄子。要是等毛野人回来了，看到火堆，吃上他烤熟的野猪蹄子，要是让毛野人接纳了火——那就等于一次胜利啊！那就等于毛野人迈出了走进人类文明的最为关键的一步。

火燃起来了。

他在搂毛野人的如篾席一样舒适的柴草窝时，发现一个里边充填了花瓣儿的竹编的枕头。他仔细端详着，嗅着毛野人身体里的清香，可以肯定这是一件有些年头了的东西，周边有一层自然的沧桑感的包浆，表明它的年代应该在晚清或者民国早期。毛野人从哪儿得来这个精美枕头的？竹丝断面全为矩形，薄厚仅为一两根头发丝儿，宽也不过四五根头发丝儿，摸上去犹如丝绸的质感，真让他不敢相信这件艺术品是如何编织而成。

张连旭抽出一支香烟点上，贪婪地吸了一口，疲累顿时消减了一半。在火光的照耀下，他环视山洞，啊，毛野人还在一边移栽了花草，一棵杜鹃满枝盛开着鲜红的花儿，一丛野菊长得郁郁葱葱，几株山丹丹花开得红红火火，还有一丛好似柠条又不是柠条的花儿，金黄色的花儿也开得热热闹闹的，使得山洞有了家的情趣和生机——显然这是毛野人刚刚从森林里移植来的，要不在这太阳照不进来的野人溶洞里，花儿不可能如此开放。原来毛野人也爱臭美，难怪毛野人的身体上，飘散着一股淡雅的山野的清香，或许毛野人在用花朵洗浴哩！

火焰很快熄下去了。张连旭从河水上游舀来半瓢水，将野猪蹄子在水里泡了泡，又洗了洗，埋进火籽之中，然后又添加了柴草——毛野人柔软的床铺下边，还整齐地摆放了一层防潮的硬柴，正是很好的燃料。等柴草再次烧起来时，野猪蹄子的香味便在溶洞中浓浓地飘漫起来，一股让人要流口水的香味儿。张连旭感觉饥饿一下包围上来了，饥肠辘辘似孙猴子钻进他的肚子里，在他空空如也的胃中蹬来蹦去。咽下饥饿，他想先熟悉一下毛野人的山洞，也许今后他要在这里待上一段时间。

趁着火光，张连旭写起了秦直道考察笔记，这是他必须完成的功课。

——走上秦直道，顿时生出一种回家的感觉。

是啊，回家的感觉真好！母亲准备下的一堆亲切的唠叨，其实是一杯家酿的老酒，饮了一生难忘，饮了一生温暖，饮了一生幸福……常饮常醉啊。人活八十有个娘好。也许这才是人人祈望回家的原因所在。在这种甜美的感觉里，张连旭年年春节回家跟父母过年，好像就是为了听母亲重复了无数次的唠叨。可母亲一个简单得不能再简单的抱孙子的心愿，他多年来一直不能了却，这也成了母亲的一块心病。而父亲总是无言，像一棵冬天里的大榆树，看上去似乎睡着了，或者是老死了，内在的刚强，外人却不知道。偶尔，母亲发火了，数落父亲："三马棒打不出一个响屁来——你倒是说说呀！"可父亲依然如故，最多向母亲撇撇嘴，继续一锅一锅地抽着让张连旭闻着都感觉呛嗓的老旱烟。自打奶奶走后，家里主事的没经商量，就变成母亲了。张连旭也知道，父亲压根儿就不想管家里鸡毛蒜皮的事情。劳作之余，父亲除了抽烟还是抽烟。

秦直道是张连旭另外一种意义上的家。

张连旭曾说，一生要是能干成一件事，那就不枉活一场。而他要做成的事，就是研究秦直道，还秦直道本来的历史面目。因此，他鄙视那些秦直道研究方面的专家学者，甚至在心里恶毒地称他们是学术嫖客，他们有的人只走马观花地进行了一两次形式上的考察，便开始胡说八道，给秦直道划定走向。然后，将一些足够美丽、无比灿烂、十分辉煌的词句送给秦直道，又拿出因此赢得的教授或者研究员的头衔吓唬人；有的人甚至不去实地考察，钻在典籍之中，《史记》如何如何说，《前汉书》和《后汉书》如何如何说，《水经注》又是如何如何说，再结合各地的地方志书，几番寻章摘句之后，如空中楼阁似的关于秦直道的研究成果便形成了！更可恶的是他们将这些纸上谈兵得来的豆腐渣研究，贩卖在学术期刊上，粉饰历史，糊弄世人……在他们一个个奖项的背后，其实是见不了人的勾当。

下了英烈山，行了一整天，从深沟的另一侧上了塬地，晚上住在一个叫马家山的村子。

马家山村子周围有秦汉时期的遗址，瓦砾遍野。有人说是云阳故城，但张连旭不以为然。去年冬天，张连旭在单位待得心慌，想感受一下秦直道的冬天——这也是他唯一的冬季秦直道考察。在马家山却有了意外收获，也算功夫不负有心人，他在遗址上找到了一件制陶用的陶拍，上面像反扣了两个饸饹床子的底儿，凹进去整齐划一的坑坑洼洼，拍在陶上烧成陶器便是美观的乳钉纹了。这里也许是一处制陶作坊遗址？顺着这个思路，张连旭第二天就发现了一些烧焦的块状物，而更多的瓦砾则是陶器废次品。

无疑秦直道也是当时的商品物流通道。

如此看来，秦直道不只是一条军事要道，而且是一条兼具贸易、文化等功能的交通大道。张连旭不能不为秦始皇的雄才大略而慨叹不已。统一六国，仅此伟绩，赵氏嬴政就配称千古一帝！还有统一文字，统一货币，统一度量衡，在那个华夏民族空前的统一时代，始皇废除地方分封制，代以郡县制，北击匈奴，南征百越，修筑万里长城，从而奠定中国两千多年政治制度的基本格局。回望历史人物，谁有如此丰功！史料照旧忽略了始皇秦直道的修筑。在张连旭看来秦直道是可以跟万里长城相媲美的伟大工程。如果将万里长城比作防御盾牌的话，那秦直道就是一支历史的长矛或者利剑了。无需赘言，其意自明。但这只是秦直道的军事作用而已，他想说的是秦直道的大文化概念。对于文化的解释张连旭有其独到的思考，文化的本意应该是"以文化人"。文化不仅包含文字、语言、音乐等等人们的生活形式，而且还包括人们的宗教信仰。在这些年来的考察研究中，对比陕北与陇东地区的文化特征，他发现陕北文化和陇东文化受到了秦直道输送的宗教文化的直接影响。无论剪纸、民歌、绘画，还是被誉为人类童年吉祥物的刺绣和荷包，以及众多无师自通的民间艺术大师，其根是扎在宗教文化里的。在这里民族融合了，在这里佛、道、儒三教一家……

而秦直道之所以修筑在子午岭上，考虑更多的应该是战略因素。

南吞三秦，北击大漠。子午岭地形复杂，地势险要，加之广阔的面积，众多的支岭，历来就是延州、庆州以及关中的屏障。同时，扼控着东西两侧历来为兵家必争之地的河谷大道，即今西安通往延安，再北行通向内蒙古的延川道；由贺兰山南下，经环县、庆阳、长武、彬县，直达关中马莲河道及在马莲河道之西，六盘山下的肖关道。河谷地带水草丰美，匈奴骑兵经河谷大道攻掠，一是地势相对平坦有利于骑兵运动，二是便于就地解决战马水草问题了。这一极其重要的战略地位，由子午岭所处的地理位置、地形地貌及所起的屏障和扼控作用完整地体现出来。可想而知这一战略地位，在秦直道修通之后，自然而然更加突出，或者说，才真正得以实现。

至于秦直道修筑在子午岭主脊之上，除了军事因素之外，考虑更多的是技术原因。

这些年的考察，张连旭结合地理地貌发现，秦直道的走向是经过极为缜密的勘查后选定的。他将秦直道大致线路画进地图，发现正好不偏不倚修在低丘陵地带，再往东一些，就是高丘陵的大沟地带；而要是再往西一些，便进入湖泊相连的沼泽地带了，在洪水季节道路很有可能会被冲垮。让他最为感慨的是秦直道有一半筑在秦人并不熟悉的鄂尔多斯高原，其地势虽不及陕北黄土高原地区那样跌宕起伏，沟壑纵横，但也丘陵延绵，沙海相间，地形亦十分复杂。两千多年前的秦人，在这么短的时间内，是怎样如此精确地掌握了北方大地方位概念的？又是如何认识如此丰富的地理学、地貌学知识的？罗盘定位技术是发明了，难道仅仅依靠罗盘，他们就具备了在这样辽阔地域内的大地测绘技能了吗？很难想象在两年多的时间里，他们借助什么样的技术支持，在一个无论是地理方位还是地质条件都比较陌生的区域，进行并且完成了一项如此浩大的工程！

秦直道修筑在子午岭主脊，从技术层面上讲不仅避免了山洪的冲刷，起到了防洪作用，而且可以消除河流在施工方面产生的一些不利影响。

连日奔波于烈日之下，实在有些疲惫，但这对张连旭来说早已是家常便饭。一次，他从志丹一路在秦直道上走了五十多天，向导换了几名，到淳化县城时，差不多到了蓬头垢面的程度，自己都能闻到身上的一股馊味儿，人们都以为他是一个行乞讨饭的。去宾馆登记住宿，服务员也疑心，问他："你有钱吗？"他连生气的力气都没了，掏出工作证，递给服务员，漂亮的女服务员不好意思起来，说："我当你，我当你——""也就是一个叫花子。"服务员没说出口，他倒风趣起来，"远看像是非洲的，近看像是贩炭的，仔细看才知是考古的，唉，我们就这个命！"一进房间，他满满地放了一盆热水，在澡盆里泡了足足一个小时，水开始凉了他才爬起来冲洗。原准备出去理理发再休息，可睡意沉沉，眼皮像有千八百斤重，沉沉得睁不开，倒在床上便睡，一觉直睡到第二天晌午。

可现在，这才几天啊！

再看毛驴儿，也一副劳累的样子，细算行程，毛驴儿跟他走了已有二三百里的路程，也该打发它回家了，可毛驴儿要是一走，这石朱雀如何是好？对了，这毛驴儿咋不喝水？这些天来张连旭没见驴子喝过水，真是怪事——难道它真的受到毛野人的惊吓？已到旬邑境内，是不是该把石朱雀通过邮局寄回单位，不要让毛驴儿跟着自己受罪了！可要是寄石朱雀，就得绕道，一绕百多里，有些不划算，还是让毛驴儿驮着走吧，等晚上住下，跟老乡买上一些黑豆，每天慰劳一下它，也算补偿。

唉，犟驴！细想自己不就是一头犟驴吗？

单位领导说他桀骜不驯，父母眼里他又死钻牛角，朋友圈中认为他晚生了八百年。他要是真的生在唐朝，那考察秦直道，说不定就轻松多了！其时，秦直道一定还是北方一条交通要道，贞观天子李世民北征突厥，旌旗猎猎，铁流滚滚，从秦直道上驰骋而过……那他就不用在史籍里找寻了，他要骑上毛驴儿，从秦直道南头的甘泉到北边的九原，再从北头的九原到南边的甘泉，将秦直道的附属物一一记录在案，给后人一个明明白白的秦直道，而不是司马迁《史记》里那仅有的寥寥数语。不过，还真的应该感谢司马迁，要不是这简短得再不能简短的几句话，秦直道也许就成为永远解不开的历史之谜了。

关于秦直道，据清乾隆年间折遇兰本《正宁县志》载："此路一往康庄，修整之，则可通车辙。明时以其道直抵银夏，故商贾经行，百物踵至……今则塘汛废弛，商旅裹足不前，通衢化为榛莽……"就是说，在此之前，秦直道是经久的"通衢"，而非"榛莽"。换言之，秦直道在大清乾隆年之前一直是畅通无阻的大道，也就是说秦直道近乎使用了两千年，是一条畅通了近乎两千年的古代"高速公路"。起码秦直道在子午岭上这一段，畅通了近乎两千年。这是多么令人不可思议的路啊，一条征战之路，一条思想之路，文化之路、宗教之路、友谊与和平之路，一条真正穿越了历史的路，一条让所有的路都脸红的路！

路越行越难，更多的地方，其实根本没有路。进入子午岭群山，一眼望去，千山叠翠，万木葱茏，让人眼睛为之清亮。这跟张连旭老家陕北的一架架黄山相比，他仿佛来到了一个世外桃源，一切都特别而又新鲜，一切都充满了神秘的色彩。子午岭从里到外郁郁葱葱的绿色，让他满身的疲累一扫而去。清风吹过，是比吸氧感觉还要舒服的呼吸，是一股沁人心扉的山野的芳香。太阳也不再毒了，暖融融的阳光好像母亲善解人意的手啊，抚摸着万物生长。

鬼门口、艾蒿湾、乏牛坡、蝎子掌，张连旭忽地想起这几天经过的地方，也就是秦直道所在的地名，不由倒吸了一口冷气。是谁如此刻薄，取下这些使人一听就感觉头晕的名字？如此倒霉的地方，谁家女子要是心甘情愿地嫁过去，那一定是脑子进水多了！他不知道，其实有些地名的形成不是谁一个人可以左右得了，甚至也不是一代人叫开的，有时是几辈人逐渐口传才形成的。但透过这些偏僻、荒凉、生煞的地名，可以感受如今的秦直道啊！

石门关到了。

石门关是张连旭考察秦直道的中转站。在石门关所在的石门村，他一次住了近半年。因此，村里每户人家的门朝哪儿开，他都能说得清清楚楚。即便是乔迁新居的，迁到哪儿了！一户老乡，在向阳的山坡新修了五间亮堂堂的楼板房，搬家后，一只狸猫跟着他们住进新家，一条母狗却怎么也不肯跟他们走，用绳子强拉过去，但只要解开了绳子，狗照旧跑回老宅。老乡很不解，疑新家风水不好，狗才不愿来住，请阴阳谢土安正。阴阳念了禁狗咒，也不管用，就仔细端量狗，说："这是一只狼狗，我的咒只能管土狗。"后来村里一老汉，道破天机，三只狗崽子被偷着捉走了，狗是担心崽子回来找不到家门……石门村这样的插曲，张连旭都知道。

"怪石森天辟一门，谁提十万作兵屯。"这是大清顺治己亥科进士，授湖广衡州府推官的旬邑人文倬天写石门关的诗句。

石门关是秦直道南段进入子午岭的第一雄关。峻嶒石壁，两峰对峙，有"一夫当关，万夫莫开"之险。远处的山顶上，耸立着一座观察山火的瞭望台，颇有点似汉画像石上阁楼的样子，却一下子又勾起了张连旭的想象。秦直道两旁附属的建筑设施有哪些？关隘、役站、烽火台，自然缺一不可，但平时道路的维护呢？从秦汉到唐宋至元明，或者直至清初，秦直道的日常养护也是一项十分具体的工作，那么古人是如何管护的？要是这样，那秦直道应该在三五十里的路上有一个养护站的建筑基址，可从秦直道两边的遗址上，他并没有发现这样的建筑设施。难道古人将养护道路的任务完全地摊派到地方上了吗？

在一次试探性的发掘中，张连旭惊喜地发现保留在秦直道上清晰的孩子脚印，而且还是六七岁孩童的脚印。他曾想孩子走在泥泞的路面上，有一种可能是一场大雨后，他们跟着养护道路的母亲、父亲一块走上秦直道，大人们在忙着往污泥不堪的道上撒土垫路，孩子们则跑来跑去往实踩踏……他接着又发现了男人和妇女的脚印，以及车辆留下的黑色辙痕。

在陕北说书中，书匠一把三弦唱春秋，"开场诗"里有一唱段：

> 要问我今天讲何人，
> 说一段前朝古代经。
> 只听见古人传古名，
> 谁也没见过古人走下踪。

看着孩子踩在泥泞里的脚印，张连旭独自笑了，还真有古人走下的踪！他在想，我们看不清历史的全貌，幸运的是历史往往在有意无意中给我们留下一些印记，让我们循着这些印记回望历史的过眼云烟，寻找历史真实的根基。而秦直道无疑是一条通往历史的神秘之路，通过秦直道，张连旭要给秦汉这段历史把脉。

石门关两侧山崖壁立，中缺如门，地形险要。秦直道从中穿过，更显出其交通要道的价值。古代交通曾经被视为"国脉"，也就是说道路畅通，则一个统一王朝的"血脉"也就通了，这"血脉"的畅通与否，其实关系着一个帝国的强弱盛衰。

早几年，张连旭就在石门关发现了一座秦汉宫殿遗址。遗址总面积约有五千平方米，南北长约一百米，东西宽约五十米。经他初步考察探明，在遗址地表下埋藏着丰富的历史文化信息，地上亦散落着各种秦汉时期的建筑材料，筒瓦、板瓦、铺地砖、空心砖、陶井圈和瓦当等随处可见。

这是未见诸史籍的一座宫殿遗址。

也就是说秦直道的附属建筑物除了关隘、役站、烽火台，还有宫殿。这座不名宫殿遗址与张连旭考察发现的另外十九座宫殿遗址，在秦直道上的距离分布大体一致，即每间隔大约六十里路，就有一座宫殿，作为皇帝在秦直道上往来的行宫——阳周正是这样的一座宫殿。他以此相间隔的距离推算，秦直道上应该有二十六座这样的宫殿。

——这与秦直道五里一燧，十里一墩，三十里一堡，一百里建一城，一百五十里置一行宫的传说不相符。

石门村只十余户人家，位于石门山下的一个小山沟里。奇怪的是这些人家无一土著，全是从各地逃难来的移民，操着十几个省份的方言。张连旭在石门村来过几次了，老乡们都知道他研究圣人条，并亲切地称他"张考古"。借宿下来，张连旭去村口的一家代销店，主人是从陕北横山逃荒来的。现在半农半商，在路口盖了两间平顶房子。他上次嘱托过老乡，要是发现村民挖出什么古物，先替他收下。走进代销店，主人一眼就认出了张连旭，说："替你收下的东西，也不知道是不是古物，你先看看。"说着，从石板搭成的柜台下拉出一个化肥袋子。张连旭急忙说："小心，小心点儿。"

一边给老乡递过一支香烟。老乡推让，并从货架上拿了一盒金丝猴说："抽我的。"张连旭说："烟火不分家，都一样，客气啥呀！"

半袋子东西，张连旭一件一件轻轻地掏出，竟都是他要找的宝贝。一块较为完整的图案纹瓦当，一周弦纹将当面划分为内外两区，外区又以四组双线分成四格，每格内分别饰以蘑菇形云纹；内区方形网纹，网中点缀着谷粒大小的珠纹。当心为一圆钮，周围又是一圈连珠纹——典型的秦代风格。而一块几何纹铺地砖，纹饰很像是宋代"皇宋通宝"钱币及西夏印玺印文字体上的"九叠篆"——难道"九叠篆"在秦汉时期就已开始使用了吗？还是石门关的这些宫殿至宋代亦未毁损，并重新铺过地砖？另外还有一些建筑构件，其中一件应该是宫殿飞檐角上的陶制螭龙，很是特别，已经带有釉彩，或者说开始施釉。

聊起家常，老乡告诉张连旭说，村里的人虽说以种田为主，但靠山吃山，农闲季节他们也上山采药或者打猎，因此是旱涝保收。每年平均下来，家庭收入都还不错。比起老家横山来，这里人烟稀少，只要有苦，随便哪达儿都可以刨出一块地来种——老天爷饿不死勤快人。

"生意还好吗？"张连旭问及老乡代销店收入情况，老乡说，去年村里出了一位"神仙"，说是从甘泉山通天台上下来的，求医看病无不灵验，神堂上整天香火缭绕，因而远近山民都来朝拜，村里行人车马络绎不绝。代销店的生意一年能顶过去几年，谁知县公安局下来二三十人，抄了神堂，将"神仙"也铐走了，他的收入也跟过去没两样了。

老乡婆姨端上了煮好的臊子面，张连旭边吃边听老乡云里雾里地神说，这石门关神着哩，据说那石门至今没人能打开，秦始皇会奇门遁甲的法术，能"变昼为夜，撒豆成兵，挪山倒海，呼风唤雨"，因此才打败了六国，统一中国的。而秦始皇的豆子兵，就住在这石门之中。在一个雷雨夜里，村子里有人亲眼看见过，石门关的圣人条上，有一支"大秦"的骑兵——足足有十几万人，人喊马

66

嘶，威武雄壮地驰过……张连旭笑着说："那秦始皇不就是神仙了吗？咋还会死！"老乡急了，"真的，起初我也不信，可就是去年夏天，一天我去山里采药，回来时已到半夜，突然响雷打闪地下起了暴雨，到村子后山的圣人条时，我亲眼看到了一支一眼望不到头尾的黑色骑兵，从圣人条上驰过。我回来给婆姨也说过，你不信问她。"老乡摸了摸头，接着说，"一说起这豆子兵，我就感觉头疼得厉害。"他婆姨跟着说："就是。听人说，那打着旗旗伞伞的黑马队，都是像真人真马一样大小的牛皮人人马马，他们只听皇帝一个人的话，只要皇帝一念咒语，他们说到就到——那圣人条是他们的通天路，直南直北没有阻挡。"

关于在秦直道上看见过大秦威武之师的传闻不少，张连旭一直认为是以讹传讹。有人虽然言之凿凿，但又并非亲眼所见，他也没打破砂锅问到底。陕北民歌里唱：想哥哥想得眼发花，一把搂定个树圪叉；照哥哥照得眼耀花，土圪塄当成枣骝马——他只当他们一时走神出现的错觉。但石门村这个开代销店的老乡，赌神发咒地跟他说，他真的在秦直道上看见过"一支一眼望不到头尾的黑色骑兵"。他才反复追问，老乡当时并不是饿得头脑发昏了，也并没感冒发烧。老乡能说会道的婆姨也在一边帮腔："我们人没甚本事，可从来不谝谎！"都到这个份了，他嘴上要再说什么，就是对老乡极大的辱没。这事儿却一直让他纠结，最后的决断还是不可信。

直到一次，张连旭参加国家文物局一个大遗址考察，他同时作为向导，从"大圪垯"出发一路向北。那天，我们扎营在石门关之北约十余里的秦直道上。野炊让大家很是兴奋，个个海吃愣喝的。半夜里张连旭肚子一阵疼，衣服也没来得及穿就跑出了帐篷。白天晴空万里，这会儿东南方向，黑云滚滚，接着响起了雷声。拉过一次，回到帐篷他吃了两片"痢特灵"，却并未止住，又接连跑了几次。一次，刚蹲下，闪电中，他看到一队骑兵从秦直道上驰过，还真切地听到了马蹄有节奏的哒哒声。腹泻的难受感觉顿时消失得无影无踪，张连旭生怕惊扰了他们，撅着屁股悄悄趴下，又一道闪电中，他看到了篆书的"汉"字旗帜，他揉了揉眼睛，确信这是一支大汉的虎狼之师，并非"黑马队"，他们骑着的是汗血宝马，"黑"只是夜色赋予的。

之后，张连旭再次去找石门村的那个老乡，问他看见"黑马队"的准确位置，竟跟他看到的大汉"虎贲"在同一地点。百思不得其解，他去找专家求教。专家说，只有一种解释，就是秦直道像录像机一样，在一个雷电的特定环境下，将正好经过的这支大汉劲旅录制了下来，而在之后的雷电作用下，重新进行一次次的播放。真后悔拉肚子只知带手纸没带相机，竟错过了一个多么真实的历史画面的拍摄。

老乡夫妇，又给他讲了红毛野人。

他俩夫唱妇随，越说越玄。那个被公安铐走的"神仙"，是秦始皇豆子兵的军师，能掐会算，空中一伸手就是一把药丸，包治百病。"不是说那豆子兵是牛皮人人吗？"张连旭笑着问，"咋就变成真人了？"婆姨嘴快："那豆子兵是些牛皮人人马马，就像牛皮影人儿。可是附在活人身上，不就成真人了！"男人附和着说："就是。"又说张连旭考察的子午岭圣人条神着哩，今年有人说看见过一个红女毛野人，村里的王媒婆还要给老光棍牛二蛋提亲去——只是找不上毛野人的家。

张连旭听得入迷起来，烟头已烧着手了，才丢下烟，说："那红毛野人有多大了？"话说出口，又觉得不妥，正要纠正，可老乡婆姨嘴快："也就十六七岁吧，听说还俊模俊样的——就是一身红毛，个子又大，比你能高出一个头。"男人瞪了婆姨一眼，说："好像是你娘家侄女？你什么都知道！"婆姨说："是打猎的李老二亲口说的，他看见过那个女毛野人，长得俊着哩，只是黑了一些！"张连旭将信将疑，一脸的茫然。

也是红毛，看来自己真的看见过毛野人，张连旭心情一时变得沉重起来。天已黑透了，两个"烟囱手"不觉之间已抽去一盒白公主。张连旭付了老乡收购文物的一百元钱，告辞老乡两口子，去借宿的人家。毛野人却不时地出现在他的想象里，啊，那次他看到的确实是毛野人——子午岭森林里有毛野人！报纸上曾报道，中科院组建了一支汇集全国十多个研究单位上百人参加的考察队，赴湖北神农架调查林区干部目击野人的事件。还报道成立了一个中国"野人"考察研究会，都是围绕神农架的，但他没有见到过任何有关子午岭野人活动的报道。

梦里，毛野人穿着红袄绿裤来了，是奶奶故事里的那个吃人的毛野人，又像是一个要上花轿的新媳妇。

——毛野人等了好一会儿，还不见木墩墩和门栓栓回来，就拉了几下绳子，公鸡跟着绳子一拉一跳，毛野人以为两个孩子还在绳子上，就没当一回事儿。天亮了，毛野人开门一看，绳子上拴的是两只老公鸡，便急忙去找。寻到沟底，看见井子里的两个娃娃就是木墩墩和门栓栓。便问："我的憨娃哟，你俩咋就跑到井里了？"木墩墩和门栓栓却不说话。毛野人想一想，等我喝光了井里的水，看你俩往哪儿跑，趴下就开始喝水。毛野人将井水一口气喝了个干，谁知看不见了木墩墩和门栓栓！毛野人肚子胀得像大笸箩，走也走不动。木墩墩和门栓栓在树上不由笑了起来，毛野人抬头一看，原来两个娃娃在树上，又问："你俩咋上去的？"门栓栓说："东庄借一碗油，西庄借一碗油，抹一抹，上一上。"毛野人跟着门栓栓说："东庄借一碗油，西庄借一碗油，抹一抹，上一上。"真的就端来了两碗油，往树上抹，却不晓得越抹越光，毛野人怎么也爬不上去。木墩墩说："东庄借一把斧子，西庄借一把斧子，砍一砍，上一上。"毛野人跟着说："东庄借一把斧子，西庄借一把斧子，砍一砍，上一上。"斧子借来了，毛野人砍一砍上一上，快爬到树上时，木墩墩和门栓栓一人一脚，把肚子像两个反扣在一搭笸箩一样的毛野人蹬得跌到树下掼死了。

张连旭醒来时天已大亮。

都是毛野人害的，一夜在他的梦里来来回回地折腾，使他梦魇似的不时被惊醒，鸡叫时分好像才睡踏实了一些，却一觉睡到大天亮。匆忙收拾行囊起身，去老乡的代销店里将文物驮上。老乡又给毛驴儿鞴了一个旧鞍子，这下好了，将石朱雀与他昨夜打包好的纸箱，搭在鞍子的两边，稳稳当当。

张连旭又在老乡的代销店买了一箱方便面、一袋子火腿肠、两条"白公主"香烟，又买了一个十斤的塑料桶装满水，而后告别老乡夫妇，沿着秦直道，继续北行。

现在，张连旭好像弄明白了，那个被毛野人抢走的不是自己，是那个可怜的"他"！谁知正暗暗庆幸时，感觉那个他"嗨"的一声，跳到他面前来了，手舞足蹈，兴高采烈，藏猫猫找到了他藏身之地似的，一脸坏笑。"他"突然像会五行遁术似的，一下隐入他身体里去了，他狠狠将自己擂了几拳，又掐又拧的，"他"就是不肯出来，他疼得龇牙咧嘴，"他"却用一副假面在冷笑……

第五章

　　估摸着毛野人快回来了，野猪蹄子也快烤熟了。

　　张连旭又往火里扔了一抱柴草，眼看女毛野人的柴草铺，让他烧得差不多了。他口渴了，找来毛野人葫芦瓢，从河里舀了半瓢水，一口气喝下。

　　水雾是从一块石头旁升腾起来的，显然这里有一处温泉。毛野人真会选地方，神仙的洞府也不过如此！他伸手试了试，水温正好，多可惜啊，这么好的温泉，白白流进河里去了，泉水和河水交汇，一热一冷，水雾便漫漶开来，溶洞于是乎多了几分仙气。他真想趁毛野人不在，先洗个温泉澡，那是多么惬意的事情。他感觉七寸蛇留在肩膀上的疼痛，已经过去了，他只是肚子有些饿。但他克制了一下，他对热水澡有一种难以言说的热衷。

　　现在，他要四处走走，自由自在地走走，熟悉一下也许要成为家的地方。另外他想看看毛野人的"仓库"——都有哪些食物。他更想弄清楚，这个山洞中还有没有其他毛野人？当然，要是能找到一个通往外面的洞口再好不过！火光一时又使张连旭的眼睛不能适应黑暗了，感觉前面已到了山洞的尽头，不，这是一个溶洞，奇形怪状的钟乳石林立。他打着手电走过时，一道道彩虹似的光柱升起落下，落下又升起。一会儿彩虹又倏地远去，一个弓形洞口像一扇敞开的窑门，出现在面前，他小心翼翼地走进去，拐来拐去，原来洞中有洞，别有洞天，一个继续通向前方，一个陡直向上拐去。

张连旭原地立定思索了良久，怎么回事，自己突然变得优柔寡断起来？畏首畏尾的，彩虹之中好像隐藏了一只凶恶的怪兽，虎视眈眈地盯着他的一举一动，感觉危险已伸过热情的双手，随时都想跟他来一个深情的拥抱。这些天输胆了吧，可也没觉着怎样地惊惧！唉，还是先回去烤野猪蹄子是正事，现在，填饱肚子才是议事日程上的当务之急，恢复体力才是他的正事。

烤野猪蹄的香味儿更浓了，张连旭觉得胃也跟着往上提了一大截，急不可耐地要伸出一双饕餮的筷子来。怎样才能让女毛野人接受火的洗礼？这是他占领野人溶洞以及征服女毛野人的重要环节，也是摆在张连旭眼前迫切的现实问题。女毛野人回来了要是将火扑灭了怎么办？女毛野人要是看到"窝儿"被他烧了恼羞成怒又该怎么办？文明与野蛮其实就隔着这小小的火堆，女毛野人要是能走进火光，那他今后的生存才有保障。

"我得到洞口迎接女毛野人去，等它回来时，我点着一支香烟，微笑着迎上去，让它适应火而不是惧怕。如果成功了，再拉着女毛野人走回来，特别是临近火堆前，我得挠它的痒痒，让它高兴地'嘿嘿'笑起来。"啊，这不是梦中的事情吗，怎又感觉就像真的一样？

张连旭打着手电，径直向洞口方向走去。到洞口时，张连旭透过照进洞里的一线亮光，爬上石头，根本看不到洞外一丁点儿的风景，那一线光亮是拐着弯儿钻进洞中的。但他嗅到洞外的空气了，无比新鲜的空气，有一丝儿地菜莹莹清香的空气，有一丝儿松树枝芳香的空气，有一丝儿柠条花幽香的空气。光线暗了一下，是毛野人回来了吗？怎么没有一丝儿的响动！他急忙溜下石头，点着一支香烟，这是一次奢侈，以后他不能为一支香烟使用打火机了！他蹑手蹑脚后退了几步，等着毛野人搬开洞口沉稳的巨石，他想知道是什么时间了。

毛野人真的回来了。

毛野人好像知道张连旭就在洞口，毛野人在搬去第一块巨石之后，给他说着什么，然后才搬开塞在洞里边的第二块石头。张连旭看到阳光了，一洞明媚的阳光斜射进来，毛野人巨型金丝猴儿似的一身橘红色的毛发，在斜阳的余晖里婆婆娑娑神采奕奕的模样，好像摩登女郎反穿了一件仿真的皮衣。毛野人一闪进了洞口，而后，毛野人毫不留情地将洞口照旧堵上，将一洞明媚的阳光和他隔开，将他同外面美好的世界生硬地隔开——毛野人是不是不想让他离开了！

毛野人惊奇地瞅着张连旭，不认识他似的，瞅着他嘴巴上一闪一闪的火光，瞅着他喷出的一个一个的烟圈儿。张连旭微笑着贴过去，他将香烟夹在手指间递给毛野人抽。毛野人好奇地半蹲下来，学着张连旭抽了一口，咽进肚里，接着便"咳——咳——"咳嗽起了，眼泪花在眼眶里直打转儿。张连旭拍着毛野人的肩膀讨好，又将烟夹给毛野人时，毛野人直摇头，但并没有将香烟夺过去扔掉。

毛野人一脸狐疑地嗅了嗅，它好像闻到什么味儿了！

毛野人怀里抱上纸箱，左手提起他鼓鼓囊囊的红背包——这是他的还是那个"他"的行李？张连旭看着眼熟，在他要自己拿背包时，被毛野人推开了。毛野人浑身透出的力量，让张连旭的积极显得有些多余，他仿佛不复存在的空气，可他明白这是毛野人关心他，不想让他太累了。毛野人健步走在张连旭前面，而一心想着巴结毛野人的张连旭，只得匆忙小跑儿几步赶上，一副讨好毛野人的狗腿子相，打着手电在前头带路。毛野人反倒走得别扭起来，高一脚低一脚的，踏不到该踏的地方。

没走出多远毛野人又停住脚，再次嗅了嗅，又侧耳听着什么。张连旭学着毛野人的样子，嗅了嗅，跟着侧耳倾听，他却什么也没有嗅到听到。啊，毛野人有超常的嗅觉听觉，因此可以提前躲开人类——也许这正是我们不能发现野人活动的一个主要因素！毛野人早已嗅到烤野猪蹄儿的味儿了，毛野人甚至听到柴火燃烧的声音了。张连旭挡在毛野人面前，将香烟上的火用两指掐灭——他想让毛野人知道，火其实一点都不可怕，"数千百人各以炬来取其火去，

　　他将香烟夹在手指间递给毛野人抽。毛野人好奇地半蹲下来，学着张连旭抽了一口，咽进肚里，接着便"咳——咳——"咳嗽起了，眼泪花在眼眶里直打转儿。

熟食除冥，彼火如故"，火才是我们最伟大无私的朋友。张连旭还想说，火，现在只有火能带你走出野蛮，走向文明——可是毛野人认为她野蛮吗？毛野人需要这样的文明吗？

站在快要熄灭的火堆前，毛野人看上去真的是愤怒无比，一对好看的大花眼睛，瞬间竖起来了，眼里射出一股冷冷的寒光。她温暖的"窝儿"，她散发着山野清香的"炕头"，让张连旭给烧了——也许那是她刚刚从远山上精心挑选，一抱一抱搂回的温馨的"席梦思"啊！却让张连旭不分青红皂白地给付之一炬，作为他全新生活的开始，变成了他的一餐美食，一个烤野猪蹄儿的香。

张连旭不敢挠毛野人的痒痒了，他做错事似的将帆布帐篷平铺开来，然后再铺上防潮褥子，拉着毛野人坐下。将毛野人飘散着花香的竹编枕头递到毛野人的怀里。毛野人两膝向前跪下，毛野人看上去温顺而又可爱，毛野人用一种异样的目光看着张连旭，反倒像张连旭请进溶洞中的客人。张连旭乘机又向火籽堆里慢慢地添了一把柴草，并爬到火堆边，一口一口地吹着。火苗噼啪响着向上舔舐着燃烧了起来，毛野人像狩猎的猛狮一跃而起，并一把拉开张连旭，惊恐万状，似乎想用手或者脚扑灭一下子燃烧起来的火焰。张连旭从后面双手抱住毛野人，忽然放开嗓门大叫一声："火是朋友！"

毛野人不解地愣住了。

张连旭走到火堆旁伸出两手，靠近火焰，又说："火是我们的家，火是文明的符号，火是我们不可缺少的朋友。"说完之后，又想：这不是对牛弹琴吗？毛野人却好像听明白了似的，惊愕中渐渐又恢复了平静，她开始深情地望着张连旭，学着张连旭的样子双手伸向燃烧的火焰。

成功了，他成功了！

张连旭觉得这是他人生最大的一次成功。比起一次次考试，他的这次成功更具有神圣的挑战性，更像是他一个人取得的一次远征的胜利，他一个人举办的一次经典而又成功的奥林匹克运动会。

张连旭从火堆里扒出烧得焦黄的野猪蹄儿，这股特别的诱人的香味儿，馋得毛野人嗅了又嗅。张连旭拉着毛野人到河边洗了手，张连旭双手抓起香喷喷的野猪蹄儿递给毛野人，似乎觉着烫，毛野人左手倒在右手，右手倒在左手，送到嘴边深深地嗅了嗅，又递到张连旭的手里。张连旭接过来先啃了一口，感觉特别耐嚼爽口，别有风味。他再次把野猪蹄子递给毛野人，毛野人却两手背后，摇头不接。啊，还必须让毛野人感受一下这人间的美味儿，他感觉到了，毛野人是为了他才不肯吃烤野猪蹄子的，毛野人要把好吃的东西让他独享。张连旭突然记起了什么，他拉过背包——里边有一把匕首，现在该派上用场了。

张连旭从背包里取出匕首——他感觉毛野人的脸一下绷紧了，他又从笔记本上撕了两页纸铺下，将烤野猪蹄子放在上面，横竖几刀割开，自己先用刀挑起一块送到嘴里。嚼了嚼，想起中山服兜里的方便面调料了，掏出一包撕开撒在烤肉上，再吃时自己也不由地暗自点头。他故意用刀挑了一块递到毛野人面前，说："好吃，你也来一块！"毛野人犹犹豫豫的，似乎想学张连旭直接张口吃到嘴里，可还是用左手将肉从匕首上摘下——毛野人是个左撇子，然后送进嘴里满意地大嚼特嚼起来。

看着毛野人笨笨的吃相，张连旭又生出同情来了！

背包里衣服上面赫然在目的是砍镰，以及他的眼镜，他所有的东西似乎什么也没少。只是他心爱的陶埙被压坏了，变成了一把破碎的残片。他无意识地将陶埙的残片，在手里摆弄着，毛野人似乎明白了是她不小心才将陶埙压碎了。可她实在看不出来，这些碎屑即便完整，又有什么作用？而张连旭相信毛野人听到过他的埙声，他甚至隐约觉得毛野人是跟着他的埙声救起他的。他宁可相信女毛野人深深被他的埙声吸引打动，而救了他，他甚至多情地认为，毛野人是爱上他了，为一生都能听他直抵心灵的埙声。那么，毛野人也是他久违的知音，现在，他却不能为她吹奏一曲"高山流水"了。

——张连旭怎么也没有想到，他会在野人溶洞在毛野人温柔的情感中一待就是十几个年头，直至他和女毛野人的儿子毛猴长大，他才卑鄙地成功逃脱。当然无情无义的背叛，也让他尝到了人生说不尽的苦楚。他从此像掉进了一口深不可测的枯井，一直都在黑暗里痛苦地往下坠落着……

这一段秦直道保存完整，宽三十五米到五十米之间，路面上只生长了少许杂草，坚硬却超过刚铺的石子路。想着唐杨炯"帝畿平若水，官路直如弦"及岑参"野店临官路，重城压柳堤"的诗句，好像就是描写这秦直道的啊！走在上面，感觉像是在柏油路上，即便是驴蹄儿也踏不起一点尘土。秦直道两边已尽是密林，早晨的阳光从林间照过来，像过滤之后又染色了似的，给人感觉周围都是绿的，绿色的阳光，绿色的天空，绿色的鸟鸣，绿色的秦直道。声声鸟鸣里，透着一种神秘一种幽静一种佛意，大脑瞬间好像停止转动了，张连旭都不知自己从哪里来，要到哪里去！子午岭，这是黄土高原的一叶呼吸着的肺啊，高原的呼吸在这里，高原的美丽在这里，高原的生命也在这里……

现在，他一人一驴，走在两千年前的子午岭秦直道上，更具有一种古典的意趣。一个苦行僧，为自己心中的佛，甘愿抛却人间的一切功名利禄，在一次次远行里找寻、求索、觉悟。秦直道是他生活的全部意义，甚至超过了他的生命高度，为此，他放弃了本来拥有的属于他的一切幸福生活。

一阵突突的拖拉机声，从身后传来，打破了早晨子午岭的宁静。石门山林业站的工人，从秦直道上开着拖拉机上山去——他们至今还利用着这一段秦直道，进山出山，巡回检查。前年，他们曾让张连旭达乘拖拉机进山，但张连旭没有同意。他更想在行走之中思考，在行走之中感受，在行走之中发现，让眼睛像录像机，将秦直道深深地刻进大脑的沟回。

到了一个三岔口上——往左边的森林里有一条三轮车路，张连旭吆喝住毛驴儿时，拖拉机也停在了他身边，他们跟他打招呼，说："进山不许携带烟火。"仔细一看，是在他们林站上借住过的"张考古"，司机看看毛驴儿又看看张连旭，说："怎么雇了毛驴儿驮东西?"张连旭笑着说:"不是。是一个关中老乡借给我骑的,正好驮行李。"

张连旭要给他们掏烟,手伸了一半却停住了,又没及时收回,像放电影胶片突然断了,人物僵在银幕上一动不动。想了想,人家刚才还说不许携带烟火,他这不是自找没趣吗?森林里是不允许抽烟的。一个假,两个真,三个就能闹革命——这是老乡们说他们林站工人的。意思是他们一个人时,还偷着卖林木哩;两个人就正儿八经的了,啥事都是一副公事公办的样子;三个人,就能演一台革命样板戏——自然不会在森林里当着他的面抽烟。

"是给毛野人送财礼去吧?"拖拉机上的一个瘦子逗趣说。

"对了,你们看见过毛野人吗?"张连旭接着"瘦子"的话问道,"一个红毛野人。"他也不知道,怎么就跟着"瘦子"说起毛野人来了。

"哪有什么毛野人?都是山民们瞎编的,我在方圆几十里,跑了二十多年,不要说见野人的面了,就是野人的一根毛也没见过。"坐在拖拉机上的"一脸胡"肯定地说。

"我倒是相信有毛野人。听老辈人说,毛野人在山上碰到人,先抓住人的胳膊大笑,直到笑得晕过去为止,醒来后再把人吃了。所以山民们进林,胳膊上要套两个竹筒,一旦被毛野人抓住了,趁它笑得晕过去的时候脱掉竹筒逃走。""瘦子"说着跳下拖拉机。

"一脸胡"骂"瘦子"说:"尽放儿骡屁。你说有毛野人,要有事实依据。一个在自然界能够繁衍生存的物种,应该拥有一定的种群数量,达不到这个最低基数的种群,无疑就会灭绝。当然,即使达到了这个最低的基数,但过于分散而不能相互接触,也就是说相互孤立而不能配种,那也必然要绝种——就像野生华南虎,不就灭绝了吗?"

"哎呀,你知道这么多!"张连旭投去赞许的眼光说,"你说得对,就是这个道理——不过说野生华南虎灭绝了,好像还为时尚早。"

"瘦子"想说什么,嘴巴动了动,但没说。

78

"话再说回来，就按你说的如果有毛野人，那它的祖先是谁？世界上所有的动物都是经过千百万年漫长进化而来，要有根源有祖先有遗迹，也必然要与其他生物有一定的渊源关系，绝不可能完全孤立于生态系统之外。包括我们人类，也是由猿到人——也就是说我们最早的祖先是猿，那毛野人的祖先呢？""一脸胡"得理不饶人，说得更是有鼻子有眼。

"那你逢年过节咋不给你的猿人祖先烧纸？""瘦子"的话有些胡搅蛮缠，"说人的祖先是猿，那是臭屁，你倒当成香瓜瓜贩卖！从猿到人——这多少年来你见过哪一个猴子进化成人了？难道说现在的猴子停止了进化，还是现在的猴子不想进化成人了？"

"一脸胡"跟着跳下拖拉机，在与张连旭握过手后，这时又因为毛野人与"瘦子"脸红脖子粗地争辩起来。

"我说你是养憨儿那年生的，你不服气！你让'张考古'给咱评评理，你说的是人话吗？不读书，不看报，钻头觅缝的就知道往赌博场上跑。不晓得，还爱说——没人把你当哑巴！"

"瘦子"有点急了："你不就看了《野人之谜》吗？要是没有毛野人你为什么看那本书？要是没有毛野人哪来那么多毛野人的故事？要是没有毛野人，为什么还有那么多科研人员去寻找毛野人？"

张连旭眼看他俩都要吵起来了，便接过话茬儿，说："物竞天择，适者生存。野人，是一个有待揭开的科学之谜！说有野人吧，我们没有发现野人的种群或者家族——这也是我们否认毛野人存在的主要原因。"拖拉机司机倚着扶手咧嘴傻笑，他其实一直就这样的表情，好像全然没看见"一脸胡"与"瘦子"像公鸡鹤架似的斗阵。张连旭岔开话，问道："你们一年四季走秦直道，能不能谈谈感受？"

"这秦直道可不是我们现在的豆腐渣工程，你看都人老多少辈子了，还好好的！"司机抢着说。

"听说这秦直道上的土，先是一笸一笸筛过，再一锅一锅蒸熟，然后一层一层地夯筑——像我们现在吃糕一样，经过泡、捣、笸、蒸，吃起来就韧韧的，就越嚼越香，越香越想嚼。"

"噢，那敢情是用你家的锅蒸的吧！——小心香死你了，要是再拌上猪香油、蜂蜜，不把你吃得撑死才怪！""瘦子"在一边故意起哄。

"一脸胡"瞪了"瘦子"一眼，接着说："因此，这古道上不生杂草，虫子也不在路上钻洞。"

"那岭上还不是长满了树！""瘦子"跟"一脸胡"较上劲儿了。

"一脸胡"顿了顿又说："再就是秦直道监工大将，好像叫麻叔谋的，爱吃三岁男孩，为人心狠手辣。一段路夯筑好之后，他要亲自一锥一锥地刺，锥入一寸，就将夯筑者筑进这道路里——谁敢不用力气！这路自然就结实耐用了。"

张连旭看着"瘦子"没反应，好像被"一脸胡"的话给镇住了。他知道其实麻叔谋是隋朝人，是隋炀帝下诏任命开汴渠的开河督都护，其吃人事件倒有，不过晚了秦直道一千几百年。而"蒸土"和"锥入"的传说，出自南北朝时期匈奴修筑的统万城。但在民间，这样张冠李戴的事情俯首可拾，也是正常的。他也不愿让"一脸胡"感到脸上无光，想着也没必要点破人家的话，戳人家的疼，就与他们握手道别。

"一脸胡"热情地说："前面走不过去啊，晚上要是回来，到我们林站来住！"

"我想试一试，这次我想走过去，不准备走回头路！"张连旭话音有些悲壮，有点儿荆轲"风萧萧兮易水寒，壮士一去兮不复还"的味道。

拖拉机"突突突"拐进左边的森林。

秦直道仿佛一条天路，通向子午岭主脊。森林越来越密，路面越来越窄，光线越来越暗，道路两旁的林木枝柯横生，走在前边的毛驴不时地左右绕行，躲避林木夺去了的空间。千峰攒簇，云遮雾障，秦直道两旁群峰对峙，气象万千——神秘的子午岭啊，恍若置身天界的仙子，霓裳羽衣，琵琶遮面，占尽全部的妖娆美艳；清水芙蓉，朴实无华，拥有一切的淳朴自然！张连旭一时都想成为一个行吟诗人。

一路漫坡上岭，行到山脊，驴子无法前行了，秦直道在这里仿佛变成了一条死胡同，梢林长得密不透风。在张连旭找寻砍镰的时候，跟着"呼——嗨"的一声，梢林突然冒出一个人来——两人都被对方吓了一大跳。

来人穿一件对襟大白褂，两侧及袖筒却叫藤汁染黑了，而一双土布鞋和被太阳晒得黑红的脸膛，就像是他的身份证，一看就是山民。他手里握着一把砍刀，左边的肩膀上还斜挂着一根藤条，两边额角上细小的汗珠似乎冒着热气。张连旭将水壶递过去，来人谦让了一下，见张连旭是诚心给他喝水，便接过水壶咕噜咕噜地喝了起来。

交谈中得知来人姓门，老门告诉张连旭，他从青岗坪去石门村寻人，早上九点就出发了，顺便找牛。他家耕牛"老猾"放出去七八天了，还没回来喝水——原来当地人喂牛，从来都不圈养，农忙一过，主人便放牛出去，子午岭到处都是林草，牛儿可以自由自在地选着吃。但子午岭这一段山高林密没有河水，牛吃上几天草，就会自己回家喝水。主人只需给牛挂上一个铃铛，使用时循声去找就是了。但"老猾"很是奸猾，一吃饱了就不思回家，躺在哪达儿躲起来，让主人听不到铃铛声，省下去干活儿，直到实在渴得不行了，才回家来。张连旭笑着说："都说牛老实，原来牛也会耍滑头！"他伸手看了一下表，老门走了五个多小时，才走了十几里的路程。

老门看着张连旭的黑驴儿，问："哪儿弄的驴子？"

"是白鹿原上，'白来问'的——他借我骑的。"张连旭看着老门一脸狐疑，就像是他偷了谁家驴子一样。

老门神秘地说："不是，这不是真驴，这是一个纸剪的毛驴儿——只要你把贵重东西让它驮上了，它便会偷偷跑了——从空中就飞着跑了，把东西驮到它的主人那儿！"老门说得极其认真，一点也不像开玩笑。

张连旭就笑了，说："明明是真驴啊，我都骑了一百多里的路了！"他看了老门一眼，又说："我的东西，它也驮了好几天，并没驮着飞走了啊。"

"信不信由你。"老门说，"我会看麻衣相，你就要走桃花运了。"说着递过水壶，并嘱咐张连旭说，"走到梢林里，要'呼——嗨，呼——嗨'地喊上，狼虫们听见了便会远远地躲开。"说完头也不回地径自走了。

张连旭一头雾水。

老门看起来是个憨厚的山民，怎么有点神经兮兮？天下哪有纸剪的毛驴儿能骑会跑？但老门的"呼——嗨"倒真是花钱也买不来的经验啊，成了张连旭念叨的"真经"！

十多年后，张连旭曾专程去拜访老门。老门在当地颇有名气，算个半仙。人们说，看过麻衣相，见人就打量。可这老门轻易不看人，也不给人看。但村人遇到了困难，如丢了牲口，跟老门问找寻的方向，一找一个准，无不应验。也有娶亲的人家，请老门看日子，老门会问："先想生儿，还是生女？"只要依着老门看下的时间，没有出过差错。还有更神的事，村里一位老汉过世，孝子们请老门指坟地。老门说，都准备成双份的吧！孝子们不解，很是生气。老门说，听我的保准错不了。没承想，第二天老太无病无灾说走就走了。他问老门是如何预先知道老太会跟着老汉离世，老门说，夜里他听见老汉和老太的活魂嚎着走了，也看见老汉和老太手拖手地走过奈何桥……他跟老门谈起"白来问"的纸驴儿，他却怎么也记不起来那件事了。

据向导说，从来没有人从这里走过去。张连旭却不以为然，他曾冒险走进，因一次次迷失方向，二十多天，转不出去，陷于绝境，要不是毛野人救了他，他怕早就超脱成了孤魂野鬼。

现在，张连旭却异想天开，要毛驴儿——这个老门刚才说的纸驴儿跟着他一道钻梢林。老门真是眼睛让鸡屎汤糊了，还看过麻衣相，什么纸驴儿？还有"白来问"的牛皮这回吹大了，毛驴儿如今铁了心似的要跟他走完子午岭秦直道。

张连旭掏出指南针，在地图上标出所在位置，自己前行，身后拽着毛驴。他非常自信，凭着经验，他完全可以穿越这一块方圆几百里的黑梢林，让秦直道在子午岭不再是一条云中的飘带，而真切地出现在历史的地图上。

在几次实地路线考察中，张连旭发现用指南针来寻找秦直道遗迹，有着事半功倍的效果，甚至可以说能起到化腐朽为神奇的作用。在子午岭只身钻不过去的梢林里，方向只是一种感觉，是真正的山重水复疑无路，如果完全靠他一个人刨土前行，也许得活三百年才能完成。但借着指南针，每每柳暗花明又一村，可以较为准确地发现正南正北的秦直道遗迹。他由此推断，秦直道在修筑时，是应用了罗盘技术的。

钻不过去了！

张连旭不得不停下来，用砍刀开路，砍掉上下左右密网一样阻挡他前进的丛林，再硬拽着毛驴儿一步一步地钻过，每一步都好像从渔网中挣脱。驴子的四蹄不能很好地步调一致，不时地让密布的藤蔓绊住，需要他拔萝卜似的将驴蹄儿拔起来，也时不时地要砍去驴蹄儿周围的缠绕物。现在，他明白自己犯了一个很低级的错误——毛驴儿不可能跟他一道走过梢林，曾想象万一迷路，也许"老驴识途"的惊喜，显然不可能了，无论如何，毛驴儿都应该在这里结束陪伴他的秦直道之行回家！但是，石朱雀和一纸箱的珍贵文物该如何处理？返回去寄存到老乡家里，还是就地埋藏在什么地方？

驴啊驴，你要是唐僧的那匹白龙马就好了，你要会腾云驾雾的本领就好了，你要真像老门说的纸驴儿就好了，你就当我张连旭的开路先锋！奇迹真的在张连旭感叹声里出现了，驴子张开四蹄，犹如神助，直直地往前行了几百米，可又像被施了魔法一样站着一动不动。而前面的路并没有被藤条封死，张连旭看着指南针，刨土三四尺才取到样本，肯定自己脚下踩踏的就是秦直道。

　　之后，他从驴背上卸下"宝贝"，倒出一些黑豆给毛驴儿作奖励的午餐，自己也拧开水壶——老门咕噜了几口，好像知道水在子午岭的珍贵，并没多喝。又撕开一袋方便面，边吃边喝边看。谁知，心里打了一个冷战，眼前又下起了散发着腥味儿的红雨，还有淋着黑血的人头"塔山"……人性之丑啊，他就不该头脑发热参加武斗，父亲就不该给他讲什么肃反，两朵恶之花眨眼间再次绽放，仿佛两辆火车驶进他的青春，在他的一个个下午两点，都要迎面猛烈地相撞一次。让他在子午岭的森林中，还要遭受这种痛苦的折磨。现在，他真想像驴一样在地上打滚儿，也想学驴一样嚎叫一会儿。方便面上好像溅上了血，变成红色的了，他吃出了血腥味儿，他不由地干呕起来。仰面躺在草丛中，张连旭抓了两把野花，撒在脸上，一阵清香漫开，恶之花才慢慢地枯萎凋谢了……

　　这一段秦直道修筑在子午岭的山脊上，视野相对开阔，东西两边连接着一道一道满眼绿荫的山岭，仿佛大河源头汇集的无数小溪流，或者一条大街向两边自由伸展出去的无序小巷。空旷的蓝天，飘过一朵一朵的蘑菇云，云生起处，是苍茫远去的子午岭群峰。这是一位大师的山水巨幅啊，时而泼墨如水，时而惜墨如金，多么壮丽的图景啊！不绝于耳的鸟鸣，此起彼伏，鸟儿在子午岭以一种绝对占领者的身份呈现，并不时从张连旭眼前这幅壮美的山水画里飞起落下，落下又飞起。一阵轻风吹过，林涛如山洪，奔涌而下，一波绿浪过去，接着又是一波绿浪……张连旭一时竟忘记了疲惫，他想着：要是能将这无边无际的绿色，哪怕少许泼洒到陕北老家的干旱的黄土坡上，该多好啊！鸟语花香，就不再是孩子们捧着课本热情洋溢的朗诵了；母亲也再不会为明天烧水做饭的柴火而辛勤了！

　　躺在绿色的屏障中，这会儿，他才感觉胳膊有些酸痛无力。

　　张连旭开始怀疑自己，凭着一把砍刀，能砍开一条通向岭外的通道吗？四周是布满狼牙刺、白刺花的灌丛，毛驴儿无疑成了累赘，应该让它回到主人的身边了。他在毛驴儿的前胯上轻轻拍了一巴掌，说："回去吧，谢谢你陪伴我，辛苦你了！"毛驴儿似乎明白张连旭的心思，可好像并不情愿离去，一边噌噌有声地嚼着黑豆，一边望着张连旭摇头晃脑。父亲曾说，牲畜通人性哩！张连旭还以为那是牲畜的一种惯性，牲畜的一种本能，没想到还真是这么回事。毛驴儿摇头晃脑分明在向他表示，它不会走的，它要跟着他，义无反顾地跟着他。人常说狗过缰绳便认新主人，这毛驴儿难道也把他当成新的主人了吗？

想归想，张连旭还是觉得是该让毛驴儿回去了，它要是不走那是它的事，它想认他做主人，那活该"白来问"倒霉！但他决定从此不再照看它了，他要给它自由回去的全部时间。收集来的文物可以先放置在一个地方，等他走完子午岭秦直道，以后绕道再取。

下午，张连旭感觉走起来轻松了一些。这一段秦直道依稀可辨，道路尽管荆针丛生，却并无多少乔木，因此走起来相对容易一些。毛驴儿因不愿离开，照样驮着行李跟在张连旭身后，但子午岭上没水，他想用不了几天，驴子会离他而去，回到它过去主人的身边；又想这毛驴儿多少天不喝水，还真的有些蹊跷。

天黑下来时，张连旭选择一个避风的向阳坡，准备宿营。可又放心不下，像起房建屋看风水一样，四下里查看了一番，既不能将帐篷搭在野兽洞穴旁边，那是自投罗网，又要注意地势，一方面要避免落石或土崩，另一方面也不至于夜里下暴雨，被山洪推去见了龙王爷。之后，才撑起单人旅行帆布帐篷，收集了一些树枝，排列整齐地放入帐篷的地下，然后铺上防潮垫，长舒一口气，侧身躺下，却无睡意。他又坐起来，找出埙"嘘——嘘——"吹了起来。埙声融入夜色之中，一阵鸟鸣啾啾，星光相和，他感觉心底一种旷远的宁静，一天的疲倦也随之消失殆尽。啊，美妙的音乐，一个缺失了音乐的社会，真不敢想象那会是怎样的人间地狱。音乐最早就应该从埙开始。他并不赞同埙起源于一种叫作"石流星"的狩猎活动，因为在他的老家，乡亲们在田间地头，随手用洼洼泥捏一个简单的"埙"出来，晾干即能吹奏，乡亲们还给埙取名"瓦屋子"。因此他一直认为，埙的诞生，完全是为了填补劳动之余内心的空白。因为在灵魂的高度里，埙的声音，或者说音乐，不仅使人赏心悦目，带给我们听觉的享受，而且最适合表达人们的感情。

张连旭计划十天走出这三百里的子午岭秦直道。北端秦直道进入黄土丘陵地带，行走起来不是很艰难。最难走的是这段梢林遍布的土石山区，尽管他之前多次钻过，但没一次成功，每次都像点燃了一串忘记装火药的鞭炮，只见冒烟却一个也没有炸响……

然而，几次不成功的考察，并没有白白浪费了时间和钱财。张连旭基本掌握了子午岭的气候变化，以及山势的大体走向，而且他发现了用指南针寻找秦直道遗迹的终南捷径。甚至在一天夜里，他拿着指南针，面北站在秦直道上，打开手电筒，铺下地图，惊奇地发现他标明的子午岭南北两段秦直道，顺着指南针的指示，正对着北斗星。这使他又突发奇想，秦人在修筑直道时，夜里仰望北斗星便是秦直道的方位路线。还有可能在秦人之前，这里便有一条古道！游牧民族的首领们，虎视长安，忽然马蹄腾踏北来，而在夜里他们凭借北斗星的指示，便可找到草原上的家园——这一条古道是他们最早在马背上发现了的，并且一次次地在上面驰骋过……而据《史记·赵世家》载：赵武灵王二十六年也就是公元前300年，赵国"攘地北至燕代，西至云中、九原"，赵武灵王在让位给儿子赵惠文王后，开始实施"身胡服，将士大夫西北略胡地，而欲从云中、九原直南袭秦"的战略——想必应该包括对九原郡的设置，以及实施这一条"直南"道路的勘测规划设计等等。那就是说，秦国人也许是在赵国人"直南"之道基础上修筑的秦直道。果真如此，那么在没有现代机械的秦代，秦直道之所以能在短短两年多的时间里基本竣工，在一定程度上包含了先期赵国人的辛勤劳动和聪明才智。

夜幕降下，鸟声渐息。张连旭起身看看毛驴儿，它正伸直脖颈，上下左右地选择树叶和鲜草吃，一副专心的样子，丝毫没有要走的意思。睡吧，这才是真正进入子午岭梢林的第一天，路还长着哩！他计算了一下一天的行程，算是完成了十分之一的任务。疲劳在他躺下要睡的那一刻，牙也咬不住了，瞬时一阵风似的浑身散开，他感到好像沉沉地往下落，落向一个没有底的快乐深渊。

——他看见在毛野人跌死的地方，长出一棵一人高的大白菜。路过的一个货郎放下担子，围着大白菜转了三圈，爱得不行，就砍下大白菜担上走了。走着走着，担子越来越沉，货郎回头一看，大白菜变成了一群小毛野人。货郎火了，把小毛野人捉住一个一个地往死里掼。剩下最后一个小毛野人了，那个小毛野人哭着说："大大，大大，你不要把我甩死了，我给你拦牛放羊，我给你扫院扬场，我给你担水搂柴，我给你缝补衣裳。"货郎一听高兴了，说："行哩！"就把这个小毛野人带到家里了。头一天，货郎叫小毛野人放羊，回来少了几只肥肥胖胖的大羊，小毛野人说："大大呀，胖羊叫狼吃了，只剩下几只羊尾巴。"第二天，小毛野人把牛一吃，跑回来说："大大呀，牛跌到石头旮旯里了，只露一条尾巴，我一扯'哞'地叫一声。"货郎跟着去一看，石头旮旯里真的露着一条牛尾巴，货郎用力一拉，只拉出尾巴来，看小毛野人的肚子吃得鼓鼓的，心里就明白了。货郎回到家，把小毛野人引到石磨前，抬起磨扇，说："头伸进来，把你的牙磨一磨吧！"等小毛野人把头伸到磨扇里，货郎将磨扇一合，就把小毛野人的脑袋瓜子给砸扁了……

毛驴儿胡乱踢蹄的声音，惊醒了张连旭。他起身打开手电一看，一个黑影一闪没入林中。这林子里难道还有偷驴贼不成？一想不对，即便来了偷驴贼，毛驴儿也不会这样惊恐万状啊，毛野人来了，那个红毛女野人来了！顿时，张连旭感觉全身发凉。刚刚梦里不正是奶奶絮叨得都没了牙的毛野人的故事吗？——又是毛野人！真的毛野人！

看了看表，十二点刚过一点儿，离天亮还有几里长。张连旭开始后悔没雇一个向导——起码有个做伴的，自己也太自信了！他点着一支香烟深深地吸了一口，心里感觉平静了一些，就安慰自己说："没事的，人，只有人才是最凶猛的动物，在所谓的高级动物人的面前，其他动物自会退避三舍。"想着梦里的那个小毛野人——奶奶故事里大白菜变成的小毛野人，那个小精灵鬼儿，吃了羊吃了牛，聪明反被聪明误，还不是没能逃脱狠心货郎的手！

张连旭想起了曾经问过奶奶的话："毛野人咋就那么能吃？"

奶奶说："毛野人嘴里吃着，屁股屙着，咋不能吃？"接着又补充说："毛野人是属鸡的——直肠子，消化得快，像六月天消冰，你又没塞住毛野人的屁眼儿！"

张连旭似乎明白了毛野人能吃的原因——难怪一个小毛野人一天就吃了货郎的几只肥羊，第二天又将一头牛吃得只剩下一根尾巴了。

当时，他们心里其实都怨货郎不是东西，知道小毛野人好吃，还叫他去拦羊放牛——这不明摆着往火坑里推它吗？再说，货郎可能从来没给小毛野人吃饭，小毛野人一定是饿极了！再说，谁亲眼看见小毛野人吃羊吃牛了——也许是编故事的人瞎说哩！再说……总之，货郎无论如何都不该卑鄙无耻地哄骗小毛野人把头伸进磨扇里，而砸烂他的脑袋瓜子。还有，货郎凭什么掼死那一群小毛野人？他们又没吃他喝他！

话再说回来，要是妈妈让他们照看一锅糖馍馍，不偷吃，那可能吗？除非妈妈让他们都吃得饱饱的了！可那是一锅糖馍馍啊，是他们一年只能在中秋节才可以吃一回的糖馍馍！

——是又走进了梦，还是他的那个"他"在作怪？

第六章

火，也使张连旭踏实下来。

溶洞不冷不热，感觉也并不潮湿或者干燥。毛野人有这样一个舒适的家，要是单从"住"这一方面讲，是何等的惬意——他过去的家，只能算是"蜗居"！当然，毛野人要是给"家"通上电那该多好，可以说就是一座天然的宫殿了，一定可以开发成一处神乎其神的旅游胜地，一定会让野人们成为这个平淡世界里一个轰动得就要爆炸了的话题，远比美国总统选举更具有影响力。

唉，操这些闲情干吗？

火熄灭了，现在该添柴了，可看着仅有的一点柴草，张连旭不想浪费。看来打火机还得奢侈一次，等毛野人明天搂回了柴，再不能让火熄灭了。

毛野人是洗澡去了吗？毛野人好像就在几步远的河里洗澡，他从潺潺流淌的水声里能感觉到。啊，女毛野人还懂得讲卫生！他又闻到了子午岭山野的花香了，对了，这花香与女毛野人身上草花的清香一样，淡淡的属于子午岭森林的野草花儿的香，属于他躺在阿坝若尔盖草地上格桑花儿的香，他曾在傍晚或者清晨嗅到过的地菱菱花儿的清香。

张连旭做贼似的摸了摸衣兜，指南针还在。这可是希望啊，只要指南针在，他就有了回家的方向和希望。秦直道考察报告还没有完成，他不能跟毛野人过一辈子。

　　毛野人在张连旭的对面跪下了，毛野人双眼深情地盯着张连旭，毛野人将一对花苞一样滚圆滚圆的乳房挨到了张连旭脸上了，毛野人伸开双手轻轻地将张连旭搂抱在怀里了。

毛野人洗完了澡，毛野人走过来，大概甩了一下长发，张连旭脸上好像湿湿的落了几滴，似冷风横空吹过的雨点儿。接着，毛野人窸窸窣窣不知做什么去了。张连旭突然看见一束瑰丽的亮光闪耀，整个溶洞光芒四射。毛野人转过身来了，原来毛野人脖子上多了一盏神奇的灯——不，是毛野人戴了一颗发光的明珠，顿时黑糊糊的野人溶洞熠熠生辉，同时从洞壁反射出一种柔和而又温馨的光泽。毛野人在夜明珠灿烂的光彩中，仿佛从霞光中走来的自由女神。啊，毛野人脖子上不只戴了一颗明珠，好像还有几颗在反射明珠上的光芒，啊，七彩的光芒！毛野人神采飞扬地走过来了，毛野人一脸柔情地走过来了，毛野人秀发飘飘地走过来了，毛野人还有点羞羞答答地走过来了，毛野人浑身燃烧着火焰走过来了……毛野人下身披挂了一件草衣，乍一看很像秋天田野里一个高大美丽的稻草人——难道毛野人之前就穿着这件草衣！这不是梦里的那个毛野人吗，她怎么又出现在他面前了？毛野人在张连旭的对面跪下了，毛野人双眼深情地盯着张连旭，毛野人将一对花苞一样滚圆滚圆的乳房挨到了张连旭脸上了，毛野人伸开双手轻轻地将张连旭搂抱在怀里了。

张连旭感觉一阵晕眩，浑身开始痉挛似的发抖，他实际上一点招儿都没有了。啊，我的智慧呢？我的生在古代就是军事家的智谋呢？我不能任凭毛野人的摆布，否则我岂不成了懦夫，还哪是男子汉，哪有什么雄风和气概！

在明珠光彩的照耀下，张连旭看到毛野人的脖子上戴了一个缀着七颗闪闪的彩色石头的"项圈"，中间一颗大而发光的呈椭圆形，两边各三颗看上去不是很规则，在中间发光明珠的映照下，呈现出紫、黄、绿、蓝、黑等不同的色彩。啊，女毛野人原来是位高个子的"美人"，鸭蛋形的脸，线条流畅，轮廓饱满，浓眉下一对大眼睛水格灵灵的，鼻梁高挺，耳廓分明，像是用刻刀雕出来的艺术品，一排整齐的牙齿笑开来透露出憨厚的表情，肉肉的嘴唇像还没熟透的桑葚，给他想咬一口的感觉，两个小酒窝像是要溢出两滴醇香的葡萄美酒来，一头棕黑色的长发摆动时给人飘飘欲仙敦煌飞天的感觉。只是皮肤略显粗糙一些，女毛野人毕竟没有任何化妆品可用，但看上去依然可爱极了，一位黑美人——他身上不禁潮热起来了！

二十年后的一个晚上，张连旭在看一家电视台的"鉴宝"时，猛然发现女主持人跟毛野人的模样像极了，眉眼、嘴角、神态都像！只是女主持人的那两个酒窝似烙上去的一样溢不出酒来；只是她比毛野人多穿了一件不该穿的柳绿色连衣裙。他由此便产生了将毛野人的项圈拿去"鉴宝"的念头。

谁知"明珠项圈"竟然让国内权威的文物专家们无法鉴别，有人说"明珠项圈"应该是秦汉帝王戴在皇冠上的东西，但更多专家认为"明珠项圈"根本不是地球上的物件，可能来自外星人，是一位外星美女遗失在地球上的一条"项链"——但不管怎么说，毛野人的"明珠项圈"都称得上是价值连城的宝贝。

——当然，这是后话了。

毛野人一脸幸福的光彩，一个爱情女子的全部的喜悦，毫不掩饰地闪现在深邃的眼睛里，脸上露出的还有一个胜利者的无比满足。啊，毛野人俨然摘到了她梦里的甜蜜果儿，毛野人浑身都在释放着一种脉脉的温情，毛野人让他神游远古走进一场史前的婚礼殿堂。眨眼之间，呈现在张连旭面前的是他洞房花烛的情景，跪在他眼前的这个毛野人，也突然变成了曾经疯狂追他的那个女护士，她在说：我们终于喜结良缘了，今天我是多么幸福，今天我感觉身体一直是飘的状态……而现在他分明看到毛野人脸上洋溢着情窦初开少女特有的纯情、细腻、天真，这种情绪同时在一点点浸润着张连旭的心。他感觉得到毛野人放下少女特有的矜持了，毛野人已无所顾忌地燃烧着纯真的爱情了，毛野人嘴唇动了动，好像有无数情真意切的话想说却说不出来，毛野人举起神秘的左手"V"形手指，毛野人在耀眼的光芒里浮游，毛野人难道是外星球迷失在地球上的和平使者？张连旭无法抑制内心深处滋长的欲望了，此刻，他想着的是一个男人给予妻子的爱情甜蜜，他要满足毛野人对美好生活的全部渴望……

在毛野人要往下撕他的衣服时，张连旭突然变得主动起来，他自己一件一件地脱下衣裤，赤裸裸地立在毛野人面前，并且他一点也没有感到羞愧，这不是偷情不是奸淫，自然也不存在低级趣味的淫秽。这是无私无畏的奉献，是人性光辉最纯净、原始的照耀，让张连旭心底开始流动着一股久远的温暖。他突然想把毛野人当作妻子，他温柔敦厚的妻子，他吃苦耐劳的妻子，他反穿了皮袄的妻子，他不会说人类语言的哑巴妻子。张连旭向毛野人做了一个往身上淋水又搓澡的动作，并指了指毛野人刚才洗澡的地方。毛野人羞涩地微笑着——毛野人笑容可掬，毛野人站了起来，拉着张连旭向左前方走了过去。

转过一个天然的石屏风，毛野人脖颈上的明珠现在真的变成了一盏神灯，将溶洞照得光怪陆离，生趣盎然。张连旭看见了高耸的钟乳石柱，而附近的地面似乎白浪滔滔，给人一种波涌连天的感觉，而那挺拔的钟乳石一如擎天的玉柱，不就是龙宫传说的"定海神针"吗？啊，这个地方更像一座鬼斧神工的宫殿，顶上倒挂着的几根钟乳石隐约可见，右手边的石壁如水帘拉开。移步异景，几步之外已是另一种景观，一片石笋让他想起丰收在望的田野，而播种这些神奇植物的那一定是天界仙人了！忽然飘散过来一股五彩的云雾，走进云雾中，才知这是从河水里升腾起来的热气。一条清澈的河水从脚下潺潺流过，河水汇集了左上方石蘑菇下流淌出来的泉水，两水相交形成云蒸霞蔚的奇观。河面上的钟乳石飞瀑倒映在河水里，浑然一体，一时又让张连旭感到激流飞驰，浪涛拍岸，整个溶洞都像浪尖上的一条船了！毛野人脖子上的明珠，此刻愈发光彩夺目了，仿佛一轮红日从森远的河水里喷薄欲出……

毛野人拉着张连旭走进一个石蘑菇，原来真正的温泉是从石蘑菇下流出，毛野人刚才就是在这里洗澡的，水面上还漂浮着红色的花瓣儿，毛野人在用子午岭山野里的花瓣儿沐浴。张连旭顿时感到热流涌向全身——这处温泉，温度起码在六七十摄氏度左右。毛野人左手指着温泉出口形成的像浴盆的水池，几朵花瓣儿像金鱼一样在水面上游动，张连旭试了试感觉有点烫，摇着头说："太烫了，太烫了！"说过之后发现毛野人惊奇地看着他，才想起毛野人听不懂他说的话。毛野人真像外星球的来客，说不准它们的飞碟坠毁在子午岭森林中了，它们只好栖身于这个溶洞。当张连旭转身想走到紧挨着温泉的河水时，毛野人拉住了他，用双手给他比划着，似乎在说，河水冰冷，流速又快，你下去了会不安全的。

毛野人一定适应这处温泉水池。

张连旭赤条条地躺在水池旁边温润的石灰岩上，任凭从水池中溢出的温泉水由身边流过，他猛然间想起手表，便坐起来解下递给毛野人。毛野人却愣着不接，他也不知该怎样向它解释这是手表，是看时间的东西！张连旭只能以笑和点头表示友好，毛野人才缓缓伸过左手，拿着手表左看右看，又将手表贴着左耳听了一下，便吃惊地把手表扔进河里去了。张连旭急了，这可是他结婚时父亲母亲送给他的礼物啊，是父母省吃俭用甚至于一口一口节省下来的！还有，为了这一块夜光手表，父亲硬是将一次秋冬的流行性感冒扛了过去，以致落下每到秋冬便要白天黑夜咳嗽的病根，手表上面，不仅饱含了父母对儿子的美好期望，而且永远存留着父母的体温——他一直将手表视为护身符啊。

可是现在……该死的毛野人！

转念又想，它是自己的救命恩人，他怎能这样恶毒，他还想着报恩，给毛野人带来人类的文明，让毛野人接受文明的洗礼，他怎就如此自私，不就一块手表吗？他立即将坏心情像收起晾晒好了的衣服一样收起，将手臂伸进温泉之中。再说，在溶洞里一切的时间还不都是垃圾！

他无奈地安慰自己。

也怪自己大意，怎能将手表递给毛野人，让它一下子感受岁月走进文明？正像要他一下子退回到蒙昧的远古时代，扪心自问，谁就是浑身是嘴，他也会毫不犹豫拒绝说，不！

——哎呀，指南针无论如何要保护好，那是他的"芝麻开门"，是他希望的金钥匙！

张连旭又大大方方地躺下了，双手在浑身上下搓洗着。要是有块香皂多好啊，可是，别了香皂！别了，洗发水！别了，羊肚肚的毛巾！别了啊，全部的臭美！在毛野人的溶洞里，他其实已经退回到了远古的渔业时代——哪有"渔业"可言？

毛野人似乎感觉到它做错了事，愣在一边半天没动。望着河水犹豫不决，是想下去打捞，可好像又担心什么。看着张连旭在洗发，毛野人不知从哪儿捧来一掬晾干的花瓣儿，轻轻撒在"浴盆"里。毛野人蹲下来一边掬水往他身上泼洒，一边双手轻轻地给他搓澡，毛野人的手正好像搓澡巾，张连旭多少天粘滞在身上的尘土和臭汗，正以一卷一卷垢物的形式，随水流走——多舒服啊，这才是享受！一种男人本能的洁癖，让张连旭一时飘飘然了——对他而言，洗澡是受用不尽的快感，比起做爱来，在一身汗水的情况下他更愿意先去洗澡，美美地泡上一个热水澡，洗去旅途中好像一层无形尸布一样紧紧裹在身上的臭汗和垢甲，那真是人生极好的享受。

毛野人的手滑到了张连旭的身下，毛野人用左手的三个指头轻轻地将他的睾丸托起来，毛野人一点也不害羞地用左手在张连旭的身下轻轻拨弄着。张连旭感觉自己浑身又一阵抽搐着抖动起来，一种冷从心里往外散发，是冲动还是恐怖，好像二者皆有，或者什么也不是……

在毛野人躺下来用手拉他的瞬间，张连旭骑到了毛野人身上，张连旭将毛野人穿的草衣麻利地撕掉，左手探到毛野人的阴部，右手将他勃起的阴茎准确地插了进去。毛野人痛苦而无比幸福地叫了一声，紧接着双手搂在张连旭的肩膀上，在张连旭身体的晃动下，毛野人流下了激动的泪水。张连旭感觉到了毛野人身体里喷出的一股一股的热流，毛野人全身开始颤抖，毛野人顿时容光焕发，毛野人变得异常的美丽，俨然一朵瞬间在阳光里绽开的莲花，婀娜多姿，清香四溢……在张连旭呻吟着一阵喷射之后，女野人将他搂在了怀中，他的头埋在了毛野人的双乳之间，他抽出双手按在毛野人像黑葡萄一样的乳头上，发现手上沾着斑斑的血迹……

毛野人原来还是处女之身，毛野人原来并没有一个属于她的男毛野人，毛野人自然不会有小毛野人！毛野人是要他作她的男人，毛野人第一次怎就不抱他到溶洞里来，救夫招亲，也是一场浪漫啊！张连旭想起秦腔《穆柯寨》"招亲"一场，穆桂英一边对镜梳妆一边唱：

> 忙卸去铠甲换罗衫，
> 奴要与宗保两交谈。
> 妙龄女自觉方寸乱，
> 他若还拒婚我咋搭讪？

毛野人要是也会唱上这么一段，那才叫好哩！可惜毛野人不会说话，也不会给他唱一出半羞不羞的情歌。

毛野人抱着张连旭闭上眼睛幸福地睡着了。看着妩媚动人的毛野人，嗅着毛野人身体里淡而幽的清香，张连旭仿佛在做梦，在毛野人的起伏的心跳里，他感觉又回到了无忧无虑的童年，他是在母亲温暖的摇篮里，在听母亲"噢，噢，毛猴睡觉觉，南山来了个老道道，穿鞋鞋，戴帽帽"的童谣。倦意这会儿也袭上了全身，他在毛野人的身体上睡着了，他头枕着毛野人极富弹性的乳房睡着了。梦里还是奶奶讲的毛野人的故事，毛野人却不是疯狂吃人的毛野人了，毛野人变成了柔情似水的少女，手里举着一束火红的野花儿，向他飞天似的轻盈地飘来，毛野人牵着他的手跟他说起了陕北方言，"鸡蛋壳壳点灯半炕炕明，烧酒盅盅量米不嫌哥哥穷"，毛野人对他倾诉着海枯石烂的爱情，"只要跟哥哥在一达，脑割了不过碗大的疤"……

睡了多久？张连旭不知道。可是在毛野人弄醒他的时候，他感觉眼睛不再涩涩地发酸了。之前关于毛野人的恐惧感，在他跟毛野人愉快地完成了一次性生活之后，突然消失得无影无踪。

女毛野人"项圈"上发光的椭圆形石头，难道就是传说中的夜明珠吗？多么耀眼，多么迷人，多么明亮！在这颗明珠明净的光环里，完全可以看书，或者做针线活儿，这才是《天方夜谭》里中国真正的阿拉丁神灯啊！张连旭试着用手擦了一下"神灯"，遗憾并没有一位无所不能的灯神出现在他的面前，应声说："主人，你需要什么，请吩咐吧。"他又胡思乱想农家要是都有这么一颗明珠，多节能环保多原生态，再也不需要扯线埋杆安电灯，乡亲们也再不用为一月几毛钱的电费心疼得要死。夜晚将变得多么美妙，一个村庄仿佛一道天街，孩子们都变成了快乐的萤火虫……

现在，毛野人眼睛亮亮的，像燃着的两只火把，炙烤着张连旭的心。毛野人把张连旭的手按在她的乳房上，两手在他的屁股蛋子上轻轻地抚摸着，左右不停地扭动身体，身子底下好像安装了能够来回摇摆的弹簧设备，毛茸茸的胸口开始"突突"地跳动，一起一伏的，阴部也觉着湿润而温暖——毛野人在唆使他。张连旭感觉自己长久被压抑的野性，被毛野人一下子给唤醒了，好像自己又回到了青春时的冲动，一腔热血周身涌动，阴茎再次勃起，在毛野人又开双腿的瞬时，轻车熟路地插进了毛野人湿热的地方。毛野人再没有尖叫，毛野人闭上了眼睛，毛野人开始幸福地呻吟，如歌如诵，清风新雨，毛野人又流出了泪水……张连旭发现自己突然间变成了一头猛兽，毛野人是他捕获来的温柔猎物，他不仅要占有她征服她撕裂她，而且他要让毛野人臣服于他，成为他无不遵命的"灯神"。当然，他不是要毛野人作他发泄性欲的工具，也不是要毛野人成为他忠实的奴仆，他要毛野人当他勤苦而朴实的妻子，他要带着毛野人走出洞穴，开始一种全新的人的生活……他晃动的动作快速而又猛烈，他使出了在学校历史系篮球队前锋的全部猛劲儿，他把全身的力量都集中在雄起的地方，让阴茎作为他划开春天土地的一张生铁犁铧，他要在这片属于他的肥沃的土地上精耕细作，他要让这片属于他的肥沃的土地开花结果。啊，那他会给母亲带回去一个小毛野人，还有一个穿了模特服装漂亮的毛野人妻子……

他要想带毛野人走出洞穴，首先要让她学会人的生活方式，从简单的吃饭穿衣，到必需的住房行车。忘记了过去，才是成功的开始。但是，让毛野人忘记过去可能吗？这样带着毛野人回去，是一件残忍而又不可能的事情。这就像让他变作牛羊，与它们每天爬着上山吃草，那他宁可死。反过来说，让毛野人舍弃固有的生活习惯，那无异于让她去死——比死还难！也就是说毛野人接受文明可以，走出森林怕真的是天方夜谭！再说，家里有个毛野人婆姨，左邻右舍怎么看？结婚证怎么办理？有关部门会不会以侵犯珍稀野生动物权益起诉他？甚至判他一个什么什么的伤害罪？

他护士前妻突然莫名其妙地出现在了眼前，她的忸怩做作，让他的雄起好似火苗上扑冷水，就这样一下子消失了，飘散的只是心中一声无奈的叹息。他们的性生活因此渐渐冷下来了，即便做爱，感觉好像在挖河泥，一掀又一掀，一道泥巴墙高高垒了起来，他都累得要死了，可高潮就是不肯降临，有时不得不歇一会儿，抽上一支香烟，心上又总觉得毛毛糙糙，河道里的水像是被堵住了，需要一个出口，他只得起来。更多的时候他只能拉灭电灯，任想象的马儿在星夜漫游，她是枣花，她也是他大学里不敢正视的中文系的校花，她还是"小天使"幼儿园那位能歌善舞的老师……他为此一次次地自责，自己是不是无耻下流了？他甚至怀疑自己变态，可是只有如此，他才能挣脱羁绊如释重负地完成一次青春作业。而跟毛野人则完全不同，他像是融入毛野人的身体中了，抑或是毛野人融入进他的身体中了，是两滴清澈透明的水珠，一滴落在另一滴上面了。不，他们是两股洪流合二为一从草原上激情澎湃地流过，不，是两股洪流在草原上风暴一样地飞泻，是一条不落的彩虹在草原上幸福地升起。遥远的天边，成群的牛羊在百灵鸟吉祥的鸣叫声里漫出圈舍，一朵一朵的花儿自由自在地开放了，蜂飞蝶绕，鸟语花香，清清的河水，炊烟升起的蒙古包，紫气氤氲的草原啊，此刻一切都只是背景，是他和毛野人愉快吟唱的背景！他要绽放了，啊！是绽放，是花朵在阳光里轻松的绽放，是鸡雏出壳翩翩起舞的绽放！

可是，紧跟着他又含苞欲放了……

张连旭在感觉有些筋疲力尽时，一脸汗水地从毛野人身体上滑了下来，毛野人坐起从脖颈上摘下明珠项圈，像荣誉花环一样双手戴在了张连旭的脖子上。这是奖赏呢，还是毛野人对他臣服的表示？"项圈"应该属于毛野人家族的宝物吧，或者是毛野人家族的图腾标志，现在毛野人竟然将它戴在了他的脖子上——是毛野人送给他的爱情信物，还是毛野人要他作为溶洞的首领？张连旭有些忐忑不安起来，一副诚惶诚恐不知所措的样子，却并没有丝毫拒绝的意思，他实在想研究研究毛野人的这个神奇的项圈，会不会是秦直道上的一件珍贵文物？那一定是秦皇或者汉武哪个娘娘的宝贝了！

张连旭一边冲洗身上的热汗，一边不着边际地想着。再看毛野人，侧身躺在那天然生成的"浴盆"边上，凝神望着他，眼睛里这时好像流淌着两股清澈的泉水，要冲去他所有的人生污垢。啊，这不就是巴蒂斯特·卡米耶·科罗《沐浴中的戴安娜》吗？只是毛野人刚淋浴完了，现在无比幸福地躺着。不，毛野人应该是从阿道夫·威廉·布格罗的《森林之神与仙女们》里走下的那位裸体女郎。是的，裸身躺着的女毛野人丰腴柔美、线条流畅，就是一幅大师精美的油画作品。

啊，是不是该给毛野人取一个名字，还有溶洞、小河？张连旭突然觉得总在梦中飘飞着的家，好似凌空落下的一道彩虹呈现在了眼前，遥远的温暖，一时让他对爱情有些冰冷的心温热了许多许多。现在张连旭真的想要毛野人做他的妻子了，他要带着毛野人走出洞穴，他要带着毛野人回家，他要带着毛野人到一个美好的人世界里去。溶洞就叫野人溶洞，小河就是野人河了——他是在野人河边被七寸蛇咬伤了的，细细想来，野人河上还真有热气升起弥漫，说不准小河带着温泉之水最后就汇入野人河了。

只是一时间，他想不好该给毛野人取一个什么样的名字。他还当她是黑白无常，总不能叫她阴森森的"无常"吧！想着莎士比亚笔下的朱丽叶和奥斯特洛夫斯基的冬妮娅，对了，毛野人就叫"朱妮娅"，奶奶正好也姓朱，可总又觉得"洋"了一点。再叫什么，又土得掉渣。任何一个好听的名字，似乎都不适合毛野人。就是百家姓里，也没有一个恰当的姓，既然没有其他野人，就叫她"毛野人"吧！仔细琢磨，还是叫"毛野人"新颖又好听，叫着也亲切顺口，就当她姓"毛"名野人了！

张连旭坐到毛野人的身旁，他指着洞口的方向，说着用手比划着外面的万家灯火：我住在很高的楼房里，每天骑着自行车上下班，回家吃饭、喝水、读书、看电视，不过，我现在离婚了，回家吃不上热饭了，那个女护士已离我而去。我要你跟上我走，我会好好待你的，我会把你当妻子一样地爱，不让你受一丁点儿的委屈，从此你只管待在家里休息，不，你只管享清福好了！

毛野人急了，她似乎误解了张连旭的意思，以为张连旭要回家了，她抱住张连旭也比划起来：你是我的男人，我不允许你回家，我不让你走出山洞一步，你要走了，丢下我怎么办？你就待在山洞里，我为你打猎，摘果子，掘野菜，山洞从此就是你的家了，我让你天天生一堆火，天天吃烤野猪蹄，不，还有野兔，山鸡，狍鹿，还有蜂蜜，还有鸟儿下的蛋，还有，还有，总之，你不能走，你就是这山洞之主，我死也要跟你死在一达里……

糟了，糟了，自己不仅入赘野人溶洞，做了毛野人的上门女婿。可他的那个"他"，突然在他耳旁说，不，你是毛野人的俘虏。在他回头找"他"时，"他"又不知遁到哪儿去了！尽管毛野人一些比划，他后来才解读明白了，但毛野人不允许他回家，不允许他走出野人溶洞，让他作野人溶洞的洞主，他完全看明白了。也许明珠项圈，就是洞主的标志，正如古代部落的权杖，就是他做了毛野人男人的永久的信物。

张连旭又比划着，手指着洞口，毛野人好像明白了他的意思，毛野人按他坐下，她自个站起来走了。张连旭习惯性地看手腕上的时间，才想起手表没了。

张连旭穿上衣服。现在，上身除了"两根筋"褂子，只剩下一件半袖了。

对了，"欢娱嫌夜短，寂寞恨更长"，自己和女毛野人"颠鸾倒凤"折腾了多久，现在是什么时间了？

张连旭抽出一支香烟点上，贪婪地吸了一口。他又摘下脖子上的"项圈"端详起来：发光的椭圆体无疑是一颗珍贵得不能再珍贵的夜明珠，大如鸭蛋，百瓦灯泡似的亮度，足以称之为稀世之宝！就是其他六颗，也个个珍稀无比，都应该是钻石、宝石一类——一个个比麻雀蛋还要大的钻石、宝石。"我的天哪，这个毛野人坐拥千万家产！"张连旭心里想着，口里不觉叫了出来——当然，这也应该是珍贵的文物，这是野人家族的东西，还是从别处得来？明显的打磨痕迹，充分证明还进行了抛光；就是这根拴着这些明珠和宝石的什么绳索，真丝的质感，绸缎的细腻，应该有些历史了。难道这是毛野人的先野人们从秦直道上捡拾来的？是秦始皇戴在皇冠上的富丽，还是汉武帝赐予后妃们的奢华？又是怎么到毛野人手里的？

不得而知。

想起老乡们说的话，毛野人吃了谁家瓜果，撂银元宝的事情，还有毛野人为给孩子看病撂给教堂神父的金元宝，张连旭觉得自己似乎同时走进了一个谜，一个关于毛野人的财宝之谜。难道这个野人溶洞，与哪个埋藏了天下奇珍异宝皇帝后妃的陵墓相连接？还是毛野人家族就是这一个皇陵地宫的守护神？而"元宝"这一特殊的货币形式，据他所知，始于元代。虽说早在唐初，在"开元通宝"行世之时，民间就有取其硕大及贵重之意，旋读之为"开通元宝"，但那只是"元宝"最初称谓的来历；而宋时束腰状的银挺，又并不具备"元宝"之形状啊！当然，女毛野人也不是马栏村带着小老婆逃进子午岭老地主的女儿。与秦汉没有任何关联的"元宝"，自然不会出自秦汉陵寝。张连旭想着该查证老乡关于毛野人元宝的真伪，要是有实物，就容易断代了。

又是一个需要探求的谜啊！

毛野人很快回来了，看着毛野人，张连旭两手却木木地停在那里一动不动，被电击了一下似的，毛野人就是他跳不出的爱的牢房啊！毛野人跪着过来，将手里的纸团展开——是一头纸剪的毛驴儿，背上谁用墨画了一道黑。毛野人呀呀比划着，似乎在说，这就是跟着你的那头黑毛驴儿。

——毛野人理解错了，她就为这个纸驴出洞跑了一趟。

怎么可能？张连旭抚平纸毛驴儿，反反正正地仔细观看，的确是一头纸剪的毛驴儿啊，还真有点像"白来问"的那头黑毛驴子的模样儿——蹊跷呀蹊跷，难怪老门说是纸剪的驴！邪了，他这次考察秦直道怎么尽出蹊跷事儿，而且纸驴儿的背上似有一块磨损——这不就是毛驴儿驮石朱雀磨烂的脊梁……张连旭猛地想起，毛驴儿跟了他这么多天，却没见喝水，而且见到水一副很害怕的样子！

眼镜片上落满了尘土，张连旭吹了两口，想戴又放在一边——这样的鬼地方戴上眼镜又能干啥？这仿佛是一场大梦。是奶奶故事里的毛野人，是他梦中的毛野人，现在走进他的生活中来了。

然而，眼前跪着的是一个活生生的毛野人，一个还与他做过爱的毛野人，而不是老乡们怀疑的马栏村那个带着小老婆逃进子午岭的老地主的女儿。

张连旭又发现了那个"自己"了，"他"大模式样地从他身体里一跳出来，像镜子里的他一样，站在他面前，跟他说："哼，毛野人是我的婆姨，与你无关，请你滚开，滚得越远越好！"他一下怒了，一巴掌抽过去，却打在了自己的脸上。他疼得眼泪都掉下了，那个"他"对他说："嘿嘿，想抽我，没门儿！"又在他面前扭了几扭，说："吃饱了，走了！"

——肚子填饱了，心也平静下来，现在张连旭想喝一杯热腾腾的老茶。退一步吧，开水也行！毛野人还在拣食残剩的猪手及烧焦了的猪皮，显然熟肉的味道勾引了她。他想试着喝温泉里的热水，张连旭拿上毛野人的水瓢，不由又研究起来。瓢是用葫芦磨制成的，看上去应该有些年份了，一层古铜色的包浆尽现岁月的留痕。他刚舀了半瓢温泉水，还没放到嘴边，毛野人就夺过来给倒掉了。毛野人又给张连旭舀了一瓢河水，礼貌地用双手递到他面前。张连旭接过水瓢装模作样地喝了两口，他其实担心吃了腥荤冷水会喝坏了肚子，他现在只能喝开水，要不只能先忍着渴了。可越忍越觉得渴，渴在肚子里难以控制了，渴由一条虫子迅速变为十条虫子一百条虫子一千条虫子，开始无情地噬咬他，它们纷纷从张连旭的喉咙爬进胃里，再爬到他意念的神经末梢作乱，使他一时觉得疲惫不堪，像一棵被蛀空的大树要倒下去了。他还想抽一支烟，他掏出烟用手轻轻拨拉着灰烬，还有火粒，他俯下身子燃着香烟抽了起来。口渴的感觉似一口水喷在火把上，火焰在烟雾里熄灭了一下，火势暂时减弱，但很快就会复燃。当务之急要解决喝开水的问题，吃肉之后他的胃最适合一碗酽酽的老茶，喝下生水必定跑肚拉稀，而拿葫芦瓢烧水显然不可能。

需要制作几件陶器，学习先民，烧水煮饭，现在只有学会适应环境才能活下去，活着才是第一要务，活着才是他必须打赢的战争。啊，活着多好，只有活着才有走出去的希望，只有活着才可以想象未来！

想到活着，张连旭突然又想起什么。

他从灰堆里拨出火籽儿，用仅剩的一点柴草压住，爬上前一口吹得灰烟四起，没等毛野人把他拉起——他已变成灰眉灰脸的"灰鬼"了。毛野人看着他"嘿嘿"笑了起来，直笑得弯腰马爬，上气不接下气。他跑到水边抹了一把脸，从背包里找出毛巾擦了擦。他惊喜地发现了他的刷牙缸子和水壶，真是宝贝哟！这个淡绿色的搪瓷缸子，原本是父亲农业学大寨时"模范饲养员"的奖品，母亲一直舍不得用，他考上了大学，母亲让他带上当喝水杯。但每每看到缸子上红色的"模范饲养员"的漆字，他也宝贝一样地有些爱不释手，更不忍心使用，似文物一样地保存了多年，直到工作了几年对过去的一些物件全然没了那种敬意，正好原来的刷牙缸子底上磨开一个洞，开始漏水，随便就把父亲的"奖品"刷牙用了。也亏自己的随便，使这个搪瓷缸子现在变得比宝贝还宝贝了！张连旭洗了洗缸子，将瓢中的水倒进去，火再次燃起来了，却没法把缸子搁到火里去。

　　毛野人是不会轻易让他走的，毛野人其实已经清楚地告诉他了，他是她的男人，他也该先想想生活了。看来还得制陶器，还得砌一个锅灶，搪瓷缸子只能放在火籽上烧水。他又把水壶偷偷地藏进背包里，这可是回家路上解渴的井啊，他一回都舍不得用了！

　　火又烧下去了，张连旭拿起砍镰指了指火堆，又指着洞口，做着砍柴、背柴的动作。唉，要是有个懂毛野人语言的翻译就好了！毛野人咿咿呀呀似要跟他说啥，又好像知道她说也白说，按着张连旭坐下，转身一阵风似的跑了……

第七章

张连旭知道毛野人搂柴去了。

他现在得找黏土制作陶器，洞口那边有黄土层，取土不成问题。只是不知道那土是否有黏性，能不能烧制成象征着文明与进步的陶器。可惜没带一个陶罐，在石门村，老乡其实给他收了几个灰陶罐，他付了钱，却送给老乡作历史的摆设了。早知如此，说啥也得带上一个。

他将背包里的东西一件一件掏出，啊，原来他还是一个富翁：书籍、方便面、一小袋炒米、感冒清、氟哌酸、香烟、雨伞、照相机、胶卷、电池、两瓶烧酒——好在路上他没舍得喝，以及剩下没多少水的两个塑料桶、几件换洗的衣服、给毛驴儿买下的十余斤黑豆——这些财富，现在，比他脖子上的夜明珠还夜明珠啊！他要梳理一下头发时，才发现一把黄杨木梳子不见了，是什么时候丢的？想不起来了，他只好无奈地用手指向后拢了拢一头零乱的长发。

他将这些"宝贝"整理好放在一边，想了想又重新一件一件地装进背包里去。而后，从"日本尿素"袋子里取出石朱雀，拿着空袋子和砍镰朝洞口走去。砍镰在他心头越来越沉重起来，哟，这不就是一把神奇的钥匙嘛，要是能从洞口旁边刨一个暗道出来，如果到时毛野人不让他回家，他就可以逃之夭夭了！但怎样才能不被毛野人发现，这可不是一天两天就可以完成的工程——是的，砍镰无疑是他唯一可能打开野人溶洞的工具。

张连旭在等毛野人，毛野人飞一样的身影从他脑海里一闪而来。

他走到洞口，什么时候，毛野人又在洞里堵了一块巨石，这是明摆着的事，毛野人开始防止他逃跑了。他向外惆怅地看了看，深深地吸了两口山野的气息——他并未看到一丝哪怕拐弯抹角爬行进来的亮光，现在应该到夜里了吧，他又看了一眼光溜溜的手腕。

土是褐黄色的胶泥土，是老家乡亲们粉刷窑洞、泥塑神像用的胶泥土——制作陶器应该不是问题。他刨好土却不走，他要让毛野人明白，他在这里取土是烧制陶罐用的。但他明显已挖出了一个坑，他要让毛野人看见这个坑，他想象中这个坑会越来越深，一直通到外面去，通向属于他的一个繁荣的社会，属于他的自由与文明的世界。

毛野人回来了，毛野人抱了半个柴垛的硬柴回来了。毛野人看着张连旭显得颇为紧张，张连旭装好泥土背上，毛野人咿呀着，好像要替张连旭将泥土袋子和柴禾一块抱上。张连旭故意装呆卖傻，只顾自个提着明珠项圈往洞里走。

倒下泥土，张连旭看看火早已熄灭，坐在火籽儿上的搪瓷缸子咝咝地冒着热气，他试了试缸子还烫手，水不开也八九不离十了，他端起水喝了两口，递给毛野人。毛野人笨笨地摆了摆双手，却摊开左手做了一个请张连旭喝水的手势，一个优美得让张连旭一生都难以忘怀的手势。

喝完水，张连旭拿起袋子和砍镰径直向洞口走去。毛野人不解地跟着他，张连旭示意她再去背柴。毛野人愉快地点了点头，快步走在了他前边。毛野人好像完全把张连旭视为这洞中的主人了，主宰她一切的主人！

等毛野人再次背回柴垛的时候，张连旭已将暗道挖进两尺多深。毛野人看了他一眼，并没理睬他挖出的黑魆魆的窟窿，迎上前去顺手提起他装好的泥土，而后摆头指示张连旭走在前面，她跟着往洞里走。

张连旭并没有感觉到毛野人搬开洞口巨石的光亮，他心里想着，夜幕已经完全遮蔽了山野，悬挂在浩瀚的银河之下，那是怎样可爱的情景。一弯新月牙儿深情地挂在树梢头，微风吹过，山色空蒙，宁静而绮丽的子午岭森林，夜色多么美好。可是，这一切都不属于他了，这一切的美好跟他没有了丝毫的关系。他想起大学图书馆里读过的英国小说家丹尼尔·笛福的《鲁滨逊漂流记》，他现在远不及书中那个被困在荒岛上的主人公，鲁滨逊可以享受明媚的阳光和新鲜的空气，他却被毛野人囚禁在了不知春夏秋冬的黑暗洞中……

一堆土足够张连旭制成好多件陶罐。

他舀来一瓢河水，匀称地洒在泥土上，不等水渗下去，他又舀了一瓢河水洒上。遥想先民们，在历经多少次失败之后，才烧制成第一个精美的陶罐来的？敞口鼓腹的陶罐，先民们是参照了什么制成？会是一个隆着肚子的孕妇吗？抑或陶罐本身就是一位母亲捏制而成，在火焰中诞生了——那是多少代人心血与智慧的结晶啊——人类远古的文明从陶器时代又迈出了一大步，那是一件代表着泥土与火的艺术！

现在，张连旭要在最短的时间里烧成陶盆，一个烧水煮饭用的陶盆。

上大学时，在参加劳动锻炼之余，老师曾指导他们制作陶器：先把湿泥拉成圆柱体，随着拉坯机的旋转，让圆柱体变成自己构思的形状；等到陶器半干的时候，再沾上水将瓶形和底部黏合；接着把泥浆倒入制好的器皿里，让泥浆在靠近底部的位置进行凝结——关键是要根据温度、泥浆浓度、自我需要等因素控制好时间，等到了一定的厚度时，将陶器里的泥水倒出，之后等泥浆半干后进行器形修整，直到自己满意的一个陶器成型。但那是依靠拉坯机来完成的，同学们谁也没尝试陶器的烧制过程，只懂得陶器是在低温下烧成的，理论上是将制好的陶器坯子拿进窑中烧上两三个小时就可以了。

毛野人全神贯注地看着张连旭做这些活儿，她似乎在为自己不能帮忙而干着急，摩拳擦掌空有一身力气，她却什么忙都帮不上。她压根儿弄不明白张连旭到底要做什么。她指着柴堆要张连旭燃起火来，她还给张连旭找来撕成两半的野猪头，毛野人似乎非常担心张连旭会饿着了肚子。而张连旭不想叫毛野人知道打火机的秘密，故意将精明装在肚子里卖糊涂。毛野人看着张连旭认真地和好了泥巴，毛野人看着张连旭将泥巴捏成一个大腹便便的泥罐，毛野人看着张连旭给泥罐粘好底子，毛野人好像明白了张连旭要做的事情了，毛野人目光里的不解转换成了轻蔑和不屑——不就是要制作一个舀水的器具吗？

毛野人拿来水瓢给张连旭看——她哪里知道一个陶罐的意义。

陶器接连烧制失败，让张连旭快要崩溃了。

点了半支香烟，张连旭深深地吸了两口。他漫不经心地在溶洞的"厅堂"里来回踱步，看着前几日还生机勃勃的花草，现在跟他一样变得蔫头蔫脑，就是还没扬瓣开放的野菊，现在也是一脸闷闷不乐的苦相。啊，这是毛野人在救他回野人溶洞前，特地移植来装饰他们"洞房"的。

为了活着也要烧出几件陶器来。

张连旭曾跟毛野人说，你跟我回家吧，我会用一生对你好。他拉定毛野人宽厚有力的手，说，走，我们现在就回去，你再也不用狩猎、摘野果、掘野菜了，你想吃什么，我给你买什么，你喜欢吃糖吗？糖，对了，光糖就有洋糖、冰糖、麦芽糖等等，不，还有红糖、黑糖、白砂糖等等。菜就更多了，多得三天三夜也说不完，其中最出名的八大菜系就有：粤菜、浙菜、鲁菜、苏菜、川菜、闽菜、湘菜、徽菜，还有满汉全席。其实最好吃的还是陕北的地方小吃，炖羊肉、羊杂碎、洋芋擦擦、黄米馍馍、拼三鲜、油馍馍、荞麦凉粉、手擀杂面、马蹄酥、剁荞面、驴板肠、煎饼、枣糕、八碗、老席、油旋、抿节、馃馅、炸豆奶——张连旭掰着指头一道来，像是说相声里的数来宝。对了，荞面圪坨羊腥汤，死死活活想跟上，一顿饭吃出了文化，也吃出了永远的情感，才叫吃饭哩！再说饭，真的太多太多了，你就是吃上三年也不会重着吃一顿，唉，总之一句话，天上飞的，地上跑的，水里游的，你想吃啥都行。穿的也是，从衣服的质地讲，绫罗绸缎、料子呢子、皮革土布等等；从款式讲，我先给你说说上衣，运动衫、T恤、夹克、羊绒衫、披风、衬衫、马甲、棉衣、短外套、羽绒服、小西装、皮衣、针织衫、毛衣、毛呢外套、风衣、大衣、吊带、背心……你想穿啥都行，我让你一天三打扮，你要是穿上一件披风，那一定会是舞台上走猫步的摩登女郎，一定会倾国倾城。没等张连旭说完，毛野人生气地按他坐下，叽咕着比划着，张连旭明白毛野人的意思了，他就是天上，不，现在应该是洞里说的飞来个雀雀，也不能走，他是她的男人，他不能丢下她不管。

唉，死心眼的毛野人，咬住个屎尖子，油饼子也换不了！

张连旭突然产生了一个可怕的念头，用砍镰袭杀毛野人，而后，挖洞逃脱。啊，太残忍了，太没人性了，太惨无人道了，他即使活着出去，良心的谴责，灵魂的拷问，会使他变为行尸走肉——这不就是现实版"农夫与蛇"的故事吗，这是他还是那个"他"的想法？一定是"他"，还"亲爱的毛野人"哩，简直猪狗不如！他和"他"一时好像纠缠到一块了，他说，毛野人是自己的救命恩人，她两次从黑白无常手里把自己救回，你怎能想出来这样卑鄙的主意？"他"说，毛野人还给了你一切，爱情，财富，信任，还要给他青春，给他主人的地位，你还是人吗？人啊人，人性里到底隐藏了多少邪恶、丑陋、无耻、下流、肮脏、虚假、野心……他下午两点恐惧症又发作起了，泥浆变成黏稠的黑血，在野人溶洞里像着了魔的黑蝴蝶一样乱飞，撞到钟乳石上了，淹在野人河里了，在"明珠项圈"的照耀下，野人溶洞升起来一道可怕的血色之虹；刚捏好的一个个泥罐，变成了父亲"肃反"血淋淋的人头，而且一跳一跳的，似想学黑蝴蝶飞，却又无奈地落到地上，罐口张开嘴巴，不住声地向他哭喊"冤枉""冤枉""天大的冤枉"，人头又想挣扎着跳起来，似要垒成一座"塔山"。一股浓浓的血腥味儿，从他心的荒野上卷过，张连旭又不由自主地干呕起来，他的头同时像扎了无数根钢针，他抱头倒在地上。

毛野人扑过来抱起张连旭，毛野人将张连旭像孩子似的抱进怀里，毛野人以为张连旭身体里残留的蛇毒作怪了，她将张连旭的衣服解开，仔细察看他左肩上的伤情。伤口愈合得很好，毛野人似乎还不放心，又用手轻轻揉了揉，并没有发炎的迹象啊！毛野人怀中，尽是子午岭山野的清香，各种花草的香，各类树木的香，风的香，雨的香，日之光的香，月之华的香，经年累月都浸入到毛野人身体里去了，成为她自然体香的组成部分。毛野人仿佛子午岭上的精灵，掌管主宰着这八百里苍茫林海，鸟儿的鸣唱是她悦耳的晨钟，小兽的叫唤是她梦中的暮鼓，烂漫盛开的花朵是她节气里没有任何添加剂的饮品，而从夏至秋的一树树没丝毫农药残留的果实，则一定是毛野人可意的甜点了……"扈江离与辟芷兮，纫秋兰以为佩"，"朝搴阰之木兰兮，夕揽洲之宿莽"，"朝饮木兰之坠露兮，夕餐秋菊之落英"，啊，毛野人不就是屈子《离骚》里瑰奇迷幻的"求女"形象吗？张连旭的恐惧感很快消失了。但毛野人的体香让他有些迷醉，他真想在毛野人体香里长醉不醒。母亲的怀抱，永远属于童年，只是记忆里的情景，温暖在梦中。毛野人的怀抱——这是他多么神奇美妙的摇篮，点缀着星光，散发着芬芳，流淌着轻柔甜美的童谣……

张连旭却想着逃离，为他该死的狗屁秦直道考察。

毛野人待他远远胜过了奴仆之于主人，胜过了他曾经的护士妻子之于他的爱情。想起曾经的护士妻子，张连旭更多的是一种男人尊严的羞辱。他一直不愿启齿，一次，他考察秦直道回家，一开门，发现一双男人的皮鞋，卧室里传来一阵男女嬉戏的声音，他一时怒火中烧，操了一把菜刀一脚踢门而进，妻子正跟院长赤条条躺在床上。他要一刀砍下去时，院长喊出了"冷静"两字，他一个血性汉子，还真的冷静了下来。他想到了未走完的秦直道，想到了等着享他的福的双亲。院长说给他经济补偿，被他臭骂了一顿。院长又求他别将事儿说出去，他说："你不要屎眉脸了我还要。"他扔下亮光光的菜刀独自喝酒去了。自斟自饮是喝酒人的悲哀啊，好比饮鸩止渴，没等解愁又生起忧来了！他想着自己是不是太窝囊了，但同时也想到了理智光芒下一种男子汉的伟大品格。大醉后，他不知咋的又回家了。第二天，他护士妻子全身黑一块紫一块的，哭丧着脸跟他说："你敢说服教育哩么，你咋打人哩！"听着护士一口榆林城话，张连旭气得肚子都快破了，他什么也记不起来，想对一句"还说服教育哩，你们城里婆姨女子真能说得出口"，又懒得说。护士还在说委屈，"人家院长开口了，我有甚办法！"——他们离婚了，这事儿他却一直守口如瓶。

毛野人的种群或许灭绝了，毛野人把他救到溶洞里来，要他做她的男人，仔细思考也合乎情理啊，她孤独寂寞，她情窦初开，她要繁衍后代……张连旭突然想到烧酒，怎样把毛野人用烧酒灌醉了，他还有两瓶长脖子老白干，那是他准备住在老乡家喝的，却又觉着这种卑鄙无耻的伎俩，不是大丈夫所为！再说，毛野人会轻易就范上这个当吗？唉，他现在要战胜的其实是他自己，是他未了的秦直道考察，是他男儿一番未尽的事业，是他对生命以及作为一个正常人的生活的渴望——幸福，现在是那么遥远。

也许是受张连旭情绪的影响，毛野人变得烦躁不安心神不定起来，一副愁眉苦脸没精打采的样子。十几天来，也并没见毛野人吃多少东西，只是一次次到洞外薅草搂柴，挑选柔软的花草在什么地方晒干了再抱回来，又给他们重新铺好一个蜜月的婚床，一个散发着阳光和子午岭芳香的婚铺。相比之下，张连旭还算名牌的防潮褥子，毛野人并不喜欢，毛野人更崇尚自然。现在一个拐洞，变成毛野人的柴垛了——毛野人是从哪里捡回这么多干柴的？而不直接去掰树木的枝头，毛野人是不是担心掰了树木，留下了痕迹，会被人们发现？是毛野人本能的生存意识，还是森林保护意识？他在秦直道考察了这么长时间，所见都满眼绿色啊，偶尔的红桦、白桦，以

　　张连旭不由自主地围着火堆跳了起来。赤脚击拍，重重地踏在沙石地上，嘴里发出明显夹杂信天游味儿的号子声，两臂跟着节奏舞蹈似的律动……毛野人学着张连旭的样子也跳起来了。

及长着黑色躯干似乎老了不知名的树木，也全部绿意盎然，他就没发现过这些枯枝！毛野人的柴垛，足可以拉两三牛车了，可她还不停地往溶洞里抱柴，一趟趟不知辛苦地抱。

大概担心张连旭饿着了，毛野人时不时地找来一块又一块的野猪肉给张连旭烧着吃。每次，张连旭都觉得刚吃过不久，肚子还饱饱的，毛野人就又拉他吃了，一天似乎吃了好几顿饭！而在张连旭第一次将变为几瓣儿的陶盆从火中取出时，毛野人异常地兴奋，她似乎以为那就是张连旭想得到的东西。但看到张连旭垂头丧气的神色，她好像又明白了，张连旭原来想要一个完整的器皿。

可是一脸汗水的张连旭，每次从火中取出的都是声声的哀叹和失望！

什么原因？是这种胶泥不适合烧制陶器，还是火候没有掌握好？可在烧制过程中，他多次调试过温度，烧出来的却全是废品。"我怎么这么笨啊，在具体的理论指导下，竟然不能烧出一件陶器来！"张连旭一个一个地过滤环节，没有发现任何地方有漏洞啊。问题是不是出在黏土上？那马家山村的制陶作坊遗址该如何解释——同样褐黄色的胶泥土，应该不是原因吧；另一种可能就是他们在胶泥中掺和沙子一类的材料。难道是他直接将陶器置入火中所致？由于火力不集中达不到陶器要求的温度，那就得首先建一个陶窑——显然不现实。

或者应该先挖一个锅灶——这可是有了陶盆也必须要建造的，然后以灶膛作为陶窑，再进行烧制。也许古人在制作陶器的过程中，都要举行一次祭祀活动，先与自然力、鬼神和图腾崇拜进行神秘对话，让心静下来，才开始和泥、捏陶、点火。这样的一件陶器，本身就是古人专注表达对神秘力量的一种敬畏。

张连旭不由自主地围着火堆跳了起来。赤脚击拍，重重地踏在沙石地上，嘴里发出明显夹杂信天游味儿的号子声，两臂跟着节奏舞蹈似的律动。他在想象先民们为适应自然、利用自然对神灵的最为简单的膜拜。而对于有人提出先民们最早的祭祀是为了征服自然、战胜自然，张连旭一向不以为然。所为"人定胜天"，其前提首先是必须遵守事物的客观规律，否则人类活动体现出的力量只会破坏自然，而不可能超越自然。毛野人学着张连旭的样子也跳起来了。跟着节拍，起初好似公鸡踏霜，脚不知怎么伸下去才是，要么在放下左脚时右脚跟着落下，要么右脚站成一个金鸡独立。可没过多久，毛野人便得了窍门，舞姿优美起来了，好像草原那达慕上蒙古汉子们摔跤的动作。

啊，毛野人更像先民，也完全酷似先民，草帘围裙，抖动着真正的远古气息，远古风韵！

上大学时，张连旭在一个纪录片看过非洲土著原始的舞蹈，那不是为了表演，没有任何功利目的，而是一种生命力的自然张扬，毫不掩饰的情绪宣泄。他回忆着他们明快的音乐节奏，双手不由地拍了起来，"啪，嘭啪啪，嘭啪，嘭啪啪啪，啪"，毛野人跟着他的节奏，竟无师自通地跳起了桑巴舞。啊，什么是文明，所谓文明就是践踏原生态的艺术。毛野人手里要是有一件土著拍打的乐器，那么这种最原生态的舞蹈一定可以搬上舞台，产生轰动效应。

张连旭想起了陶埙，要是埙没被压碎，在这样的场景里吹上一曲，那才不枉学了一回埙，在悠扬的埙曲中，毛野人说不准能跳出迈克尔·杰克逊的太空步哩！他可以给毛野人伴奏，就用华阴老腔里惊木、干鼓、梆子等原始的乐器，就用陕北说书中的甩板、拴板、蚂蚱蚱板……

舞蹈中张连旭忘记了自己的存在，他先将黄胶土彻底粉碎，最大限度地减少其中的颗粒度，使坯泥更为细腻，接着和泥、捏造、烧陶，在升起的火苗中，他仿佛回到了纯真的原始社会。既然是一个首领，他必须承担起部落兴衰的神圣使命，现在他的部落需要一次远征，需要携带这些陶器保障后勤，搏杀归来的勇士们需要一餐热腾腾的熟食啊！

毛野人好像只能找来野猪肉给他做餐，当然毛野人自己也吃。可他有些厌恶野猪肉了，看上去一点儿也不精细的肉丝，起初吃时感觉香醇鲜嫩，野味浓郁，但只配尝鲜，天天吃令人大倒胃口，甚至带着一股天然的酸味儿。张连旭几次想乘毛野人出去搂柴火的机会，去看毛野人"仓库"里还有哪些食物。可他又不愿这样自贱，他等着毛野人哪天拉着他去参观她的野人溶洞——他现在更想叫这个溶洞为野人溶洞。他想集中精力，先完成一件陶盆的烧制，这是他能否生存下去的关键所在。

张连旭的肚子吃坏了，拉得很厉害。好汉怕的三泡稀，氟哌酸吃下四颗，又接连拉了五六次也不见好转。看着张连旭捂着肚子一脸的痛苦，毛野人很是着急，显得坐卧不安。围着张连旭转来转去，似有什么心事决定不下。毛野人向洞口方向跑了，过了老半天，毛野人一身泥水地回来了，外面像是下着大雨。毛野人采来了几种带了根子的药草，张连旭认得其中的甘草，还有一种很像是罂粟花，另外几种他没见过——毛野人示意张连旭再将这些药草嚼着吃下，并安慰他肚子很快就不再难受了。张连旭说，不需要嚼了，中草药要熬，也许熬着喝，比嚼着吃效果更好，要不本人就嚼着吃药了！

毛野人左小腿擦伤了，红红的一长绺，好像还在往外渗着血。一定是为他采药擦伤的，一定是雨中滑倒在石头上了——要不她也不会浑身是泥水！要是带着云南白药就好了，要是有一卷儿医用纱布就好了，可那些东西现在都是遥想中的奢侈品，张连旭只能抓一把柴灰抹在毛野人渗血的伤处，老家的乡亲们平时都用柴灰止血。毛野人先是龇牙咧嘴非常窘迫的一副狼狈相，看到血立马止住了，毛野人眼睛里又露出了感激和疑惑。

张连旭将药草剁碎了撂进搪瓷缸子，倒上水放入火籽堆里，一会儿溶洞里便飘起一股熬中草药的苦味儿来了，浓浓的药草味儿，将他拉稀久久不散的恶臭一冲而去。当他喝下半缸子墨水似的药水时，肚子咕咕地响了起来，刚过去一会儿，便不再像有什么东西拽着肠子往下撕扯一样地难受了。张连旭掏出笔记本和钢笔，将毛野人为他采来的草药以形状画在笔记本上，并注明生长地：子午岭野人溶洞附近；疗效：治疗拉肚子特别灵验。

他努力想着毛野人给他治七寸蛇毒使用的草药，可他实在无法判断，那些草药是圆叶儿还是尖叶儿？毛野人敷在他伤口上的药和喂给他吃的药是不是一样？找空儿得跟毛野人学习学习中医知识。

　　张连旭的拉肚子刚停下来，谁知毛野人就病了。脸烧得像深秋经霜的最后一颗挂在枝头的红苹果，头上一摸烫手，眼睛也变得迷迷糊糊，并且随着咳嗽一个劲地流清鼻涕。可是毛野人根本不把感冒当回事儿，照样舀着冰凉的河水喝，一点都不懂得爱惜自己。"毛野人是为了我，在大雨天采药感冒了的。"张连旭想着，心顿时软下来了——毛野人不让他回家的怨气一时烟消云散。病中的毛野人，浑身健康有力的肌腱花朵似的绽放开来，女汉子的强悍无影无踪了，一时变得千娇百媚。张连旭想起《红楼梦》里林黛玉的病态之美，虽不能相提并论，但毛野人现在也是"一双似喜非喜含情目"，"泪光点点"的样子啊，张连旭更似心疼得要命！他给毛野人吃感冒清，毛野人却摇头摆手地不肯吃，直到张连旭大发雷霆，指着毛野人咆哮："我是拴在你绳子上的蚂蚱，你死了我咋出去？"毛野人才像咬豆子似的咧着嘴巴，将张连旭递来的五颗感冒清胶囊吃下，又喝了一缸子温开水。毛野人的高烧在睡了一觉之后完全退下去了，毛野人醒来便不再流鼻涕也不再咳嗽了，毛野人将张连旭又递给她的四粒感冒清胶囊珍珠似的拿着藏匿到什么地方去了。

　　"怪了，在野人溶洞我带的药不治我的病了，却能治毛野人的病，而毛野人给我的草药又一下子治住了自己的痢疾！"张连旭一时很是想不通，难道这是水土的原因吗？

　　原本他一个人的食物，在毛野人的分食下——特别是在毛野人感冒之后，张连旭硬是给她用搪瓷缸子煮了两包方便面。现在，眼看要断顿儿了，仅剩下的一点炒米——这是他准备回家路上吃的干粮，再就是那些不能生吃的黑豆了。他将两个塑料桶里的水合在一个桶中，收起另一个。毛野人只喝河水，舀起一瓢，一仰头就咕噜咕噜灌下肚里，毛野人一天好像能喝进去十多瓢的河水，难怪毛野人身体里那么多的水……

第八章

成功了，啊，终于烧成功了！

张连旭激动着，他终于烧制成了第一个陶盆。要不是在野人溶洞，这样一个不起眼的陶盆，张连旭瞅都不会瞅一眼——这一类的普通陶器，一件两三块钱，要多少有多少，是盗墓贼懒得拿的东西。每个汉墓里都有几件这类的陶器，甚至更多。一些大型陶器，每每让老乡捡回家存放粮食，只为米面在陶器中不潮不霉也不生虫子。他的一个老乡大大小小捡回去的多了，一次批发给了县文管所，一件还不到两元钱。因此陶罐陶盆也被当作文物垃圾，任何造假者脑子也没进水到要去烧制陶器。

毛野人像孩子一样又蹦又跳，她双手捧着陶盆，愉快地舞蹈起来，身上的草裙像舞台上花旦的"饭单"，在激情舞动中划出一个一个的圆圈儿——她显然比张连旭更兴奋。尽管她不知道陶盆是做什么用的，毛野人好像只是快乐着张连旭的快乐，或者她为一堆泥巴变成一个"水瓢"，不可思议地雀跃欢呼。

而这个陶盆的烧制成功，远比张连旭想象的要复杂得多。毛野人的感冒好了，他也从拉肚子的困乏中恢复了元气，在阴谋的暗道里，他便不停地挖胶泥，毛野人当仁不让，一次次帮他背回泥土。张连旭用粗泥垒起灶台，用细泥抹好，再用柴火烘干，一个结实而且规范的灶台建造成了。只是缺少父亲盘锅灶的炉齿，那些废品的陶片正好充当。之前，他对陶盆的用料也进行了试验，他从河里捞

　　毛野人像孩子一样又蹦又跳，她双手捧着陶盆，愉快地舞蹈起来，身上的草裙像舞台上花旦的"饭单"，在激情舞动中划出一个一个的圆圈儿——她显然比张连旭更兴奋。

取了一些沙子，将沙子和入胶泥中——他分析陶器在烧制中的破裂，可能与胶泥密度有一定的关系，他想，掺入沙子有利于陶器在烧制过程中的透气性能，也就是在受热不很均匀的情况下，局部的热量能够通过沙子细微的孔隙散发出去。而实际上他之后用没掺沙子的胶泥一样烧制出来了陶器，才明白掺不掺沙子其实并不是关键所在。之前的失败，更多的原因归咎于他急于求成的焦躁情绪，是他没有真正弄清楚烧陶这门关于火的艺术。而后，他将陶盆放入封闭的后边锅灶——颇似一个小小的陶窑，前灶烧火——谁知张连旭担心的问题还是发生了，因为没有烟囱，火烧起来后烟火乱窜，不得不叫毛野人用他被撕成两瓣的中山服在灶口鼓风。

张连旭在河水中冲洗了一下陶盆，揭去盖在前灶上的陶盘——无意之中他又烧制成了一件陶器，正好当盘子和案板使用！将陶盆安在灶上，烧水煮了几把黑豆。当水咕嘟咕嘟冒起的时候，毛野人才像是真正明白了陶盆的作用，并不是她简单的葫芦水瓢，而是她从来没有过的一种崭新生活，张连旭将毛野人从蛮荒时代带进一个陶器的文明时期。煮黑豆的香味儿从陶盆中飘散出来了，毛野人把张连旭拉坐到她面前顶礼膜拜，并再次将张连旭挂在钟乳石上的明珠项圈取下，双手戴在张连旭的脖子上，接着抱起张连旭，让他坐到她温暖的怀中，像她的一个孩子似的，左手轻轻地在张连旭纷乱的发上一遍遍抚摸。

毛野人吃着煮黑豆喝着煮黑豆水，看着张连旭讨好地咿咿呀呀，好像在对他说什么。这种家庭的氛围，一时使得整个野人溶洞充溢着幸福与温暖。啊，要是没有张连旭的同床异梦，也许这种幸福与温暖会永远地延续下去，到他们子女成群，到他们老得没了牙，到有一天他们的子女把野人溶洞的秘密公之于世。他相信媒体新闻里会这样报道：在子午岭茂密的森林里发现一个正在进化中的原始小部落，这个以"家庭"为单位的小部落仅几人组成，聚居在洞穴里，过着原始的狩猎生活。这个小部落是我们人类还是古猿，还有待生物学家、人类学家的进一步研究，做生物基因序列的比对分析。不过有关专家认为，这足以佐证达尔文物种演变"进化论"核心思想的正确性……

张连旭在思索着烧制一个陶埙。

这些天来，他总想给毛野人吹上一曲埙，他相信毛野人一定听得懂埙声，毛野人就是听着埙曲认识并两次救了他的。从舞蹈中，他感觉毛野人浑身都是音乐的细胞。是啊，毛野人从小生活在子午岭的森林里，听鸟鸣，听林涛，听风语，听狼奔豕突的喧嚣，应该说受到自然界天籁一样音乐的熏陶了。就为这个，他也要烧一个陶埙。他依着原来埙的样子，捏来捏去，却怎么也没办法捏出一个小巧的陶埙来，泥些许稀了便会塌陷下去，稠了又捏不到一块儿。好在他有的是时间，每天吃过饭的第一件事儿，就是捏制这个陶埙，反复试验泥巴的黏性，也不知失败了多少次。但他的陶埙总算能吹出声音来了，尽管梨形的埙烧成了牛鼻子的形状，声音也远远比不上之前那个埙的婉转，他却尽情地吹了起来。"嘘——嘘——"的埙声，让他想起一个风雪之夜风吹玻璃瓶的声音来了。

那是一个故事：爷爷半夜听到活魂嚎了，一天闷闷不乐，以为是自己的活魂走了。张连旭问爷爷活魂嚎的声音，爷爷说，就像骆驼羔羔的叫声。谁知接连几天夜里，又听到活魂嚎了。奶奶替爷爷宽心说，活魂还能天天嚎？爷爷又以为是小鬼唱歌。"七十三八十四，阎王不请小鬼催"，爷爷那年正好八十四岁，担心小鬼在用美妙的乐曲召唤他哩，要不奶奶咋就听不见——爷爷不知道奶奶入冬耳有些背了！张连旭已上了中学，正值寒假，不信邪的他心里想着帮爷爷"捉鬼"，他以为一定是谁故意捉弄一辈子胆小的爷爷。那天半夜，呼呼的白毛风里，梦中张连旭被一阵优美的歌声吵醒。他坐起来细听，还真的不是风声，像两个人在用"瓦屋子"与"哨梅"合奏。凄迷的声音，让他想到秋风扫落叶，想到荒凉、枯萎和广大的废墟，想起迷惘、颓废、萎靡，甚至是一种不安与恐惧，听得都让他想哭了。啊，难怪爷爷提心吊胆的！他穿上衣服，悄悄出了门循声找去。没走上垴畔，看见母亲也跟来了。母亲还以为他闹肚子，出来给他照怕怕哩！他让母亲回去，他说："妈，我不怕，这风雪的夜，小心着凉了。"母亲不肯，跟着他上了垴畔山。冬夜的山空荡荡的，除了风雪还是风雪。那小鬼迷幻的乐曲，更加真切响亮了。在烟筒旁一根柳椽子中间，上面是爷爷辟邪的一个旧耧铧，中间却绑了一大一小两个玻璃瓶，瓶口向着西北风，风吹过时便会发出活魂的嚎叫、小鬼的歌声……第二天，爷爷气得骂了一早上。后来才知是邻村一个神汉的骗子把戏，他在等着主家经受不住"鬼声"搅扰时，请他驱鬼捉魔好轻松挣钱。那声音却让张连旭着迷了，自然不仅在雕琢上是鬼斧神工，而且在其他地方同样具有出神入化的境地。到了大学，他在明白了乡亲们说的"瓦屋子"与"哨梅"就是埙和笛子时，又为乡亲们的智慧而叹服，这是多么形象而艺术的名字啊！此后，他开始反感普通话了，那些专家们在将普通话作为"国语"时，大概只考虑了首都所在地的北京，并没充分论证认真研究反复推敲。他认为最该用于"普通话"的是被日渐边缘化了的"陕北方言"，或者称"陕西方言"，它的博大精深，是软绵绵的普通话连脚把子也撵不上的。最少，也应该把所谓"陕北方言"，列入第二"普通话"，让学生们在第二课堂学习。他想大秦帝国、大汉王朝的"普通话"，无疑就是陕西话了。因此才有了秦汉雄风，才有了胜过天书的大篆小篆，才有了长城、秦直道，才有了华夏民族的统一。

毛野人听得很是兴奋，一会儿手舞足蹈，一会儿又如醉如痴。等张连旭停下吹奏时，毛野人顺手抢过陶埙试着吹了起来，可只听到夜里睡觉吹灯的"噗""噗"声，毛野人笨拙的指头也不知怎么按住、放开音孔。毛野人并不甘心，又跃跃欲试开始捏起埙来，一气捏造了一堆形式上的半成品，还用木棍在上面乱七八糟钻了些孔，看着不像是可以吹奏的陶埙才作罢。张连旭本想帮助毛野人，再烧制一个陶埙，也让这个陶埙有一个双胞胎的兄弟，一想又觉得那样就对不住这个陶埙了。这枚陶埙声音之所以缺少土音，也许是在烧制过程中火气大了点，是他跟埙之间还没有形成默契，他和它还需要进一步的磨合。还有一个原因，既然毛野人喜欢，他想把这个他亲手制作的陶埙当礼物送给毛野人，唯一才显得稀缺和珍贵。

他双手将陶埙捧到毛野人面前，毛野人有些惊喜地看着他。毛野人明白了，这是张连旭送她的仿佛结婚的"钻戒"，毛野人又显得异常地激动。她像张连旭鉴定文物似的仔细瞅着陶埙，似乎不相信那纯真的声音，是从这个一点都不起眼的"泥巴"里流淌出来的。毛野人瞟了一眼灶上的陶具，又看着她的一大堆泥巴，不由地笑了。泥巴可以盛水做饭，泥巴可以吹奏好听的音乐，泥巴原来有这么神奇的作用。毛野人将陶埙小心翼翼地攥在左手心，又想起什么了，递到张连旭手上，让他吹奏。毛野人真是他的知音，毛野人喜爱埙原始的声音。张连旭接过牛鼻子陶埙又吹了起来，他想着那大小玻璃瓶的声音，他要给毛野人吹出自然无声的大音。

毛野人并没有请张连旭游览野人溶洞。

张连旭自信地以为他就要离开野人溶洞了，因此他想到洞里走一走、看一看，也算是对野人溶洞的一次考察，把野人溶洞留在记忆之中，或者他还真能揭开另外一个秘密，皇陵地宫，毛野人的宝藏，以及他隐约想到的秦始皇"转兵洞"。等毛野人出洞以后，他一手提着明珠项圈，一手打着手电，向洞深处走去。

穿过弓形的窑门，继续前行，没走多远，豁然开朗，出现在眼前的又是一座大庭：两根钟乳石柱通天而立，一眼望不到顶，远比他们住的地方气派，只是感觉有些阴冷。向前再行百余步又见一门，跨过门槛，好像长长的一条走廊，左右两边时窄时宽，石笋如伞，石壁似琴；剪花娘子手持玉剪在剪一幅画，砍柴后生身背柴禾路过独木桥；三分石田上老农身穿蓑衣而耕，一条清水里渔夫舟上独自垂钓；一个猴子单脚立杆远眺，一匹骏马四蹄腾空而起；望月的吴牛似乎还在喘息，吞日的天狗无奈难以下咽；一边石幕开启，精美石刻是西天佛祖五百罗汉，一边茅屋两间，粗犷雕塑了左青龙右白虎；左手是诗圣的"一行白鹭上青天"，右手是诗仙的"飞流直下三千尺"……啊，这不是神话传说中的"夸父追日"吗？谁知没行多远，又见酷似"女娲补天"的动人场景！石幔、石管、石柱、石潭类型齐全，造型奇特，堪称神话传奇。石景、水景错落有致，神秘莫测，可以说是地造天成。这些地质遗迹组成的耐人寻味的钟乳奇观，仿佛一座地下迷宫，竟让他搜索枯肠也寻找不出美好的词句来了。

河水从一道石峡中流出来，要是有一条小船可以穿峡进去——说不准是另一番惊险的溶洞风景呢！但这些已经足够了，野人溶洞神奇独特的景观，足以开辟一条经典而充满神秘色彩的旅游线路。当然，他不会说出野人溶洞的秘密，只要他的毛野人在一天，他就永远不会说出这个野人溶洞的秘密。微风扑面吹来，水面上卷起层层微澜，啊，石峡通向了哪里？石峡外不可知的地方，是一条河流吗？"我要能造一条小船，也许就可以从这里逃出去了。"张连旭心里想着，不由回头看了一眼，毛野人并没有跟踪而至。他现在最担心的事是让毛野人发现了逃跑计划——尽管这个计划深藏在他的心底，可是，他已经开始付诸实施了。

啊，鱼！张连旭在水中看到一条有三四寸长的鱼了，是一条鲫鱼，他家乡无定河里最常见最鲜美的鲫鱼。小时候，每到开河季节，父亲都带他到河里捕鱼。父亲说，鱼在冬天休眠，很少进食和活动，鱼体内的一些异味物质得到了净化，鱼体内储存的营养就丰富起来，肉质变得更加鲜美。几条鲫鱼游过来了，父亲双手将敞口柳条背篓藏入流淌的河水中，一动不动，等着鲫鱼游过来时，向前猛地举起背篓，总有一条两条倒霉的鱼会落进父亲布好的陷阱。而后，父亲从冰冷的河水里走到岸边，从背篓里抓出鱼，撂进张连旭幸福守护着的草筐中，他双手挡在草筐上边，生怕这些活蹦乱跳长着翅膀的鱼再飞进河里。半天下来，他们回家时，父亲就能收获一背篓的鲫鱼——只有个别的草鱼。看着母亲刮完鱼鳞，烧水煮鱼并且把吃不了的鲫鱼串成一串晾晒起来，父亲显得十分惬意，晒着太阳，哼着酸曲，一锅一锅抽着呛人的老旱烟。干鱼在村子里不仅是很好的营养品，还具有很高的药用价值，谁家小媳妇生了，不下奶水，煮上两条干鱼汤喝下去，奶水就来了；特别是谁家孩子出了天花，熬着喝上两三顿干鱼汤，就可以轻松地度过坎儿去——父亲母亲最乐意乡亲们来索要几条干鱼了。

毛野人找他来了，毛野人一脸不高兴地找他来了。

张连旭急忙关掉手电，指着洞里的钟乳石景观，说："太美了，这是神仙住的地方！"毛野人好像并不明白，一脸疑惑，说外语似的叽咕了一句："这能当饭吃吗？"对了，张连旭感到毛野人好像有自己的语言，一种简单的——他们相互之间却可以沟通的语言。因为毛野人每次跟他说的话，并不都像一个哑巴的咿咿呀呀，有时一个手势也不打，会猛地就撂过一句类似印第安神秘古语的话来。

张连旭一路走走停停的，不时被神奇的钟乳石景观吸引着站在那里张望。毛野人却对这些美丽景致一点都不感兴趣，不理解张连旭看什么看——只管在前边招手催促。张连旭有些恼火了，毫无顾忌地吼道："你个不懂艺术的毛野人！"毛野人忽然愣怔了一下，站在原地发呆，在这一怔的瞬间，张连旭似乎觉得毛野人其实非常通人性。

毛野人走到转向上边的洞口时，又回头撂下一句什么话。毛野人转身望着张连旭突然笑了起来，她似乎在为自己跟张连旭说话而感到好笑，张连旭听不懂她的话，正像她听不懂张连旭的话一样。毛野人又伸出左手向上指了指。张连旭明白了，毛野人像是问他想不想到上面的洞里转转。

当然想啊！张连旭跟在毛野人的身后向上拐去。

上边洞里好像有光亮，不知从哪里照来的光亮，总之不是他们住的地方那样黑洞洞的。一拐又进入另外一个洞穴，这里原来是毛野人的仓库！借着明珠的亮光，张连旭看到了倒吊在钟乳石上的几头刨掉了内脏的野猪，就像走到了市场肉架前了，猪头、猪蹄吊在另一边——毛野人能捕获嗅觉灵敏的野猪，毛野人如何把这些野猪的头和蹄子分离下来？她又是如何食用这整只野猪的？没用锋利的工具显然做不到，而从猪头、猪蹄上看，完全不像是使用了利刃！

走过"肉架",后边有一个长长的石台子,上面堆着核桃、酸枣、木耳、地软、黄花菜、蘑菇等好多的干果、干菜。奇怪,毛野人难道生吃这些晾干的菜蔬?奶奶说生蘑菇有毒啊!或者毛野人根本不吃这些东西,只是看到其他动物吃,她便采挖了回来。石台的靠右好像一堆冰块——毛野人难道爱吃冰块?走近几步,一股蜂蜜的清香扑鼻而来,哎呀,原来这不是冰块,是野蜂蜜!

去年,张连旭考察秦直道时曾住宿在志丹县安条林场。

第二天一早,他与曾任村长的向导老党便出发了,在一座山上的破庙前,老党指着对面悬壁卖关子说,你看那崖上有什么?张连旭顺着老党指去的方向,目光跳过万丈深谷在如屏的悬崖上搜寻,葱郁的树木形成一道道绿色的飞流,仿佛从悬壁直泻而下,除此而外,他并没有发现什么。老党接着说,你没看到崖上的山洞?张连旭睁大眼睛,还是什么也没有看见,直怪不小心丢了望远镜。老党才说,现在是看不清楚,不过一到冬天,洞门就打开了,就能看见从洞口流出的蜂蜜,好像一道冰挂自洞口流下凝固在绝壁半崖上。老党讲起陈年旧事来头头是道:同治年间,捻军打到这里,被清兵围住了,就把金银财宝藏进悬崖的洞中,捻军首领会法术,让成群成群的野蜂守护财宝。捻军后来被清兵用火烧死在一座崖窑之中,这法术就没人能解——这个崖洞就变成了一个大蜂巢,夏天成千上万只野蜂出出进进采花采蜜,成年累月,洞里的蜂蜜满了,从洞口流了出来。有人曾梦见穿戴着金盔金甲的神人指点,说:寻得蜂洞后边门,财宝数也数不清。

——难道这野人溶洞就是蜂洞的"后边门"?要不毛野人从哪里弄来这么多的野蜂蜜,还有传说中的"元宝"!

只是没有食盐啊,毛野人们咋就不知道吃盐呢?他们的神力,身休里要是没有足够的盐分,凭什么支撑!而张连旭没盐的日子,应该有些天了。而在多长时间里,十多袋方便面的调料他节省了又节省,现在还是吃得一点不剩了。撕开最后一袋调料,他忘却吝啬地狠了狠心,把一袋子调料一下都倒进了煮着野猪脑的陶盆,可在用河水冲净粘在袋子上那一丁点儿调料时，他开始心疼了——以后的日子怎么过？再是怎样的一盘美食菜肴，没有了盐也就变得无滋无味了！他原想毛野人的仓库里，也许存放了一些食盐——那是毛野人从赶牲灵脚夫们骡子背上抢夺来的。"三边有三宝，大盐皮毛甜甘草"，赶牲灵的脚夫从三边驮大盐到关中，就从野人溶洞经过——甚至幻想，一次脚夫没小心，一袋大盐从骡子背上掉下，让毛野人拾回洞里来了。可是，张连旭美好的想象，一如肥皂泡闪着迷幻的七彩——只那么短地闪耀了一下，现在彻底破灭了。

毛野人的仓库里没有食盐。

对于张连旭来说，这当然是件大事！他得尽快逃出野人溶洞，否则用不了一年半载，他就会食欲不振，浑身浮肿，乏得连走的气力也没有了，那时再想逃出野人溶洞除非神仙出手相助。

张连旭垂头丧气地走了出去。毛野人叫喊着什么，他不想听也懒得听了。毛野人几步追上他，又将他拉进仓库，毛野人用手比划着——原来毛野人带他到这里，是要他选择下一顿饭吃什么。

张连旭指着下面，在野猪肉上做了一个砍的动作，毛野人点头跑下去找来了砍镰。张连旭没精打采地一砍镰下去，肉没砍开，肉上却扬尘似的落下一层尘土，他的眼睛里也钻进去了，涩涩的蚀得流出泪来。哟，这不是咸盐吗？张连旭蹲下身，从地上用指头摸了一点刚刚掉下去的"尘土"，伸出舌尖舔了舔，感觉咸咸的——这的确是盐土！并且，他看到这些盐土还从吊在钟乳石上的野猪体内像尘埃似的涌落在明珠的光彩里。他踮起脚尖，探着手捻出一撮盐土，递到毛野人面前，毛野人先是不解地愣着，很快便反应过来了，拉着他到洞穴外，指着一堆盐土给他看。

啊，原来吊在这洞穴里的野猪肉，都经盐土腌制过了。毛野人猎获野猪归来，在挖出内脏之后，还要进行腌制处理，之后，才作为库存吊起，以备四时食用。而他之前，因为没想到野人们也懂得了腌制方法，心理作用，就没吃出肉上的咸味儿，虚惊一场——啊，难怪自己在冲涮方便面调料袋时，毛野人会露出含着鄙夷的眼神！

而这些盐土，并非产自野人溶洞，显然是从什么地方运来的。张连旭手指盐土疑惑地望着毛野人，"这是哪儿来的？"毛野人这次听明白了，指了指洞外，盯着张连旭飘忽不定的目光，又随手从一个石笋柱上探下一个精美的竹背篓，背在背后示范——这是江南人家背小孩子用的背篼，怎么来到野人溶洞了？而竹背篓自然的黑漆包浆表明了它久远的年份，难道毛野人宝藏真的存在？

　　又一个难解之谜！

　　这些天来，张连旭其实盼着一个逃跑的机会——要是毛野人一时疏忽，忘了堵住洞口，或者在她搬动巨石时，他从毛野人身后溜出洞外，而后逃之夭夭，叫毛野人哭皇天去……那个"他"又一闪来到他的面前，"你想逃跑，没门儿！"他一脚踢过去，"他"倏地飞到他头顶上了，他却疼得直叫。啊，好在他收了一半的力量，要不这一脚他的腿也许就断了！"他"还在他头顶上讥讽他，"你不要白日做梦了！"

　　这真是在做白日梦！在毛野人面前，自己无疑就是猫爪子下一只可怜的小老鼠。但即便如此，还是心存幻想，他永远也不会放弃秦直道，放弃回家。因为，他曾亲眼目睹过在两只猫儿的游戏里，成功逃脱了厄运的聪明老鼠。

第九章

逃跑计划从一盘土炕的砌筑真正付诸实施！

野人溶洞的日子本来过得像模像样了！提取食盐的方法很简单，张连旭取一掬盐土放入一个陶盆，再加水搅和，使盐土溶入水中，土粒会慢慢沉淀到盆底，盐则与水融为一体，等盐水澄清了，再倒进另一个陶盆，而后，把水烧开蒸发掉水分，一层洁白的盐花就留在陶盆里了。如此没用多长时间，张连旭便提取出来满满一陶罐的食盐。有了盐和蜂蜜，张连旭吃上了红烧野猪肉！虽说不能跟母亲过年给他们做的红烧肉相比，但也别有风味儿——要是再有一瓶酱油就好了。而他在煮肉汤里煮出来的蘑菇、黄花菜与单位前街"老重庆"里的火锅相比，一点儿都不逊色。

只是张连旭带来的香烟节约再节约还是抽完了。烟瘾像虫子一样在全身爬来爬去，时而从一个骨节的缝隙里钻出，又从另一个骨节缝隙里钻进去了。他坐卧不安，不知做什么好，嘴里好像必须有个什么才行，无奈之中，他一颗一颗地嚼生黑豆吃，泛滥的烟瘾倒是压住好一些，谁知接着而来的是肚子胀气难受，上头嘴里是直冒生黑豆气，下边屁股臭屁一个接着一个。生黑豆不能嚼了，就只能没事找事地做什么活儿，实在不行了，嚼上一小块野蜂蜜，在短暂的甜蜜中，忘记香烟，聊以自慰。谁知烟瘾还是在不知不觉中袭来，心上好似爬行着一群蚂蚁在啃咬，实在忍不住，只好将柴草叶和黄花菜揉碎了用纸卷一个喇叭头，在火堆中急不可耐地点着抽吸，却呛得不行，嗓子眼儿一如烟熏火燎。

翻开临行前新购的一本《子午岭的传说故事》：相传在云雾缭绕的子午岭上有座碾盘山，很早以前，山下住着母子俩相依为命，儿子王大牛年已二十尚未婚娶。一天，王大牛躺在山坡上想心事，突然山中响起咕噜咕噜的碾子声，还有姑娘吆马碾米的声音。他原当成了一个梦，屏气细听，仍清晰在耳。到了晚上，他又清楚地听见姑娘唱着山歌牵马回家。过了一段时间，王大牛在山上遇见一个探宝的喇嘛，说："此山有银马金碾子，还有仙女碾金子；开山钥匙若找到，娶来仙女当妻子；钥匙就在药王山，要想找来难上难。"王大牛回家告诉母亲："我能找到开山钥匙。"便披荆斩棘，跋山涉水，九九八十一天，终于在药王山找到了一把好像双刃斧头的钥匙。王大牛母子俩拿着开山钥匙去找喇嘛，喇嘛说："我知道开山口，但要开山，须在日落的一刹那，出山必须赶到鸡叫前，否则山一合缝就会把你夹死。"王大牛母亲说："我们不要银马金碾子，只要那个好女子——带上女子我们就走。"山门打开，只见金光闪闪，银光耀眼，金凤凰在天上飞，银马驹在地上跑。王大牛走近正在簸金子的姑娘面前，双手献上一束山丹丹花，说："不要金子不要银，就要姑娘你一个人。"姑娘会意地点头一笑，取下包巾包了三捧金子，跟着王大牛母子回家了。喇嘛进山后，既想背金碾子，又想捉金凤凰，还想逮几个银马驹子，左手拿着金簸箕，右手拿着金笤帚，怀里还要揽金子，怎么拿也拿不完，怎么背也背不动。结果一声鸡鸣，山一合拢，被活活夹死在了山里。后来，人们就把子午岭中这座白云遮盖形似碾盘的山叫作"碾盘山"……

唉，人家找了一位仙女，我咋得了个毛野人？他们回家过光景，我在这里招女婿！张连旭望着毛野人，想着神奇的子午岭故事，不由感慨万端。

十几年的老烟瘾却在一个接一个的传说故事里烟雾一样地消失了。

谁知下午两点恐惧症又发作起来，年轻女红卫兵带血的头皮，变成了一只只没身子的癫蛤蟆，只一个血淋淋的头了，还满地乱扑腾，突然向他喊起了"冤枉""冤枉"来了，他不由叫起"我也是受害者""我也是受害者"，他还想解释，那是一场没有真正的赢者——全是受害者的革命！父亲肃反的人头"塔山"，却在他的嘶叫声中，从钟乳石上，纷纷滚落下来，闷雷似的吼着"我不是特务""我不是特务"。好在"头颅"并没向他走来，他们排成了整齐的队列，一个足有好几百人的四路纵队，他们是要出早操，还是要集体到哪达儿喊冤伸冤去，他们却在原地踏步。在一阵阵的血腥味儿里，张连旭又干呕起来……他知道现在的时间是下午两点。

毛野人习惯性地将他搂进怀抱中——这是张连旭温暖的港湾，他一叶在风雨里飘摇多年的扁舟，现在有了一处多么温馨的港湾了，他可以永远地停泊在这里，躲避风暴，逃避现实，甚至是不劳而获，饱食终日。他却要考察秦直道，追求他人生虚假的功名，才是嗛了屎尖子不换油饼子的主！他却要驾着扁舟逃离毛野人深情的港湾，做爱情叛徒，当负心汉子！毛野人身体的清香，如一阵凉爽的海风，沁着他的心脾，让他陶醉起来，他听到海鸥清越的鸣叫，他看见阳光下帆影点点……此时，秦直道又在脖子上勒住了他，还是逃吧，啊，他现在不就是历史书中那些海盗那些野蛮的殖民者吗，打着传播文明、救苦救难，还有什么开发、什么平等的幌子，行殖民主义掠夺甚至洗劫之行径……

毛野人这些天吃得红光满面。她除了不喜欢喝开水——每天照样喝十几瓢河水外，入乡随俗似的学着张连旭吃饭。只是起初闹过一次肚子，在吃过氟哌酸后，立马止住，照样喝下去两半瓢的河水。

毛野人的厕所在他们"卧室"拐角野人河下流的边上，张连旭觉得毛野人的厕所存在一定的安全隐患——毛野人哪天入厕蹲久了，站起来一发昏掉进河里，那他跟着玩完。他每次蹲在河边，都想着如何排除这一隐患，他当然不能自认倒霉。将厕所改到就近其他处，一来没有掏挖粪便的工具，二来也没有更合适的地方。张连旭就用砍镰在河边砍了一个斜槽——每砍一下，他都心疼得要命，砍镰现在是野人溶洞最现代化的工具，他实在不想因为一个厕所，而更多地磨损了他的"现代化"生命。好在河堤石头并没他想象的坚硬，砍镰只磨去了半指头，斜槽就砍好了。接着，他又用石头和泥巴，在河边砌了一堵足有半人高的结实石墙，使他们的厕所既安全又卫生了。

最让张连旭庆幸的是野人溶洞里没有蚊蝇。他最烦蚊蝇叮咬，只要被蚊蝇一咬，就是一处红圪垯，且几天都有痒痒的挖都挖不去那种难受。在老家时，每年端午母亲都要到田里去给他拔上一筐的艾草，编成一条条鞭子阴干，让他夏日里熏蚊蝇。只要母亲的艾草鞭子挂在门框上，蚊蝇就像被降伏了，一个也不来。偶尔从窗户飞进屋子的蚊蝇，他揉上几棵艾草，放入香熏里点燃，蚊蝇便不知去向。可这溶洞里从没飞进来过一只蚊蝇，他也没听到它们讨厌的嗡嗡声。

……

毛野人出洞的次数明显少了，不管白天黑夜——这里本就没有白天黑夜，毛野人总是缠着张连旭跟她做爱。毛野人像是一座活火山，在经历了第一次呼啸着的爆发之后，她好像知道了一个灿烂的喷发口，从此变得活跃起来，潜埋在她内心的千万吨炽热的岩浆，每时每刻都好像在震颤着寻求一次新的爆发。也许受毛野人熔岩奔突冲撞热情的感染，张连旭感觉到自己真正是死灰复燃了。他的身体里原来堆积了十万顷森林的柴禾，可是却从来没有过一次深度意义上的大面积地燃烧。正人君子的传统思想，禁锢了他人性中本能的欲望，活着更多是为别人而活着，是活给别人看的。婚后，起初他们不想要孩子，等过去两年他想要孩子时，妻子又怀不上了。同学们跟他开玩笑，"你投篮一投一个准，咋老婆的肚子就投不准了?"他一笑了之。十余年来，秦直道考察成了他的全部生活，黑庄子、双扇门、冠家砭、上畛子、三面窑、火沟门、八面窑、木炭窑、白家店、梨树庄、椿树庄、望火楼……松树崾岘、山西油家窑子、圣人条、迎河沟、寨子山、架子梁、墩梁……他脑子里整天反复出现的是秦直道经过的这些枯燥乏味的地名。离婚后也懒得考虑再找对象，三十几岁的人，人家说起婚姻家庭，他不是打岔就是走开。他以为自己青春的心已经死了，就像一口没了水的枯井不可能再泛起一丝的涟漪，没想到现在毛野人唤醒了他昏睡的本性。

如果说毛野人第一次跟他做爱还有些羞怯，她曾闭着眼睛双手捂在脸上，那么美丽的毛野人现在简直就像一个荡妇了，她似乎永远没有满足，一次次地撕下张连旭的衣服——甚至不允许张连旭穿衣服，将张连旭抱在她火辣辣的身体上，让张连旭感受她全身的温暖，她的眼睛燃烧着，她的嘴唇燃烧着，她的乳房燃烧着，她起伏的小腹燃烧着，她周身的血液都在燃烧着，燃烧之中，毛野人结实的躯体好像要融化要流淌。此刻只有张连旭能适时阻止她的融化她的流淌，而让她在燃烧中骤然喷发出熔岩，从焚毁的深渊里升腾起来，仿佛早春的日出，催开漫山遍野的桃花、杏花、梨花，鸟鸣如歌，春雨绵绵，山野里飘荡着青草和新翻泥土的气息，柳笛声里，牧童吆牛远去，山坡上的老麦脱去了冬天的衣裳，青青地站起来了，在风中吐穗扬花……而张连旭一点也没有毛野人缠着的不堪的烦恼，也并不感觉到身心上的疲累，在如此充裕的时间和一个完全属于他们的环境里，他跟着毛野人在燃烧，他的眼睛他的双手他全身的每一个细胞都跟着毛野人在燃烧着，在毛野人将他抱上她滚烫躯体的瞬间开始，一匹火焰的骏马仿佛驰进了他身体的森林，血液骤涌，浑身灼热，他突然感觉一口要喝下去一条河的水，他的马儿腾空而去，他的十万顷森林烈焰万丈……啊，毛野人是他的版图，毫无疑问它的头颅是一座雄伟的山峰，眼睛是太阳和月亮，风从隆起的鼻孔孤独地吹过，嘴巴是一道亲切可爱的风景线，乳房的丘陵连着广袤的草原，胸部以下的平原是他辽阔的疆域，有他耕耘的丰腴土地，有他饮马的河流，有他快乐的侵略啊！他的版图地形其实复杂幽深起起伏伏，但他和平的占领，使之多么彻底地沦为他的殖民地之后，却并不想在领地上竖起一面宣布主权的旗帜，他甚至自私得不准备给予以及建设，只想着一味粗暴地掠夺……

对了，应该给毛野人送一把梳子，毛野人需要这样的一把梳子！张连旭在柴堆里挑来选去，才发现在野人溶洞里制一把梳子是多么不容易。杨树太脆，柳木太软，山杏又没有合适的枝干。他选择了一根较粗的红桦，先用钦镰一点一点地削，再用刀一点一点地刮，最后在石头上慢慢打磨，红桦的坚硬正好做梳子，淡红褐色的纹理又使这把梳坯工艺品似的越来越漂亮了。"梳子"成形后，梳齿更难弄开，他原想用毛野人的头发锯，才知不现实，这把梳子锯成怕是得毛野人一头的发哩，再说也要猴年马月。记得最初在书中看到轩辕黄帝一个叫方雷氏的妃子，偶然使用带鱼刺梳发，而发明了人类第一把梳子，他当时还不以为然，不就一把梳头的梳子嘛，怎么也扯到人类文明——其实是自己的无知，啊，有一根锯条就好了！他想起了雨伞，找来雨伞，抽了一根伞骨，在火里烧红，在梳坯上来回烧烫，正好拉开梳齿。想着黄帝的木工睡儿，竟然给需要梳子的方雷氏，做出一个耙地的耙子，张连旭不由得意地笑了。

　　又不知过去了几天，张连旭终于做好了一把结实的梳子。他试着梳了梳头，与自己丢了那把黄杨木梳子比，笨是笨了些，但一定适合毛野人使用。果不其然，在他示范之后，毛野人开始一遍又一遍地梳理一头长发，而梳头从此成了毛野人每天几次的必修课，她不时找来梳子，在头上身上梳上一气。梳头的毛野人，眼睛里流淌着温情，梳子俨然是张连旭在轻轻地抚摸着她，在无声地跟她拉家常——那一会儿毛野人的烦恼一扫而光了，那一会儿毛野人好像是最幸福的女人，不，是森林女神！

　　——这把陪伴了毛野人十余年幸福时光的红桦木梳子，在张连旭寻找儿子毛猴回到野人溶洞那天，他发现梳子发芽了，怎么可能？但一根仿佛虫草似的嫩芽，分明从梳背上顽强地向上长出！多亏毛猴没看到，要不他说的一个关于毛野人的梦，怕是毛猴再也不会相信了。他悄悄将这根嫩芽从梳背上摘下，移栽到他们晒太阳的悬崖洞壁下边，并浇了水。几年后，两棵连生在一起的红桦树像巨蟒爬在崖壁上，一只不知名的鸟儿在枝叶间不停地鸣叫着，风吹过，他

　　在他示范之后，毛野人开始一遍又一遍地梳理一头长发，而梳头从此成了毛野人每天几次的必修课……

听到一阵遥远的童谣。那一刻，他泪流满面，万物有灵啊，毛野人变成一棵红桦树了，毛野人从每片叶子上都深情地望着他……他真的想与毛野人如这两棵红桦树，地久天长，相依相偎，生长在子午岭这个生命繁茂的王国。

而毛野人每次出去，不是搂柴，就是挖野菜——这全以张连旭胃口为需要，是在张连旭指使下出去的。他天真地想，跟毛野人请上哪怕半个月的假，回家看看父母，二老不能没了他这根传宗接代的独苗儿，他是二老全部生活的希望，生命的希望。他也该告诉他们，他还活着，而且活得好好的，是善良美丽的毛野人救了他。毛野人听也不听，听了也揣着精明装糊涂。一次张连旭背起竹背篓，拿着黄花菜、蘑菇给毛野人示范着挖野菜时，毛野人不容分说，立马拉下脸来，一把按他坐下，提上竹背篓就走了。张连旭曾死磨硬缠地让毛野人带着他，可这似乎是不可商量的关于领土和主权的问题，毛野人根本不予理睬。最初时，他还可以跟着毛野人到洞口，毛野人走了，他还可以感受一下洞外的天气，可以嗅一嗅山野诱人心肺的气息，啊，自由实际上是一种最大的幸福！但因为他的纠缠，后来毛野人连洞口也不让他去了，只要他跟着，毛野人便不走了——毛野人鼻子比狗还灵，几里之外就能闻到他的气味儿。

这些天来，野人溶洞很像张连旭的一次蜜月之旅。

但是，逃出野人溶洞也是张连旭这些天来日谋夜想的正事。从他燃起第一堆火到烧成第一件陶盆直至提取出一陶罐的食盐，一切都可以说是他逃跑的进行曲。现在，石朱雀不要了，完整的图案纹瓦当不要了，几何纹带着"九叠篆"的铺地砖不要了，毛野人送给他天价的明珠项圈也不要了——他不能当殖民主义的海盗，他只想带着他的地图、相机和秦直道笔记走。

而大量取土，从一盘土炕开始——这不仅合乎情理，而且非常隐蔽。

其实在盘锅灶时，张连旭就考虑到这盘土炕了。要是这盘陕北人家温暖的土炕，不与逃跑计划连为一体，那怎么说都是野人溶洞的一项重大建设工程。但现在，这盘土炕分明是一个阴谋，一个卑鄙的阴谋，因为在土炕瞒天过海的背后，要毁灭亲爱的毛野人永远的幸福。尽管张连旭一再告诫自己，一定要等土炕烧暖了再逃，一定要给毛野人留下更多人类文明的标记，让人类文明之光从此以后照耀着毛野人。

脱炕坯条件显然不允许。只能筑成一盘实心的土炕，捶实而后掏出里边的泥土。说起来容易做起来却难，每一个环节都是关键，稍有疏忽，将会前功尽弃。老家俗语说："尺七的锅台，二尺的炕，三尺以上安窗框"，讲究锅灶和土炕，要适合日常生活中的高低比例。从炕墙、炕桩、炕皮的尺度，到炕坑里泥土的土方——必须是一条二十米长暗道的土方，张连旭在纸上画了又画算了又算：没有麦草，可以用柠条藤蔓代替；没有炕锤，毛野人能搬下一根柳椽把子吗？

细说起来，盘一盘炕不过是简单的粗活。

一切都在张连旭的掌握中井然有序地进行着，毛野人根本没有意识到那个暗道——张连旭在她的眼皮底下把暗道已经掘进了十多米，要不是石头的阻挡，张连旭应该正好挖到洞外的某处林子里了。张连旭因此生着石头的闷气，他只能贴着石头继续掘进——他坚信就算都是石头，也一定会有一扇等着他开启的石门。

一棵大树的根从石头里扎了进来——通向外面世界的门户洞开，张连旭甚至感觉到了明媚的阳光！是一棵毛头柳树抑或一棵粗大的旱柳吧？只要掏出中间的朽木，他就可以轻松地钻出去！张连旭的心提到嗓子眼儿上了，我的天啊，土炕工程，多么伟大的土炕工程！

毛野人就是愚笨啊，不懂简单算术，竟然不明白二十几方泥土的暗洞能挖多远；毛野人的智商，最多只是一个不谙世事的孩子，你就是把她给卖了，她还会高兴地帮你数钱；毛野人缺乏任何的人生经验，只懂生存法则，这才使得他们在生物进化过程中，在一个她最适合的环境里生存下来了，还未被淘汰；毛野人是纸糊的"美人"哟，一个外表华美四肢发达头脑简单的空壳……

当然，在毛野人生活的"词典"里，你找不到阴谋、卑劣、龌龊、虚伪、阴险、丑恶、毒辣、无耻、狡黠、刁猾等等表里不一的东西，却可以随处看到踏实、勤恳、诚实、忠厚、勇敢、乐观、忍耐、愉快、豁达、坦率——这些闪着人性光芒的词汇。

张连旭的心其实已经远走高飞了。

只等烧干了土炕，只等毛野人睡在温热的土炕上，明白了土炕的作用和意义，他就可以在毛野人出洞的时候，从暗道中逃走，带上他的地图、相机和笔记本逃走。对了，还有指南针，一定要带上指南针——这是他逃出子午岭森林的向导。虽然在野人溶洞里，指南针失灵了，但他知道这是暂时性的，可能是因为野人溶洞地下的磁铁矿所致。

毛野人啊，我给你带来了火，我给你带来了陶器，我给你带来了充实的生活内容，我张连旭对得住你了！是你不跟我走，不是我不带你走。外面的世界多精彩，我有我的美好人生，我有我的未尽事业，我不能跟你窝在这个黑暗的野人溶洞里，消磨我的青春年华。此时他激动的心里已开放出一朵代表着幸福的山丹丹花儿。

张连旭正式开始构思详细逃跑的计划。等毛野人出洞之后，首先选定方向，子午岭森林茂密，人烟稀少，山势巍峨险峻，坡道崎岖，南北狭长，绵延达六七百里，要是不走秦直道，尽是沟壑，走不了多远毛野人可能就追上来了。因此，只能选择东西方向逃跑——也许顺着一道沟就能如愿以偿。其次不能跟毛野人去的方向一致了，也就是说毛野人要是向西走了，他就只能朝东边走，否则可能与她相遇——尽管在梢林里几步远就看不透，相遇概率极小，但毛野人的嗅觉特别灵敏。再来一个"声东击西"，给毛野人摆一个烧酒的"迷魂阵"，让毛野人判断不出他逃走的方向——现在他只能抛弃高尚了，现在他要卑鄙一回了：每天要当着毛野人的面，装模作样地喝上几口烧酒，要让毛野人熟悉他身上的酒味儿，在逃跑时，反方向故意淋洒烧酒，之后扔掉烧酒瓶，迅速折回——这简直是一个天衣无缝的逃跑计划，尽管这个肮脏的计划摆不到桌面上！

不知毛野人出洞是白天还是夜里？

啊，张连旭突然发现自己下午两点恐惧症正在一天天消失，他感觉应该有几天没发作了，是毛野人温馨的怀抱，还是野人溶洞的环境，或者野蜂蜜、黄花菜、蘑菇，抑或是诸多因素，正在他的意念里删除那些恐怖的画面和声音，占据了想象的空间或高地。总之，他有几天不知道下午两点了！

这些天来，张连旭其实并没掌握了毛野人的生活规律。毛野人是不是具有超于人的第六感官？张连旭隐隐觉得，毛野人有一种超常的直觉，在她的潜意识里，似乎身居黑暗的野人溶洞中，可以感知洞外面的白天和黑夜，甚至是洞外的天气变化情况——毛野人的意识层面上，似乎浮现着类似于雷达的什么信息？张连旭发现毛野人每次出洞时都看一眼野人河，难道野人河水给她提供了什么秘密？还是一些什么讯息经年累月地储存了毛野人的脑海里？总之是我们人类不曾察觉到也不能察觉到的一种真实存在的预感。

张连旭像神经兮兮的疯子一样，一身酒气跑向洞口去了。毛野人不解地跟了去，张连旭又折着跑回来。一天三五趟如此折腾来折腾去的——张连旭在为逃跑做体力的准备了！毛野人见怪不怪就不跟他来回瞎折腾了，但张连旭了解了毛野人的规律。毛野人要出洞了，张连旭又一路小跑跟着到洞口，毛野人也并不当回事儿，任凭张连旭装疯卖傻，她只管出洞堵上真正将军锁一样的巨石独自走了。

等毛野人走远了，张连旭脱下外边洒了烧酒的衣服，扔在洞口的石头上。匍匐着迅速钻进暗道，用砍镰三下五除二刨出大树中间泛滥着浓烈腐朽味儿的朽木圪垯，一道阳光猛地射进树洞，张连旭只觉得两眼像被电击了似的睁都睁不开了，他只好低下头闭上眼睛，眼角的泪水却怎么也闭不住，一颗接着一颗往下直落，脸颊似有两条沸腾的小溪流过。

"天杀的毛野人，我的眼睛都不能适应阳光了。啊，如果没有火，这么长时间处在黑暗之中，视网膜承受如此强烈阳光的伤害，眼睛怕是要失明了!"张连旭在心里骂过毛野人后,又不由内疚起来,她是他两次的救命恩人,她是他勤劳纯朴善良美丽的野人妻子,她给他带来了人生从没有过的幸福时光,也许他永远再不会拥有这样的幸福时光了,这样似梦似幻、亦谜亦真的野人河时光野人洞时光。他也不由地为人的不可信任悲哀起来,特别是男人,一个个狼心狗肺,一个个永远喂不熟的白眼狼,时时可能背叛友情,爱情,亲情,反眼可能不认人……他在努力告诫自己,张连旭啊张连旭,你说甚也不能负了毛野人,你要辜负了毛野人,你真的就是一条人人唾弃的丧家之犬!不想这些了,现在是该庆幸,多亏有毛野人这一颗近乎百瓦白炽灯的夜明珠,他的眼睛才只是瞬间的不适。

空气多清新啊,这不就是大自然的氧吧!有枸杞清幽的香,有沙棘酸涩的香,有松柏苍劲的香,有杨柳明净的香,有地茭茭浓浓的香,有蒲公英淡淡的香,有山杜梨苦苦的香,有沙枣树甜甜的香……就是朽木的陈腐味儿,现在嗅着也是如此的诱人。鸟声似酒,一声一杯的沁人心扉,一声一杯的醉人,哎哟!听,有露水从草叶滚落的声音,有昆虫从树枝爬过的声音,有云彩从头顶涌过的声音,有风从四面八方吹来的声音,有父亲母亲遥远的召唤的声音啊!突地传来一阵喜鹊喳喳的歌唱,两只喜鹊从前方飞来,喜鹊落到树头上了,另一只喜鹊绕树飞过。"喜鹊喜鹊朝南喳,你给我的朋友捎上一句话;捎话不如打电话,就说妹妹难活下。"这不是深深爱着他的枣花唱的民歌吗?"啊,枣花,我这个负心汉遭到报应了!我鬼迷了心窍,错误地陶醉在那个护士的笑靥里了,将你的深情毫不珍惜地丢弃在一本青春的日记中……"

张连旭慢慢地睁开眼睛,用手刨去树洞周边的朽木,向上一望,太阳被卡在树杈上了,太阳像一个金色的火球被卡在一个树杈上了,阳光似一支支金光闪闪的利箭从树叶间无情地射向他的眼睛,他感觉有些晕眩,眼底突然出现一片黑影,他不得不再次闭上眼睛,任由泪水涕泗滂沱。"羊啦肚子手巾哟三道道蓝,见面面那容易哎哟拉话话难;一个在那山上哟一个在那沟,拉不上那话话哎哟招一招手。"他其实已吼出了开头的一句，却紧急刹车似的噤声，不能得意忘形啊，要是让毛野人听到了，那还了得！

从树洞爬上去，放眼一看，张连旭简直不敢相信自己的眼睛，万山黄叶飞，层林尽染色，已到秋天了！没想到他在野人溶洞待了三四个月了，真的是"洞中方一日，世上已千年"啊！"该死的毛野人，要不我的秦直道考察早就应该结束了，我现在说不定正坐在窗明几净的办公室里写我的考察报告。春节回家，我也许会带上一个婆姨，给父母说：'这是你们新的儿媳妇，我们很快就有孩子了！'——一切计划都让这个该死的毛野人给打乱了，我的秦直道考察报告，我的婆姨，我的孩子。"

野人溶洞的洞口在哪里？

张连旭看来看去，连一点蛛丝马迹也没有发现。这是一座陡峭的土石山，从这面的陡坡上望去，这一段子午岭山脉，奇峰罗列，古木参天，嶙峋的巨石在一棵棵树影下，仿佛上天在此埋伏下的百万石头雄兵。谁就是坐在野人溶洞洞口的石头上面，也不可能发现石头下边或背面隐藏着的一个天大的秘密。

哎呀，坏了，山下是一道深不可测的峡谷！

毛野人是怎么把他弄到山洞里来的？他想起了毛野人抢他进山洞的梦，难道那才是真的？那他如何又被七寸蛇咬伤了，一个人怎么可能一分为二，同时在两个地方参与两种行为活动？现在毛野人抢他才像是真的，他感觉那天夜里，他的七魂六魄被吓得不知跑到哪儿去了，走过什么路？用了多长时间？他其实一点也不清楚，只觉得一会儿爬坡一会儿下洼，毛野人似传说中的山魈鬼，健步如飞，穿山越岭，如履平地。他因为害怕被横生的树枝挂住，手脚尽可能地抱抓收缩在毛野人的身上。可这样的陡坡，好像并没有走过呀，那就一定是毛野人从后山背到这里来的。而他被会飞的七寸毒蛇咬伤，让毛野人救活，则是一个另类的"英雄救美"的梦了，是他下午两点恐惧症发作后的幻影。他努力回忆着，却怎么也弄不明白。难道这个世界上，还有一个跟自己思维方式完全一样的人存在？他是不是有一个双胞胎的哥哥或者弟弟？他听说过双胞胎兄弟一个感冒了，另一个也跟上流鼻涕打喷嚏的事情，但没见过关于双胞胎有共同行为的研究——这是不可能的啊！

横在眼前的这道峡谷，翻过去起码得半天，而毛野人根本不可能给他这么长的时间。下去了只能顺着峡谷走，车到山前必有路，算我张连旭与命运的一次无奈的赌博了！现在，太阳坐在树梢上，张连旭还是不敢正视，他掏出指南针，转了一个圈儿，指针呆头呆脑像蒙了眼的公鸡，站着一动不动。也只能赌一把了，如果逃不出去，那便是冥冥之中的神意，也许秦直道是一个不允破解的千古之谜，一如秦始皇扎营在石门关石门中的豆子兵不允窥视。

山野真美啊，好像刚下过第一场秋雨，山林如出浴的处子，阳坡一如明媚可爱充满了青春朝气的处子，一个永远不对外界开放的花园，你只可以化作多情的蝴蝶，翩翩然飞过她美丽自私的召唤；背面在她秀发的遮掩下，朦胧如月色诱惑着为风景而梦的一切爱美者求索，但你只可以尽情地展开想象的翅膀，不可以触摸。天气不冷不热，两只刚出窝的黄嘴麻雀幼子，从一棵树上飞落到另一棵树上，接着又飞向更远的树上去了，它们练习飞翔的笨拙里，一种耐心却让张连旭感动不已。这是天堂里的飞翔啊，它们稚嫩的翅膀在使山峰矮下去的同时，子午岭的天空就多了两个天使，多了它们的飞翔它们的歌声它们的快乐。它们是自由的，它们要是能借给我一对翅膀那该多好！啊，要是果真有来世，我就投胎到子午岭作一只老麻雀，不为别的，只为天路的通畅，天空的明净，天堂的自由……

逃跑计划成功的可能性，这样想来，并不渺茫！

"要逃出去，最好的办法是让毛野人喝醉了酒，等她一觉醒来再追，追上的概率就变小了，也许我已经到了一个人言吵闹的村庄。"张连旭在心里立着一道算式，假使毛野人的速度是他的三倍，也就是他跑三小时毛野人一小时就能追上；而毛野人要是一觉醉上三四个小时，再追他时，他已跑出了大约十个小时的路程。如果再制造一些假象，影响毛野人一小时的时间，那么他就拥有十五小时的时间了，成功出逃从理论上讲应该不是什么问题。

"烧酒啊，就看你的了，好在我有先见之明！"想着精心策划的计谋，张连旭心里颇为得意。本来准备路上跟老乡联络感情喝的两瓶烧酒，也算真正派上了用场。欠老党的一顿烧酒，只能下次再偿还了。前年在老党家，夜里主人拿出自酿的糜子酒热情招待他，老党还叫婆姨炒了一盘漂着绿汪汪清油的鸡蛋。他们喝着聊着，几杯烧酒下肚，竟好像多年的好友无话不说了。老党说，家里之前穷啊，老鼠进门长出一口气，最难青黄不接的三四月，贼来了不怕客来了怕——没好招待的啊！包产到户以来，人从土地上解放出来了，家里有了余粮，光景才算过得像个样样了，再也不用忍饥挨饿了。张连旭接着话茬说起了饥饿，他也挨过，上大学之前，母亲给他带的干粮是掺了棉蓬籽的炒面，那也舍不得吃。实在饿得不行了，用开水泡上一把，却又苦涩得咽不下去。烧酒真是好东西，不知不觉，他们已喝到半夜，两个人都有些醉意了，老党唱起了信天游：

> 二道圪垯韭菜扎把把，
> 好不容易咱遇到这达达。

张连旭也跟着唱起酒曲儿：

> 烧酒本是糜子水，
> 先软胳膊后软腿。

张连旭已喝多了，他想叫老党收拾了酒场，好早点休息。可老党好像才喝到兴头上，哪肯就此作罢。你来我往，唱着喝着，鸡已叫鸣，一罐酒也眼看喝到底了，人也醉作一摊稀泥才倒在炕上睡下……

张连旭再去寻访老党时，他在几年前的一个冬夜醉酒滑下山崖死了。老党的大儿子已升任"老党"，但为了区别已逝的老党，他说，还是叫"小党"吧！小党人挺憨厚，他开门见山说明来意，烦小党带他去看老党说的崖洞大蜂巢。小党憨憨地笑了笑，"那儿，人根本上不去，你要去寻蜂洞后门。"小党把他当成探宝人了，以为他为传说中的财宝而来。他说只是想看看，并说了他是老党朋友。小党丢下叠墙的铁锹，回家换了一双新一些的布鞋，带着他去找。隔着一道几里远的深沟，小党指给他看，"那个印子，就是蜂洞，冬天能看见蜂蜜流下形成像跌哨的冰挂。"张连旭用望远镜搜寻，悬崖上隐约有一个小党称"印子"的崖窑。他问小党，能不能带他到印子下边看一看？小党说，望山跑死马，得走上半天！他塞给小党两百元劳务费，小党不好意思再推辞了，踩着道儿带他下了沟。

　　大沟套着一道道小沟。走着走着完全没有路了，爬坡上圪，人是斜着的，与地面形成三四十度的夹角。稍不留神，这个夹角就消失了，人会沿着一条斜线坠毁，而不是坠落，因为斜线下面不是悬崖就是河流。往上爬相对容易一点，下圪挺难，眼瞅着深渊，提心吊胆的，直骂小党想谋财害命。爬了大半天，到印子对面的河流，小党试了试水深，说，过不去了，哪来这么大的水？张连旭像守财奴似的，向崖壁望去，感觉自己目光里真的有些贪婪的成分。他知道小党这阵子一定想着，他就是来探宝的，其实也是。通向崖窑的红沙岩石壁上，从下至上一排呈四十五度的栈道孔隙，像纽扣缀在上边。小党说，他父亲说周达方圆只有他爷爷有本事进印子，怀抱一块木板、两根杠子，就上去了。但小党的爷爷早已作古，这个如江南水乡"独竹水上漂"的绝技便失传了。不时有蜜蜂飞来飞去，小党说，这就是蜂洞里的蜜蜂，听说印子里还有毒蛇，人进不去。

　　回到小党家，天早黑了。张连旭累得直不起腰，腰酸腿麻的。吃饭时，小党端来两碗自家酿的软糜子酒，说，喝点酒解乏。小党又说，父亲走后，他不再喝酒了，只偶尔陪客人喝一点儿——不能让人笑话，还当酒鬼！张连旭一时竟无话应答，只好跟小党点头哼哈着。

　　同样的美酒，今天，张连旭却要拿来算计毛野人，卑鄙地思谋着怎样让毛野人喝醉了酒，来实现他的逃跑计划。在野人河边，又一个鸿门宴即将开演了。

第十章

毛野人今天满载而归。

毛野人猎获了一头足有一百多斤重的野猪，还摘了一背包的野梨——毛野人学会背张连旭的背包了。毛野人显得很疲劳，好像跟野猪进行过一场搏斗，身上溅了好多血迹。毛野人洗尽身上的血迹，就过来了，她似乎想看看张连旭如何处理这只野猪，还是想帮张连旭。野猪的内脏已被刨出，但可以肯定，野猪的内脏毛野人并没有吃。毛野人已经学会吃熟食了，与张连旭不同的是，她更喜欢吃半生燎熟的野猪肉，而张连旭只吃煮烂了的。

毛野人看看张连旭，又看看猎获的野猪。

张连旭却不管不顾吃着野梨，一颗早已下肚了，又洗了一颗递给毛野人，毛野人还是摇头不接，他便继续大口大口津津有味地吃着还有点生涩的野梨，就像八辈子没吃过东西，一副饕餮相。在吃下三个野梨时，毛野人挡回了张连旭伸出的手，说了一句什么，又摆摆手，不让他再吃了。老家乡亲们说："桃饱杏伤人，杜梨树下埋死人。"意思是桃可以当饭吃饱了没事，杏吃多了伤身体，而杜梨吃多了就会送命。

——这野梨一定也不能多吃！

张连旭找出匕首，他要给毛野人再露一手剥野猪皮的"活计"。他依照父亲腊月里杀猪的办法，先将野猪头蹄割下来，而后从脖颈开始，一手提着野猪皮，一手操刀，一刀跟着一刀划下，嚓嚓有

　　毛野人猎获了一头足有一百多斤重的野猪，还摘了一背包的野
梨……

声，也不管肉上粘上了皮，或者皮上粘了肉，一副利索的样子，感觉中倒像是一个老练的屠夫。可还没剥去一半，气便粗了，汗水也从额上流了下来，不由地伸起腰来，看着毛野人苦笑。

毛野人一直好奇地在旁边看张连旭剥野猪皮，她似乎更担心张连旭割伤了自己，因此，张连旭一刀下去，她都要吃惊地瞪一下眼睛，好像那每一刀都割在张连旭的手指上了，而疼在了她的心窝窝。她曾几次要伸手帮忙，可是，手却没处放，只好伸出去再缩回来，像谁伸手与人家握，却热脸蹭了个冷屁股，人家没理睬，只好尴尬地再缩回手，一时却不知把手放到哪儿合适。

张连旭黑头汗脸地剥完了野猪，又想把这头野猪盐上一陶罐，他挑选坐墩肉一方一方剁开，却想不起来母亲盐猪肉的方法来了——这可马虎不得！他每一个细节地回忆：春天，母亲从罐子里拿出一方盐肉，他们都馋在眼里，母亲在切肉时说："看你们几个，嘴都喂成锅铲铲了，来，把嘴伸过来，先吃上一片儿生肉解解馋！"对了，母亲还对姐姐教过盐猪肉的方法，"趁热着盐了，吃起来就像新鲜肉哩！"

看着张连旭在每一方肉上抹上盐，放进陶罐里时，毛野人明白了，脸上的表情变得自然而又舒展。午餐是野猪肉炖蘑菇、黄花菜，张连旭还特意下了两把黑豆，条件只允许他这样奢侈一回。现在想起让毛驴儿吃了那么多的黑豆，心疼得直想抽自己，咋就不知道给他们的这个家多节省下一点啊，一天要是能吃上一把煮黑豆那才叫幸福！幸福其实并没有大与小的区别，比如张连旭一把黑豆的幸福，跟美国总统竞选者当选了的幸福，谁能说哪个轻哪个重呢？

土炕烧干了。

吃过晚饭，毛野人洗澡去了。张连旭先在土炕上铺了一层干透的细柴草，然后将帆布帐篷拆开，在火堆上烘去了潮气，铺在上面，再铺上防潮褥子，家的感觉便从炕头向四周扩散开了，整个野人溶洞，仿佛史前原始部落的一个非常富有的家庭——属于酋长还是首领，抑或就是山顶洞人吧？要是炕头上再摆放一个炕桌儿，那就有了现代文明气息了！现在，要是有人来洞中做客，那一定会把他当成是毛野人请来的一位教书先生。

啊，红石朱雀，此物只应天上有，缘何落寞人世间！而今却流落到野人溶洞，我之不幸还是你之不幸？啊，图案纹瓦当，你曾经秦时明月，汉时风雨；几何纹铺地砖，你可见证过秦皇醉酒，汉武踏歌？我是不该带着你们钻梢林，你们刚从历史的深渊里走来，又回归永远黑暗的洞穴。别了，红石朱雀；别了，图案纹瓦当；别了，几何纹铺地砖。好在，我给你们拍下照片，可以让世人一睹你们的无限风采了！

毛野人洗完澡，绕着土炕转来转去，却不上炕。

张连旭今天要美美地泡上一回温泉澡了——他已适应了石蘑菇下"浴盆"的热度，这也许是他最后一次在野人溶洞泡温泉澡了，他在跟野人溶洞温泉告别，只是想着要是有一瓶沐浴液多好！洗漱袋里原有一块香皂，毛野人一次洗澡，他给递了过去。毛野人拿着香皂在鼻子下嗅了嗅，还没等他反应过来，毛野人就试着咬了一口，张连旭一下笑了起来。毛野人也觉得这不是吃的东西，吐出嘴里的香皂，嘴上又吐了一个乒乓球大的香皂泡儿，更让张连旭笑得前俯后仰。毛野人举手要扔掉香皂，张连旭急忙夺了过来，他挽起袖子，给毛野人搓了一身的香皂，毛野人恍然大悟，又抢去香皂，自个在身上笨手笨脚地擦起来了。香皂的泡沫，很快像煮面锅一样地溢起来了，埋住了毛野人丰满优美的躯体。一块香皂，哪能经得起毛野人如此浪费，没几次就用光了！

张连旭拿过陶埙"嘘——嘘——"地吹起，他在吹奏一首陕北民歌《想亲亲》，"想亲亲想得我胳膊腕腕软，呀呼嘿，拿起个筷子我端不起碗；呀呼嘿，想亲亲想得我心花花乱，呀呼嘿，呀哎哟；煮饺子下了一锅山药蛋，呀呼嘿，呀哎哟。"在民歌忧伤的情绪里，毛野人停止了搓澡，享受地枕在"浴盆"边上微闭双眼小憩，毛野人陶醉在他的埙曲中了！毛野人啊，这是我最后为你吹奏埙了，其实我都有些舍不得丢下你走了，我知道我无情无义，辜负了你一腔的真情真爱，可不走不行，秦直道在等着我，父母双亲在等着我啊，我只能抱歉地对你说声"对不起"！真的"对不起"！就让我亲手烧制的这个"瓦屋子"陪伴你吧，要是想我了你就看一看，要是想我了你就吹一吹……

第二天，毛野人还没睡起来，张连旭就开始烤野猪肉了。本以为无用的雨伞再次派上了用场，张连旭彻底撕去伞面上的油布，将骨架上剩余的铁丝全部取下洗净，插入已经退休的锤炕把子上，变成了烤肉叉子。烤肉特殊的香味儿，居然让毛野人爬起来嗅了嗅，毛野人被吸引住了，她起身下炕，开始品尝烤野猪肉的美味儿。毛野人学着张连旭的样子，却更胜他几筹，一大串的烤肉，咝溜咝溜几口就吞进肚里去了。张连旭仰头喝了一口酒之后，适时地把酒瓶递到毛野人手里，毛野人还是摇头摆手地不接。张连旭放下脸瞪起眼睛，指着烤肉，又做了一个喝酒的动作，硬把烧酒瓶递到毛野人的手里，让毛野人明白吃烤肉必须喝烧酒，喝那火辣辣的烧酒。张连旭吃一口烤肉，吱地喝下一口烧酒；毛野人跟着吃一口烤肉，吱地喝下一口烧酒。多半瓶烧酒喝完了，张连旭又打开了另外一瓶，跟毛野人你一口我一口地对喝着——他却只是做做样子，毛野人喝得喉咙热了，一次一大口，并跟张连旭抢着喝了起来。没过多久，张连旭就哄得毛野人又喝下了大半瓶的烧酒。

毛野人开始醉了，毛野人用左手向前横指了一下，醉眼蒙眬地看着张连旭，躺倒就睡着了。毛野人嘴角流出了涎水，浑身像炭火一样地发烫，他看着毛野人身体的每个地方都开始燃烧了，毛野人的额头冒着火苗儿，毛野人的嘴唇冒着火苗儿，毛野人每个指头蛋蛋上都冒着火苗儿。醉里的毛野人美极了，真似一朵盛开的红牡丹，身体里也飘散出一股牡丹花的清香，不，是毛野人身体上每一个火苗儿都燃烧着牡丹花的清香，是夜里他跟毛野人做爱时还没有散去的清香。张连旭想起京剧大师梅兰芳演出的《贵妃醉酒》，此时的毛野人不就是醉酒的杨贵妃吗?！张连旭啊张连旭，你还是不是人？事业、理想算个屁，你过的是唐明皇的生活，却还要逃跑，去找你的棺材一样的秦直道，去找你的所谓的自由！

张连旭将剩余的酒一半倒进搪瓷缸子里，掺满了河水，放到毛野人身边；又往酒瓶子里灌了些水，慌慌起身出逃。爬出暗道，从树上溜下，他使尽全身的力气将酒瓶甩到迎面的沟壑下——酒水从瓶口划下一道明亮的弧线，随着酒瓶的落下消失在梢林中了。

而后张连旭转身从斜面向后山逃去。

太阳明晃晃的爬上山坡的树头了，他照着太阳升起的方向像一只脱兔在丛林中向前逃去。啊，他要真的是一只兔子就好了，兔子钻进这样的梢林真可说是如鱼得水，他不能变成一只兔子。这一道山脉有一二十里远吧，他的衣服被撕破了，手臂像被猫抓了，一道一道的血印子，腰也有些直不起来了，似有一根看不见的弦紧紧地绷在头和脚之间，硬要使他成为弓形。他一口气钻出了"野人山"的黑梢林，掏出指南针一看，啊，好了，指针像睡醒似的，一如船舵稳稳当当！在指南针指示的北方，一座山峰横亘在对面，正对张连旭眼前的是一道有三四十米宽的豁口，一条小溪隐隐约约从山下蜿蜒而去。

太阳已经偏西，张连旭又不由地在左手腕上扫了一眼，才想起手表没了。计算了一下时间，他逃出野人溶洞有四五个小时了，毛野人此时还在醉梦中吧？口渴极了，他从背包里掏出水壶，一仰头半壶水就灌进肚里，汗水随即从身体的四处流下。就在张连旭装水壶的瞬间，他眼睛里出现了一块陶片，捡起来细看，泥质灰陶，绳纹清晰可辨，无疑是秦汉时期的东西。抬头再向山上的豁口望去，"堑山堙谷"，啊，秦直道，他踏破铁鞋苦苦寻觅的一段迷失在子午岭的秦直道，竟然在这里！

张连旭蹲下用匕首挑去脚边的浮土，看到了夯土层。他掏出指南针，面向豁口，指针指向正北方。秦直道，百分之百的秦直道，他终于找到这段一直跟他玩捉迷藏游戏的秦直道了！一时之间，他全然忘记了逃跑，鬼使神差似的向北边的山峰豁口走去，虽然看上去仅两三百步之遥，但人没于梢林中，四顾茫然，每行一步都十分费劲儿——真不该把砍镰留给毛野人啊，要不，可以边走边砍开荆棘丛。好不容易登上一个高丘，原以为是一处烽火台的遗址，却没有夯土层，属自然形成的一个墩台。举目远望，发现走错了路，爬上的并不是之前要登的高地。只得拨开梢丛，觅路下去，临下墩台时有一土坎，正准备往下跳，坎下惊现一条大蛇，青底黑斑纹，盘蜷一团，乍看还以为是一摊牛屎。大蛇被惊醒了，此时缓缓蠕动着，像淘气的孩子拉了奶奶一条长长的缠脚布，没入草丛。

张连旭双手合十，默默地祈祷过往神灵护佑。母亲说过，蛇是土气，只要泼洒泼洒（陕北土语，意即洒洒祭拜），就随着土气去了。裹腿丢在野人溶洞了，现在要是再让蛇咬上一口，那他小命一定不保。蛇最怕老旱烟垢，村子里喜欢吃蛇的任老汉，每次捕到蛇，就从烟锅里挑一丁点儿的烟垢，喂到蛇的大嘴巴里，蛇便立即毙命，而后从蛇头退去蛇皮，挖去肠肚，将整条蛇盘进黄米捞饭碗里，蒸进锅里当美食。老家山里蛇多，但不论哪种蛇从不咬烟鬼——这也是张连旭最早认为吸烟的一个好处。

要是有一支香烟就好了，哎，哪怕是一锅呛嗓的老旱烟。大蛇一下又勾起了张连旭远去的烟瘾，一个喷嚏打不上来，口鼻眼一时错了位置。千担心万担心，张连旭最担心的下午两点恐惧症这时又犯了。太阳下起了红雨，几朵以为是飘在天空的白云，原来是那名年轻女红卫兵的带血的头皮，是在一声地动山摇的爆炸声里飞到天上的，他清楚地看到四处飞溅的鲜血，而头皮的鲜血云朵正从万米高空狠狠地砸向他，他抱头躲在一棵树下，头皮又飞上了天空，好像要等他从树下走出；父亲肃反的"塔山"的头颅们，他却怎么也躲不过，好像故意跟他藏猫猫似的，他们都变成了可怕的骷髅，他们借了丛林的身体，绕着他旋转，绕着他呼啸，他的周围出现了一个可怕的骷髅的旋风，阴风鬼影里，父亲不知从何而来，父亲一脸泪水地走过来了，父亲跟骷髅们说，我一直找不到你们啊，我会给大家选一处安息地的！骷髅们听了父亲的话，又排成四路纵队走了，张连旭看见他们整齐地走上了秦直道。他回头叫了一声"大"，父亲忽然不见了。那个"他"冷笑着像僵尸一样跳过来，"想逃，没门儿，毛野人是我的婆姨，我不走！"他没敢再动粗，"僵尸"却飞在他头顶的半空里，说："躲过初一有十五，蝎子蜈蚣把阵布。"而后，"僵尸"横着飞走了……

遭报应了啊，张连旭还抱头蹲在树下。他感觉累极了，他一步都走不动了。可略做歇息，他还是挣扎着站了起来。

张连旭从大蛇的反向下坡，重新核对指南针方向，向北钻入油松、黑桦、"青蛙皮"、糙皮桦混杂着二色胡枝子、野蔷薇、沙棘等灌木网成的梢丛，朝着秦直道穿过的豁子山跌跌撞撞地摸去。

是该雇一位向导啊，现在要是有个向导多好。比如老党，他熟悉蛇性，也认得各种蛇。这子午岭密林之中最是蛇多，毒性最厉害的数乌梢蛇，老党说，一旦让乌梢蛇咬了，要是医治不及时，那就等于阎王爷发来了请柬——死定了。还有三棱蛇、七寸蛇，毒性也极强，而且天越热毒性越大——那七寸蛇还有腾空而起袭击行人的本领……但是这次，向导最好是石门村那个叫牛二蛋的光棍汉，毛野人要是救他去作了"上门女婿"，说不准是两全其美的事哩！

啊，人真是无情无义没良心的狗东西——连狗也不如，狗还知道忠于主人，哪怕曾经的主人，任何时候也不会反咬一口。人呢，有奶便是娘不说，三句话不合就翻脸，人走茶凉，兔死狗烹，鸟尽弓藏，树倒猢狲散，自扫门前雪……所谓半辈子的交情，三言两语惹下。更多的自私、自利，还有自以为是，才是人性的本质。这些年来，张连旭其实一直在克服人性的弱点和不足，他与世无争，他不斤斤计较，他也不想高官厚禄，荣华富贵，衣锦还乡。他心里只装了秦直道，他只想彻底弄明白秦直道，为后人解读秦直道留下客观真实的史料。现在毕竟是一个难得的和平时代，和平来之不易，和平是多么伟大的事情，这毕竟是秦直道之后两千年来，最值得珍惜的一个时代。而不再是父亲肃反的时代，也不再是他们武斗的时代了……

此刻，张连旭却从心里开始鄙视起了自己，怎能这样背信弃义，他人性里那些光辉的东西都跑哪里去了？他想着努力找回一些关于良心的东西来，可良心好像被狗叼走了，他的行为变得完全不由自己了。

毛野人也该醒来了，要是她再喝了缸子里掺了酒的水，可能还会醉倒，那天黑之前毛野人就不可能追上来。张连旭突然计上心来，毛野人要是顺着他的脚印追，何不利用梢林为阵阻挡？此处梢丛密布，真可谓铜墙铁壁，他走不过去，毛野人行走起来更艰难啊！张连旭一个一百八十度转身，双手拉起藤条，挽起一个结实的死圪垯；行十余步，蹲下去再挽一个……下面的圪垯绊脚，中间的圪垯缠腰，上面的圪垯拴脖颈，这不就是一座"梢丛阵"吗？

简直称得上绝顶聪明的卑鄙了！

他正以为这都是那个"僵尸"在心里作祟，"僵尸"却像影子似的出现在身后，说："走着瞧，走着瞧——你这个无耻之徒！"

只要使毛野人的速度慢下来，那要追上他，正像水中捞月。哎哟，眼前又是一条大蛇，一条白底黑条纹的大蛇！张连旭只感觉后背发凉，"天灵灵地灵灵，太上老君显灵灵，蛇啊蛇，不要欺侮我一个弱书生，后边来了个毛野人，今已知汝名，汝急去千里，急急如律令。"张连旭想起一枚压胜钱上的道教符咒来了，临时抱佛脚，胡乱改来，口里念念有词，再看时大蛇还真的不见了。

爬上豁子山峰，张连旭跪地而泣，他俯身亲吻着历经沧桑的秦直道，一时竟然无语。多少年多少次了，就为寻觅这一段隐入历史尘烟里的子午岭秦直道，他将人生中最美好的时光，一截一截地损耗在成年累月的找寻中！多少学者和专家，面对秦直道近乎百十里的空白，仅凭感觉一笔画过了事。他却坚持不懈要让秦直道大白于天下，而不是糊弄世人，贻误子孙……现在，秦直道像一条蛰伏了千年的大蟒蛇，终于从子午岭密林中爬了出来，真是踏破铁鞋无觅处——得来全不费功夫啊！

"秦直道子午岭中段，穿野人山东侧无名山峰，堑山北去，宽约三十四五米，路基层路面完好无损，路上草木稀疏，车辙清楚可辨。"张连旭在笔记本上记录之后，又取出照相机拍下珍贵的照片，并拍了几张附近山形地貌作为日后寻找的依据。

子午岭地图比例尺太小，分辨不出他所在的具体位置。

但张连旭明白了他之前找寻秦直道所犯的错误，就是骑驴找驴。他和考察秦直道的所有专家学者一样，都是在骑驴找驴。也就是他们在认定的秦直道南北走向上寻找秦直道，而忽略了从东西方向上的搜寻——没有谁在秦直道这一空白段的子午岭梢丛之中，展开东西拉网式找寻！

张连旭沿着秦直道向北大步而去。道中树木明显比旁边稀疏得多，也低矮了一截。"听说这秦直道上的土先是一箩一箩筛过，再一锅一锅蒸熟，然后一层一层地夯筑。"想起进梢丛时林站"一脸胡"说的话，张连旭不由自个笑了，其实道路经过夯筑及长时期的车马碾压，坚如磐石，树木不容易扎根，长得自然不会景气。行十余里，路面陡然提高，秦直道又隐入丛林里了。西北方向，两座山峰之间形成一个"凹槽"，西北风从豁口吹进来，长年累月，沙尘湮没了路面，树木草丛趁势而生，将秦直道侵吞——这是除水毁之外，子午岭秦直道忽显忽隐的另一个主要因素。

太阳就要落山了，张连旭一时竟似被鞭子抽打了的木猴子，着急得满地转圈儿。要是有一个定位仪就好了，他便可以在地图上准确无误标清这一段秦直道位置。然而，身置茫茫丛林，一旦失去了最初的坐标，再要找到自己，真可以说是大海捞针。他取出相机，咔咔地拍完一个胶卷——在日落之前，他只能多拍一些照片作为资料了。

"我还会再来，我要把秦直道精准地画上地图。"张连旭自言自语，给自己表明决心。可是秦直道为什么会出现水平错位？难道秦直道与现在的高速公路一样，采用的是单向行驶？或者在一些复杂路段，采用了我们今天的交通法规？这也许就是秦直道几种路线形成的一个缘由！当然，考古最忌讳的事情，就是想象和推理，如果仅仅凭着猜测得出一个结论，无疑是一种不负责任的草率行为。

他突然想起唐白居易"回看官路三条线，却望都城一片尘"的

154

诗句——"三条线"难道是指并列的道路？果真如此，秦直道在子午岭单向行驶则极有可能，可惜身边没有《全唐诗》查阅。

张连旭感觉心在激烈地跳动，如果排除地震因素可能导致的秦直道水平位移，那就只有秦直道在部分地区单向行驶这一种解释。并且以秦直道作为主干道，连接着其他支线道路，形成大秦帝国一个北方强大的秦直道公路网……

肚子有些饿了，张连旭从背包里掏出炒熟米袋，一边嚼着吃，一边转身向东，钻入更多是由樱草蔷薇编织成的灌丛网。前面山里，他隐约觉得有炊烟升起，要是找到一个村子，那一切难题都将迎刃而解。他就可以在子午岭的坐标里，找到一个属于他的原点。

月亮升起来了，一轮亲切的满月从梢林上浮起，一轮分外明亮的圆月，照得子午岭山林如波浪汹涌，一棵树就是一朵浪花，一道山梁恰似一排巨浪涌来，随着阵阵林涛，涌向无边无际的夜色里去了，又一个回头潮似的跟着漫山遍野的鸟声涌来……山岚如夜色垂下的幕布在风中飘忽，远处升起的并不是炊烟，而是最后一抹夕阳与初升月光交相辉映，在山岚中形成的光柱，很快随着夕阳的坠落而消失了。

啊，到中秋了吧？

一阵月饼的香味儿飘然而至，一下涌进张连旭的五脏六腑里了，让他难以抑制地想起了家，想起了父亲母亲。他失踪的消息，一定传到老家去了，父亲母亲的伤心，一定会使家庭失去全部的温暖，炊烟也变得冷清清的，可有可无地升起在墙畔上，又像灰色的抹布，在母亲的一声哀叹里被远远地扔掉。母亲难道连月饼也没做吗？从他工作以来，每逢中秋，母亲都要让父亲去县城给他捎上一包月饼，母亲说，月饼家里的好，吃了服水土。他却因吃了单位发的"满口酥"，再也咬不动母亲的月饼了，直到放坏了扔进垃圾桶。人啊，真不是东西，得一步想一步，吃着碗中的看着锅里的！母亲今年一定没做月饼，母亲再也不知道该将一包香甜的月饼往哪儿捎去。母亲此时一定望着满月，在父亲一锅一锅的老旱烟里，想着失踪的儿子，张连旭甚至在月亮里看见了无比悲伤的母亲，看见了神情茫然的父亲，他的一颗热泪从脸颊倏地掉落下来。"父亲母亲，儿子不孝啊！"望着月亮，张连旭一时无法控制自己的情绪，竟然跪在梢丛中号啕大哭起来。他记起曾跟父亲母亲说的一句话，"你们供儿子上大学，费尽心血，其实还不如不供，看崔家二愣子，没念一天书，家里重苦力活儿都是他的。"母亲剜了他一眼，说："只要你们好了，我们就是当牛做马、吞糠咽菜也心甘情愿，人活着图的就是一个心情舒畅。"父亲长叹一声："世古人说，'人往高处想，往底下疼爱哩！'儿女要是过好了，老人死了也心安。"直到今天，他才感觉理解了父母，理解了他不识字的父亲母亲。

下了山，月亮已爬上山顶一树高了。一条小溪潺潺向东流去，两旁的梢丛得益于水，长得黑洞洞的，并且高出周围丛林半个身。张连旭脱下鞋子，挽起已不成样子的裤腿，拄了一根棍顺水而行。啊，这会儿毛野人就是追上来，也找不到他了，溪水会冲走他身上的气味！溪流时宽时窄，窄处他只能猫腰从梢丛下钻过去，水流却很急，冲得他必须站稳了一只脚才敢动另一只脚。起初一身热汗下水，觉得正好冲凉，可是没走几里路，他开始打冷战了，浑身哆嗦，直打牙关。溪水在汇入了另外溪流后，也变得深了起来，水都快要骑到裤裆了。

拐过山角，小溪突然消失，耳中传来哗哗的流水声。小溪从一段石壁上跳下悬崖，一条河流挡在面前。

这不就是野人河吗？

该顺着野人河朝南走，还是逆着野人河北行？张连旭想了又想，觉得还是向北行好，北面是河流的源头，从源头可以涉水过河。一块台地上，好像种了玉米。对岸隐约拴了一条木船，水深可想而知。但他还是下水试了试，一棍戳下去，哪里有底儿？拣起一块石头扔下，"咕咚"一声，水面上泛起的水圈儿转了许久。附近应该有人家吧？张连旭两手在嘴边张成一个喇叭，"哎——嗨嗨——哎——嗨嗨——"地吼了起来。他循着崖洼洼的回声四顾可能点亮的灯光，此时，却瞥见一个高大的身影正狂奔而来。

坏了，吼声没点着一盏灯，却引来了毛野人！

张连旭急中生智，他几步走到台地上，去掰玉米棒子。毛野人站在张连旭的面前了，毛野人手里提着草裙子，显然生气极了，漂亮的脸蛋完全扭曲了，似毕加索油画的一些人物。张连旭讨好地上去抱了抱毛野人，而后，指着玉米地，说："我是来掰玉米棒子的，我要吃煮玉米。"张连旭识趣地只管掰玉米棒子，毛野人像铁塔一样站在玉米地里一动不动。张连旭将玉米棒子送到毛野人的怀里，毛野人丝毫没有要接的意思，两手抱在胸前，一动不动。

毛野人渐渐恢复了平静，站在迷蒙的月光地里，毛野人俨然是刚从天界临凡的仙子，亭亭玉立，风姿绰约，眼睛水汪汪的，能养几条小鱼儿，鼻梁挺拔端庄，棱角分明，乳房高耸，圆润流畅，肚子微微隆起，丰满圆润的臀部，曲线优美。毛野人身上，照样飘散着子午岭森林特有的芳香，这种来自山野的香气，每每让张连旭想到法国香水，他曾经的护士妻子，后来不知从哪儿买到的一种法国香水，就有这种迷蒙醉人心肺的香味儿。张连旭把草裙子给毛野人围在腰间，又给她递过水壶，毛野人好像正渴极了，接过水壶仰头咕嘟咕嘟就喝完了。之后，毛野人安慰似的左手轻轻地在张连旭肩膀上拍了拍，开始跟张连旭一块掰玉米棒子。在装满一背包玉米棒子后，张连旭背起背包，拉着毛野人的手，指了指西边子午岭群山，说："我们回家，我们回家吧。"

那是家吗？那是我张连旭的家吗？张连旭的心顿时沉下来了。现在，他想趁毛野人不备掏出匕首突然一刀刺死她。可是，他不能这样，即使是百分之二百的成功刺杀，他也不能这样。一切人类努力的伟大目标在于获得幸福——这是谁的至理哲言？他记不清了！但他清楚，一切破坏美的都是罪孽！毛野人太善良了，毛野人太淳朴了，毛野人太伟大了，毛野人其实就是这个世界一件活着的珍贵文物！

突然，张连旭醉酒似的迷糊起来，路也走不稳当了，一头栽到了玉米地里。

第十一章

　　张连旭从昏迷中醒来的时候，发现自己躺在毛野人温暖的怀里，毛野人正用搪瓷缸子给他往嘴里喂药，他周身都散发着一股浓浓的中草药味儿——这难道又是一个梦吗？他努力回忆着，他明明逃跑了啊，毛野人是追来了，可他怎说晕就晕倒了呢！是不是又被毒蛇咬了？可之前怎能没一点征兆！

　　毛野人惊喜地看着他，眼中溢满了泪水，她用手指着他的敷着草药的右小腿，想说什么却什么也没说上来。毛野人的嘴和脖子都肿了，像是走到一个哈哈镜里的样子，毛野人又指着地上的灰烬——火熄灭了，火不知在何时就熄灭了！

　　明珠项圈的光，分外亮了，照得野人洞熠熠生辉。毛野人用手比划着，他这次不是被毒蛇咬的，是蜈蚣还是蝎子？毛野人比划的不很清楚。

　　老乡给张连旭说到过，子午岭的蛇、蜈蚣、蝎子——"三毒"的厉害，进山的人畜要是不"过关"，进了森林就出不来。过关是当地一种迷信活动，通过巫婆或阴阳"作法"让人从铡刀下爬过去，化解劫数——牲畜则要经过一道施了咒语的大门。当时，他并不迷信，只当是老乡们的一种信仰，现在却应验了。老乡还说了子午岭的"四狡"——狼、狐狸、野猪、老鼠。他知道狼和狐狸的奸诈狡猾，但野猪、老鼠怎也能成子午岭的"狡"呢？老乡告诉他说，子午岭的野猪比人还精哩，秋天，头猪带领着它的猪崽猪孙，成群结队到庄稼地尝鲜吃秋，敲锣打鼓，它们当是伴奏的音乐。它们能嗅得到人味儿，陷阱根本奈何不了它们，头猪还会几嘴拱开盖在陷阱上的掩饰物，不屑一顾地往陷阱里屙屎尿尿。猎夹子更是它们的小菜，它们叼一根棍，从远处一戳，猎夹子"啪"的一声跳起合拢——野猪们当放了一个花炮。

而老鼠更是周围村庄的灾星，附近几个县的县志都有鼠患的记载，某某年，老鼠一夜之间，将丰收在望的庄稼拉尽。老鼠简直成精了，一个仰面躺在地上，怀里抱着糜谷或玉米棒子，一个扛着尾巴拉着风跑，两鼠一组，轮流交换——那老鼠大得像猪崽。在马栏村，一户人家，婆婆常说媳妇偷吃，贼没来狗没咬平白无故面没了油没了，而且锅里明明像炸过油饼的样子，因此闹得婆媳关系紧张。一天夜里，婆婆跑肚，刚从茅房出来，明亮的月光下，一群老鼠从墙洞涌入，其中一只老鼠怀里抱了两只还在低鸣的什么鸟，送给了她家老猫。老猫只管喵喵地吃鸟，任由老鼠行窃作乱。她看着老鼠熟门熟路地跑开，一些像传说中猴子捞月似的，一个抱着一个，溜下油缸，嘴巴里嘬满清油，回家吐进锅中；一些从面瓮中叼上面团——老鼠是咋和好面团的？围在锅边；一些搂柴的搂柴，烧火的烧火，等油锅里油烟冒起，面团纷纷进锅……婆婆气得跌倒在地。第二天，她数鸡蛋，也少了好几个，原来老鼠们在她家吃了一顿鸡蛋荷包。在石门村，还流传着一个老鼠泡猫的故事：三个老鼠聊天，一个说它什么鼠药都尝过，鼠药对于它就是甜点；一个说它的轻功了得，能在鼠夹子上跳舞；一个说，走，咱兄弟今晚泡猫去。甚至有人说，亲眼看见过，一只像老虎一样大的老鼠，骑在马上兜风，还人模狗样"驾、驾、驾"地打着鞭子。

当然，子午岭还有"一喜"，那就是见到毛野人的喜了。毛野人每次进村，吃了老乡地里的东西，都会撂下一颗元宝。老乡们在春联里都寄托了美好的心愿，出门见喜，抬头见喜，喜上眉梢，喜从天降等等的吉语，都是心声的流露。如此的一个大元宝，那真叫喜从天降呢！

毛野人一定是为他吸毒时，跟着中毒的。他隐隐约约觉得，毛野人吸一口血水吐出去，再吸一口吐出去，又吸一口血水吐出去……毛野人给他嚼喂过草药……现在，他又被毛野人背回野人溶洞里了。唉，也怪自己慌里慌张，只顾走路，竟忘记了老门钻梢林"呼——嗨""呼——嗨"的喊叫了，要不，蝎子或者蜈蚣，也许一样远远地躲避开了，自己就不会被咬伤。但张连旭更相信这是报应，无论七寸蛇，蜈蚣还是蝎子，其实是毛野人忠实的看门狗，他的背叛导致它们看不见的偷咬，这是他应该得到的一次最为公正的惩罚。猛地想起，他的那个"僵尸"的话了，"躲过初一有十五，蝎子蜈蚣把阵布。"原来，"僵尸"说的"初一"是毒蛇啊，难道"他"是他的咒语！那个"他"学着他"呼——嗨"的喊声，从身体里艰难地挤出来了，让他都感觉要跌倒似的，"他"还啰里啰嗦，"回来就好，回来就好！"

他试着活动了一下手脚，还胳膊是胳膊腿是腿的，好好地长在自己的身体上，只是感觉全身没有一点力量，手脚里的骨节都好像被抽去了，有锥子一样的风从浑身的空隙中冷冷地吹过，心上不由地打了一个冷战。必须燃起火啊，在他努力吃下去毛野人递到嘴边的草药时，心里最想喝一碗母亲熬的绿豆小米稀饭，他其实是把毛野人的草药，当作母亲的绿豆小米稀饭咽下去的。现在，要是有一杯滚烫的开水喝，那就是不错的享受了。因此，也必须重新燃起火来。

此时，张连旭才看清楚了，原来毛野人并没将他抱上冰冷的土炕，而是在温泉旁边热乎乎的岩石层上，也就是他们第一次做爱的地方，毛野人毫不珍惜地给他枕着精美的竹编枕头。他从毛野人怀里坐起，试了几试才慢慢站了起来，一步一挪地走到纸箱前，从底角窟窿里掏出打火机，撕了一页纸引火。可是，打火机只冒火花，怎么也打不着，仔细一看，一点气也没了！

"天爷爷哟，这不是要我的命吗？"张连旭一屁股坐在地上，死气沉沉的半天没了反应。

毛野人已从柴垛抱来了硬柴，揉好了燃火的茅草，只等着张连旭怎样燃烧起一堆温暖的火，生命的火，也是希望的火啊。现在，毛野人完全依赖起火来了，她再也不会接受没有火的生活。如果让她再去生吞活剥，她一定会坚决抗议，她一定会说，不，我不同意！火，已经成为毛野人绝不可缺的物质能量，是她重要的精神支柱。只有火与张连旭，才能使她快乐起来充实起来兴奋起来。当然，在毛野人眼里，张连旭现在是火的使者，是他给她带来了火，带来了全新的生活，开启了野人溶洞的文明。

　　毛野人看着张连旭扔掉的打火机，好奇地捡起来，学张连旭用手指拨动打火机上的轮子，划出几点火星，又是孤寂的几点火星。啊，要是他这次逃跑成功，毛野人会去盗火吗？张连旭想起希腊神话中的普罗米修斯，是他从太阳神阿波罗那里盗来火种，送到人间，给人类带来了光明——毛野人该去哪里盗火？

　　毛野人失望地看着张连旭。

　　"唉，先民钻木取火，我只好试一试了。"张连旭想起《韩非子·五蠹》里的记载："民食果蓏蚌蛤，而伤害腹胃，民多疾病。有圣人作，钻燧取火，以化腥臊，而民悦之，使王天下，号曰燧人氏。"生活跟他开了一个极有意义的玩笑，没想到他一个考古学者，现在所做的都是无可奈何的复古之事啊！在海南的一次文物工作会上，张连旭观看过黎族老人钻木取火的表演：老人左手持一块有孔的木板，右手执一根木棍，而后，固定木板，木棍在老人双手搓动下不断转动，接着老人把备下的干苔藓放入取火孔，不断地用嘴往孔里吹风，一小会儿工夫，取火孔就开始冒烟了，老人又添加一些芭蕉根纤维，继续吹风，大概仅仅十分八分钟，小火苗便慢慢地燃了起来。

　　可是，野人溶洞就是这些钻木取火的材料也没有啊！

　　最要命的是他体力不支，他也知道现在不能运动，一切都要靠毛野人。

　　毛野人在张连旭指挥下，砍平一根干燥的杨树木柴，并在上面用匕首掏了一个孔，又削尖一根坚硬的木棍。他用绑腿带将木柴固定在两根钟乳石上，示范之后，在孔里放进揉碎的艾草叶。毛野人双手笨笨地搓着木棍，却因速度太慢，连烟都没取得一丝儿——毛野人为他吸毒，其实也中毒不浅，也一定极度虚弱啊！

《胁记·内则》在规范"子事父母""妇事舅姑"里有"晴则以金燧取火于日，阴则以木燧钻火也"的记载，其实，还可以用眼镜的两个镜片作为凹凸镜以及手电筒反光碗的焦点取火，但毛野人不会让他出洞去，再说距离洞口又这么远，他的体力也不允许。

毛野人又开始拨弄打火机了，落寞的火星又溅出几颗。张连旭猛地想起了火镰——脑子又没进水，咋就一时糊涂给忘了！从小，他见爷爷抽烟一直就使用火镰，一只牛皮做成的簸箕形的小包，上面镶着一块月牙形的钝刃铁片，里边放着艾叶揉成的火绒和火石。将火绒贴着火石，在钢铁上一打一划，火星里火绒燃着了，按在烟锅上，急忙在烟嘴上吧嗒吧嗒地吸两口，老旱烟跟着点燃……就是在铁王镇摆摊"收购古物"时，还有一位关中老汉拿来一个看上去很有些年份的火镰呢，真该收下啊，可惜他没有先见之明！

张连旭从毛野人手里要过打火机，却虚弱得一点力气也没有。他闭上眼睛躺在温暖的地上，他要歇息一会儿，鼓捣了半天，火没取出来，人却折腾得够呛。毛野人也显得烦躁不安，在他昏迷期间，毛野人吃什么？吃惯了熟食的味道之后，毛野人这些天靠什么维持体能？毛野人开始给他嚼草药了，毛野人先用泉水给他洗净伤口，再把嚼好的草药用舌尖敷在伤口处。接着，毛野人又给他递过几株药草，叫张连旭自己嚼着吃了，并比划着——吃了草药，右腿就会像左腿一样，不再一走一瘸了！毛野人按着肚子，跑向河流下边他们的"洗手间"去了，毛野人好像又在拉肚子。

取火已是迫在眉睫的事情，要不后果真的不堪设想。

都是逃跑惹出的祸。要是他不逃跑，他就不会被蝎子或蜈蚣咬伤；要是他不逃跑，毛野人自然不会跟着他中毒；要是他不逃跑，火就不会熄灭了——可要是不逃跑，他的秦直道研究如何完成！理性与感性，其实在他心里无数次地斗争过，人生不过就那么短暂的几十年，要是减去成长阶段与老年过程的两头，就更短了，他真想与可爱的毛野人相爱厮守一生，直到地老天荒。可他却不能，他有他的事业，秦直道对于他，就像永远也赶不走的美丽第三者，不仅占领了他心的高地，而且每时每刻都在纠缠着他，不允许他再隔墙摘杏啊！

张连旭把干艾叶子揉成一团，又从纯棉背心底边割下一块，撕作絮状，与艾绒搓在一块，夹在左手大拇指和食指之间，右手拿着打火机作为火石撞击砍镰背。在乱飞的火星里，绒线团冒起烟了，他迅速放在柴草上吹燃了火苗。

火啊，希望的火、光明的火、文明的火、生命的火，火，终于又在野人溶洞燃起来了！毛野人一直难受地抱着肚子，此时，双手平展开来，像要把火抱入怀中似的，激动地伸直双手，一时竟乐得像个小孩儿，凝神盯着温暖的燃烧起来的火焰，不知做什么好。

锅灶烧起来了，土炕热起来了。

第一杯开水，张连旭双手递给毛野人，又给毛野人递去四粒氟哌酸，两粒消炎片。毛野人噘着嘴唇轻轻地吹着开水，从来没见过张连旭如此专注地望着她，那是一种安慰一种敬仰一种膜拜一种朝圣的目光啊！在毛野人深情地注视下，张连旭羞愧地低下了头——都是逃跑惹出的祸，可是不跑行吗？蝎子或蜈蚣是什么时间咬了自己的？好像是在小溪旁边，他感觉疼了一下，还以为是蚂蟥什么叮了！是的，溪水随即为他冲洗了伤口，否则毒液怕是早就开始发作……好心得好报哩，他还恶毒地想在玉米地里刺杀毛野人，那自己真就收到了阎王爷送来的请柬了！

张连旭把毛野人给他的十几种药草剁碎了，放进陶罐，熬在灶上。而后，又翻开笔记本，依照药草的形状画样说明——他只认识其中的甘草根与火烧兰，并注：治疗蝎子或蜈蚣咬伤之良药。

毛野人吃过饭后，刚一会儿，双手便不再抱肚子了。看着张连旭蹲在灶前烧火，毛野人坐下，拉着张连旭坐在怀里——毛野人是要给他当板凳啊！张连旭摸着毛野人肿得跟脸差不多粗的脖子，一种难以言表的伤感，推也推不开地涌上心间，毛野人清楚他是要逃跑的，毛野人没有计较他不顾情意的叛逃，毛野人还勇敢无畏地救了他的一条小命。

可是，要不逃跑，他能找到那一段消失的秦直道吗？要不逃跑，他能想象得出秦直道可能单向行驶吗？要不逃跑，他能掰回这一背包的玉米棒子吗？

不逃跑不行啊！

从考古资料得知，山顶洞人已经懂得"对自然界的第一个伟大胜利"——人工取火，毛野人却至今还过着人类两三万年前的生活，还没有学会用火来烧烤猎物、块根。也许是生活实践的总结，毛野人只是具备了一定的审美意识。张连旭在思考，应该给毛野人教会支配自然力的一些本领，让毛野人掌握通过敲击和摩擦把机械能转化为热能的经验知识，懂得通过燃烧利用能源的方法，像人类一样把火作为一个享用自然、改造自然的武器，真正结束一个茹毛饮血的时代，从动物中分离出来，开创野人溶洞的一个文明新纪元。

毛野人比张连旭康复得快多了，她肿胀的脖子在喝下去几顿草药之后，便恢复如初，脸上又有了健康的满面红光。张连旭开始争取"放风"的时间，他缠着毛野人每天让他到洞外边，晒一会儿太阳，他指着腿上的伤口，说："晒晒太阳，好得快！"毛野人根本不允，头摇得像拨浪鼓，又补充了摆手，张连旭只好以死抗争，他拿起砍镰做出一个朝自己脑袋劈下的动作，毛野人害怕了。毛野人其实也拗不过张连旭无休止的纠缠，背起他向"仓库"走去，拐进另一个溶洞，没走多远，毛野人放下他，掀开另一个巨大的悬崖洞口。

刹那间阳光仿佛决了堤的洪水直泻而下，轰轰烈烈，一浪又一浪，一波又一波。又像铺天盖地飞过来的金色蜜蜂，嗡嗡嘤嘤，嘤嘤嗡嗡。张连旭闭上眼睛——这又过去多少天了？从眼睛的反应，他能感受到时间在野人溶洞无声无息地流逝。"今后必须每天出来一次，以适应阳光适应环境，以使自己融入子午岭的自然之中。"他在思索着未来，他不能老死于野人溶洞啊，他还必须逃出去，坚决不能把野人溶洞当成自己永久的家，他不能学那个乐不思蜀的阿斗。

洞外山势陡峭，洞口上不着天下不着地，几乎处在一个悬崖绝壁的中间。毛野人的左手紧紧握着他的右手，让他坐在一块不足一平方米大的石头上，毛野人蹲下来时，半个身子已伸出洞口。石缝间的几只红嘴老鸦被惊起了，聒噪声一片，好像一只只破败的风筝，在洞口上方的高空飞来飞去，更像是一种空中自由的滑翔。他和毛野人打破了乌鸦的宁静生活，它们为突然出现的邻居而怨气冲天。

"我亲爱的邻居朋友，各位上午好！我为打扰你们午休的好梦，表示道歉，这里请允许我说一声对不起了！"张连旭觉得十分开心。老鸦在老家人们的心中，与只会"咕咕咕、咕咕咕、咕""西、西西西、西西西、西"叫的"恨虎"一样，报忧不报喜，是不吉祥的鸟儿。谁要是听到它们的叫声，都会对着声音的方向"呸、呸、呸"连唾三口，以避免可能给自己和家人带来的晦气，以至"鸦肉"也被说成是酸的。上小学时，一则"乌鸦喝水"的寓言故事，却使张连旭对乌鸦的聪明充满了好奇。在大学的图书馆里，一次无意中翻出一本《鸟类研究》的俄文书，通过一些确凿的证据，证明乌鸦的确是非常智慧的动物，它们除了能利用逻辑推理来解决问题，还似乎具有人类的一些简单思维。一个猎人的陷阱旁，一只乌鸦翻转身体，躺在雪地上装死，脚爪朝天一动不动的，它身边是一只死去的海狸的尸体——乌鸦是想以装死告诉其他鸟儿，它是吃了中毒的海狸尸体身亡的，让它们忌惮地离开，它好独享海狸的美味，多聪明的乌鸦啊！但与一群老鸦作为邻居，张连旭做梦也没有想到。现在看着老鸦们一个个身着晚礼服，比绅士还绅士自由地飞在野人溶洞的上空，飞在他亲切的记忆中，也可以算是一种百年修来的缘分了。

正是晌午时分，天气晴朗，风和日丽，阳光异常的暖和。湛蓝的天空高远圣洁，流云如羊群，徜徉在遥远的天际。群峰叠起，草木澄鲜，好一派美丽的山野秋色！子午岭的秋景其实不可描摹，更难以捉摸，转眼之间，高天流云，给远处的山峰戴了一顶洁白的毡帽，只停滞了一会儿又轻纱似的飘散开了，仿佛一幅巨大的渔网从空旷的天际撒下，啊，这一网捕获起了多少秋声秋色秋韵！

他不由想起了在老家秋天的日子：每当秋天来临，他便要以"吃秋"补身子，为身体储备一年的能量。初秋的瓜果最为新鲜，桃子、苹果、葡萄、梨，熟透的及还有些生涩没熟的，都是他的喜爱。田野里是即将成熟的庄稼，玉米棒子煮着吃甜烧着吃香，还有母亲在笼上蒸好的山药蛋、红薯、南瓜，就着麻油炸摘茉儿①、拌上老醋的苦菜，那是怎样的一种生活啊！接着黄豆荚荚长得滚圆滚圆了，黄萝卜、白萝卜、蔓菁也拱破地皮，煮上几株黄豆，再调一碟萝卜或蔓菁爽口的小菜，真是给个县长也不换的享受！特别是母亲自酿的老醋，那才叫香味醇厚，回味生津——那是一年剩饭的精华。夏收之后，要蒸两个大白面馍馍敬献皇天后土。天和地没长嘴，满是阳光味道的白面馍，自然就是张连旭一个夏天最解馋的记忆了。剩下的麸子，母亲加少许泉水捏成窝头，用瓜叶包起来放进柳条篮里，再吊到南房檐下。开春之后，母亲将带壳的高粱压扁，拌上麸子曲加温水放入瓮里发酵。从春天天气回暖开始，母亲将每天的剩饭、米汤、面汤，都倒入瓮中，而后用木杵搅拌一下。直到天冻了，母亲才打开早已飘散着浓浓醇香儿的大瓮进行一遍一遍的过滤，盛入大盆一次一次以冰冻的方法除尽水分，而后装入瓶子罐子的醋即便放上十年八载也不起一点儿白花，而且愈放久了愈香。到了中秋节前后，村里总有人家宰杀长肥了的山羊羯子，炖上一大铁锅叫上左邻右舍打平伙吃。肉还在锅里没熟，门前早围了一圈儿闻着香味儿而来的馋嘴的孩子们，那肥肥嫩嫩的山羊肉，入口即化，香入脑髓。孩子们都可以尽情地吃，他们的半份钱，只需记在账上跟他们家里要就是了。还有第二天的一顿羊杂碎——老家的羊杂碎主料多辅料少，最是正宗。主料又分"三红""三白"，三红是

---

① 摘茉儿：一种野草的花，可作调料。

心、肝、肺，三白是肠、肚、头蹄肉；辅料是粉条、炸山药条、辣椒、青菜等。一碗羊杂碎，看的就是主辅料全不全，色香味儿够不够。而吃上一碗酥烂绵软，味美醇鲜的羊杂碎，具有健脾补虚，益气健胃，固表止汗之滋养功效！此时，沟里的红枣儿终于红红艳艳的了，摘上一篮子可当一顿晚饭。而吃上一顿色泽鲜活、清脆可口的红枣儿，夜里就是梦到王母娘娘的蟠桃会来请，都有一种不想去的感觉。河水就要结冰了，河里的鲫鱼是一个秋天最后的美餐，煮一锅鲫鱼，蒸一锅黄米捞饭，吃完鲜美无比的鲫鱼，再将香鲜扑鼻的鱼汤泡入捞饭，连吃带喝，一碗不饱两碗不放，人生最是吃秋好啊！一年无病身体倍儿棒，才能更好地工作劳动……

张连旭拧开手电筒，顺手撕了一把干柴草，取下反光碗，对着太阳光，放在焦点上，刚一会儿，柴草开始冒烟，瞬间燃起了火苗。毛野人惊奇地看着张连旭的"魔术"，不相信似的，伸出手指试了一下，似乎烧疼了，猛地缩回。毛野人要去拿手电筒的反光碗，自己试了起来，但毛野人不懂得聚焦，半天燃不着火。张连旭手扶在毛野人的手上，帮她调整焦点，火苗再次神奇地燃起。

反复几次，毛野人终于明白了反光碗的使用方法，不停地点着头，又不解地把反光碗拿在手里，反过来倒过去地看了半天，接着，毛野人左手拿着反光碗，让明亮的焦点聚在自己的右手掌心，眨眼之间，毛野人便蜂蛰了似的疼得直甩手。张连旭笑起来了，但可以肯定毛野人其实挺聪明，完全具备他想象中的可塑性，他要是耐心一点，说不准能给毛野人教会人类的语言。张连旭指着漫山的森林，两手比划着，说："火给我们带来了美味儿，我们啃的玉米棒，我们吃的野猪肉；火也能给我们带来灾难，烧一下我们感觉疼痛，烧在身上我们就变成灰烬了——要是森林失火了，动物们都会烧死，老鸦也飞不过去。"

毛野人好像突然想起了什么，眼眉倒竖，双手向上扬起又张开，接连重复这一动作，眼睛里呈现出一种莫名的惊恐，在说出"呼——呼——"象声词的同时，还用手比划着，并伤心地掉下了一串眼泪。

张连旭懂了，毛野人是在给他叙述一次森林火灾，一座山都燃烧起来了，动物们在火中挣扎，一棵大树倒下了，又一棵大树倒下了。火球跟着滚到山下，点燃了又一座山，接着火焰随风蔓延，熊熊烈焰像悬崖一样高，比一次可怕的传染病的速度更快，十几座山跟着就燃烧起来了，二十几座山跟着就燃烧起来了，要不是一场及时的暴雨，整个子午岭森林都要燃烧起来……也许毛野人的家族，就是在那次森林大火中遭遇灭顶之灾的。

当然，在毛野人的"诉说"里，张连旭想象的灾难情景，结合了石门村开代销店老乡讲的子午岭森林"失火"事件。老乡还说，"毛野人跑起来飞快，经常在圣人条上走，鼻子比狗还灵，十里八里的路就能闻见生人味儿。"看来还有一些根据，而不完全是空穴来风。

——很多年之后，张连旭在野人溶洞一个拐洞中，看到了三具烧得焦黑的尸骨，这难道是毛野人叙述的"火灾"？尸骨是不是毛野人家族的？据说毛野人的肋骨像大贝壳一样是两块整体的，并不像我们人类的肋骨左右一根一根地分开——真该请人类学家来野人溶洞进行考察研究啊！或者，如老乡所说，子午岭的毛野人，就是马栏村老地主的女儿，那这些尸骨该是老地主和他美艳的小老婆了！恍惚之中，张连旭觉得自己真的做了一个梦，一个关于毛野人的梦，奶奶故事里的毛野人。但他就是弄不明白，他是走进梦里了，还是在梦里醒着！

在张连旭完全康复后，毛野人又开始出洞狩猎了。

毛野人却不再走张连旭地道旁边的那个洞口了！当然也不可能走他每天晒太阳的那个悬崖洞口。而是搬开洞中的一块巨石，进入另外一个溶洞，之后不知从哪儿出去又回来。人常说狡兔三窟，这毛野人藏身的地方何止三个五个？野人溶洞简直就是一座迷宫。毛野人一定发现了那个他逃出去的暗道，难道毛野人堵塞了他挖下的暗道？这个谜团让张连旭颇为费解，急着一探究竟。

正需要活动活动身体，张连旭向地道的洞口走去。

啊，他真的不敢相信，毛野人在距离洞口约十几米的地方，便用巨石封堵了！张连旭仔细一看，发现毛野人是从有胶土处封死了洞口——毛野人清楚在石头上他挖不出洞来。幻想中毛野人出洞后，他可以通过暗道爬到树上观看风景的希望破灭了，他由暗道再次逃出野人溶洞的可能不存在了。让毛野人死死封堵住的，不仅是一条通向外面世界的暗道，其实还有他的心。

毛野人是什么时间堵住这个洞口的？

毛野人又猎获回来一头野猪，手里还提着两只野鸽子，背包中装满了别有风味的山杜梨和枸杞。毛野人好像一点也没觉得累，将两只野鸽子递给张连旭，她便自己动手剁下野猪脑，开始剥野猪皮了，尽管显得笨手笨脚，却是一丝不苟。

"你真能行！"张连旭竖起大拇指夸赞毛野人。

——野猪，野猪，这狡猾的野猪难道是毛野人们的猪？

张连旭将半个野猪脑烧在灶里，在陶罐里清炖了野鸽子，并且放了一把枸杞——这是多好的一顿滋补美味儿啊！一鸽顶三鸡，这是父亲常挂在嘴边的一句话。爷爷爱吃鸽子肉，在窑洞的门脸儿上挂了一排鸽篓，养了二十多只家鸽，乳鸽一出壳，爷爷便选中几只，每天在乳鸽的翅膀下抹一次胡麻油，乳鸽就只长肉不生羽毛了，等乳鸽长到一斤多重时，爷爷再从鸽篓里偷出抹了清油的肉嘟嘟的乳鸽，宰杀了炖着吃。那一碗似油似肉的乳鸽，滋补身体不说，还有活血化瘀、去斑养颜的功效——这也是爷爷长命百岁不为人知的一个秘密。

……

接连几天，毛野人都满载而归。今天，毛野人竟然猎杀了一只狍鹿，背包里则装满了野梨、核桃——这让张连旭倍感大自然的无限恩惠和子午岭的神秘莫测。张连旭剥下狍鹿皮贴在溶洞壁上，他想着等积攒下了几张，他要给毛野人缝制一件过冬的皮裙，以及一条铺炕的皮褥子。

　　毛野人变了一个人似的认真起来，神情专注的样子，分明像是在进行一次艰难的狩猎，搓动木棍的动作逐渐干净利落起来，也越来越快了，钻孔里终于冒出了一缕轻烟，钻孔里终于升起了似红纱巾一样的火苗儿。

只是毛野人对钻木取火一点兴趣也没有。

在干燥的杨木劈柴上，张连旭成功示范了钻木取火，毛野人虽说非常惊喜，拿着木棍好奇地试了试，却就是不肯用心，并且作对似的背起了双手。直到张连旭拉下脸恼了，"你是不是不想活了！"大声地喊叫起来，毛野人这才委屈地拿起木棍，一边用口粗心大意地吹火，一边双手迟笨地搓来搓去，全然一副腰来腿不来怠工不想做的样子。

但一次次的失败，也让毛野人看上去十分沮丧。张连旭却不依不饶，站在旁边督促说："你就是麻袋，我也要绣出一朵牡丹花来。"为了不至于忘记语言，张连旭在不知不觉间养成了一种自言自语的习惯，他跟毛野人说话，晒太阳时跟天空的飞鸟说话，有时对着钟乳石也要说上两句，或者吼上两嗓子民歌："麻啦油灯亮又个明，芝麻盐烩了些白菜心，红豆角角双抽筋，呼嗨哟，谁都不要卖良心。"他在用语言，时刻提醒自己是一个人，一个秦直道的研究学者。

毛野人终于明白了火对于张连旭的重要性，表现得也越来越有耐心。闲暇之余，她开始练习搓木棍的动作，固定好一块钻了孔的木板，双手快速搓动木棍，木棍在手掌之间旋转得像捻线线的线陀。毛野人变了一个人似的认真起来，神情专注的样子，分明像是在进行一次艰难的狩猎，搓动木棍的动作逐渐干净利落起来，也越来越快了，钻孔里终于冒出了一缕轻烟，钻孔里终于升起了似红纱巾一样的火苗儿。

之后，张连旭每天都要毛野人钻木生火，尽管毛野人显得有些厌烦——她甚至觉得，这是张连旭故意为难她给她生事，炕洞里明明保存着火种啊！而且毛野人吃的东西，张连旭都要她自己在火里烤，或者自己在陶罐中去煮，他不再替毛野人服务了，他要毛野人学会独立自主的生活。他自己却不劳而获，吃着毛野人获取的猎物、野菜、野果。

"若要会，跟上师傅睡。"这是老家乡亲们常挂在嘴边的一句话。

171

张连旭更像师傅带徒弟一样，每天手把手地教毛野人烧制陶器。对于烧陶，毛野人倒是挺有兴致，好像是一种天性使然，又像什么神圣的责任感。从和泥巴到捏陶罐陶盆，再到放进灶中烧制，做得得心应手不说，整个过程也都井井有条。第一件陶罐烧制成功的那一刻，毛野人一时激动得坐不是坐站不是站，捧起陶罐转过来掉过去地仔细观赏，久久地捧着不肯放下，好像陶罐会突然长出一对鸟儿的翅膀飞走，更不敢相信这是她创造出来的野人溶洞的文明，是她开始人类文明生活的一个起点。毛野人找来陶埙，张连旭还以为毛野人要他吹奏哩，可并不是！毛野人端详了一会儿陶埙，又开始捏起了泥巴，一边捏一边看，依样画葫芦，捏成一个看着像陶埙的"牛鼻子"，毛野人是想亲手给他制作一个埙。张连旭在心里嘲笑毛野人，就是他烧制这个牛鼻子埙也花费了大概半个月的工夫——我是"梨"烧成"牛鼻子"的，你怎么可能制出埙来！那样，我就能造成一架飞机，从野人溶洞起飞，直接飞到我家硷畔上了。他根本没想到毛野人的毅力，在此后的多年里，毛野人一直在为他制作一个陶埙，并在他带着儿子毛猴逃跑之前，最终制成。在他"嘘——嘘——"的埙声里，毛野人两眼闪着激动的泪光。真神了，张连旭没有想到，这个毛野人为他烧制的"牛头"陶埙，音色奇妙独特，更具土音，远比他过去的那个梨形埙声音莹润好听！

　　多少年后，张连旭无论走到哪里都一直带着这枚陶埙，也反复絮叨着本来与埙声不太沾边的"莹润"。他说，毛野人为他烧制的陶埙，声音里就是多了莹润感。好比空气都是空气，但子午岭林间的空气是湿润的，是让人吸着想贪婪地再深深吸上几口的空气，他还形容那是艺术化的空气。毛野人制作的这枚牛头状的陶埙，小巧玲珑，鸭蛋大小，胎质的细腻坚硬程度一如康熙官窑瓷器，掂着也就有些压手的分量。张连旭也说，这团神奇的"泥巴"，在毛野人手里揉捏了千遍万遍，已经融入了毛野人女性的似水柔情。尽管表面没有打磨，略显粗率——不是粗糙和粗笨，却给人有别于细腻的粗犷之美。张连旭随意吹奏之后，都自言自语，这是埙声的祖师爷。"毛野人埙"——张连旭自己在埙上刻了芝麻大小的四字，连睡觉都藏在枕下。毛野人埙的声音，也让张连旭想起他"捉鬼"故事，瓶里及瓶口在雪的自然填充下，由白毛风吹奏的大小两个玻璃瓶的声音。他以为所谓"神韵"，只配这枚毛野人埙。毛野人埙因此也最适宜吹伤情别绪，或者浓浓淡淡的思念，如南唐后主李煜的《虞美人》："问君能有几多愁？恰似一江春水向东流"，或南宋李清照的《醉花阴》"寻寻觅觅，冷冷清清，凄凄惨惨戚戚。"

——而十年之后，毛野人在跳下湍急的河流时，她是否想到过，她完全可以融入人类生活了，她也完全可以重新开始崭新的生活！她一定记得她亲手烧制的陶罐，这枚具有天籁之音的陶埙，以及她熟练掌握的钻木取火技能……可她毅然决然地选择了死，选择了勇敢地跳下崖壁滚滚的激流。

有一段时间，毛野人总是把她烧制的陶罐抱在怀里，就像母亲怀抱婴儿陶醉的自若神态，一遍一遍抚摸陶罐浑圆流畅而又粗犷的曲线。一天，毛野人好像若有所思，偷偷看了一眼躺在炕上百无聊赖的张连旭，左手按在自己的小腹上轻轻抚摸起来，一会儿又得意地笑了。此时，张连旭发现，毛野人的肚子明显隆起，就像她手中捧着的陶罐。

毛野人怀孕了！

　　毛野人好像若有所思，偷偷看了一眼躺在炕上百无聊赖的张连旭，左手按在自己的小腹上轻轻抚摸起来，一会儿又得意地笑了。此时，张连旭发现，毛野人的肚子明显隆起，就像她手中捧着的陶罐。

第十二章

张连旭又开始谋划逃跑了！

一个个逃跑计划，就像先天心脏衰竭的婴儿，没等生下来便胎死腹中。但紧接着张连旭又思谋起另一个方案，他对自己说，要跟毛野人打一场漂亮的智慧战，可他就是找不到智慧的支点。就在这时，张连旭发现毛野人小腹隆起，仿佛一只古朴的陶罐，毛野人怀孕了。

其实，张连旭跟毛野人的智慧战，只是一个想象中的空中楼阁，就像是一个没有导火线可以点燃的炸药包，"漂亮"得连起码的一点儿炸药也没有。他也根本想不出来怎样才能逃出野人溶洞？每次晒太阳，他想变成一只鸟从空中飞走；从河里舀水，他又想化作一条鱼从水里游走……他在跟毛野人争取到"晒太阳"以后，现在他开始抗议毛野人封堵崖壁洞口了，否则，他就有一线从洞口利用绳子溜下去的希望。但是，堵上洞口，对于毛野人来说更像是一个不可动摇的基本原则，而在原则问题上毛野人的坚持，简直可以说九头牛都拉不动一丁点儿。张连旭明白，他就是再拿起砍镰劈脑袋，毛野人也不可能答应。

"毛野人，我要战胜你！"想象中的这一句豪言壮语，只是张连旭的"阿Q精神"了。"毛野人，我要战胜你——"现在，张连旭总觉得这句铁骨的话，软不塌塌的立不起，好像一碗泼在地下的水，想揽可就是揽不起来。毛野人和野人溶洞，就是一个圆的圆心，他只能围绕着圆心转圈儿，一个圈儿一个圈儿不停地转。而在他阴谋的逃跑计划，不过是转了一个最大的圆圈而已，至秦直道，至玉米地，至阻挡他走得更远的野人河。

啊，他不就像是"白来问"匿在草地上的驴吗？

毛野人是一根木橛子，我是驴，一根看不见的无形缰绳套着我的脖子。唉，我还不如"白来问"的驴呢，那黑毛驴儿能轻松地从笼头里逃出去，在山坡上自由地漫步吃草，到它想到的地方去吃鲜嫩的青草……

毛野人难道不可以战胜吗？

他每天只能随着毛野人一块儿晒晒太阳，这也是他曾经感到无比幸福的"放风"。然后回到洞中，眼看着毛野人堵上洞口，堵上他要借邻居老鸦翅膀飞起来的幻想，堵上满眼的子午岭秋天美丽的景色。

现在，野人溶洞的仓库真正像个仓库了。

整个秋天，毛野人猎杀回来十八头野猪，五只狍鹿，一头耕牛。其实耕牛，是毛野人用张连旭的背包蒙上眼睛，牵进洞里来砸死的，这让张连旭很是不安。牛是农家宝，他知道对于农家来说耕牛的重要，可是毛野人要坐月子！他只能对牛说："等我出去了，我找你的主人付钱。"——不是说毛野人吃了谁家瓜果也往下撂元宝吗？可他并没见毛野人出洞时，在哪儿取了一个元宝拿着啊！

之外，毛野人只知道一背包一背包地往洞里背核桃、野梨、山杜梨、猕猴桃以及苦菜、蘑菇、木耳、地软、黄花菜，却并不懂得跑到农田去收秋。没有粮食咋行？看来只好做个教唆犯了！张连旭在陶盆里煮上玉米棒子和仅有的两把黑豆，边比划边说："这是我最爱吃的，你要去田里掰来玉米，拔回黑豆，我们好吃。"毛野人真可教矣！在张连旭的指使下，先是从田里掰玉米拔黑豆摘南瓜回来，后来直接背回一口袋一口袋的黑豆，一口袋一口袋的洋芋和红薯，甚至一次不知从哪户人家扛回一罐子刚泡上的咸菜，还夹回来一袋让张连旭开心得不得了的白面。

毛野人的仓库因此真正是仓库了！

一场大雪让子午岭千山万壑一夜之间凝固了。仿佛黄河突然冻结：一朵浪花刚涌起来就被凝冻了，一排巨浪还没有落下就被凝冻了，一条鲤鱼被凝冻了，一只渡船被凝冻了，一阵刮过河面的风被凝冻了，澎湃的河水像受惊的野马，在四面奔突时也被凝冻了，流凌涌上河滩，跟着一片还没来得及收割的高粱凝冻了，红红的高粱穗还燃着昨夜的火；一个硕果累累等待采摘的果园凝冻了，苹果、梨、枣子们一脸不高兴的神色，它们的自由被一夜大雪无情地剥夺走了！还有幸福无比的知名不知名的鸟儿，它们用孤独的叫声表示不满，它们的快乐也被大雪给冻住了！

啊，一只鹰的翅膀没有被冻住，它盘旋在凝冻之上高远的苍穹；太阳也没有被冻住，早已从铅灰色的云层堆里升起；还有老鸦邻居，它们有些凄惨的叫声没有被冻住，准时在张连旭晒太阳的洞口无比悦耳地响起……啊，这些永远一身晚礼服的老鸦们，它们黑色漂亮的飞翔，在白雪的映衬下，看上去显得高贵而又潇洒，是的，它们的飞翔是"潇洒"！现在，张连旭要把"潇洒"送给红嘴嘴老鸦了——这是他将"高度"送给大上海，将"辽阔"送给呼伦贝尔大草原，将"蔚蓝"送给海南岛亚龙湾的海天之后，他第四次无偿送出的一个美丽词汇，且送给了飞翔的老鸦，而不再是一个什么地方。

起风了，风让张连旭有点身不由己，手臂抑或腰间，似有一根无形的绳子在使劲地拽……风拼命地吹来，风暴跳如雷地吹来，风鞭子一样地吹来。一片云彩在风中翻着自由的跟头，一只老麻雀在风里收拢艰难的翅膀……毛野人示意他该回去了。风还在呼呼地刮，一样刮得呼天抢地，一样刮得死皮赖脸。沙尘扬起来了，天空顿时灰蒙蒙的，风像要给这晴好的冬日挂上一幅要遮蔽美景的帘子，正午的太阳给子午岭涂上了一层淡淡的金光。大风里，子午岭一派汹涌澎湃的浪涛，浩浩荡荡地涌过来，又浩浩荡荡地涌了过去——这才可谓气势磅礴！群山滚滚而来，一朵树的浪花，十朵树的浪花，一百朵树一千朵树一万朵树的浪花，像碎了的一层一层的泡沫，涌在崖壁下边……

啊，风疲惫了，风从几万里路上跑来，风似乎想一齐涌进野人溶洞来歇脚。

风啊，你要是能把我刮起来就好了！"好风凭借力，送我上青云。"我张连旭不要什么平步青云，我要回到属于我的自由与文明的社会。要是能做一只足够带着他飞起来的风筝，在这样的好风里，一跃而起，那他在毛野人的眼睛里飞了，一直飞到老家，从垴畔上飞下去。恍惚之中，张连旭感觉自己真的开始飞了，坐在《天方夜谭》里神奇的飞毯上，风声呼呼响在耳旁……

山崖下面，一丛盛开着金黄花朵的野菊，好像要努力抖去白雪的压制，几朵花儿从雪下面探出头来了。毛野人看在眼里，惊喜地"哎哟"了一声，向下面看了看，转身飞快地跑回洞里去了。刚一会儿，张连旭便看见毛野人蜘蛛侠一样出现在崖壁下面，手里还多了一个陶盆，毛野人轻轻摇动野菊，擞去白雪，用一块石片刨开土层，啊，毛野人将野菊连根刨起，移栽到陶盆里了，毛野人仰起头，对着张连旭笑了笑，招了招手。毛野人捧着野菊回来了，毛野人低下头深情地嗅了嗅金黄的菊花，又双手捧着递到张连旭手里。

——这棵金黄的野菊，成为野人溶洞真正意义上养的第一盆花儿。第二年春天，毛野人又从森林里，捧回了几棵山丹丹花儿、鸡冠冠花儿和老婆脚后跟花儿。张连旭在晒太阳时，就多了几盆花儿，每天他都要抱着花儿到崖壁洞口跟他一块"放风"，与他共同享受阳光的沐浴。花儿也很是争气，真是给点阳光就灿烂，通人情似的总是延长花期，给张连旭空荡荡的心多少带来一些慰藉。

子午岭一下就从秋天到了冬天，不给人一个适应过渡的机会。

最近一段时间，张连旭感觉在野人溶洞过得非常舒适，或者说够得上惬意的了。每天，他都会到崖壁洞口去晒太阳，尽情欣赏子午岭秋天万山红遍的美景，这才是大自然神奇的造化！不由忆起一件事来：因为中学课文里杨朔的《香山红叶》，大学期间他约了几

178

名同学去观赏"北京最浓的秋色",可是太令他失望了,他忽然感到首都北京人的可怜来了,就那么一小片红叶林,竟让一个星期天拥挤不堪,"寻芳愁路尽,逢景畏人多。"这是在写北京人看红叶的情景啊!

这子午岭的红叶才是红叶。

不是一棵树的红叶,不是一片林的红叶,也不是一座山的红叶十座山的红叶一百座山的红叶,而是三十里红叶五十里红叶一百里又一百里的红叶,是一座山加上一座山的红叶一百座山乘上一百座山的红叶万山红遍的红叶,是足以让北京香山红叶为之感到脸红的红叶啊!那天正午,毛野人掀开洞口时,张连旭老鸦似的惊叫起来,对面一座山着火了,不,是对面几座山着火了,啊,整个子午岭着火了!仔细观看,才发现是山山红叶如火一样燃烧起来了,一座山燃烧起来了十座山燃烧起来了一百座山燃烧起来了。仔细看他发现红叶燃烧的火焰,是那么温润,又那么含情脉脉。子午岭的红叶是一种纯粹的红,层次分明的红,绚丽多彩的红,漫山遍野的红;子午岭的红叶,是画家画不出来的红,是诗人咏叹不了的红,是让散文家叫苦不迭的红;子午岭的红叶,是大自然馈赠给我们意外惊喜的红,是造物主赐予我们的艺术灵感的红,是从里到外从高到低从远到近的红啊,红得那么璀璨,那么迷人,那么令人不可思议!啊,子午岭的红叶染红了天空,染红了一朵出来散步的云彩,染红了一对重叠起来的翅膀,染红了从洞口吹进来的一阵风声,染红了一声声传入耳鼓的鸟鸣……

回想起香山的红叶,与子午岭的红叶比,香山的红叶红得不够痛快不够淋漓。怎么说呢,香山红叶的红,好像初次相亲的村姑,给人扭扭捏捏不大方的感觉;好比脑把子上痒了,却在脚梁面上一气乱抓挖,对了,就是这种隔靴搔痒的红,就是让人看了解不了馋的红。而子午岭的红叶,是李可染笔下"万山红遍"的红,是邓丽君唱红大江南北的红,是旭日映红大海波涛的红,是鸡血石一下漫山遍野溢出的红,是红呀红的红,给人一种酣畅,一种亮丽,一种顶礼膜拜，一种发自肺腑的慨叹。

这子午岭的红叶才是红叶啊！

以至于从来不拍景色照片的张连旭，那天找来照相机，一气拍完了一个胶卷。他也不忘给毛野人拍下一组称得上绝版的照片——可惜啊，他藏匿的相机和胶卷，后来被贪玩的儿子毛猴无意中找到给毁了！他在相机里翻着看风景，感觉最美的还是毛野人，简直就是非洲土著美女，"S"形的线条始终是流动着的，怀孕之后，又呈现出一种飞扬的情致。乳房更为挺拔，让他想起临潼紫铜色的大石榴，看着都让人想狠狠咬上一口才解馋，可作枕作果作画，想入非非之后，又感觉一切的比喻皆索然无味，那不是语言可以形容的，那是不可触摸不可随意欣赏的艺术品，只能做梦，只能胡思乱想；屁股翘翘的，这是初秋山坡上一颗浑圆的老瓜，需要两个孩儿抬着才可以，其实一点也不夸张，他将目光从相机里移向毛野人，盯着那一颗性感十足的老瓜，他想了一连串甜美、风韵、成熟、丰腴等等的形容词，还是词不达意，都显得苍白无力。如果以丰乳肥臀来说毛野人，又似过了一分，怎么都觉得肉了一些。而拿凹凸身材来描写毛野人，则又逊色了九分，要添加更多质的东西。毛野人的肚子真似一只黑打磨陶罐的侧面，明显凸起，但绝不是罗锅大肚的样子，一抹流畅的线条，是为一位母亲勾勒出的美丽啊！现在，这些全部都是他一个人的风景，可他却不懂得珍惜。毛野人让他看得不好意思了，她自己上下瞅了瞅，并没见什么脏物渍在身上，便不由脸红起来。

张连旭跟着有些不好意思起来！啊，他心中那个苗条的高个子美女，那个浑身透着健康力量的美女，一对好像扣了砂锅似的浑圆浑圆的乳房——他为自己糟践了毛野人的美，而内疚起来。用砂锅形容毛野人的乳房，怕是世界上最愚蠢的比喻了！他像一名自以为是的玉雕师，将一块和田籽料，用他拙劣的手艺雕得不伦不类，构思中的玉蝉，竟被雕成缺少了四肢丑陋无比的蟾蜍，简直到了叫人无法容忍的地步。

生活再也不是只有野猪肉的生活了。

那天，张连旭做了一顿揪面片，毛野人看着张连旭双手在陶盆里和白面，伸出自己毛茸茸的手看了看，举到张连旭的眼前，好像要说，我可和不了面。张连旭哈哈大笑，这还真是个问题，让毛野人和白面，那真是个天大的玩笑！最令张连旭好笑的是毛野人不会捉筷子。从他进入野人溶洞以来，他们主要吃干的食物，煮的或者烤的，偶尔熬过一两次炒米加黑豆稀饭，毛野人稠的拨拉稀的喝，最多一根棍子可以搞定。但连锅面片一根棍子就不行了，张连旭给毛野人反复示范，掰着手指头地教，可毛野人怎么也捉不住两根的藤条筷子，看着张连旭自如地用筷子夹起面片，自如地送进嘴里，自如地喝汤，毛野人别提多羡慕了，大概以为张连旭的筷子上有什么秘密，又调换过去，筷子却好像手掌上长出了尾巴，多余的没个摆放的位置。毛野人只好一手将陶碗端起来，一手像握锄头似的攥定两根筷子，生硬地往嘴里边挑边拨着吃，好在没动总也洗不干净的手指。毛野人却吃得津津有味，哧溜哧溜地响成一片。

而且第二顿饭，毛野人又让张连旭做面片吃。毛野人抱来泡菜罐子，舀来半盆子的白面，又拿过来一长条牛肉。张连旭会意地笑了，他利索地开始洗手和面，切肉做汤，面擀好了，张连旭又刮了两颗洋芋，切成小方块，放进热气腾腾的陶锅，然后，在陶盘上划开擀好的面，撕成长条摺入锅中。

不知什么原因，突然之间，张连旭对毛野人一点敌意也没有了，他们仿佛真的成了一个家庭，一个原始的"母系氏族"家庭，一个考古学应该命名为"野人洞"的家庭——又觉得好笑，如果在"母系氏族"，那他得担负狩猎和捕鱼的劳动，用劳动去创造财富；毛野人负责采集食物、烧烤食品、缝制衣服以及养育老幼的家务足够了！而他却过着不劳而获的日子，还有毛野人能算真正的"人"吗？

难道这一切都源于毛野人的怀孕？

是的，他已经让他们的孩子受尽了磨难，一次醉酒，一次中毒，孩子的智商一定受到了影响。他似乎要补救什么，不能让毛野人给他生出一个傻儿，那会是他一生深重的罪孽。现在只要毛野人想吃什么，他都乐意侍候。并且为没有一串辣椒而感到遗憾，要是能在野人溶洞挂上一串火红的辣椒，那就有家庭的氛围了！"连锅面"里放上两个辣椒，毛野人说不准半夜还要他起来做饭呢！

考虑到毛野人和不成面的实际情况，张连旭还教会了毛野人吃拌圪垯：用毛野人的葫芦水瓢，从面袋里舀出半盆白面，再舀半瓢开水，左手均匀地将河水筛一样地洒入面盆，右手拿两根筷子不停搅拌，面圪垯不能过大，一则煮不熟，二则没味道；也不能太小，等进了锅成了一锅糨糊。不大不小，吃起来有嚼头，调料也可煮进面圪垯里，又是汤又是饭，吃到肚里舒服，而且营养一点也不浪费。面圪垯还没煮起来，毛野人便要动勺子，张连旭拦住，说："硬肉烂面，吃死无怨。"又按着肚子，做了一个痛苦相，"吃面可不能心急，否则，吃了肚子疼！"

过了两天，张连旭让毛野人学做面圪垯，毛野人将面舀进陶盆，而后，直接从河里舀了半瓢水，右手笨笨地洒水，左手搅动筷子——将一盆面彻底和起了，他们不得不吃成揪面片。之后，毛野人的面圪垯倒是像面圪垯了，可一条条面线线掉在面圪垯上，起初张连旭也没弄明白是怎么回事，后来才知毛野人没用开水拌面的缘故。

是的，张连旭感觉过得非常舒适。

对不起了秦直道，我得先要把你放一放了！孩子是这世界的未来，一切得围绕着未来转。对了，毛野人如果生下儿子，就叫"毛未来"，错了，是"张未来"，乳名就叫"未未"；生下女儿，就叫"张希望"，乳名就叫"希希"！仔细斟酌，俗是俗了点儿，还能凑合吧，现在只有孩子才是他的未来希望了——倒省得劳神费力引经据典动一番脑筋了！

整天闲着也是闲着，当务之急，张连旭要给"未来"还是"希望"，先制造一个摇篮了。他在柴垛里瞅来看去，实在没有称心的材料，砍镰一点钢水都没了，如果再不珍惜使用，砍镰怕是要变成火镰了！正好有几抱沤好的麻柴——是毛野人搂回来作燃火柴的，只够搓一些麻绳，说不定能给孩子当风筝线。对了，用麻绳将他的两半的中山装缝起来，固定在木柱上，不就是摇篮了吗？孩子，原谅爸爸吧，爸爸没条件给你制作一个舒适摇篮，爸爸多想去商店为你选购一个五彩的摇篮，无论多少钱，爸爸也舍得花。爸爸现在只能想一想了，但爸爸有你听不完的摇篮曲，爸爸一定叫你在老家的摇篮曲里安睡，爸爸一定叫你在星星夜的童话里长大，爸爸这里先要说，爸爸爱你。

张连旭抱来麻柴，先剥了几根麻线，就绾起裤腿坐在炕上搓起了麻绳，毛野人看着稀罕，可不知他搓这些绳子有啥用，似乎也想跟着张连旭学着搓麻绳，可看了看她毛茸茸的长腿，毛野人自己摇头笑了。她却不想闲着，跪在一边帮张连旭剥麻线。毛野人并不笨，剥麻线也一副认真的样子，真的是一丝不苟，麻线一根一根地摆开，生怕缠在一搭，张连旭抽着不方便。一会儿，毛野人身边便密密地摆了一圈的麻线，张连旭抬头一看，像一条天然的麻裙满炕铺开。张连旭站起将明珠项圈戴在了毛野人的脖子上，光溜光的土炕变成了舞台，在荡着水波纹的麻裙里，毛野人飘飘欲仙了，毛野人还撒娇似的在"麻裙"里摆了几个pose，伸着兰花指，张连旭吃惊了，难道美自然天成，一切人为的雕琢，一切的斧痕，一切的浓妆艳抹，都是对自然美的破坏啊！他想找来相机，拍几张毛野人怀孕的风韵，风情万种的风采，可看看野人溶洞，光线肯定不够，拍出来的照片一定只有明珠项圈的"晕光"，只能长叹一声，坐下来继续搓麻绳。

感觉一下从天堂掉进了地狱，这情调反差也太大了！

没搓几根麻绳，张连旭左腿已发红了，每搓一把，麻绳直往肉里钻，唾沫也像不够用，他有些唾不出来了。奶奶搓麻绳那腿上也没绑一张牛皮啊，唾沫也像用之不竭的泉水，没半天工夫，一捆子麻绳就搓好了，足够纳一双鞋底。奶奶一边搓麻绳一边还唱着信天游：

三姓庄外沤麻坑，
沤烂生铁沤不烂妹妹的心。

娘家里好盛日子短，
搓一根麻绳把太阳拴。

　　奶奶的酸曲儿远近闻名。奶奶唱歌的时候，一脸的忧伤。奶奶
跟爷爷的爱情包办是肯定的，但奶奶年轻时，是不是早有心上人
了，而硬被无奈地拆散。要不奶奶的歌声里，哪来那么多的忧伤？
句句情真意切，一字一句都好像滴着泪珠子，奶奶一定是唱给她意
中人听的！可惜奶奶走了之后，张连旭才有了整理奶奶酸曲儿的念
头，他也试着找寻奶奶歌声里的那个"哥哥"，可事老人小，奶奶
一辈的人都已作古——这也成了他一个不小的遗憾！
　　他怎么做啥事都不如奶奶，他只好换右腿再搓！
　　毛野人心疼张连旭，看着张连旭腿都搓红了，她也不管不顾地
学着搓麻绳，一搓麻线跟小腿上的绒毛缠在一块了，一拉麻绳，绒
毛跟着揪了下来，毛野人直龇牙。张连旭笑得捧着肚子前仰后合，
拉过毛野人，让她在一边唾唾沫，他一伸手毛野人就往手心里唾一
下，配合默契。没唾几回毛野人自己笑得满炕打滚儿，她似乎才晓
得唾沫还有搓麻绳的作用。张连旭忙拉住毛野人，指着她肚里的孩
子，毛野人并不在意，叽咕着什么，像是说她的孩子才没那么娇气
哩！突然，毛野人又像明白了什么似的，舀来半瓢水，端在张连旭
面前。毛野人意思明白不过，不就是水吗，咋还就要唾沫？张连旭
犹豫了一下，心想也是啊，不就是让麻线潮湿了柔软一点吗？谁知
用手蘸水一搓，真还不行，滑得搓不拢不说，还冰凉冰凉的。张连
旭摇着头，奶奶一定也如此试过，一口一口地唾着唾沫多不雅观，
但为了亲人一双结实的鞋子也只得唾了！
　　麻绳已搓下二三十根了，右腿也搓红了，且有些麻麻疼的感

觉。张连旭只得先撂下麻绳，跳下土炕，找来几根粗实的烧火柴，砍起摇篮的支柱。毛野人还在炕上剥麻线，毛野人不管做什么活儿，都挺有耐心——对什么活儿，也表现出一种难得的兴趣。天然水波纹麻裙里的毛野人，让张连旭的思绪又飘曳到了远古。毛野人是氏族里一位勤劳的母亲，她正准备为即将出生的孩子编织衣服。这是一件需要她几年才能完成的伟大工程，这跟我们今天的科技发明同样重要。无意之中，她在秋天的水坑里发现了柔软的麻线，看着自己粗陋的树叶围裙，她抚摸着隆起的肚皮。孩子，她要让自己的孩子有一件温暖衣服穿，她要让自己的孩子活得更有尊严，我们远古的先人终于穿上了麻织的衣服……

张连旭猛地想着要给毛野人编织一件麻绳裙子，毛野人总不能永远穿一件草裙吧——要不哪天在森林里，被剐破了，还让毛野人赤沟子跑！

整整五天时间，"未来"还是"希望"的摇篮才算做好了。尽管一点儿也不美观，但结实耐用，在几股麻绳的固定下，摇摆起来，也没有吱咕吱咕的杂音。只可惜了张连旭二十五元钱的呢子中山装——他的当家衣服，也是他装新的衣服。两个袖子也拆开了，缝在了摇篮的四周。张连旭摇着摇篮，哼起摇篮曲时，毛野人才突然明白了摇篮的作用，毛野人摸着又好像鼓了一圈的肚皮，幸福地笑了。接着，她从张连旭手里，抢过摇篮自己摇了起来。

一场突如其来的大雪，又像是给他舒适的生活撒了一把盐，要将他的惬意永远地盐制起来似的。毛野人不再出洞了，整日厮守在他的身前身后，任他什么时间想到崖壁洞口，一边观赏子午岭莽莽苍苍的初冬景色，一边消遣那本《子午岭的传说故事》：很久以前，子午岭草肥水美。有一座山人们叫草草山，山上长满了鲜嫩的青草。一个放羊娃每天在草草山上放羊，羊儿白天吃了嫩草，夜里草又长出来了。村里的财主看见放羊娃半前晌赶羊出圈，半后晌就赶羊回家，羊儿却长得膘肥体壮，很是奇怪。一天，财主偷偷跟在放羊娃后边，想看个究竟。当看见草草山满山的青草，财主好像明白了什么。第二天一早，没等放羊娃羊儿出圈，财主便赶着自己的羊群，吃光了草草山上的鲜嫩的青草。放羊娃赶羊来时，看见青草没了，很是伤心，只好赶着羊四处去放。可是直到太阳落山月亮升起来了，羊儿还没吃饱，放羊娃想着草草山，就又赶着羊去。没想到草草山上青草是昼割夜长，又是一山嫩绿的青草，羊儿一会儿就吃饱了。等财主再赶羊去草草山，谁知一棵青草也不见了。财主恼羞成怒，叫了几个伙计，要把青草连根刨去，刨啊刨，刨出了一个盘满草根的破盆子，财主想一定是这个破盆子作怪，抱上盆子回家撂在院里。财主的爹老了，出门不小心一跤跌到盆子上，财主慌忙拉起来，却出怪了，财主拉起一个爹，盆子里还躺着一个呻吟着的爹，一口气拉出了一屋子的爹，盆子里倒着的老爹还龇牙咧嘴地叫喊。财主气得不得了，连爹带盆子抱起摔到沟底里，盆子碎了，草根又扎了下去，漫山遍野地生长起来。财主的爹却让财主给摔死了，一屋子的爹跟着都死了，财主只好埋了七七四十九天的老爹，人埋得没了形不说，财也埋完了。

被财主摔碎的破盆子是子午岭的聚宝盆，他遭到了报应！

在一个一个故事里雪消了，在一个一个故事里，又落了一场大雪，子午岭的冬天浩浩荡荡来了。毛野人肚子也一天比一天大了起来，但她根本闲不住，一没事儿便开始制作陶埙。一团泥巴，在她手里揉来捏去，她似乎明白陶埙上的吹孔和音孔不是随意乱掏的洞，她仔细地琢磨张连旭牛鼻子埙上音孔间的距离。隔三岔五，也不忘要张连旭给她吹奏埙曲。当然，这也是张连旭最乐意效劳的事情。其实，与其说是吹给毛野人听的，不如说是吹给自己听，吹给他们未来的孩子听。不是说胎教吗，每天吹奏一会儿陶埙，也算是对将要出生的孩子一种兴趣的培养。"嘘——嘘——"的埙声里，张连旭微闭双目，全身一阵轻松，他好像回到了老家，在吃母亲做的农家饭菜。煮南瓜、焖山蔓、小白菜烩豆腐，喝着母亲熬的钱钱饭，就着清油炸摘茉儿的调黄萝卜。几只家雀飞来了，先是落在南房屋檐上窥探，一只先落在窑洞门口，斜着脑袋向窑里瞅了瞅，啄食鸡们吃剩的粮食残渣，另外几只跟着小心地落下。炕头睡觉的花猫，伸了伸懒腰，机灵地蹲在窗台上向外看着，从猫道眼儿悄悄钻了出去，一纵扑向家雀儿。花猫运气总是差那么一点儿，它却从不计较一次次地扑空，它似乎从来也没成功过一次，它好像本来就为失败扑腾的。谁家婆姨坐在前炕上细声裹淡①地唱起了酸曲儿："双扇扇的门来单扇扇开，叫一声哥哥你快回来。"

雪消了，融雪的子午岭是另外一种景象。如果说雪景使子午岭千山万树遍开梨花，那么融雪的子午岭就是硕果累累的季节了。一棵棵树上都挂满了晶莹剔透的"水晶果"，在正午的阳光下，闪着奇异的光彩，让人仿佛走进一个童话的世界。大自然让树木完全平等了，无论常青的松柏还是落叶的杨柳——任何什么树种，也不管大树小树，此时都一起开花一起结同样神奇的水晶果。邻居红嘴乌鸦今天不在，它们大概去童话里旅行去了，它们也许将这挂满水晶的日子，作为它们新年的开始。一只苍鹭飞起来了，又一只跟着飞起，它们翅膀上也好像挂着水晶。子曰："知者乐水，仁者乐山"。这些"长脖老"才可谓真正的"知者"，模特儿一般个个头戴一顶礼帽，迈着优雅得再不能优雅的猫步，以水为家，以林做伴。森林开始下雨了，子午岭森林开始下一场水晶雨，滴滴答答，张连旭分明听到这阳光里奇异的雨声。"雨中"的子午岭一抹淡淡的烟云，山色空蒙，啊，"山色空蒙雨亦奇"，这才是东坡居士诗中的情景！

雪消了，毛野人也不再出洞，毛野人好像到临产期了。

张连旭在一块石头上磨着匕首。早知毛野人坐月子，就不该拿匕首当烤肉签子；还有，早知毛野人坐月子，就不该糟蹋完两瓶可以当酒精的烧酒！以至于给毛野人当"接生婆"时，连消毒的烧酒也没有。现在，只能把匕首放到开水中煮一煮，然后再在火上烧一烧消毒。张连旭知道，这可马虎不得。

毛野人要生孩子了。

---

① 细声裹淡：陕北方言，意思是把声音遮掩起来，似画的眉毛一样。

张连旭才想起来竟然忘了一件大事。老家谁家婆姨生孩子，守月子的母亲，先要撮几簸箕绵沙焐在炕头，孩子就生在细如面粉柔若绸缎的绵沙上。绵沙是风的信使，它们随风而来，不似黄土，一点黏性也没有，不用担心粘在孩子及月婆子的身上，也不会结成硬圪垯，硌了孩子。还有，晒了很多年太阳的绵沙，在星光、雨露、空气的洗涤下，吸收了大地的灵气，蕴含着花草自然生长的因子，圣洁而芳香，纯洁而神圣，没有一丝的污染啊。一撮绵沙，就是一片阳光的沉淀，就是一方水土的精华。每一粒沙里都留着祖先的信息啊，祖先永远的经验，祖先温暖的话语，都在这一撮绵沙里。而孩子生在绵沙里，从此也服了故乡的水土。

他却忘记了毛野人坐月子需要的绵沙。

张连旭生着自己的气，在地上转来转去，怎能如此粗心！现在，说甚也撮不回哪怕一簸箕的绵沙来焐了——这根性的绵沙，这阳光的绵沙，这历史的灰烬！他想着弥补，他在野人溶洞里瞅来看去，只能用毛野人搂回的燃火柴代替了。啊，孩子，爸爸对不起你，都怪爸爸一时糊涂，让你一来到这世上，就要像猪娃娃一样，躺在柴草上！

毛野人抱着肚子直叫唤。张连旭扶着毛野人平躺在温泉岩石的柴草上，毛野人额上冒出了一颗一颗黄豆大的汗珠，一会儿又痛苦地呻吟起来，抓着张连旭的手不放。"人养人，吓死人！"这是奶奶说给邻家王嫂的话。王嫂要生了，请奶奶接生，"不要只想着进洞房好哩，娃娃难生着啦！"原以为这都是奶奶吓唬王嫂的话，现在遇上了，才知生孩子还真不是瓜熟蒂落那么简单的事儿。毛野人坐起来又跪下，毛野人依着张连旭又平着躺下，毛野人撕心裂肺地叫了起来，毛野人双手要抓住什么，张连旭递去擀面杖让毛野人抓握在手中——他的手腕说什么也经不住毛野人的力气！又让毛野人咬了一块毛巾，可是"小毛野人"好像无比留恋母亲子宫的温暖，惧怕这个世界似的就是不肯出来。张连旭想到王嫂生孩子时，他们几个碎脑娃娃溜去看热闹，后窑自然不允他们进去，但他们听到王嫂瘆人的哀叫声了。奶奶从后窑颠着小脚跑出，撅着屁股抱住水缸："水缸水缸努一努"；抱住筐箩："筐箩筐箩努一努"；窑掌上的柜子奶奶抱不住，就趴在上面："柜子柜子努一努"；紧跟着奶奶疯了似的，顺手一把抱住二愣子："二愣子二愣子努一努"，他们几个孩子见状吓得鸟散，可当他们跑到窑院时，后窑传出了孩子一阵洪亮的哭声。奶奶摇摇摆摆地坐在了地上，软得像一摊稀泥。难道那是奶奶的魔咒？张连旭心急乱投医，站起身抱定钟乳石柱子："石柱子石柱子努一努"；抱定陶罐："陶罐陶罐努一努"；爬到土炕上："土炕土炕努一努"；没有顺手可以搂抱的孩子，他便拉起一根柳橼子："柳橼子柳橼子努一努"，跟着一阵响亮的哭声，"小毛野人"终于带着满腔的怨气出来了。

只是，张连旭一个元宝也换不来的唯一的洗脸毛巾，他野人溶洞的奢侈品，让毛野人咬开了几个窟窿。

第十三章

毛野人生了个男孩儿。除了脸孔和头发之外，"小毛野人"浑身是白色的绒毛，像半岁大的一只猕猴，只是屁股后面没吊一条橡皮的尾巴；或者说"小毛野人"，就是一个想象里的小外星人！

但孩儿不能叫"小毛野人"。

孩子的大名叫"张未来"，乳名叫"未未"。张连旭早就想好了，种瓜得瓜，种豆得豆，这是他自己的种子，就应该是人——是人就应该有一个名字，孩子自然就不能叫"小毛野人"。孩子要有一个乳名，一个大名，这也是老家的习惯。老家的孩子都有一个乳名，也叫小名；一个七八岁上学时使用的大名，也叫官名。只是多数人一辈子也没叫出大名来，原因自然与本人的行为举止相关，直白地说就是跟"官"的距离有关，书读得多了，或者当过队长、村长一类的，大名就能叫出去——这也是官名的来历。而没读书，或是书读得少，也没"入仕"的，则大名最多是死后，阴阳先生在墓砖上写一次了。拿崔二愣子来说，长辈们和平辈的同龄人还二愣子二愣子地叫，而大名会被大家一辈子地淡忘。

按照老家的习俗，为了孩子好养，都狗剩、驴驹、马马、猴蛋地叫，"未未"是不是洋气了？张连旭还担心，要是回了老家，爷爷、奶奶叫"未未"是不是拗口，就给孩子又取了一个"毛猴"的小名——正好今年又是猴年，年初，猴年生肖票最是抢手了！又想着"毛猴"是他抱定柳椽子时生下的，又字，就"流传"吧，一来是"柳椽"的谐音，二来与他的"张连旭"也有承前启后的关联；又想古人名字之后，还有一个"号"，儿子张未来的号就"野人河"了——一条文明与野蛮的界河。

野人河发源于子午岭北，向东三百里绕过子午岭后，又自北向南蜿蜒一千八百里，流经陕北关中二十三县，最后汇入中华民族母亲河——黄河。进入洪水季节，温顺的野人河瞬间狂野起来，一泻千里，像万千雄狮怒吼着冲向关中平原，亿万斯年八百里秦川因此而形成。野人河的千里胳肘弯，是人迹罕至的子午岭森林，是动物和鸟类的世界，只大秦帝国的"直道"南北神奇地贯通了一次；野人河臂弯外，才是零星的村落，才是炊烟升起的地方……至于何年何月何人取下"野人河"之名，已无从考证。但张连旭在野人河两次获救，总感觉着他跟野人河算得上别有渊源了，野人河是他生命的一个奇迹。而且，张连旭反复观察地图，野人溶洞里的温泉与暗河，肯定是野人河的一个源头，未未在野人河边出生，号"野人河"再合适不过。

张连旭突发奇想，是不是将儿子的名字叫给毛野人听，也算征求母亲的意见。他指着孩子对毛野人说，我给咱儿子取好的名字，你听听好不好？他"张未未""张未来""张流传"小名大名地叫了一遍，毛野人都直摇头，他又说那叫"毛猴"如何，号"野人河"？他一急竟然忘了带他的张姓了，毛野人却点头似捣蒜，啊，毛野人一下好像听懂了他的话，毛野人咋听懂他的话了?!看来，儿子只能先叫"毛猴"了——谁让他多此一举。

——至于张未来的大名和野人河的号能不能叫出去，或者传开，那的确要看他的造化了。

关于婆姨生不出孩子时的"努一努"，张连旭实际上搞错了！后来，他请教过几个接生婆，她们说是有这种情况。但她们抱定"努一努"的助力对象，都是"女性"的代替物，如水瓮、笸箩、磨扇、麻钱以及下蛋母鸡、奶山羊等等，甚至于花果树、土地，是希望借自然的力量，让产妇顺利生产。而这"努一努"真的具有神

等水凉到三四十度，张连旭抱过毛猴，放到"澡盆"里，毛猴真的就止住了哭声，还好奇地睁大眼睛四处张望。

奇的魔力，仿佛吉祥的咒语，难产妇瞬间便生了。他奶奶抱住二愣子叫喊的"二愣子二愣子努一努"，是祈盼产妇生一个愣头愣脑的男孩子。可也是病急乱求医他抱错了！而钟乳石柱、柳橼，按照她们的理论，代表的应该是男性。毛野人其实算是顺产，他只不过是一时紧张罢了。而老娘婆是绝对不会犯这样低级错误的，那样的话丑算丢大了，就好比将婴儿的小鸡鸡当脐带给一剪刀剪了！

毛猴从生下来就只知道一股劲地啼哭，眼睛也懒得睁开，并不想看一眼这个世界，看一眼他的父亲母亲。毛野人试着给毛猴喂奶，他也懒得搭理，一副捍卫哭诉的决心。是抗议酒精还是蛇毒？还是毛野人感冒带给他的不舒爽？抑或在抗议野人溶洞的温度不适？张连旭和毛野人一时不知所措。

张连旭猛地想起护士妻子曾说过的一件事：一个孩子生下后，就知道仇恨地哭，医生们观察来观察去，也不见什么异常，她看孩子身上脏脏的，就抱着孩子洗澡。没想到孩子一放到澡盆里，顿时不哭了。

毛猴是不是也想洗澡？

张连旭烧了一陶罐开水，又摘了一把干净的艾叶放进开水里煮了一下，凉在盆里。奶奶说用煮艾叶的水给孩儿洗澡，不仅可以止痒，而且可以预防痱子。老家孩儿在满月那天，母亲都会这样给孩儿洗澡。等水凉到三四十度，张连旭抱过毛猴，放到"澡盆"里，毛猴真的就止住了哭声，还好奇地睁大眼睛四处张望。张连旭跟毛猴说，毛猴哎，我是你的爸爸。毛野人好像生怕落后一丁点儿，毛猴让张连旭抢去似的，也过来跟毛猴叽咕什么，并不要张连旭介绍——这是你的毛野人妈妈！张连旭其实不想这样介绍，他心里要说的是，这是你毛野人阿姨，对，就是阿姨！

毛猴在澡盆里还直蹬腿，似要游起来的样子——啊，还挺管用啊，看来什么知识积累下来，到时都不乏用武之地！对了，从现在开始，毛猴就是我的学生了，我要认真教导，回去让父母看到一个优秀的孙子，一个小名叫毛猴大名张未来号野人河的孙子。

毛野人从恐惧中完全地解脱了出来，此时，她精神饱满，容光焕发，一脸性爱里的那种甜美幸福。在张连旭双手将毛猴递到她怀里时，毛野人竟然咿么呀呼嗨地唱了起来。毛野人又给毛猴喂奶，毛猴愉快地吃了起来，并且睁着黑葡萄的眼睛看着毛野人。

　　首先得给毛猴缝一件"褪毛衫衫"。哎，这本来是外婆的事，可毛猴永远不会有外婆的了！张连旭的衣服倒是有几件，可是没有针线啊。他曾想着给毛野人缝一件过冬的狍鹿皮围裙，谁知等狍鹿皮一干，硬得像炕席，也只能当褥子铺，与《西游记》里唐僧给孙猴子缝虎皮裙的距离隔了几座大山，使张连旭想象中先民们磨骨为针、衣其羽皮，以及"冬皮夏葛"的鞋子什么的都没能派上用场，只好长叹一声作罢！

　　但毛猴的"褪毛衫衫"是必须要的。

　　在老家，孩儿一出生，伺候月子的外婆，就会将一件由旧衣服裁剪成的"褪毛衫衫"给孩儿穿上。"褪毛衫衫"必须拿大孩子的旧衣服改成——最好是一件百家衣，由外婆挨门逐户求得，那孩子就像得到了百家祈福一样，百病不生，百无禁忌，孩子当然就能康康健健地成长了。而好像孩儿在出生时，身上都长了一层绒一样的细毛，需经过"褪毛衫衫"的磨蹭，绒毛才得以去掉。所谓黄毛小儿乳臭未干，是否还有一些关联在其中？

　　然而，在野人溶洞，给毛猴缝一件"褪毛衫衫"，实际上跟张连旭想制作一台发电机，让野人溶洞通上电没有什么区别。无奈之中，张连旭将自己的一个纯棉线裤子，用细尖的棍子穿孔引线，在中间用抽出的线往小扎了一下，像裙子似的套在毛猴的身上。毛野人见张连旭给孩子缝衣裳，自然是高兴得眉开眼笑，但毛猴穿上又大又长的袍子，就像谁给一条毛毛虫套了一对鸟的翅膀，怎么看也不是一回事，毛野人又不停偷着笑，似乎还担心张连旭恼怒了，便捂住了嘴……

　　侍候月子，张连旭却是准备好了的。

　　一袋白面，张连旭再也没舍得多吃一顿。而当他怀着一种深情的时候，吃什么都好像可以凑合过去了，烧两颗红薯是一顿美餐，煮一盆黑豆、玉米也是一顿美餐。在整个冬天里，张连旭想着只要毛野人吃饱了，只要毛野人的营养搭配好了，只要"小毛野人"发育正常，他一切都可以不去计较。

现在不同了，每一顿饭，都倾注着张连旭的一种爱。

毛野人每日三餐。早上是黑豆、玉米捣成片儿煮得烂烂的"钱钱饭"，外加一个烤红薯或煮洋芋；中午是一顿狍鹿肉或者牛肉熬野菜、蘑菇、土豆的"大烩菜"——不吃野猪肉是因猪肉性凉，《金匮要略》指出："食大豆屑，忌啖猪肉""若与猪肉同食则闭气"——就是在老家，乡亲们也是这种观点，婆姨坐月子期间，一概是不吃猪肉的。晚饭，当然是毛野人最爱吃的白面片儿。张连旭还专门烧制了几把长柄的陶调羹，供毛野人吃揪面片喝汤用。

半前晌和半后晌，张连旭还要洗两颗野梨、山杜梨给毛野人，有时也捣几颗核桃，冲一杯蜂蜜水。伺候好毛野人成了他光荣而神圣的使命，与他考察的秦直道一样，与他构思的秦直道考察报告一样，与他要教毛猴读书识字培养成人一样，他也丝毫没有过累的感觉，儿子，儿子俨然是他生命的共同体，是他的另一半，乐着他的乐，疼着他的疼，未来，是未来啊，还将成为他生命的延续。

张连旭每天还要抱上毛猴玩，跟毛猴说话："叫爸爸，妈妈，爷爷，奶奶……"给毛猴唱歌，唱家乡的民歌："红缨杆子长，人马闹嚷嚷，走上一回镇靖提上一回枪；镇靖包围定，老刘下命令，造上个云梯上呀上了城。"唱家乡的信天游："走头头的那个骡子三盏盏灯，带上那个铃子一哇哇那个声；白脖子哈巴朝南咬，赶牲灵的哥哥回来了……"还给毛猴讲故事：一个放羊娃娃，一天觉得很无聊，就站在山上喊："狼来了！狼来了！"村子里正在忙碌的人们，纷纷扛着锄头铁锨扁担跑上山来。但山上哪里有狼，只是放羊娃娃的一个恶作剧。看着大人们黑头汗脸，来打他谎言里的狼，放羊娃娃别提多高兴了！过了些天，放羊娃娃故伎重演，又在山上高呼："狼来了！狼来了！"一些乡亲，听到他一声高过一声的喊叫，还是拿着铁锹扁担锄头气喘吁吁地跑上山来，可山上连狼的影子也没有，乡亲们知道被骗了！这天，狼真的来了。放羊娃在山上放声呼救，但任凭放羊娃娃喊破了嗓子，再没有一个人"上当"——放羊娃娃和他的羊都让狼吃了。

要让毛猴永远记住老家，就得从小给毛猴灌输方言，让方言成为毛猴故乡抹不掉的记忆，这也算毛猴的启蒙教育。张连旭明白这之中，有他自私而不能拿到太阳下晒一晒的目的，但他必须这样做，他不管毛猴还是襁褓中的婴儿，就开始每天给毛猴"灌耳音"，使毛猴接受汉语接受陕北方言的洗礼。他一天天一遍遍重复着故土的山水风情，思绪也跟着回到了老家：垴畔山上还人往车来的古道是秦直道，"云里穿，雾中绕，野人河上搭了一座桥，没一个弯弯直通天，八辆马车并排排跑"——张连旭讲着还给毛猴即兴编着顺口溜。秦直道是咱老家的一个标志，你爷爷在秦直道上打过白狗子，你爷爷是老红军！他立即停下来，他感到脑子里有一根弦紧绷了一下，现在差不多下午两点，他以为自己又犯恐惧症了，可并没有犯，魔鬼的手指只在他疼痛的弦上轻轻弹拨了一下，似在提醒，也像是警告。啊，什么时候他的下午两点的恐惧症消失了，他好久也再没被年轻女红卫兵会飞的头皮和父亲肃反的人头"塔山"折磨了——他感觉中的另外那一个"他"，一个一直处于梦游状态的自己，也好像回归身体合二为一了！感谢秦直道，感谢毛野人，感谢野人河，治好了他几位老中医也没治好的恐惧症！一时高兴，张连旭更滔滔不绝起来。你爷爷说秦直道是"皇上路"，为什么叫"皇上路"呢？是因为秦直道是秦始皇命人修筑的，还是秦直道作为一条重要军事要道只允许官家来走——这个问题嘛，爸爸正在研究……

对面山上残留着石头的寨子叫"穆柯寨"，是传说中杨门女将穆桂英从小生活的山寨。一个乡亲们常挂在嘴边的故事：杨六郎欲破天门阵，请五郎助阵，五郎需穆柯寨的降龙木作斧柄，六郎命孟良、焦赞去索取，被穆桂英所败；孟、焦二人鼓动巡营的杨宗保去战穆桂英，结果又被穆桂英生擒活捉了，不打不相识，穆桂英爱上了杨宗保，以身相许——这算什么方言，"以身相许"，可张连旭一时也找不到合适的方言代替。他最想给毛猴说降龙木——降龙木是咱老家独有的树木，咱老家都叫木瓜树，木瓜树可神奇了，长上九年才开始结木瓜，木瓜可好吃了，等毛猴长大了，爸爸带毛猴打木瓜吃；再给毛猴削一根刀砍不断斧劈不折的木瓜树的木棍，不，是降龙木的木棍，咱也学杨五郎大破天门阵……

张连旭知道毛猴什么也听不懂，毛猴自然什么也没听明白，但他还是日复一日地说给毛猴唱给毛猴讲给毛猴听。他更像是在自言自语，在回味语言的余香，在练习说话的能力。同时，将毛猴胎教的缺失补上，他要毛猴在生长的过程中同时感知语言，他对毛猴说着："毛猴呀，你要明白语言的重要性，语言是一个民族文化的根，语言也是一个人终生的名片，语言是区别人与动物的标志，语言是一个人通往外部世界的一座桥梁，语言是我们交流情感的便捷通道啊，你必须先要学会说话！"

毛猴醒来了，张连旭拉着毛猴的小手，念着老家的童谣：

> 一列列车，两列列车，
> 车上坐个官老爷；
> 官老爷不戴纱帽，
> 我是天上花鸹；
> 花鸹不戴耳坠，
> 我是天上快鹿；
> 快鹿不穿裤裤，
> 我是天上兔兔；
> 兔兔不吃草草，
> 我是天上雀雀；
> 雀雀不下蛋蛋，
> 我是天上罐罐；
> 罐罐没系系，

打烂他妈的臭屁屁！

　　什么意思？张连旭自己也说不清楚，好像什么意思也没有，又好像什么意思都在里边！从官老爷的纱帽到他妈的臭屁屁——似乎从古代什么仪式中的惯用语，逐渐加工流传下来的吧！

　　童谣是老家孩儿的护身符。古老的陕北家乡童谣，虽说也注重格律、韵脚以及夸张、比喻，但老家的童谣中更多了一种神秘的氛围，好像是封闭环境里一种以祭祀活动为题材加工而成的诗歌，或者是以什么历史事件为题材形成的一种口头文学。

　　张连旭是要培养毛猴的语言感觉，进而提高毛猴的想象力，哄毛猴睡觉，他念着童谣：

　　　　噢，噢，毛猴睡觉觉，
　　　　南山来了个老道道，
　　　　穿鞋鞋，
　　　　戴帽帽，
　　　　屁股夹一根草腰腰①。

　　哄毛猴从崖壁洞口回到洞中，他念着童谣：

　　　　老猫回家家，
　　　　家里有一颗大西瓜，
　　　　一切几牙牙，
　　　　一人一牙牙。

　　在毛猴每次的哭闹声里，张连旭也随口念着奶奶从小教会他的童谣：

————————————

① 草腰腰：陕北方言，指草绳子。

198

噢，噢，南山刘家吃糕了，

爱得毛猴直嚎了，

毛猴毛猴不要嚎，

咱们回家也吃糕。

糕了？

猫吃了！

猫了？

上树了！

树了？

水淹了！

水了？

和泥了！

泥了？

打墙了！

墙了？

老母猪毁塌了！

老母猪了？

拦羊娃娃杀得吃肉肉了！

最让毛野人不解的是，童谣竟然能让毛猴瞬时止住哭闹声，比她给毛猴喂奶，更为管用。张连旭也感到有些不可思议，童谣对于毛猴而言，好像具有一股温泉般的魔力，是一个彩色的梦幻，是一种美好的召唤。在没有玩具的野人溶洞，童谣又像是神奇的魔方玩具，毛猴除了洗澡玩水之外，似乎最大的兴趣就是听爸爸张连旭如歌的童谣：

哽咯哽，二两五，

爷爷街上卖老虎；

老虎当街卧，

吓得牛羊不敢过；

犍牛下了个母兔兔，

吃饱奶，跟人走；

一走走了十里路，

遇见一条狗，

拿起半砖就打狗……

公兔大，母兔妈，

下了一窝兔娃娃；

大的要老婆，

小的要馍馍，

兔大大兔妈妈没奈何，

偷偷儿钻灶火。

　童谣声里，春天来了。

　子午岭的春天，是轰轰烈烈的。大自然起动了一台功率无比的风力发动机，仿佛一夜之间，山青了，水绿了，树木花草百米赛跑冲刺似的，冲出冬天的门槛，跑向春天阳光妩媚春风和煦花香鸟语的跑道。而鸟鸣更像是这台功率巨大的发动机美妙的声音，万水千山的鸟儿们，在春风里都醉了，换了一副嗓门儿，是要去参加森林里百鸟歌咏比赛吗？它们提高了多少分贝的快乐，使得整个子午岭都沉浸在此起彼伏的欢快旋律之中。还有山野芬芳的花香，该是春天发动机最清洁环保的排放，好像是在一个早晨阳光里突然弥漫开来的，从二十里山外的坡坡上，还是三十里沟口口的暖风中，听到了春天发出的紧急集合号声，一下子就汇集了起来，从对面一座山的花香开始到十座山的花香一百座山的花香，再到三十里的花香五十里的花香一百里又一百里的花香，浓浓的烈烈的汹汹然而至汹汹然而去……一只跳鼠走出冬眠的睡床，在崖壁下的石头缝隙间翻寻

200

经冬的松果，"懒命鬼，秋天你在哪儿只顾贪玩？刚到春天，就青黄不接了！"在张连旭的说话声里，跳鼠站起来四处张望，好像并没有什么异常，继续找寻它春天的食物。张连旭想着明天应该往洞外面撒一把玉米粒，不要在春天里就饿坏了这只"懒虫"！一棵打碗碗花从洞口爬上来了，一朵花儿试着开放，并且在努力使劲儿，把脸都憋红了。"扑烂脑，你忙甚忙啊？让我们毛猴连觉觉也没睡好，是你吵醒的吧？去吧，去叫醒这个春天的蜜蜂，让它们都来吧，都来给我的毛猴酿蜜！"张连旭又像是对毛猴说话哩。

什么大？
天大！
什么天？
晴天！
什么晴？
山晴！
什么山？
高山！
什么高？
塔高！
什么塔？
宝塔！
什么宝？
国宝！
什么国？
中华人民共和国！

张连旭在给毛猴念诵童谣时，身后突然传来毛野人的应答声。张连旭一时惊愕不已，但他表现得极为镇定，头都没有回过去看一眼，依旧平静地诵读着童谣前边的问句，毛野人竟然跟着对答如流。只是在答问"中华人民共和国"时，毛野人的口齿不那么清楚，咬字有一些吃力，很像他在一次出差的火车上，结识的一位法国女郎与他不标准的中文对话，她每句话里都有几个字的"大舌头"。啊，没想到毛野人听会了他给毛猴念叨了无数遍的童谣！

> 谁的胳膊长？
> 我的胳膊长。
> 打死刘家满圈羊，
> 刘家请我吃灌肠，
> 灌肠生，猫点灯，
> 老鼠上炕挖眼睛，
> 挖了一斗两簸箕，
> 抬个抬不动，背个背不动……

可是，当张连旭装作若无其事，给毛猴诵读另一首童谣时，毛野人再没任何反应了。他惊喜地看着毛野人，毛野人似乎有什么心事，安静地蹲在他身后，目光呆滞地望着远方，纯美琥珀一样的眼睛后面，突然一片空洞迷茫，好像春天里一大片肥沃的水浇田，被谁不小心给忘记荒废了播种。

> 捣碓，扯锯，
> 扯倒外爷家枣树；
> 枣树生芽芽，
> 一棒打死外婆的猪娃娃；
> 大妗子给我吃一碗捞捞饭，
> 打烂大妗子一个碗；
> 二妗子给我吃一碗剁荞面，
> 打烂二妗子一个碟；
> 三妗子告格了，

三舅舅撵去了，

外爷留下话：

毛猴还小哩，

给毛猴穿个红袄袄——

　　张连旭两手扯着毛猴的小手腕，琅琅念诵着童谣，将毛猴在怀里推倒再拉起，又像是在玩什么游戏。张连旭在读"有心再不上外爷家门，妈妈还是人家的人"时，突然停住，这毛猴的外爷、外婆、舅舅、妗子都是谁呀？看了一眼毛野人，他自己不由笑了起来。唉，毛猴要真有个外婆、舅舅的，那省下他操多少闲心！

　　张连旭也常给毛猴吹埙。一次，他吹了一曲《苏武牧羊》，曲尽时，发现毛野人生气地盯着他看，毛野人好像听懂了埙声里的思乡之情了！

　　在野人溶洞近两年里，这是他想吹又从来没吹过的埙曲，他怕经不起那种伤感的刺激。想着被匈奴扣留的苏武，先是幽禁于大窖，后是迁到地老天荒的贝加尔湖放羊，十九年啊，依然持节不屈！可自己呢，他似乎在毛野人的温柔乡里不想走了，因为他没有哪怕是口头上的奋起抗争！尽管在心里，他一直呐喊着。但有了毛猴之后，感觉毛野人将全部的爱都交付给儿子了，他要是趁机坚决反抗要求回家，毛野人说不准会放他走的。他却撂不下儿子毛猴，为毛猴想了那么多，他怀疑自己表现出了双重的人格！因此，他在吹奏《苏武牧羊》时，特别夸张地将开头和结尾的过门，反反复复拉得长长的，如同两声遥远的叹息。叹息声中，仿佛听到了呜咽的朔风，鹅毛大雪中苏武单薄的身子，在瑟瑟抖动。他开始走近苏武，走进两千年前那个荒凉的北海边。他本来想通过《苏武牧羊》的埙声，让毛猴从小留下思念，长大了知道他还有一个永远的老家。压根儿没想到毛野人能听出他身在曹营心在汉的不安分。毛野人瞅着他的不愉快的眼神，分明是在告诫：以后不许吹这样的埙曲！

张连旭两手扯着毛猴的小手腕，琅琅念诵着童谣，将毛猴在怀里推倒再拉起，又像是在玩什么游戏。

第十四章

　　毛猴会坐了。毛猴需要一块"尻帘子"①，猛地，张连旭想起那块"收购古物"的土布，找来拴了两根布条，系在毛猴屁股后，只是感觉有些对不住徐缓了，让书法家四个"收购古物"的隶书大字，当毛猴的尻帘子，他实在有些不忍心。但在物质匮乏的野人溶洞，如此无奈之举，就是徐缓看见了，也相信他一定会点头赞许。

　　——多年之后，张连旭被下午两点的恐惧症折磨得死去活来。徐缓建议他试着练习书法，并告诉他，书法不仅陶冶情操，是都市生活里一派自然、宁静、祥和的田园风光，而且可使人全神贯注，凝神静气，调整精神状态，得到意念集中，心、肺、眼、手结合，轻、重、缓、急呼应，久而久之能潜移默化地改变一个人的心理素质，养成沉着、镇静的习惯，对身心大有益处。张连旭便跪地行拜师礼，成了徐缓的关门弟子。又求徐缓篆刻了一枚闲章，名"野人河"。他每天下午一时开始习书，坚持了一段时间后，他的恐惧症，还的确有所缓解，但终不能根除。血雨和人头"塔山"的背景里，那个"他"准时来到他面前，揪住他的头发，"还我毛野人，还我婆姨"地凌辱他半天。他恨不得在每天下午两点，遁入时间之外，躲开那个"他"的讨债。他试着将自己关进黑房子里，又将自己活埋到坟墓中，可无论他怎么折腾都无济于事……

---

① 尻帘子：婴儿吊在屁股后面的坐布。

毛猴试着爬了。整日在张连旭的眼睛里爬来爬去，又不时地让"褪毛衫衫"给绊住缠倒了，起来再爬。张连旭思谋着要烧一些砖，在河边砌一道砖墙，以防毛猴爬到河里，再说万一哪天河水暴涨，也算防患于未然。他跟毛野人用手势比划着，毛野人明白了他的意思，感激地看着他，示意他看住毛猴，自己挖土去了。

烧砖本来简单多了，记得在上初中时，姨父家盖砖房，张连旭一个假期帮着脱砖坯，手熟之后，姨夫让他干脆不要上学了，凭苦哪儿没饭吃！可是，现在没有模具，野人溶洞也不具备加工砖模子的条件。想了想又不是给人看，不要美观，只要结实耐用就行。张连旭就用手捏造砖坯。他想反正毛猴才会爬，砖墙可以由低到高，逐渐地完成。唉，早该想到的事情，现在临阵磨刀，作为父亲，自己未免有些不称职了！好在毛野人有的是苦水^①，又是挖土，又是背柴，还帮张连旭捏制砖坯——毛野人知道了酸枣刺一类的火焰旺，专掰硬木背回洞里。一月左右，他们沿着河边，一道弯曲低矮却足以挡住毛猴爬过去的砖墙初具规模。张连旭想起了长城，这不是他与毛野人修筑的一段长城吗？此后，他们的"长城"断续用了十年的时间，才彻底竣工。

有张连旭照看毛猴，毛野人显得很放心，她也乐得逍遥自在。谁知毛野人要带毛猴出洞，张连旭很是恼火，这毛野人也太不近人情了，毛猴还是个小孩儿，毛野人行走如风，要是不小心让毛猴从毛野人的高度和速度里掉下去，那后果他真不敢想象。可毛野人根本不理会张连旭的劝说，甚至让张连旭感觉到，毛野人是怕毛猴成他一个人的孩子，而在与张连旭争夺毛猴的亲情权。想起了毛野人那天下午的迷茫，张连旭明白了，毛野人早就思谋好要带毛猴跟她出洞，跟她一起走进子午岭的春天，走进大自然神秘的怀抱。

毛野人其实带走了张连旭的心。

张连旭只好揪心地等在洞口，透过少得可怜的微弱光线不时地

---

① 苦水：不知疲倦的劳动。

向外张望。其实什么也看不到，就像谁坐在现实世界里远望未来一样，而他可以看到的只有拐弯抹角透进来的一线光，暗淡、昏沉、混沌，一似透过蛋壳看蛋黄。他又爬到堵在洞口的巨石上贴耳聆听，什么也听不到，一山的鸟鸣也被毛野人给堵在洞外了。而能听到的鸟声都好像被分解了，仿佛久旱无雨的青苗在太阳毒毒地照射下，一个个蔫头蔫脑的，听不到一点灵活气儿。或许这声音，本来就不是鸟儿在醉人的春风里的歌唱。

张连旭拿着毛野人的明珠项圈。该叫毛猴的明珠玩具了，毛猴整日丢来撂去，不时在蓝宝石上咬一口红钻石上咬一口的。毛野人在带着毛猴出洞时，才从毛猴极不情愿的手中夺下，紧箍咒似的硬是戴在张连旭的脖子上。现在，"明珠"又成张连旭的灯笼了，他木木地提在手里，走过来转过去痛恨没有一点人情味儿的毛野人。

毛猴太可怜了，一块饼干，一瓶饮料，一颗水果糖，以及牛奶、鸡蛋、面包，对于毛猴都是那么遥远，就像昨夜梦里飞机落在野人溶洞来接他一样遥远，还有玩具、音乐、彩笔，一个小小书包，一把小花伞，一身小小的迷彩服——那是张连旭所住的肤施路李学士巷里所有男孩子们共同喜爱的着装。一个孩子童年全部的快乐和美好，于毛猴都是一个遥不可及的梦。啊，毛猴这会儿该撒尿了！毛猴这会儿要听童谣了！毛猴快到睡觉的时间了！毛猴快到吃饭的时间了！

毛猴倒是个贱坏子，第一次出洞回来，竟在毛野人怀里甜甜地睡着了，双手紧紧抓在毛野人的胸部，要放还放不下来。这难道是本性，看来是自己多虑了，张连旭一个上午的提心吊胆这会儿烟消云散。毛野人难道这么早就开始教毛猴本事了？毛猴是要从小学会适应能力生存能力，但不是在子午岭的森林里，而是在幼儿园在小学在中学、大学，在美好的人类社会里。

毛野人摘回半背包黑红的桑葚，以及一些半生不熟一看就酸得倒牙的野杏儿。毛猴嘴上红红的，毛野人好像给毛猴喂了桑果儿，或者毛猴在桑树上自己摘得吃了，小嘴唇上好像抹了淡淡的口红。

　　回来时毛猴居然还趴在毛野人怀里吃着奶，悠然自得，好像睡
着了，嘴里却又吮吸了一口奶水。

张连旭掰开毛猴的手指头，毛猴手心里竟还攥着一颗桑果儿。毛猴醒了，却一下长大了似的不再哭闹，双手握成拳揉了揉眼睛，才在张连旭的手势里展开双臂回到父亲的怀中。

第二天，毛野人又带毛猴出洞。

回来时毛猴居然还趴在毛野人怀里吃着奶，悠然自得，好像睡着了，嘴里却又吮吸了一口奶水。张连旭抱过毛猴，却闻到一股臭烘烘的怪味儿，一摸毛猴的头，竟是一手的稀屎。张连旭不解地看着毛野人，毛野人站在一边傻傻地笑着。毛猴就是屙屎也不至于屙到头上去啊，张连旭展出糊了屎的手问毛野人："咋回事啊？"毛野人比划着，一只鸟飞来飞去，将屎屙在毛猴的头上了。张连旭不由地笑了，他要抱着毛猴去洗澡，毛野人抢过毛猴，娘儿俩一块儿洗澡去了。

毛野人背回了半背包的各类鸟蛋——原来毛野人带着毛猴掏鸟窝去了，难怪鸟儿在毛猴头上屙屎！

第三天，没等毛野人出洞，毛猴指着洞口的方向，要毛野人带他出去。"好你个小汉奸，你给我记住，毛野人只是你的保姆阿姨，我，只有我才是你的亲人！"张连旭在心里骂着毛猴，却一点制止的办法都没有。他要和毛野人争取毛猴，让儿子毛猴成为他的死党，而不是和生了他的毛野人。

啊，毛猴知道外面世界的美好了！

毛野人这次背回来的是野菜、蘑菇和木耳。看来毛野人真的开始教毛猴学本领了，应该是每天一个地点，让毛猴从小熟悉环境，将可吃的东西背回洞里。每天又选择不同的项目，从树上的桑葚、野杏到飞鸟的蛋，再到地上的野菜、蘑菇、木耳，毛野人更像是一位优秀的体操教练，在训练毛猴这个小小运动员各个方面的综合素质。张连旭在想着，明天出去，毛野人会不会要捕杀一头野猪或者狍鹿回来？让毛猴感受狩猎的惊险初识狩猎的技巧，以增强毛猴的勇气。

谁知第四天，毛野人带着毛猴刚出去不久就回来了。一场雷雨，将毛野人和毛猴都淋成了落汤鸡，毛野人显得很生气，好像她的天气预报里根本就没有这场雨。毛野人的目光又在暗河里搜索，从她的眼睛里，张连旭读出了什么秘密，又说不出来。他顺着毛野人目光的方向瞅着河面，河水就是河水，难道毛野人还能看出一河的清油不成！毛猴却乐得手舞足蹈。回到了野人溶洞，眼睛还望着洞上面，好像在为洞里不下雨而纳闷哩！

张连旭又烧起了大陶瓮。他发现看着清澈的河水带着泥沙，直接烧水做饭，有时碜牙，烧上两个大陶瓮储水澄清。一来卫生，二来也减少了毛野人喝水不小心掉进河里的危险系数。河水其实并不深，宽的地方能看到水底的石头，水急的地方也不足两米。然而淹死人的河往往就这么不起眼，在你大意之中出事了。大陶瓮不好烧，又是接连的失败。他寻找原因，感觉是烧制时火力不均所致。他原想既然在一只小锅里可以煮熟一只整羊，也就能在小灶上烧成一件大陶器，看来是纯粹的扯淡理念。他不得不建一个烧陶窑，砖也不用十块八块地在灶里烧了，等毛猴长大能吃了，他也可以为毛猴烤一只全猪品尝，也算一举多得。

毛野人任劳任怨，好像张连旭做什么都百分之百的正确，也是他们一家百分之百需要的。看着张连旭将烧好的砖头又建成一个砖窑，她以为是要住的，试了试却躺不下，看看毛猴，毛野人又好像弄清了，是给毛猴建的小砖屋，她快乐着这样的劳动。毛野人是不是还想到了，等毛猴到了结婚的年龄，抢谁家的女子回来，这是他们为毛猴早就准备好的洞房！张连旭懒得给它讲明白，逃不出去，总得好好生活，为了毛猴他也要尽职尽责做个好父亲。拉坯、灌浆、晾干，进窑前他在陶瓮底下刻了四个篆字"张连旭造"。毛野人还是一脸的快乐，她大概又以为这是为毛猴长大准备下的"大锅"！大陶瓮烧成，张连旭一盆一盆端着河水倒入，毛野人露出了疑惑的神情，分明在问他："河里的水你盛在瓮里，这不是脱裤子放屁，多费手续吗？"张连旭并没回答毛野人的疑问，过两天，一瓮水用完了，张连旭叫毛野人看，摸着瓮底一层泥沙，毛野人才恍然大悟，她每天喝进肚子的水，原来含了这么多沙子。她向张连旭比划着，她肚子里一定是半肚子泥沙吧！毛野人再也不直接拿瓢舀河水喝了，而是按照张连旭的要求，跟毛猴都喝烧开的凉水。

毛猴总是望着洞顶发呆。

这事儿其实直到毛猴会说话之后，还反复问张连旭：爸爸，为什么洞里不下雨？爸爸，为什么洞里不刮风？爸爸，为什么洞里没有树和鸟？爸爸，为什么洞里不长太阳……毛猴每天总是为什么为什么地问个不停，比十万个为什么还为什么，爸爸为什么不长毛？爸爸为什么不能跟毛猴到洞外面去玩？爸爸，毛猴为什么姓张不姓毛？爸爸，毛野人阿姨是不是姓毛？爸爸，毛猴到底是从哪儿来的？

面对毛猴的为什么，张连旭从来都是有问必答。但回答毛猴是从哪儿来的这个问题，张连旭却真的有些犯难，他给毛猴说过，毛猴是大树上结的！毛猴又问是哪一棵大树，他说毛猴是石头缝里生的！毛猴又问是哪一块石头，他最后只好说毛猴是老鹰窝里孵出来的！毛猴问是哪一只老鹰，张连旭才松了一口气，老鹰飞走了，等哪天看见了，我让老鹰来背上毛猴飞呀飞，飞上蓝天，飞到草原，飞到咱们的老家……

说到老家张连旭不由潸然泪下。他给毛猴说着：

一抹黄的颜色，三年两旱的气候。在那个叫张家圪崂的山村，一棵杨树与一棵毛头柳树叫植物，六畜兴旺的祝愿里长大的是动物；荞麦花打着灯笼寻找一颗露珠的湿，听一声信天游知晓日子的冷暖。他不能说家乡多么美丽——他知道美丽更多属于一种情感因素。但他完全可以说家乡淳朴、善良、勤劳、憨厚，家乡是一位陕北母亲，也是一个陕北汉子。五月豌豆香，六月老麦黄。在农历这条汗水流淌成的河里，立春是头，大寒是尾，二十四个节气的水声里，绕过去足足三百六十五道湾，山村就像起伏在农历里的一叶扁舟，在一声"风调雨顺"的祈盼的帆影里，乡亲们怕就怕星宿稠晒死牛，盼就盼大暑小暑灌死老鼠。父亲在枕着"九九有雪，伏伏有雨"的睡梦中，又对他说了一句"锄头自带三分水"的至理名言。

他突然闻到母亲灶膛里烧山药蛋儿的清香了，啊，幸福就是灶膛里的烧山药蛋儿，土里土气地相互挨着在一起，就像一窝儿灰老鼠。一只麻雀熟门熟路地落上了窗台，飞来跑去的鸡和鸟相安无事地叫着，睡梦里的花猫却伸了伸懒腰睁圆了眼睛溜了出去……

又是冬天，张连旭忽然想起过年的日子。每临年关，母亲就忙了，推、碾、碾、磨、蒸、煮、捣、泡，还有他们姐妹们的缝新补烂；腊月二十三是祭灶的日子，老家陕北的年从这一天开始了，购置年货的乡亲们挤满了街道，背的、提的、拉的、驮的、推的都是丰收的喜悦；村庄的窑洞里是做油搅团、祭灶、扫房、打沙毡、洗衣的情景，民谣说"二十三，糖瓜粘"，灶君要升天了，要让他"上天言好事"。

而年味是过年的进行曲。家家户户，母亲在做针线、剪窗花、压粉条、拐豆腐、蒸花馍，院子里则是父亲杀猪宰羊的一片忙碌景象。塔畔山上，放羊的孩子要回家了，呼叫着砍柴的同伴；浓浓的年味儿里，谁家后生又套了野兔回来，得意之色难以言表。

大年到了。年三十要把水缸挑满——正月初一不担水，因为怕把龙儿子担回家来，一大早，崖畔上谁家孩子便抬回了一桶水，并且赶在驮水的毛驴前边回家。窑洞里外一派欢天喜地的情景，一边孩子们在贴窗花，一边男人们在理发，婆姨们在滚黄毛——"有钱没钱不连毛过年"，而三十的那一顿"拴魂面"是必须要吃的，同时需要祭拜先人。高杆上的大红灯笼亮起来了，一桌丰盛的年夜饭已经摆上，"枣核桃满炕跑，喜得娃娃满炕跳"，年更多的属于孩子，属于他们的压岁钱，属于他们院里院外放鞭炮的快乐……

大年初一是新的一年的开始。拜年的人们，一早就动身了，初一拜家门，初二拜丈人。初五是送穷媳妇的日子，从初一积攒下的尘土上面放上送穷花和油馍、油糕，在天不亮时就送出去，鞭炮一响，表示镇邪消灾、迎福送穷。正月初七是小年，是仅次于大年的节日，挂红灯、放鞭炮，吃香的、喝辣的……在这个难得的农闲时节，山村里充满了喜庆。说书的、唱"迷胡"的、闹秧歌的，祈五谷丰登，盼风调雨顺。因此，这说唱歌舞也是献给辛苦护佑了一年乡村的神灵们的。

正月十五是年的一个高潮。"红伞伞抖动绿伞伞转，十七八的女娃搬旱船。"白天，排门子秧歌要挨家挨户往过扭，讲究宁灭一村不欺一户。"老红火"每到一户要唱一首秧歌，即景生情，鼓起歌起，最怕断词掉了"链子"。"五保户"任老汉一辈子打光棍，一孔窑洞，院子小得盛不了一个响屁，伞头"老红火"只能一个人扭，鼓声一响，他的秧歌跟着出了口："这户人家你不要小瞧，门不大，院子也小，跑来一个金马驹，捉起来正好好！"秧歌队跟着和"捉起来正好好"，喜得任老汉高兴了一年。秧歌所到之处，人们扶老携幼倾家而出，看得眉飞色舞，"一圪嘟葱一圪嘟蒜，一圪嘟婆姨一圪嘟汉，一圪嘟秧歌满沟转，一圪嘟娃娃撵上看"；夜里，是转火塔、灯会和转九曲的热闹场面。灯棚里挂满了各种彩灯：生肖灯、孔雀灯、走马灯、莲花灯、鱼灯、连生贵子灯、人物故事灯……观灯的男女老少人来人往，围了一圈又一圈……谁家后生和女子相爱了，趁着夜色在说悄悄话哩！接着是"九曲黄河阵"，在热闹的端灯场景中，伞头在唱："男的端灯能发财，女的端灯可怀胎"，这就是陕北正月天，这就是正月天的秧歌，这就是秧歌里陕北的年。

正月二十三跳火节是年的尾声。火分两堆，大堆火是供人跳的"人火"，小堆是供鬼神跳的"鬼火"，要将抹布、笤帚、婴儿的衣服在火上燎一燎，叫"燎干净"，可以消灾去病。"燎干"结束之后，母亲剪一个金牛贴在门上，俗语说"正月二十三，老君来散丹，门上贴金牛，四季保平安"。金牛暗示着春天的到来，农活儿的开始……

此时，母亲浓浓的米酒味儿顿时笼到张连旭的心头。啊，不，是父亲三十夜里与他对饮的烈烈的烧酒味儿。酒啊酒，烟瘾才去，他的骨子里怎么还残存着酒瘾！记得在大学期间，一位好酒的老教授从酒的诞生着眼，给他们讲述酒的历史。我们的祖先猿人，将吃不了的野果存放在大树中间，野果腐烂发酵后流出汁液，酒香四溢，猿人经不住诱惑饮之，发现味道极其浓郁，回味无穷，遂有了最早的天然果酒。张连旭曾读《清稗类钞·粤西偶记》，说："粤西平乐等府，山中多猿，善采百花酿酒。樵子入山，得其巢穴者，其酒多至数石。饮之，香美异常，名曰猿酒。"而《紫桃轩杂缀·蓬栊夜话》亦载："黄山多猿猱，春夏采花果于石洼中，酝酿成酒，香气溢发，闻数百步。"——这毛野人咋就没有酿酒？

我得酿酒，酿"神仙酒"，不，就叫"毛野人酒"。

毛野人又怀孕了，毛野人显得越发兴奋起来。她指着毛猴跟张连旭比划，毛猴归她，而怀在肚子的孩子归张连旭，由张连旭带着说话、玩耍、学习；长大了后，天天跟张连旭制陶熬盐，钻木取火，搓麻绳，编麻布——多久了，张连旭一直在为毛野人编织裙子，可这件裙子怕要他用十年的时间啊，他想等编织好了麻布裙，再告诉毛野人，他想给毛野人一个惊喜！因此，毛野人只当他在编织一块洗陶盆的麻布。张连旭明白，毛野人是要将肚子里的孩子分给他带，而由她带毛猴。并且做了明确的分工，她和毛猴主外，狩猎、偷秋、采集等，张连旭与也许是女儿的"希希"主内，做饭、洗衣、打扫卫生等。

毛野人你凭什么不让我带毛猴？毛猴也是我的儿子，是我张连旭的根！你能教毛猴读书识字吗？你晓得知识才是第一生产力吗？你知道外面世界的精彩吗？你懂得几百年前就工业革命了吗？你……

张连旭想跟毛野人争辩，可看着毛野人毅然决然的无理分配，他不认可也无济于事，抗议只代表无能为力。他只能在心里说，想夺毛猴，那得看你毛野人的本事大小了！毛野人是不是感觉出来她这次怀了"希希"？要是再生一个儿子，毛野人是不是还要跟他争夺培养或者是带领权？这可是关乎孩子们人生的大事啊！他要教孩子们知识，接受人类的文明，走出野人河；而毛野人要带着他们的孩子坚守子午岭森林的野蛮生活，将孩子们关在野人河的愚昧之中。而现在，在他看来，毛野人是要蹂躏他的人类文明，让他的历史无故倒退几千年，这打死他也不能接受——这是抗议解决不了的问题！

这也不是张连旭要找寻的那一份自适！

他是需要一份自适，但他的这份自适在文明的远方，而不可能在子午岭的野蛮之中。远方属于心灵，远方与心灵有着千丝万缕的联系，远方只是心灵的一次甜蜜的征程。远方的家书，带来了故乡亲切的问候；远方的记忆，是故乡的月色、花香、鸟鸣，永远地醒着。鸡娃子叫来狗娃子咬，犹在耳畔；拉不上那话儿招一招手，必须在梦中——这才是张连旭理想的远方的那一份自适。而子午岭属于他一次梦的寻找，与远方无关，更谈不上他内心的那一份自适了——这个梦当然是他苦苦寻觅的秦直道，而绝非毛野人！因此毛野人两次救他，更像是他命里难逃的劫数，是来粉碎他的那一份自适的。冥冥之中，他似乎听到谁在空里喊，我让你自适，我让你自适——我让你自适个够！

大约在六七月里，毛野人生了他们的女儿"希希"。

几背笅儿阳光的绵沙，张连旭早就叫毛野人背回来了。为防止绵沙潮湿，他特意将绵沙焐在炕头。为此，毛野人没少受气，第一次背回来一笅儿的胶泥，她根本没弄明白张连旭要胶泥做什么。第二次又背回来一笅儿远山上干净的黄土，她大概以为张连旭又要发明个什么。张连旭只好跟毛野人说，绵沙，是呼呼大风吹来的，太阳晒得滚烫滚烫的，张连旭一边说一边比划。毛猴调皮，跟着他学起了呼呼刮风，又摸了摸屁股，说"不滚烫"，却不明白他的意思！毛野人终于明白了，反倒抱怨起他来了，怪他没说清楚。毛野人拉上毛猴，出出进进，少半天就背回满满几笅儿圣洁的绵沙，却还是不知道他把绵沙铺在炕头做其。

希希就生在阳光的绵沙上，希希的啼哭声，是野人溶洞再次响起的最美妙的音乐！毛野人这会儿才明白这半炕还留着子午岭山野清香的绵沙的作用了！躺在温暖又柔软的绵沙上，毛野人一脸的惬意。此刻，她深情地盯着张连旭，似在默默地夸他，你真有本事哟，如今咱们的女儿降生了——女儿可是咱野人溶洞的不凋谢花朵儿，是咱们一支快乐的歌儿！但你不能骄傲，你要再接再厉，再加油，我给你生一大堆孩子。此刻毛野人，每一个表情都真实地显示着一种幸福的味道，都在诉说幸福多么美好！

希希天生饿死鬼投胎，哭声停住后，就在毛野人怀里头不抬眼不睁一个劲儿地吃奶，并咕噜咕噜地咽着。希希咽奶的声音，让张连旭听着都动心，这才是世界上最动听的音乐啊！咕噜、咕噜、咕噜，一如泉水从山洞冒出的声音；咕噜、咕噜、咕噜，又似羊羔满地撒欢儿的声音。一只小青蛙咕噜从池塘里露出大嘴巴，一颗松果咕噜滚下秋天的山坡，一只贪睡的小花猫咕噜着早晨的时光，一只不知名的翠鸟在枝头咕噜着爱情……在子午岭秦直道上，一个早晨，张连旭听到太阳咕噜一声从山下升起；也是一个早晨，一片白云咕噜一声从山外飘来……希希没受到过一点儿的伤害，即便他生毛野人的气，最多也只是甩一个脸子，让她明白做错了事。这完全不像毛猴，先是蜈蚣还是蝎子的毒，再是酒精之毒，在胎里就遭了两回罪，经历了两次磨难。好在毛猴还不算弱智，只是爱动，两只脚上像安了自动滑轮一样，一会儿在这达达，一会儿就不知溜到哪达达了。

因此，张连旭很放心希希的智商。

身边似乎好久没听见毛猴的吵闹了，毛野人像害怕毛猴丢了似的，咕噜了一声什么。张连旭说，你放心好了，毛猴在踢球哩，你听声音！旁边的山洞，果然"嘭"地传来了响声，一会儿又沉闷地"嘭"了一声，像是捣糕的声音。球门的麻绳网让毛猴踢开了个大洞，足球从洞里直接砸到石壁上了。张连旭这两天给毛野人守月子，没来得及去缝。

毛猴才三岁，却完全像个大孩子了——这难道是"动物本性"的体现，正如羊羔一落地就扑腾着站、小鸡一出壳就侧跌着跑一样，森林里的动物就更不要说了，要是不能在最快的时间里，学会

216

奔跑，学会生存，下场可想而知。与它们比较，毛猴虽说差了一截，但也绝对出类。三岁的毛猴，像个精灵，整日抓耳挠腮，上蹿下跳，除了夜里睡觉之外，没有一会儿消停的时候。

因此，去年冬天，张连旭用狍鹿皮给毛猴缝了一个"足球"——其实只能算唐朝的马球或者宋代的蹴鞠。因为他千辛万苦缝制的这个"足球"，只勉强能蹦起来，也因为不能充气，加之圆得不够标准，也就滚不了几步。张连旭又将一个较为宽阔的拐洞全面平整，辟作球场，并用麻绳编了一个简易球门，在洞壁挂上明珠项圈，只是没有草坪铺，要不谁都会夸，这是多美的灯光下的足球场！还没等张连旭讲完踢球规则，毛猴就带球冲向空门，一脚抽射正中球门，首发"初赛"就来了一个开门红。毛猴天生像个优秀球员，很快入门，并从此爱上了足球。瞅个空空儿，毛猴就拉上爸爸张连旭到"球场"踢球。张连旭正好乐得锻炼身体，可他使出浑身解数，也远远不是三岁儿子毛猴的对手了！他刚带上球，毛猴不知怎么就将球盘过去了，他再想上去拼抢，哪能追得上好像跟着足球滚动的毛猴，转眼球已带入空门！他们的比赛也就完全一边倒，之前，在大约半场的时间里——张连旭早跑不下来整场了，毛猴还"梅开二度"，或是"帽子戏法"，他最多白卷一张。现在，简直是惨不忍睹，一场下来，毛猴十多球地赢他，他偶尔不交白卷踢进一球，算烧了高香，他就十分满意了！毛猴也故意卖弄，特别是这些天来，面对空门，先将球踢起来，突然一个漂亮的凌空倒挂金钩，让张连旭看得目瞪口呆，直冒冷汗，后悔真不该给毛猴缝这个足球。

而真正痛恨这个"匏牛卵子"足球的是毛野人。张连旭缝好足球时，毛野人就笑了，用手比划着说是"哞"吊的卵子。她没想到毛猴竟然如此喜爱这个"匏牛卵子"，连睡觉都抱在怀里——那东西又不能吃，毛野人想方设法找来一些"足球"的代替品：野梨，毛猴两口吞了一颗，再给就不要了；明珠项圈，毛猴手也懒得伸手，只是摇头。毛野人似乎想到了什么，从上边的仓库里抱来一大块野蜂蜜，砍一砍，削一削，半天做成一个比"匏牛卵子"更圆的

"足球"，又不屑地飞了张连旭一眼。毛猴当真了，试着一踢——这哪里是什么"足球"，毫无弹性不说，还沉得像石头，抱起来啃了一口蜂蜜，就撂下了。

张连旭哭笑不得。毛野人拾起野蜂蜜"足球"狠狠啃了一口，又传球似的丢给张连旭。这会儿，野蜂蜜"足球"都开始变软了，子午岭山野花草的香，浓浓的散不开。张连旭接过"足球"，也学着毛猴和毛野人啃了一口，却不知跟哪儿硌了！他叹了口气，捧着"足球"送回仓库。

毛野人因此总看着"蚫牛卵子"足球不顺眼，要不是毛猴喜爱，也许早让她扔进灶火烧了，或者丢到河里……

漫长的几年，在张连旭教毛猴和希希童谣声里过去了，多少个春夏秋冬，多少美景！而张连旭拍在相机里的子午岭春夏秋冬的美景，以及珍贵的毛野人肖像，怕是早已从发霉的胶卷里曝光消失了。现在作为毛猴玩具的相机，也早让毛猴拆解成了一堆废品，只留下一块可以供毛野人洞外取火的镜片，另一块现在被希希当哈哈镜玩了。

白发母亲还在村口等着他回家吗？

一天，趁希希午睡，张连旭试着逆流从"野人河"寻找一条逃跑之路。他用椽子制了一只木筏，用野猪皮和油扎了三个火把。他从洞后穿过石峡的河水里下去，通过石峡，行一二里，溶洞又豁然宽敞起来，河水从溶洞中间流过，形成更为奇特的石笋和钟乳石景观，在火把的光影里，张连旭看到了传说中的南天门，两位值日天神手执兵刃把守天门两侧，目光炯炯，威武悍猛。过了"南天门"，木筏仿佛穿行在天街之上，两边的钟乳石奇形怪状，似织机似纺车似灯笼似棋盘似元宝似花盆似酒瓮似茶杯似炕桌似草帽似鞋子似雨伞似白菜似萝卜似西瓜似葡萄似香蕉似鸭梨似桃子似面包似烧饼似麻花似油糕似凉粉。左看是琳琅满目，右看是满目琳琅，一坨豆腐刚出笼，还冒着热气；一碗搅团桌上放，等着谁来端；啊，这边好像太白诗句"举头邀明月，对影成三人"；那边又似王维名诗"大漠孤烟直，长河落日圆"！彩虹倒挂，飞瀑流云，织女牛郎鹊桥相会；星出云天，日落西山，水井辘轳仙人饮马……哟，眼前是一位端坐凳上怀抱三弦的说书艺人！

多少次听陕北说书，他记不起来了！村里，但凡驴下骡子，羊生双羔，要请他给马王爷说平安书；风调雨顺，五谷丰登，要请他给龙王爷说还愿书；六甲生男，要给送子观音说书；老人过寿，要给寿星说书。张连旭知道，这些理由都是借口，人们爱听书匠说古道今才是真心。而对于书匠来讲，表面上是在为别人，其实也是给自己说书，他的心早已和书中的故事融为一体，因此才能声形并茂，心领神会，悲恸时如泣如诉，六月飘雪；欢乐时春风得意，鸟语花香。而娘生女满月，老人贺八十，谁家要是能请来一位有名气的书匠，那是十分体面又风光的事情，主人家甚至在一两年之内，都会陶醉其中，乐于给人叙述。

早年间的书场里，书匠多数是一人一凳，左小腿绑上甩板，右手拇指绑上蚂蚱板，怀抱一把古旧的三弦，面对一双双激动的眼睛，嘣的一声，拨动了三弦，嘈嘈切切，大珠小珠，在一如泉水奔涌的三弦声里，一段经典的《十不亲》"押座诗"开场：

> 天道说亲不算亲，
> 金鸡玉兔转西东。
> 日月如梭赶了个紧，
> 也不知赶死世上多少人。

> 地道说亲也不算亲，
> 不晓得黄土吃了多少人。
> 人吃黄土常常在，
> 黄土吃人一嘴影无踪。
> ……

书场静寂无声，大家都沉浸于书匠铁筒倒豆子朗朗的声音，感受人生的"死生无常，万事皆休"，体味书声里的"奸臣害忠良，秀才招姑娘"，在这书场里，人人都可以想象自己当一回自己的王，一横眉叫奸贼人头落地，一开口又有人荣华富贵——人们也只有在书声里潇洒地活一回了！

后来，书匠对陕北说书进行大胆革新，从说唱腔到表演形式，由一人一场戏，一把三弦自弹自唱，发展为一个站唱多人应和，同时，二胡、板胡及打击乐器也与三弦融为一体，形成多人的说唱表演……书匠一副铜口铁牙，双唇一启，一匹匹活生生的骏马便飞驰而来，赵子龙、薛平贵或者杨六郎等英雄驰骋出场，刹那间历史的天空飞沙走石，天昏地暗，厮杀声撩拨男人们摩拳擦掌。正当人们感叹时，谁知书匠胡子一抖，厮杀声戛然而止，又有芳四姐或者兰花花缓缓而来，俊俏的身子踉踉跄跄，三棱子扁担尖底子桶，五里路上去挑水，摇摇晃晃昏倒在大路上——女人们心酸得眼泪汪汪……

张连旭站在钟乳石景观的书匠前慨叹不已！

水从地下暗河涌出，木筏行不过去了。

张连旭系好木筏，举着火把上岸，没走出多远，火把被风吹得呼呼地响，啊，一定有一个通向外面的洞口，他迎着风的方向穿过一条似为人工开凿的窄窄巷道，真是别有洞天，洞室豁然宽敞起来，再行二三十步，却发现洞口连着洞口，上下左右，好像进入了一个巨大的地道！张连旭用火把在洞口做了个记号，拐进另一个洞口，洞里还套着洞，而且洞口挨着洞口，"地道"在这里变成一个放大了千万倍的野蜂窝，好像相互连接，又似完全独立，没有方向没有左右没有开头没有结尾，就像永远的圆周率，又像一架无法弹拨的天琴。

在《子午岭的传说故事》里，有一个"秦始皇的转兵洞"，说是秦始皇在修秦直道的同时，为防患于未然，还从都城长安宫殿的宝座下面，到子午岭修筑一个工程浩大的转兵洞，以备都城突然遭遇匈奴骑兵围困后，大秦铁骑可以从皇城直接进入转兵洞，悄悄出城，一则可在敌军背后发动突袭，二则在兵力不足的情况下，各路勤王大军，通过转兵洞直接进入都城守卫。而转兵洞就在秦直道附近的地下，洞内能藏千军万马……走进扑朔迷离的洞口，仿佛走进一座地下迷宫。据说三国时期蜀汉名相诸葛亮的八阵图，就是参照了秦始皇的转兵洞而成阵，可抵十万雄兵……

这难道就是秦始皇的转兵洞？张连旭顺着洞壁试着勘查，确有人工留下的明显遗迹，也就是说"迷宫"不是天然形成的。张连旭试着又走进一个拐洞，发现洞口边上丢着一个武士的头盔，他捡起来辨认，可以肯定是秦汉的东西。他站起来仔细观察，洞口较低，一定是一大个子的士兵，在跑步进洞时不小心碰掉了的，他想找回头盔，却见人流滚滚，不允他停下奔跑的脚步来。大个子"丢盔弃甲"会被处以什么样的刑罚？想着书里那一个个生硬的"斩"字，张连旭感觉头皮一阵发紧。但愿这支暗度陈仓的奇兵，是在月黑风高的夜里突然出现在匈奴的营地，出其不意大败匈奴。高个子因勇敢杀敌，头盔都被挑落，荣升为伍长、什长，还是屯长、百将？

要是再贸然行进，可能将走上一条不归路！

张连旭抱着头盔返回，心里沉沉的，烽火狼烟的历史远去了，留下多少不解之谜，他却不能听传说听风语。而是考证探究，是他准备一生的艰难付出。他想着自己迷失在"迷宫"里了，走得筋疲力尽，但还是没能找到出去的洞口，他终于倒了下去。毛野人涉水而来，依着嗅觉找到了他，再次救了他……可是不知水深浅啊，毛野人能过得来吗？

张连旭无奈地长叹一声，说："毛猴和希希上不成幼儿园了！"返回木筏，顺水往回漂流。

啊，狼烟，为何不在洞口燃放狼烟报信！

在晒太阳的洞口让狼烟直直升起，这不是掩耳盗铃吗？毛野人不是傻子，绝对不可能允许。他想到"煮青蛙理论"，先燃一块狼粪，让毛猴感觉新鲜好玩，渐渐两块、三块由小到大，麻痹毛野

221

人，等毛野人完全丧失反应时，那直冲霄天的浓浓狼烟，就会像匈奴寇边的"警报"传递出去，让"一脸胡"们发现，他和毛猴、希希就获得自由了！

他跟毛猴说："儿子，你看见过狼吗？"

"哪个是狼？"毛猴反问他。

他在地上画了狼的样子，说："这就是狼，"又补充说，"狼的尾巴是朝下吊着的，狼是苍色的。"

毛猴反问什么是苍色，狼的尾巴为什么朝下吊？等张连旭一一回答了，才说："爸爸要吃狼肉吗？我让毛野人阿姨打狼。"毛猴又好像记起了什么，说："呀，就是狼，毛野人阿姨教毛猴，打狼要从腰上打。"

张连旭很吃惊，"麻秆腿，豆腐腰，扫帚尾巴铁的脑"。这是爷爷说的。毛野人怎知道腰部是狼最薄弱的命脉所在？他想问毛猴毛野人阿姨还给你说过什么，又没开口，毛猴的"为什么"越来越多，有时他都回答不上来了，又不得不回答。他想和毛猴保持一种亦父亦友的关系，从来不大声喊叫。不似奶奶，为保持家庭统治者的地位，总是嚷嚷："什么道理？理部就是我开的！"一副蛮横的神态。但家里，也只有他专门作对挑奶奶的刺儿，再没人叫板奶奶的权威。

他对毛猴说："爸爸不是要吃狼肉，爸爸要狼粪。"

毛猴不相信地看着他，说："爸爸想吃狼粪！"

希希瞪了一眼毛猴，说："毛野人阿姨、毛猴哥哥——吃狼粪！"

这孩子咋这么不会说话！张连旭却被逗笑了，"狼粪怎能吃？爸爸要狼粪给毛猴和妹妹玩。"

"狼粪臭，毛猴不玩。"

"我玩，我玩！"希希接过话嚷着。

他不得不骗毛猴，听说狼粪点着后就再不熄了，毛猴拾狼粪回来，就省下毛野人阿姨辛苦背柴，毛野人阿姨太累了，毛猴不想帮帮毛野人阿姨吗？

毛猴这才答应拾狼粪了。

此时，张连旭看见几条鲫鱼在木筏边游动，他猛地一桨击下，两条鱼随即漂上水面，哎呀，原来同龄的知青们北大荒"棒打狍子瓢舀鱼，野鸡飞到饭锅里"并不是谬说！他如法炮制，居然逮到了十多条足有毛野人手掌大的鲫鱼，够他们一家美餐一顿。"渔业时代"来了，张连旭思谋着经常到这里捕鱼，不仅可以消遣解闷丰富食物，而且也算是为住在子午岭周边的老乡减轻一些负担。

几年来，毛野人拉回来了他们几头牛？猎杀了他们多少猪羊？背走了他们多少粮食和菜蔬？毛野人还顺手牵羊，抱回他们腌好的泡菜，提回他们榨好的麻油，以及他们洗出去晾晒的小孩衣服——毛猴和希希总算有衣服穿了！甚至有一次，毛野人背着两床崭新的红绿绸缎被褥——这不是谁家准备给儿子装新用的吗？毛野人知道去村庄"狩猎"比在森林里轻松，重要的是他们一家都喜欢村庄里可口的食物。特别是麻油扑鼻的清香，更适合毛野人的口味儿，以至张连旭觉得点亮的灯盏，都是一种浪费了！

当然，毛野人也有粗心大意的时候，一次竟然将一塑料篓子山西老陈醋当麻油提了回来，并且自作聪明地给灯盏添油，结果油灯被浇熄了，她不得不再次钻木取火点亮油灯。张连旭倒乐得有醋可以吃了，他更想着做醋，做"母亲的醋"，远比这山西老陈醋香。不过张连旭吃上了野猪脑肉蘸老陈醋，啊，味道好得不得了，真可谓风味奇特！还有一次，毛野人夹回一麻袋喂猪的苜蓿花，让张连旭哭笑不得。毛野人起初不明白是怎么回事，张连旭便恶作剧把干苜蓿花给毛野人用开水和了半盆子，没想毛野人竟吃得津津有味。唉，难怪毛野人们能从艰难的进化过程中繁衍生存下来，单从它们丰富的杂食性，足以说明它们的种群在生态系统中的优秀。而毛野人们，之所以成为自然界中一个濒危灭绝的物种，也许另有其因，或者它们的种群本来就少而又少，加之它们生活在不为我们所知的深深洞穴，也就只能活在我们人类的故事里了！

毛野人这种是否可称作偷窃的行为，罪魁祸首实际上是张连旭。

每次，他都在心里说，老乡啊，等我张连旭出去了，我吃了你们的东西我会如数付钱。可是，他越来越觉得自己付不起这笔沉重债务了。他清楚地知道老乡家多数一年养一头猪，这头猪是他们准备过年的，甚至于红白喜事儿孙满月老人寿辰请七姑八姨吃的，却在一夜之间被毛野人猎杀回来，对于他们而言是多大的一种失落！更让张连旭感到不安的是：一次，毛野人提回一大筐年茶饭，米酒枣糕油馍馍炸豆腐清蒸丸子红烧猪肉，这可是老乡一家浓浓的年味儿啊，孩子们关于年的快乐年的好梦，突然间像风筝在一阵大风里断线飞走了，对于孩子这是多大的伤害！但是，通过毛野人拿回的食物，张连旭得到了毛野人每次去的村庄信息，有关中的有陇东的有他陕北老家的，据此他推断野人溶洞应该处在这三地的中心地带。他打开地图反复研究，结合上次的逃跑线路和每天看到的山势走向，终于找到了"野人山"！啊，怪自己不懂军事常识，记得一位转业退伍前曾是营长的朋友说，只要有地图，在任何情况下，他们都能找到所在位置。而曾挡住他逃跑的河流，无疑就是渭水下游最大支流的野人河。

　　在找到野人山方位的很长一段时间里，张连旭激动的心情，感觉整个野人溶洞都装不下了！没了忧愁，没了烦恼，没了寂寞，找到野人山，预示着张连旭找到了解开秦直道之谜的金钥匙。十余年艰苦的考察，现在可以说胜利在望！他将地图挂在洞壁上，手背抄着独自踱步沉思，片刻之间，他觉得野人溶洞其实是他的一处"指挥所"，他考察秦直道九九八十一难中的"通天河"。他掏出笔记本——还好，毛猴擦屁股只撕去了一小半，够他写"秦直道考察报告"。他盛了一陶杯浓香的"毛野人酒"细细品咂着，毛野人也伸手要喝——毛野人习惯疲惫时，跟张连旭要一杯酒提神解乏。

　　张连旭得意地对毛野人说："我终于找到你的家了！"

　　毛野人不解地摇了摇头。

　　毛猴却问："爸爸不是一直在家吗？还找什么家？"

　　希希奶声奶气地说："这是毛野人阿姨的家，我们的家在陕北。"

张连旭一时竟不知如何回答。毛猴的智商似乎不存在什么问题，却总爱一口一个为什么，可又往往提出一些让他无法回答的怪问：小麻雀都有妈妈，为什么毛猴没有妈妈？城市没有咬人的毒蛇，城市真的就像爸爸说的那么好？爸爸和毛猴会说话，毛野人阿姨为什么不会说话？毛野人阿姨是爸爸雇的保姆，为什么不让爸爸出洞？毛野人阿姨一石头能砸死野猪狍鹿，爸爸你能吗？你比毛野人阿姨厉害吗？爸爸为什么还不带毛猴回家，回到我们的城市？书又不能当饭吃，爸爸为什么天天看书？

而毛野人好像不乐意毛猴跟张连旭说话。经常是不等张连旭回答完毛猴的问题，她便拉开毛猴，或者干脆带着毛猴出洞去了。这不免让张连旭生疑，毛野人能听懂他和毛猴的拉话了——这也是他不能将一些肺腑之言说给毛猴的原因。毛猴更像是毛野人的同党，但他必须争取。尽管毛野人与毛猴的交流比较简单，更多的是一些表达固定意思的手势动作，也就是说毛野人诵读童谣不是一种外国语言，而是鹦鹉学舌式的模仿，她偶尔不同的叫喊，更多的是一种心绪的自然流露。但是张连旭还是不想让毛猴知道实情，他像讲故事一样给毛猴和希希说：爸爸带着毛猴和希希考察秦直道，需要很长一段时间，在子午岭的森林里，我们住在毛野人阿姨家里，雇了这位能干的毛野人阿姨，叫阿姨给我们打猎收割庄稼，还叫阿姨教毛猴学本领……

希希说："毛野人阿姨不要我学本领，我跟爸爸学本领。"

第十五章

毛野人好像真把希希分给张连旭了。

一天早晨，张连旭正准备烧砖——前些天脱下的砖坯子，已经干透了。希希缠着毛野人要跟毛猴哥哥一块出去玩。毛野人二话没说，拉过希希塞进张连旭怀里就走。毛猴看着妹妹希希，似乎想说什么，可还没等说出来，就被毛野人拽上走了。毛野人出洞只带毛猴，而且必须带毛猴。希希伤心的哭声，并没让毛野人回头。张连旭松了一口气，希希从生下来，似乎就一副病秧子，智商倒真没啥问题，但就是感觉病病歪歪的。毛猴一顿饭，能吃几陶盆子，而希希却吃不了几口，还要张连旭不停地哄着吃。真是出怪，希希这是怎么了，会不会是希希一直被关在洞里的缘故？张连旭却不想承认。他是不愿叫毛野人像毛猴一样对待希希，女儿再不能像儿子一般野了，他想让希希长成淑女，他也按照淑女来培养希希的。从说话开始，他没教希希说一句脏话，甚至他最喜欢的方言，他也极力回避说给希希。他想着有一天等希希走进文明社会，身上没有一点老家的烙印。希希属于北京，也属于上海、广州，让人听了都感到高一等的地方。童谣也不像教毛猴那样，想起什么随口说来，而选择最有体表的、最有趣味的念给希希听。他教希希的是唐诗、宋词，对了，希希读起宋词来，老学究似的摇晃着脑袋的样子可亲了！几年来，他将记忆里的百十首唐诗宋词都教给希希了。比起毛猴，希希记忆力强多了，只要学会了的，就似乎没有忘记的道理。

不像毛猴，教他识的字，三天两后晌谁也就认不得谁了……

"希希啊希希，你给爸爸争一口气吧！"张连旭一次次地在心里默念。他认为是野人溶洞的阴气太重，希希的娇嫩的身体适应不了，就依照贺兰山岩画上的太阳，在野人溶洞的石壁上也雕刻了一个，他要让太阳驱散总笼在心头的阴气，让希希在阳光的照耀下健康成长。同时，撕了一串抓髻娃娃，捣碎红砂岩染色后，又用火籽画了眉眉眼眼，贴在希希睡觉的炕头。奶奶说过："天不怕，地不怕，就怕抓髻打八叉。"抓髻娃娃是老家孩子们的守护神，在抓髻娃娃的庇佑下，魑魅魍魉，退避三舍，孩子虎头虎脑地长大了！

但希希还是蔫头耷脑的，说病没病，不痛不痒；说没病吧，又一副弱不禁风的样子。只知贪睡，晚上早早睡下，早上怕是太阳半天了还不起床。吃过午饭，张连旭开始给希希"上课"——毛猴和希希两个，很少能凑到一块学习，不是希希还睡着，就是毛猴跟毛野人出洞了。没一堂课的时间，希希又要午睡，一直睡到晚饭，还要张连旭叫醒。晚饭吃着吃着，一口饭还没咽下，就开始打迷糊——整天一个小睡仙！张连旭仔细回想了一下，发现希希一年比一年能睡了，这让他更加担心起来。

而且，希希一见阳光就像吃了安眠药似的，睡得更沉。每天，到崖壁洞口晒太阳，张连旭都要带着希希——哪怕希希在睡梦中，也要拉醒，抱到洞口，让阳光洗去希希身上的阴气。张连旭说，万物生长靠太阳，阳光是活泼有朝气，希希，太阳晒晒，百病不来。可希希阳光一照，条件反射似的，眼睛一闭就睡着了，叫也叫不醒。张连旭无奈，只能任由希希在怀中酣睡，睡就睡吧，晒晒太阳总归是好事。

"希希，你不懂得爸爸如何爱你，我的希希，你就给爸爸争一口气吧！"

有一年多的时间，张连旭以为体弱无力的希希是营养不良导致，就绞尽脑汁地给希希补充营养。春天，让毛猴给妹妹掏鸟蛋，挖苦菜；夏天，子午岭的野果刚挂红，希希就吃上了；秋天，希希可以说吃遍了子午岭的山山水水，野果野菜自不用提，地上跑的、天上飞的都吃了不说，村庄农田里新熟的豆、薯、瓜、菜，以及让人垂涎欲滴的玉米棒子——一个秋天，毛野人不知跑了多少里的路啊；冬天，野枸杞、野蜂蜜、干蘑菇，补脑的核桃更不可少，都是纯天然的绿色食品……

希希却并没有补起来。

张连旭又想着让希希锻炼身体，带希希到"足球场"，毛猴的"足球"，希希懒得踢一脚。张连旭试着给希希讲足球规则，什么是罚球、点球，球门区，罚球区，角球区，希希的情绪反应更强烈了，干脆按住耳朵："不听！不听！"足球不适合希希。张连旭又想着老家游戏，一个个愉快地想着，打马城，赶野猪，老鹰抓小鸡，滚铁环，打钱，跌码，捉迷藏，跳绳，跳杠，翻绳，抓马马，丢手绢，踢毛毽，荡秋千，狼吃羊……小时候自己都玩过，一天天地玩，那是多么甜蜜的时光，"打马城，马城开，请娘家外家坐马来，叫谁来，威的威的来"——希希要是那个身体最强壮的"威的"，那该多好！

可惜，"打马城"是需要一群孩子参与玩的群体性游戏，希希现在说啥也不能"威的"这一回了！张连旭一个游戏一个游戏比较，选下了踢毛毽，荡秋千，跳绳三种游戏，说甚也要让希希先玩起来。

在老家，毛毽是用两个或三个麻钱和鸡翎缝制成的，而后在鸡翎里插上鸡毛，就是一个漂亮适用的毽子。张连旭想着代替品，纽扣，最合适的是纽扣。尽管纽扣已经十分稀缺，毛猴的纽扣一次次不知去向——为此，张连旭还后悔没带一包红纽扣，缀在毛猴的衣服上，让毛猴一天天地弄丢，就会形成一条醒目的红纽扣的路标，给森林工人提供一条找到他的线索，当然，这只是胡思乱想而已！纽扣让毛猴快丢尽了，看看自己衣服上仅有的几颗纽扣，张连旭无奈，只得给毛猴的衣服缀上布条，让毛猴绾圪垯穿。为了女儿希希的这个毛毽，张连旭决定再舍两枚珍贵的纽扣。他从仅有三枚纽扣的衣服上撕下两枚，他想跟女儿说："希希，这枚纽扣上，留着爸爸的体温，能听到爸爸的心跳。"鸡翎和鸡毛用野鸡的，为了给希希补身体，秋冬之际，毛野人打了好多只长翎野鸡。

可一根针，却难住了张连旭。毛毽不跟"足球"和"摇篮"一样，可以扎孔穿纫，毛毽是细活儿，用的针和线必须纤细。线，毛野人的长发倒是现成的，也让女儿希希，沾沾毛野人健康的精气神。只是针，只能磨制了，再从五千年前开始。这样的骨针，张连旭多次见过，在一个史前大遗址的考古发掘中，一次就发现了十多根。他还赞叹过先民们，磨制这样一根细如鬃毛的骨针，得多久啊，但也要磨，就为女儿希希的这个漂亮毛毽也要磨。

张连旭想用野猪肋骨磨，可总感觉有点软，而野猪獠牙又太硬，三个月怕也磨不成一根针来。但他需要这样一根尖锐的骨针，一根可以缝纫时间的骨针。现在，他需要做的活儿一件一件地搁着，足能装满一辆大卡车了，他想都不敢想，也不敢往起拿。他更为那些消失在毛野人身体上的时间，以及曾经以为野人溶洞的垃圾时间而不安。家有三件事，先拣紧的来。还有"磨刀不误砍柴工"，他现在只能选当务之急的先做了。野人溶洞里的钟乳石俨然历史的森林，在张连旭雕刻在石壁的太阳下，更有古木参天的气韵，恍惚中也郁郁葱葱起来。张连旭先绑了一架木梯，瞅好两棵钟乳石，扶梯上去，两边系牢麻绳，正中绾上蹬板，扎上毛猴给希希摘回的花朵，一个鲜花的秋千架好了……

第一次荡秋千，希希开心地笑了，野人溶洞第一次传出希希银铃般甜蜜的笑声！希希的笑声，仿佛一地盛开太阳花，撒满野人溶洞；希希的笑声，又似一道道快乐的彩虹，挂在钟乳石上。张连旭一边磨骨针一边轻轻摇荡秋千，在希希的笑声里，他更想化作一只梦中的蝴蝶，翩翩然在太阳花中，在美丽的彩虹之上。"希希，啊希希，你知道爸爸多么爱你吗!？"他的心像是飞了起来，飞到老家蓝蓝的天空了，飞到车水马龙的城市了……

毛野人跟毛猴回来了。听着希希的笑声，毛野人突然愣在一

毛猴坐在蹬板上，右手紧紧抱着希希，左手抓着秋千绳，希希
和毛猴一块飞起来了。

边，她似乎为希希今天不在睡觉而吃惊。看着像燕子一样飞起来的女儿，毛野人双手摇篮似的跟着希希飞起了，向下一看，原来是张连旭在摇摆鲜花的秋千绳，她随即跪下，抢着荡起了希希。毛猴看得钉在眼里了，也要上去飞，张连旭停下秋千，跟毛猴说："来，抱上妹妹。"毛猴坐在蹬板上，右手紧紧抱着希希，左手抓着秋千绳，希希和毛猴一块飞起来了。野人溶洞里，笑语声声，花香阵阵，真正像一个温馨、幸福、美满的家庭了！

趁着希希高兴，张连旭又示范起了跳绳——一条扎满鲜花的跳绳，像飘荡的彩门，张连旭在彩门里跳进跳出，希希拍手叫着好。看着简单，毛猴抢过花绳就跳，却眼眼巧手手拙，怎么都跟不上节拍，一次也跳不过去。张连旭拉过毛猴，两个一人一头地甩动花绳让希希跳。希希跳起了，希希像五线谱上的音符似的欢快地跳起了，笑声又跟着鲜花的彩绳撒落在张连旭的心里，撒落在毛野人灿烂的笑脸上。毛野人也钻进去跳了起来，可毛野人的高跟希希的矮，悬殊太大，跳绳根本够不着，毛野人只得蹲着跳，像一只快乐的老蛙……

——张连旭自在地漂回来时，毛野人跟毛猴已等在了野人河"渡口"。

毛猴一边扔石片儿打水漂，一边拽着毛野人跟他一块儿念童谣：

什么大？
天大！
什么天？
晴天！
什么晴？
山晴！
什么山？
高山！
什么高？

塔高!

什么塔?

宝塔!

什么宝?

国宝!

什么国?

中华人民共和国!

　　毛野人显然心不在焉,看到张连旭乘着木筏顺水漂过来了,顿时一脸说不出的愤怒。毛猴看见蹦跳着的鱼便不知深浅地拍手叫好,毛野人更为不快,等毛猴将鱼一条一条抓到岸上时,毛野人扑过去举起木筏甩在水中,木筏又顺水漂过来了,毛野人更是怒不可遏,气冲冲地举起木筏再次远远地抛出,毛野人从来没有这么生气过!张连旭眼看着自己用了九牛二虎的力气才做成的木筏,就要被毛野人毁坏了,一时也火了,他怒视着毛野人斥道:"蠢货,鱼也不能打?"

　　毛野人怔怔地愣住,像被蝎子突然蜇了一下。毛野人从来没见张连旭发这么大的脾气,一时傻了眼。毛野人好像受了极大的委屈,眼泪扑簌簌地直往下掉。张连旭不由心软了下来,上前给毛野人擦去眼泪,又讨好地在毛野人腰间拍了拍,"对不起!"毛猴却在一边笑起来了,还说:"真好玩!"

　　毛野人和希希都不喜欢吃鱼。毛猴却像小猫一样对鱼特别感兴趣,没等张连旭烤熟一条,他就把一条利索地吃完了,而且能留下一副完整的鱼骨。

　　毛猴淘气地将鱼骨摆放在陶盆里——看过去倒有点像半坡文化彩陶上鱼纹的自然情趣,又给爸爸递过伞骨制成的铁钎子。张连旭担心毛猴一顿吃伤了,提醒毛猴说:"饭吃八分饱,什么来着?"毛猴口上答应着:"没病没烦恼!"张连旭说:"儿子真乖,记住了一顿吃伤,十顿喝汤。要是你会打鱼了,吃鱼可不能翻过来掉过去的。"

毛猴又来了："为什么？"

"你爷爷也爱吃鱼，我们常到河里捞鱼，用背篓捞——咱老家水浅。可这儿打鱼要坐船，你翻着吃鱼，要翻船的。"

毛猴有些惊慌，说："那我再吃鱼，就掰开了吃，爸爸的船就不翻了！"

毛猴看着烤鱼，似乎还想吃。张连旭说："毛猴最听话了，爸爸明天再给毛猴打好多好多的鱼，再给毛猴烤鱼吃。"毛猴这才作罢，说："毛猴明天跟爸爸捉鱼，不跟阿姨掘野菜去了！"

希希好像被冷落了，这时抢过话说："希希吃一分饱！"

张连旭抱起希希，"女儿才乖，女儿要吃九分饱。"希希撒娇，"希希就吃一分饱！"

毛野人这会儿又高兴起来了！

毛野人并没明白毛猴说的话，看着毛猴吃鱼的馋样儿，像是自己吃到可口的美味了，眼里看着，手指动着，似乎想帮毛猴去掉鱼刺儿又帮不上。毛野人好像才明白这野人溶洞河里还有鱼，这浑身是指甲鳞片巴掌大的鱼，毛猴是如此爱吃，她似乎又为自己不会捕鱼而感到遗憾呢！

张连旭倒来满满一陶杯毛野人酒，看着毛野人眼馋，他先递给毛野人喝。

为酿制"毛野人酒"，不知耗费了张连旭多少时间。从那个冬天起，他试着晾晒麦芽和玉米芽做曲，用开水和好玉米面，搁在炕头蒙上红绸被子发酵后，再在陶锅里蒸熟，之后加曲再次发酵，做成了酸酸甜甜的浑酒——老家过年，家家都要做开胃健脾的浑酒，当然乡亲们是用小米面做浑酒的，因此浑酒也叫米酒。野人溶洞现在还没有小米。而酿造浑酒的流程，张连旭大体掌握，他多次见母亲做过。母亲做的浑酒酸中带着甜甜中带着酸，一如绍兴黄酒，又似苏州醪糟汤，没有一点怪味儿。母亲说发酵是做浑酒的关键环节，母亲将炕烧得烫手，一夜时间浑酒就发酵成了。忌发酵时间过长，太长则酸得倒牙，甜味儿便全无了——那天黑夜毛猴直喊炕烧不睡，跟毛野人跑到石头上睡觉……张连旭做的浑酒很合毛野人的口味儿，在整个冬天她每天都要喝上一顿。但张连旭目的也并非简单的浑酒，他要酿真正意义上的烧酒。到了春天张连旭让毛野人摘回一背篓一背篓的鲜花在库房里阴干；夏天在果子半熟时，摘回各类野果储藏在石凹中，撒上麦芽、玉米芽的曲，谁知野果腐烂后变质，整个野人溶洞尽是酸腐味儿，惹得毛野人和毛猴都不高兴。张连旭认真总结分析，一定是没有阳光发酵不够充分所致。他又在悬崖洞口的石壁上，花费了很长一段时间掏出一个石凹来，将野果放入发酵，等闻到了酒香味儿时，又加入各种阴干的野花，酿成醉人的果酒。

那天，几只贪嘴的红嘴乌鸦也许经不过石凹里的酒香的诱惑，偷吃了即将要成为酒糟的果酱，结果一个个变成了醉鸦。它们在悬崖的上空展示了一场飞翔着的舞蹈，它们没经过任何彩排的舞蹈表演，比起杨丽萍的"孔雀舞"毫不逊色。它们的"燕尾服"，更像是量身订制的演出服装。在夕阳的余晖里，它们再不是纯粹的黑色精灵了，它们五彩缤纷，似一条条舞动的彩绸，尽情地在天空飞翔飘舞。它们醉里的歌声，一如陕北信天游里站在山梁梁上的女声独唱……

张连旭还不满足，在果酒的基础上，他又加入发酵好的浑酒，经多次试验，终于制成了人间绝无的"毛野人酒"。这毛野人酒，色泽晶亮，浓香微辣，既有天然果酒的浓郁醇香，又有老家高粱酒的甘美醇厚，融合了果酒和白酒的全部优点，同时融入了乡村浑酒清淡纯正的口感。啊，美酒茅台，法国红葡萄，跟这"毛野人酒"一比，自然是人间天上。张连旭想这毛野人酒一定是《西游记》里王母娘娘蟠桃宴上孙悟空喝了的那琼浆玉液啊！有朝一日，他会申请知识产权，注册商标，让"毛野人酒"走进寻常百姓家。

而冠名"毛野人酒"，其实也是有原因的。那年夏秋之季，毛野人摘回了张连旭从来没有见过的两颗野果。野果色泽鲜黄，芳香扑鼻，只是形状有些丑陋，像梨像果又像桃。张连旭拿在手里看来看去，就是舍不得下口。毛野人也是，捧在手里仔细端详着，好像子午岭千百年来就结出来这两颗果子。毛猴伸手抢去，一口咬下，只见几个整齐的牙印。张连旭试着也咬了一下，还真是硬得没法吃。这果子似镇川的干炉，撂在沟里也打不烂。张连旭想是猕猴桃吧，才摘下树时硬如石头，放过几天就绵软好吃了。过了些天，张连旭闻到一阵酒香。循香找去，他发现是那两颗野果的香。野果真似猕猴桃，里面似一包水。张连旭在野果中间撕了一个小口，吮吸了一口，呀，简直就是清香甘爽的白葡萄酒，不，入口又似酥油，他还没来得及做咽的动作，就滑下喉咙了。张连旭将野果递给毛野人，毛野人只是象征性地舔了舔又递给毛猴。毛猴还以为是"石头"，背转手不接。毛野人拉过毛猴，捏着毛猴鼻子，逼毛猴张开嘴，灌药似的将一颗果子差不多都挤进毛猴口里了，毛猴两腮都流着野果香槟酒的晶粒。原来野果这么香甜可口，毛猴眼绿顺手夺过野果，又吸了一口。毛野人又抢过已像"马屁包"的野果，还到张连旭手里。张连旭得意地笑了，他将野果送到毛猴嘴边。毛猴却有点生气了，他似乎为毛野人偏袒爸爸而生气地嘟着嘴……毛野人津津有味地嚼着野果仅剩的一张皮壳。而毛猴和张连旭咬下牙印的那颗野果，周围已布满了霉斑，张连旭就捏烂埋进发酵的果子中了。

不知名的野果，由毛野人摘回，就叫"毛野人果"。这酒里含了毛野人果自然叫"毛野人酒"了——这将是他们将来的无形资产！

之后，张连旭又依照母亲做醋的方法做成了"母亲的醋"，闲置的塑料桶正好装醋，总算派上了用场。而过去完全成了废物的一些酒糟，也充分得到了再利用。五味盐为上，调和醋当先。嗅着一桶香喷喷的"母亲的醋"，毛野人好似享受到了生活的滋味儿。没有碎菜，张连旭用醋和野蜂蜜泡了一罐黑豆，七天开封后，竟然成了毛野人和毛猴每顿饭都爱就的美味小菜。大概因此，毛野人顿顿饭都想吃烩面了，也是一盆子不饱两盆子不放，三盆四盆都往肚子里吃哩，一下变得不识饥饱起来。当然，野人溶洞有了一些神仙洞府的意思，生活真的有模有样了。

今天，毛野人为毛猴不跟她出洞生气了！

毛野人坐在炕上不停地擦眼泪，好像遇到什么特别伤心的事情。毛野人还没因为什么对毛猴暴躁过，而毛猴最大的乐趣是每天肉尾巴似的跟着毛野人出洞，或狩猎或掏鸟窝或挖野菜采蘑菇——到村庄毛野人是不带毛猴的。但是毛猴突然赖着不跟毛野人出洞了，毛猴要跟张连旭捉鱼去，叛徒似的要出卖毛野人，做爸爸张连旭的铁杆同党——这怎能不让毛野人悲伤！

希希怯怯的不知如何是好。希希似乎想说："毛野人阿姨，希希跟你出洞玩！"但希希明白毛野人说啥也不会带她出去的，希希眼里含起了泪水。

张连旭想当和事佬，反反复复地劝说毛猴："今天河里没鱼了，鱼都让爸爸昨天捉完了！毛猴听话，先跟阿姨去掏鸟窝，毛猴不是最爱吃煮鸟蛋吗？爸爸也爱吃鸟蛋，毛猴给妹妹掏一窝鸟蛋回来。"毛猴却是一根筋，说来说去毫不动摇。张连旭不得不采取激将法，"毛猴不是说要侍候爸爸、关心妹妹吗？怎连爸爸的话也不听，鸟蛋也不给妹妹去掏了！"又向毛猴保证他也不去捉鱼，"等小鱼长大了，爸爸带上毛猴去捉——等毛猴回来了，爸爸再给毛猴讲好听的故事！"

毛猴才恼悻悻地拉着毛野人的手出洞去了。回头对张连旭说："爸爸，毛猴拾狼粪回来。"

毛野人真的去掏鸟窝了，毛猴与毛野人似乎有一种默契。毛猴双手握着两颗鸟蛋，骑在毛野人脖子上凯旋归来。一进洞，毛猴就吵嚷着要张连旭煮鸟蛋给妹妹希希吃。毛野人的心情看起来也不错，快乐着毛猴的快乐。而半竹篓的鸟蛋，够他们一家吃上几天。张连旭问毛猴："儿子，给爸爸拾的狼粪呢？"毛猴愣了愣，不好意思地说："爸爸，毛猴忘记了。毛猴明天给爸爸拾狼粪。"怎又变成给我拾狼粪了？张连旭想说又说不出来，这还不是他的话吗？

张连旭还在磨骨针，野人溶洞里，一股烧了毛发的糊味儿。毛猴没忘张连旭许下的诺言，"爸爸，讲故事了！"张连旭问："毛猴想听哪个故事?"

"芝麻开门。"

张连旭说:"阿里巴巴的故事,毛猴都听几遍了,还听?"

"就听阿里巴巴,芝麻开门来——"毛猴说着,就学起张连旭讲故事的声调来了。

张连旭得意地笑了,又给毛猴和希希讲起了讲得像一锅烂肉糊糊的故事:

很久很久以前,在波斯国住着兄弟俩,哥哥叫戈西母,弟弟叫阿里巴巴。一天,阿里巴巴赶着三头毛驴儿,上山砍柴。砍好柴准备下山的时候,远处突然出现一股烟尘,弥漫着向天空飞扬,朝他这儿卷了过来。阿里巴巴心里害怕,若是碰到一伙歹徒,那毛驴会被抢走,而且自身也性命难保。阿里巴巴急忙爬到一棵大树上躲避起来。这时候,那帮人马已经跑到阿里巴巴藏身的树下,在大石头前站定,他们共有四十人。阿里巴巴仔细打量,看起来,这是一伙拦路抢劫的强盗,刚刚抢劫了满载货物的商队,到这里来分赃的,或者准备将抢来之物隐藏起来。

强盗首领喃喃地说道:"芝麻开门来——"随着喊声,大石头前突然出现一道宽阔的大门。强盗们一个跟着一个进了洞,石头大门自动关上了。一会儿强盗们出来,首领又开始念咒语:"芝麻关门吧!"石头门又自动关了起来。阿里巴巴看到他们走得无影无踪了,才从树上溜下来,暗自想:"我要试验一下这句咒语,看我能否也将这个洞门打开。"阿里巴巴大声喊道:"芝麻开门来——"喊声刚落地,洞门立刻开了。

阿里巴巴小心翼翼地走进洞里——那是一个有穹顶的大洞,从洞顶的通气孔透进的光线,好像点着一盏明灯一样。洞里堆满了财宝,一堆堆的丝绸、锦缎和绣花衣服,一堆堆彩色毡毯,还有多得无法计数的金币银币……

第二天一大早,阿里巴巴的哥哥戈西母赶着雇来的十匹骡子,来到山里。找到阿里巴巴那棵大树,按照阿里巴巴讲述的咒语,对着神秘的洞口，高声喊道："芝麻开门来——"洞门豁然打开了，戈西母走进山洞，刚站定，洞门便自动关了起来。戈西母完全被堆积如山的财宝吸引住了。面对这么多的金银财宝，戈西母激动万分，一抱一抱把金币装进袋中，然后一袋一袋挪到门口，预备搬运出洞外，驮回家去。一切准备妥当后，他才来到那紧闭的洞门前。戈西母兴奋过度，竟忘记了那句开门的暗语，却大喊——没等张连旭喊，毛猴接着喊起："大麦开门来——黑豆开门来——玉米开门来——洞门紧紧地闭着，就是不开。"

希希伸手捂住毛猴的嘴："哥哥，是——芝麻开门来！"

"后来呢？"张连旭问毛猴。

"阿里巴巴的哥哥戈西母，被回家的强盗给杀了。"

张连旭夸赞毛猴和希希说："希希聪明，毛猴聪明，毛猴和希希会给爸爸讲故事了——毛猴什么时候给爸爸也打开石头门，跟爸爸回家。"

此时，张连旭发现毛野人怪怪地看了他一眼。

"爸爸，你难道也忘了'芝麻开门来——'？是'芝麻开门来——'，不是'大麦开门来——黑豆开门来——玉米开门来——'！"毛猴说得极为认真。

张连旭一脸无奈，只好说："爸爸是忘了芝麻开门来——我的毛猴和希希记住就好了。"

毛猴又想起什么似的，从竹篓里取出一株野草，递给张连旭说："爸爸，这草咬人哩！"张连旭心想毛猴淘气，草怎么会咬人？伸手摘下两片叶子，没想像蜂蜇了一下，一种麻痛感从指尖上直透心窝儿。毛野人看着笑了，她从竹篓里又取出另一种野草，用手指搓碎，敷在张连旭的手指上，说来蹊跷，张连旭的疼痛感立马就消失了。再看希希，两只手背在身后发呆，好像那草要咬她似的。

谁知鸟蛋煮出来，都快变成小鸟了！

单位有一名研究汉画像石的广东同事，最喜爱吃母鸡孵化了十多天的鸡蛋，小鸡其实已经成形，他或煮着吃，或炒着吃。还有令人不可思议的事情，夏天，广东佬割一斤猪肉吊在厨房二梁上，不出一两日，猪肉已满身蛆虫了，广东佬在肉下边放置一面盆儿，使如蝉蛹一样大的蛆虫落入面中，然后直接下锅炒或煸着当菜吃。大家骂他广东佬吃得残忍，都吃在圈外了。可他还笑话大家不懂营养，广东人瘦削瘦削的，为什么精力充沛，就是最懂得营养搭配。就因为这个，单位没谁愿意跟广东同事一块吃饭。大家担心广东佬的饭里突然出现沙和尚、臭板虫、癞蛤蟆一类的怪物。

现在，"小鸟"却成了毛野人的美食。毛野人一口一个，比起煮鸟蛋的剥皮省事多了，煮"小鸟"只需打开蛋壳，毛野人两个指头一勾便送进嘴巴里了。张连旭看着都觉得恶心，没想到毛猴看毛野人吃，竟也大口小口地吃起了"小鸟"。俗话说：江山易改，本性难移。这毛猴先天就有一种不可教化的野性，小小年纪，一次居然捕回来一条大蛇，与毛野人在灶火里烧着吃了——让张连旭感到一种深深的恐怖。夜里的梦里都感觉那条阴森森的大蛇爬到炕头来了，沉重地缠在他身上，他在惊恐万分的挣扎中，毛野人轻轻把他掐醒。经常做类似的噩梦，毛野人已习惯一次次从梦魇中拉他醒来。有时一身冷汗，在被毛野人推醒时，他又想：毛野人做梦吗？怎从来没见毛野人夜半惊梦？

希希看着毛野人阿姨和哥哥吃小鸟，再也忍不住了，跑到一边呕吐。张连旭忙过去，轻轻拍着希希的后背，希希猛地说："爸爸，哥哥是野人！"张连旭的手像被使了定身术，木头似的定在空里，半天放不下来。

骨针终于磨制成了，一样细如鬃毛，特别是小小的针眼，张连旭费了好几天才钻开。希希的毛毽现在万事俱备，可以缝制了。早晨，张连旭从毛野人头上，拔了两根长发，毛野人还一头雾水。而缝毛毽的红市布，是他从毛野人背回的柴火里捡起的。一次，他去柴垛搂柴，一条红布绺，让他眼睛一亮，这是乡亲们祈愿扎在花果树上的，张连旭一时竟有些哽咽。一场大雪后，他和姐姐将雪球滚在果树下，奶奶用拐棍敲着树枝，问果树："奶奶一脸皱纹的脸，明年好好结果子也不?"姐姐哭丧着脸回答:"结也！结也！"奶奶再问:"结多大?"他抢着应答:"结南瓜大,脸盆大!"奶奶又狠狠敲了一拐棍树枝,抬高了声音:"结多大?"他又抢着回应:"结筐箩大,碾轱辘大!"像迎风的葵花灿烂地笑了。姐姐嘴快,回家就说开了,爷爷还笑话他:"果子结成筐箩、碾轱辘,你则吃格——真是愣奶奶,灰孙子!"他拾起红布绺,本来是要给希希扎辫子的,没想到另派上了用场。张连旭一边缝制毛毽,一边跟希希说:"希希,爸爸爱你,希希一定喜欢爸爸缝的毛毽!"希希独自在荡秋千,嘴里还不停地叫着:"飞起来了,飞起来了!"

插上野鸡毛后,毛毽别提多漂亮了!针针线线,一丝不苟,似他野人溶洞里密如芝麻的蝇头"小楷",红市布严严实实地包裹住两枚纽扣,一圈儿的针线疤儿闪着丝质般的光泽,真正称得上一件精美的艺术品!张连旭试着一踢,五颜六色的野鸡毛顿时活了,在火堆和明珠的光照下,像飞起的一只小鸟,又轻巧地落了下来,再迅速地展翅飞起。希希从秋千的蹬板上溜下来,跟着爸爸张连旭踢起了毛毽。前两脚没踢上,希希还没有恢复地面的平衡!可希希立马掌握了要领,毛毽又似快乐的小鸟,从希希的脚尖倏地飞起,凌空优雅地翻了一个跟头,而后又轻盈地落了下来,跟着飞起落下……

不好动的希希,终于动了起来!张连旭的心也跟着小鸟似的落下飞起了,他喜得合不拢嘴,希希有救了,希希有救了,希希一定能健康地成长!看着希希踢起小鸟的毛毽,活泼可爱的表情,张连旭心中不由一阵酸涩,眼泪跟着扑簌簌地滚落下来。希希快能上幼儿园了,"小天使"幼儿园那个粉红色的滑滑梯该属于希希,还有老家县城"娃哈哈"幼儿园的那个苹果绿蹦蹦床该属于希希……希希该拥有更多七彩的玩具,希希该拥有更多营养的食品……哎,现在"更多"是多么奢侈的词汇,就是"最少",他也拿不出来,就希希一个小小的毛毽,怕是费了建造一艘舰艇的时间!

然而,逃跑的路漫长得让张连旭不敢想啊!

毛猴是应该进幼儿园了,毛猴现在应该享受幼儿园滑滑梯、木马、转椅、跳跳床、跷跷板的快乐了，毛猴应该享受童年最美好的一段时光了，却被关在子午岭的野人溶洞，跟他和希希过着与世隔绝的原始生活。他做木筏在野人河里探路，就是想试一试逃出去的可能——要是有一条河连着野人河那就好了，毛猴和希希就可以回去上幼儿园了！

李学士巷里的"小天使"幼儿园，环境优美，设备齐全，并有两名能歌善舞的女老师，一个在地区歌舞大赛中还得过一等奖。"小天使"就成肤施路几条巷子家长送孩子进幼儿园的首选，以至不少家长提前报名排队，甚至不得不"走后门"。张连旭其实在跟女护士结婚不久，就开始想象他们的孩子也进了"小天使"幼儿园，他一次又一次站在"小天使"的铁栏杆大门外，望着欢快得像小鸟一样的孩子，寻找未来他们孩子的快乐影子。

逃跑的门，虽始终紧闭着，但张连旭不会忘记"芝麻开门来"的咒语。

毛猴跟毛野人回来了。毛猴好像有什么喜事，可毛猴刚要给他讲什么，毛野人却神秘地瞪了毛猴一眼。毛猴怎么知趣起来了，食指立马堵在嘴唇上，一句话也不说了。张连旭发现毛猴手上血迹斑斑，毛野人和毛猴一定有什么秘密不想让他和希希知道。他心里骂了一句，"这个小汉奸——一点也不像希希！"

希希在踢毛毽，嘴上还数着数，"十二、十三、十四……"希希这几天能数到一百个数了！毛猴不喜欢毛毽，却故意"二十一、二十五、二十八"地搅扰希希，被毛野人拧着耳朵拉开。毛猴踢足球去了，拐洞的足球场，又不时传来"嘭、嘭"的声音。张连旭本来补好了球门的麻绳网，可是，毛野人有意撕开，他明白了，毛野人听到毛猴踢足球的"嘭、嘭"声，心里似乎才踏实。

这会儿，毛野人又跟希希比赛起了踢毛毽，看谁踢得数多。张连旭在一边编麻布，他想尽早完成毛野人的麻布裙。希希一气数到"二十"，毛野人踢到"十九"时，踢飞了小鸟的毛毽，让小鸟毛毽像飞进了卷风，翅膀不知如何拍了，一头撞到地上。张连旭感觉毛野人是故意让希希的，每次毛野人都输给希希，让希希高兴，让希希有信心跟她接着比赛。希希的笑声，是毛野人一天快乐的开始，毛野人快乐着希希的快乐，毛野人也忧伤着希希的忧伤。

张连旭找来陶埙，他想趁机给希希和毛野人助助兴。他要试着吹一曲欢快的埙曲，因为希希总不喜欢听埙，希希似乎能感受到埙曲里那些苍凉、悠远、委婉、哀怨的情绪。他吹起了《湖乡春晓》，轻快的音乐声里，布谷鸟在林间鸣叫，又飞来了两只不知名的鸟儿，"咕咕咕咕"跟着和鸣。太阳升起来了，薄雾渐渐散去，桃红柳绿，远山如墨。在满眼的苍翠的底色里，花朵飞起来，啊，是蝴蝶在翩翩起舞！渔舟逐水，欸乃一声，阳光似渔网撒在明镜的湖面上……浪花宁静，白云朵朵，戴着草帽的村姑，从田埂走来，水中的倒影，在绿风和晨光中着色晕染开来。崭新的一天开始了，此刻，小鸟快乐着谁美好的心声……

毛野人停下小鸟的毛毽，侧身斜坐在秋千蹬板上，又学生似的立正站起，仿佛跟着张连旭轻快的埙曲走进湖乡的春光中去了。希希却并不买账，双手捂住了耳朵，"不听，不听"地撒娇吵闹。看来抒情也不成啊，张连旭摇了摇头，收起陶埙。希希都五岁多了，怎就没一点音乐的天赋！

不行，一定要叫希希热爱音乐，热爱大自然。

希希虽然不喜欢陶埙的声音，但不能就此否认希希的音乐细胞。可希希究竟喜欢听什么？张连旭想起《诗经》里"既和且平，依我磬声"的歌咏，古代打击乐器的石磬，可是一种天籁之音啊，希希说不准跟石磬还心有灵犀呢！溶洞里钟乳石千奇百怪，石幔和石屏风好似一架架天然的竖琴，先试试再说——他不想破坏了这些时间的记忆。张连旭砍了一把木斧头，抱上希希，先从卧室旁的石屏风开始，啊，天籁之音，尽管他不能敲出乐谱，但清脆玲珑的金石之音，正如"僧唱梵天声"！希希却又烦起了，捂上了耳朵，嘴里嚷着："希希要——睡睡！"张连旭只得撂下木斧，这希希大脑中难道缺少了音弦不成？

张连旭并不死心，希希睡着后，他思谋着还能制作一件什么乐器。清脆的石磬声，又响起了，比他敲击的更为悦耳动听，原来是毛野人在石屏风上敲击！

　　毛野人仿佛古代的乐师，一把木斧舞得像古人醉中在壁上狂草，这是一首来自子午岭森林的"春之声"。张连旭吃了一惊，毛野人还深藏不露啊，那她咋从来没为他们演奏过一曲！？无疑这又是一个谜，毛野人到底隐藏了多少秘密？毛野人长发飘飘，像一匹奔驰在草原上的骏马，鬃毛迎风猎猎，左手木斧的马蹄声似乎不足以表现这春之曲，右手不时从石屏上划过，似林涛阵阵涌来；而她手掌拍击出来的声音，是背面的山坡，冬雪才开始融化，积雪沉闷地滚下了山坡。此时，野人溶洞里下起了小雨，"叮——叮——"啊，一定是毛野人磬声里的灵气，聚而为云，和而成雨了！

　　毛猴足球的"嘭、嘭"声消失，毛猴跑过来喊："爸爸，下雨了，下雨了！"毛猴似不相信，望着洞顶，又说："这洞里没云，咋就下雨了？"

　　毛野人表演结束，雨也停了。张连旭说："毛猴做梦了吧！"毛猴掐了掐自己，"爸爸，我没做梦。"

　　张连旭半天没作声，自己才是在做梦哩，这毛野人会不会是天庭里思凡的织女，下界来到了子午岭的？抑或是织女违反了天规，受到了王母娘娘的惩罚，将她变为野人。此时，"石磬"的天籁之音，又唤醒了她埋藏在心底的记忆。而《山海经》有王母娘娘少女时代的相貌记载："如人，豹尾，虎齿，善啸，蓬发戴胜。"这部分的遗传，可以在毛野人身上找到。特别是毛野人的编织技能，人间哪有？还有"明珠项圈"……

　　毛野人的长发再次从眼前飘过，张连旭猛地想到了"二胡"。他满地捡拾毛野人的长发，像拾金丝似的一根一根地捋顺，从地上捡到炕上。毛野人以为他又想缝什么，就要从头上给他拔，被张连旭挡住。一把"二胡"需要的发丝，少说也需几百根，哪能叫毛野人从头上拔呢！可不捡不知道，一捡吓一跳，毛野人咋掉下了这么多的头发？刚才，他还动员毛猴，帮他捡长发，可毛猴直摇头，毛猴对于这样的细活儿，没一点耐心。而他又没有一个激励措施——野人溶洞完全是原始的共产主义社会，不存在私有制，就调动不起毛猴额外劳动的积极性。他心里还骂着："逆子，老子的话也不听了！"谁知毛野人的头发到处都是，不是什么金丝，倒像玉米缨子。毛野人看着张连旭整在手中的一缕黑发，伤感地摸了摸头，自己咋掉了这么多头发？

　　一把毛野人发丝的"二胡"，张连旭原以为一夜就能做好。不晓得真正做起来，一道道工序比希希的小鸟毛毽复杂不知多少倍！琴筒、琴杆、琴皮、弦轴、琴弦、弓杆、千斤、琴码和弓毛，哪一道也必须精雕细琢。他原想琴皮有现成的蛇皮，琴弦和弓毛用毛野人的发丝代替，到最后实在要放弃了，可为了女儿希希，他豁出去了，也不知熬了多少个日日夜夜，总算完工了。他在想，这是他一个人一幢高楼大厦的工程！子午岭的又一个夏天也跟着来了。

　　现在，希希的"二胡"只是缺少松香。第二天，他千叮万嘱毛猴，一定要带回松脂，又说："是给妹妹拉的'二胡'用的。"毛猴又跟他问这问那，最后说："是不是松树流的鼻涕？"张连旭快崩溃了，想了想应该就是松脂，连续答了几句"是！是！是！"才罢。

　　毛猴还真剥回来一堆松脂，又抱怨松脂粘手。张连旭没听毛猴颠三倒四的唠叨，他取了一块松脂，放入一个小陶罐里，迅速加热熔化，松脂里流出了油，化作水状物，干结后变作块状固体的松香。毛猴不解，"爸爸，这不是脱裤子放屁吗？"他知道一时半会儿解释不清楚，只得又"是"了。而后，他将松香擦在"弓毛"上，又在"二胡"的琴筒上堆了一些，以更好地增大弓毛对琴弦的摩擦。谁知这把"二胡"的声音，张连旭自己都实在不敢恭维，好像只能拉出来"吱咕，吱咕吱"简单的声音。他让希希拉一回，希希手也背到后边了！二胡曲里有一首《赛马》，用手弹拨琴弦，模仿马蹄的声音十分动听，他也试着弹拨，没想到"二胡"跑起马来，还像模像样的。

毛猴却说："野猪跑来了！"

"唉，希希，爸爸没办法了！"张连旭不由地长叹了一声。

毛猴拾回的狼粪，张连旭宝贝似的堆在一个角落里。毛猴问："爸爸，咋还不烧狼粪？"张连旭回答："等再晾一晾，要不，爸爸怕毛猴说饭里吃到臭味儿了！"毛猴说："爸爸，毛猴不怕臭！"希希抢过话："爸爸，希希怕臭！"张连旭顺着希希的话："希希，乖乖！"又瞪了一眼毛猴，这个喂不熟的白眼狼，心里总向着毛野人，不怕臭，给你做狼粪吃！张连旭不高兴归不高兴，也没流露出来，侧身对毛猴说："儿子真听话，多拾一些再说。"

那天，天空晴朗，张连旭在晒太阳时开始想着如何实施他的"煮青蛙理论"。希希又昏天黑地地睡着了，希希睡觉是少了些，但像阳光过敏似的，照旧要在阳光里沉睡。张连旭用相机镜片燃着杂草，将一块狼粪搁在上面。逗毛猴说："儿子你猜猜，狼烟能升多高？"毛猴又问："什么是狼烟？"张连旭解释之后，毛猴说："那豹子的粪燃着了，就叫豹烟；狐狸的粪燃着，就叫狐烟。"毛猴说着看看毛野人，张连旭明白毛猴要说："毛野人阿姨的粪燃起，就叫毛烟。"——这是啥歪理邪说啊！但还没等他耐心解答，一股细如相片里龙卷风的狼烟早腾空而起，还不停地摆着尾巴努力向上。毛猴惊叫起来："哎呀，爸爸，这狼烟咋会飞？"毛野人没等狼烟再飞，一脚踩在燃着的狼粪上，狼烟像被吹了麻油灯，四下里飘出一丝一丝的轻烟，很快散没了。

毛野人精明着哩！

此刻，影子一样跟着他的那个"他"，不知从哪儿蹿出，肆无忌惮地在毛野人怀里蹭起了痒痒。他气不打一处来，这叫什么事呀！上去就是两巴掌，谁知又左右开弓地打在了自己的脸上。他叫了一声，眼泪花在眼眶里打转，气没消反增。伸于还要抽白己时，毛野人拉住了双手。毛猴看着中邪似的爸爸，说："爸爸，狼粪有毒！"张连旭哭笑不得。他看见"他"得意地爬上了毛野人的背，骑在毛野人的脖子上了。他想过去拉"他"下来，没等伸手，"他"

空气一样，无影无踪地散去。张连旭明白了，毛野人和毛猴根本看不见他的那个"他"……

对于狼烟，张连旭却并不死心。"转兵洞"不是能感觉到吹过来的风吗，就在那里燃狼烟碰一碰运气。但燃过几次滚滚的狼烟后，他彻底泄气了。向毛野人河里扔一块石头，还能听到"咯咚"的一声响，可狼烟穿洞而去，他寄予了多少美好的希望，在一天天忐忑不安的等待中变成了失望。

——张连旭最后一次去找寻崖洞蜂巢是在一个冬天。他准备了二百几十米的棕绳，又用剧毒农药"1605"浸泡——防止催生子或其他动物咬断，并带了两个帮手。谁知站在崖壁向下一看，仿佛阴森森的地狱之门。他却不想就这样放弃一次探秘蜂蜜瀑布的机会，在悬崖上寻找走下去的路。此时，过来一个偷牧的放羊老汉，在将他认作乡政府的干部时，便假装到沟里饮羊。他问："从哪儿能下去？"老汉听出他外地口音，才放下心来。说，从这儿是下不去的。老汉热心肠，又说，这个蜂洞可不敢进去，前几年还闹鬼，他们亲眼见过鬼做饭的情景，烟从洞口一股一股地往出来冒，可吓人哩！张连旭惊喜不已，如果这是真的，那么这个悬崖蜂巢就与野人溶洞相通着。他燃放的狼烟从这里冒了出来，被老乡误以为是鬼做饭了！两个帮手却怵了，怎么也不肯吊他下去，他只好作罢。

张连旭曾试着用杠杆撬开堵在洞口的巨石。可一条不够长的橡子对于要撬动的巨石来说，仿佛是拿一颗鸡蛋去碰碌碡，干橡子一用力折了，湿橡子一用力弯了。而野人溶洞的门，毛野人一次也不疏忽牢牢地封堵着，让张连旭每每想到逃跑只剩下"上天无路，入地没门"了。

虽说逃跑的计划，张连旭又形成若干个。但实际可实施的似乎只有一个：指使毛野人到一个村庄里去，他反方向带着毛猴和希希逃走。他计算好了，毛野人每次去村庄的时间较长，要是能在毛野人一出洞，后脚跟着前脚似的逃脱了，毛野人追上他们所需的时间，就大于他们到达反方向村庄的三倍，这样逃跑从时间上讲就完全有保证。而趁毛野人掀开洞口巨石时实施突袭的手段，其实他只要想起都为自己而不齿。但逃离野人溶洞的关键是堵在洞口的巨石，巨石不除，所有逃跑计划不过是做梦娶媳妇的计划。

巨石却不可能平白无故地飞走。

要是能制造出一包炸药就好了！老家打坝，生产队长在家里用谷糠和硝铵炒成的炸药，威力其实也很大。但这是在野人溶洞，再说还要雷管和导火线。需要做的事情太多了，一件一件堆在那里，张连旭想着都觉着累。现在，得兼顾秦直道了。这些天，秦直道一次次出现在他的梦中，有时像一位无所事事的老者，挡在他的面前，拉着他聊天说话，他清楚地记得，秦直道问他："你不认识我了吗？我是秦直道，皇上路啊，我跟你爷爷的爷爷的爷爷……是故交！"秦直道说了几十个"爷爷的爷爷"。张连旭的眼睛怎么都睁不开，他只看见秦直道的花白的胡须，足有几千丈长，迎风飘向远方，突然化作一条没有头尾的路了。他不知如何是好，像碰到了难缠的债主似的，想逃腿却被绊住，一步也迈不动。

希希又睡着了。张连旭打开笔记本，《秦直道考察报告》写得颇为顺手，只是钢笔早没墨水了，他将锅灶里的烟垢研磨成细粉，装进陶罐，倒进温水，再反复摇匀，虽说勉强可以使用，但笔头下水却真是"惜墨如金"，艰涩得近似要在已经干了的柳条上拧下一滴水来——不过这倒正适合野人溶洞好像凝固了的时间。张连旭本来也想让他的"报告"慢下来，学术研究报告不是小说，可以洋洋洒洒，一泻千里，甚至云里来雾里去，学术研究报告其实更像苦吟诗人"吟安一个字，捻断数茎须"的诗，需要慢下来，从一个真实的历史细节上慢下来，从一个待考的历史事件上慢下来，从一些历史的地名、河流、山脉上慢下来，从一些正史、野史以及民间传说里慢下来再慢下来。

但《秦直道考察报告》不可能在野人溶洞里完成。之前的考察资料都锁在单位的办公桌里，一些需要参考的史书也没带在身上，张连旭现在只能写成一个不完整的初稿，空下来一些时间、距离、数据，空下来记忆里的模糊部分，空下来不会写的字——真没想到多少熟悉的字词，开始跟他作对似的摆出一副冷漠的面孔。啊，字词原来像亲戚，走动多了便亲密无间，一不往来就生疏得谁也不认得谁了！

　　一天的"报告"任务完成之后，张连旭合上笔记本，点着火把——这野猪皮火把不美观却挺实用，无声地向洞里走去。"明珠项圈"的灯笼，他现在不敢随便使用了，生怕被不懂事的毛猴一不高兴扔进水里——这东西就是数也数不完的票子！他不想毛猴和希希出去了生活没保障。毛猴在后面叫喊："跟爸爸捉鱼了！"毛野人身不由己地也跟着来了。张连旭故意头也不回只顾往前走，毛猴竟然一步不落地紧随身后。张连旭走得更快了，毛猴比赛似的超在他前面，说："爸爸撵毛猴来！"毛猴两脚生风，穿洞前去，俨然《水浒传》里使了神行法"日行千里，夜走八百"的天速星神行太保。不，应该是《封神榜》里手套金镯，腹围红绫，脚踩风火轮的哪吒，疾驰而去。张连旭吃了一惊，这哪里是人，分明是一个穿了红袄袄的小妖啊！毛野人此时也越过张连旭，上去逮着毛猴抱在怀里，指着脚下的钟乳石，不高兴地瞪眼睛给毛猴。

　　"毛野人阿姨给毛猴说什么？"张连旭问毛猴。

　　毛猴回答："毛野人阿姨是怕毛猴跌跤哩！"

　　"毛野人阿姨没说话，毛猴怎知道阿姨怕你跌跤？"

　　毛猴被问住了，抬头看看毛野人，又回头说："反正毛野人阿姨怕毛猴跌跤，毛猴听见毛野人阿姨说的话了。"

　　"那毛野人阿姨咋跟毛猴说话？"

　　"爸爸咋跟毛猴说话，毛野人阿姨就咋跟毛猴说话。"

　　"阿姨跟毛猴说了爸爸的什么话？"

　　"毛野人阿姨怕爸爸跑了，要毛猴照住爸爸。"

　　张连旭呆呆地站定了，望着身旁石田里身着蓑衣耕作的农夫，神志仿佛去了一个很远的地方，他明白那是老家，是炊烟升起的地方，是民歌嘹亮的地方……半晌，他才疲倦地回过神来。

"那毛野人阿姨说毛猴是从哪里来的？"

"毛野人阿姨说，毛猴是她身上掉下的一块肉！"毛猴说话间，笑了，"毛猴不是毛野人阿姨身上掉下的一块肉，毛猴是爸爸从城里带来的，考察一条叫秦直道的路。"

毛猴虽然会说话时都快两岁了——张连旭还担心过毛猴学不会说话哩！但毛猴会说话之后，口齿还算伶俐，确切地说毛猴现在掌握了良好的语言沟通能力，与他交流起来并不存在什么障碍。这当然应该归功于张连旭整日不厌其烦的童谣，也不管毛猴听懂还是听不懂的语言启蒙教育。

张连旭解开木筏，还没等他上去，毛猴一蹦便上了木筏。毛野人急了，跟着毛猴跳上木筏，木筏在毛野人重重的一跳下，倏地沉了下去，毛野人又闪电般拉起毛猴从木筏上一跃上岸——整个过程发生在眨眼之间。在毛猴与毛野人的惊愕里，张连旭先是在一边发愣，而后抱起瓷猴似的毛猴，说："毛猴不怕，毛猴是男子汉，毛猴跟爸爸上船打鱼！"毛猴回过神来，一声没哭反而看着毛野人的憨相笑了起来。

毛野人伸开双臂像一道不可逾越的栅栏，横挡在张连旭和毛猴面前，任凭张连旭怎么比划，毛野人就是不许他们向前一步。木筏在毛野人身后静静地漂浮着，好像在耐心地等待主人，等待张连旭赋予它眼睛赋予它翅膀赋予它理想，张连旭甚至听到了木筏轻轻的呼唤来了，木筏多么渴望扬帆去远方，哪怕漫无目标地在远方游弋，那也是一只小船的使命，是砍倒了的树木的生命征程。曾几何时，张连旭感到一切事物都拥有生命，子午岭的森林、鸟兽、河流、山峰，今天吹过夜色的风，以及明天飘向天边的云彩，包括堵在野人溶洞口一个一个的巨石，都有属于它们的生命和生命的延伸，被我们忽略了的眼睛、翅膀、呼吸、心跳和品性理想……石头冷峻的面孔后，是让他赞颂的不二忠诚，真正粉身碎骨在所不惜的忠诚，万物在灵啊！

张连旭无奈地望水兴叹，"木筏木筏，你转个弯；木筏木筏，你手抹地；木筏木筏，你往下跪；木筏木筏，你往着睡。"——这不是他念给毛猴的一首童谣吗？是又不是，不是又是！张连旭一时好像走进一个不知从前还是未来的梦中去了：一个孩子被母狼叼走了，几年后森林里多了一个叫声凄厉的狼孩，作为狼群的首领，狼孩赤裸着一身毛发在群狼的簇拥下爬行跳跃东奔西跑……看着自己映在水中的模样，张连旭又从梦里返回，毛猴要是没有后天的教育，会不会就丧失了人的行为？狼孩告诉我们：人类的知识与才能不是上帝的恩赐，直立行走和言语也并非天生的本能——所有这些都是后天社会实践和劳动的产物。

毛猴应该六岁多了吧，毛猴应该入"小天使"的小班了。毛野人却不让他带着毛猴去打鱼——走进社会实践，毛野人是要赋予毛猴新一代野人的责任。假如他离开野人溶洞，那毛猴就会成为另外一个"野人"，到了婚娶年龄，毛猴一定会在村子里抢回一个女子，生下又一代的"野人"……

啊，他其实多想让毛野人生更多的孩子，这样他可以心安理得带上毛猴和希希逃走，等安排好了毛猴和希希，他再回来看毛野人！可他会不会将一群孩子都带走，一个也舍不得留给毛野人？他不敢想。

啊，好在毛野人再没有生下孩子，否则子午岭森林里说不准就有新一代的"野人"了！

回去的时候，毛猴显得很失望，"爸爸我们啥时捉鱼？""爸爸我们啥时再捉鱼？"反反复复问了好多遍。

第十六章

秋天无疑是子午岭最美的季节。

天空明净高远，云彩轻飘无力。山坡坡上野梨、山桃、酸枣熟了，飘荡着甜蜜；沟口口里枫树、榆树、桑树红了，流淌着温馨。啊，一座山熟了，吹来的一阵风跟着熟了；一道沟红了，飘去的一片云随着红了……太阳好像在发出大地甜蜜与温馨的通知，而后自个也变得温和起来，变成一位阅历丰富满腹经纶的中年男人，一点火气都没了，好像永远在温文尔雅地笑着，似看非看风起云生人情世故冷暖世界。而小鸟们的秋天是快乐的，觅食自然不再是困难，它们从这棵树飞到那棵树上，更多好像是在嬉戏，是让翅膀在天空里重叠一种爱情。这跟那只长着毛茸茸长尾巴小松鼠的秋天没多少区别，它从树上跑到树下，前肢总是抱着什么啃咬，然后就地埋藏起来——从这一点上讲，小松鼠似乎比小鸟们聪明，没见小鸟们忙着秋收……

张连旭认这只小松鼠作为家猫是去年秋天的事了。

那天起雾了，子午岭一下子隐入茫茫雾海，雾从沟底里升起来又从山顶上落下去，落下去又升起来，从悬崖洞口流云似的钻了进来，却又突然不见了踪迹。一棵老槐树在雾里开始漫步，头重脚轻的样子很像是喝醉了酒，一跤跌倒了，爬起来还在原地站着。这些平日里稳重端庄的树，在浓雾中玩起捉迷藏的游戏来了，一个个都深藏不露，远远地不知躲藏到哪里去了。鸟儿们似乎很讨厌雾，它们用叫声表达不满，这山响起那山应和，好像全都是一句"烦啊、烦啊、烦啊"的话。张连旭伸长脖子向雾茫茫的崖壁望去，邻居老鸦一只不见，也没有它们的叫声，不至于毛猴昨天的几颗飞石，惹恼它们搬家走了吧？

猛地，一只红嘴老鸦趁他们没注意，箭一样射下，叼走了花盆里一朵山丹丹花儿，张连旭正纳闷儿——这老鸦难道也要给它心爱的人献花儿不成？如此说来，这老鸦着实值得赞美了，它们一夫一妻不说，对爱情还这般的浪漫！毛猴却急了，好像受了极大的委屈，还没等张连旭反应过来，就从悬崖洞口爬上崖壁，毛猴要捣毁老鸦的巢穴。张连旭提心吊胆地看着毛猴一步步靠近老鸦巢，突然两对老鸦夫妇飞到悬崖顶端，用嘴将小石块纷纷拱下，毛猴只好知难而返，却怒气冲冲，向老鸦巢的方向胡乱飞了几颗石头解气。

希希在毛野人怀里睡沉。张连旭拉着毛猴坐下，给毛猴教起了老家的农谚，"雾在山上戴个帽，水在地上冲个窖。"毛猴却怎么都学不会。跟着念了几遍之后，问道："雾是什么？"张连旭的解释让毛猴更不明白了："是云下来了，云在地上没冲下窖呀！"

张连旭想了想毛猴说的也是，只好说："噢，算是云下来了吧！"

毛猴叫喊着："爸爸，山跑了，云下来了，山怕得跑了！"接着毛猴又惊叫："爸爸，山变成一只大尾巴老鼠，山跑到松树上了！"

张连旭感到好笑，这不就是诗吗？他抚摸着毛猴说："山没跑，山跟毛猴藏猫猫哩！"又说，"那是我们家的猫咪，跟毛猴要饭吃哩！"

毛猴又问："那猫咪吃什么饭？"

"毛猴吃啥，猫咪就吃啥呀！"毛猴便从张连旭怀里挣脱，跑回去拿饭去了。也就从这时开始，张连旭对毛猴的智商又产生了一些怀疑。毛猴是彻底的一个实心眼，在毛猴的印象中，天是老大，云是老二，山是老三，而风、人、毛野人、树木、豹子、石头、野猪、河流自然排在其后，一个就是管着一个来的。

从此之后，毛猴只要看见那只小松鼠便"猫咪猫咪"地叫，小松鼠也每每在毛猴的叫声里站起，抱着前肢好似在向毛猴致意。奇怪的是小松鼠一直独来独往，从来没见其他一只松鼠与它一块玩耍。大概也是无聊，小松鼠夏天曾蹿上树枝，将两只午睡的灰雀惊得乱飞，灰雀愤怒之下，对小松鼠发起了凌厉的攻击，小松鼠被追逐得大败而逃，凭借张连旭和毛猴的助威呼救，小松鼠才逃出灰雀的这次发难。

现在，小松鼠又忙着收秋了，啃咬完一颗种子的胚芽，迅速地埋藏起来，又拿起另一颗种子，整日乐此不疲地重复着这一简单而勤劳的工作。小松鼠很少把种子叼回它树洞的家中，不像毛野人，整个秋天都在搬运，从田野到村子一天一趟，有时不分白天黑夜，好几次差不多是半夜才回洞。

秋天也就成张连旭一个人的秋天了。

每天，他都可以吃到田野里新鲜的玉米、南瓜、土豆、红薯、萝卜、白菜，熬着喝他喜欢的黑豆钱钱饭。毛野人从来不会偷懒，比起小松鼠一颗种子一颗种子的埋藏，毛野人的搬运更多因工具受到限制，玉米、南瓜、萝卜背一麻袋回来，就足够他们吃上几天，或者储存起来，可是田里的黑豆拔上一麻袋回来其实打不下多少的！当然，张连旭也可以吃到比子午岭森林里的野梨、杜梨、山桃口感更好的苹果、鸭梨、桃子，这些来自村庄果园里的水果，这些带着村庄气息的水果。而毛野人酒固然没有多少窖藏存贮，但完全可以满足他和毛野人的饮用。夏秋之季，都是张连旭酿酒的好日子。毛野人采摘回的野果再没有浪费，包括吃过的果心，张连旭也舍不得当垃圾丢弃，而是变为一滴醇香的美酒。乌鸦也因此成了他们友好的邻居，张连旭还专门烧了一个陶盆，将酒糟倒入陶盆请它们享用，一次次观看它们耍酒疯似的飞翔的舞蹈，听它们给他唱乡愁里的"信天游"。

舒适的日子里，张连旭像害娃娃婆姨突然想到"肉夹馍"了。上大学时，"羊肉泡"和"肉夹馍"他们农村来的学生是吃不起的。只逢年过节吃上一回，那叫享受生活。关中人悠闲，吃都要讲究品种花样，竟将荤素搭配到如此完美的境地。全然不是他老家陕北，边塞哪有七碟八碗的消停时间，一锅大烩菜将炒、炸、煎、爆的内容全部融合。也应该改善一下伙食，希希说不定能多吃一点，也让毛猴和毛野人品尝一下肉夹馍的味道。他烙了一摞干饼，煮了一颗野猪脑，"肉夹馍"虽不及曾经的美味，但毛猴和毛野人吃得都满嘴流油。只是希希不喜欢肉夹馍，希希其实什么也不喜欢吃了。后来，毛猴不时要他做肉夹馍吃，他也乐得为毛猴服务。心里还想着要是有碱就好了，干面饼子不渗油，远没达到香酥爽口的程度——那说不准毛猴和毛野人半夜还起来要吃呢！干饼做"羊肉泡"好，可惜没有羊肉汤。

　　这些天，张连旭再没敢使自己闲着，他除了一天的两顿饭之外，剩余时间都围着希希转。希希这是怎么了？他不时看看沉睡中的希希，就忙着给希希设计一个木马的玩具，一定要让希希再好好地动起来。希希太让人担心了，饭量越来越小，小得每顿饭就那么固定的几口，还很少喝水；身体越来越差，软得像面条，走路都东倒西歪的，对秋千、跳绳、毛毽早没了热情，唐诗宋词也懒得背。午饭后，毛野人叫希希跟她比赛踢毛毽，却半天说不动希希。现在，希希就知道好好睡觉，将今天的二十四小时睡满，再睡明天的。哎，要是在城里就好了，可以请老中医给希希看看，希希这到底是怎么了？

　　对了，毛野人不是懂草药吗，毛野人怎不给希希弄些草药？

　　毛猴的饭量越来越大，真是二不愣小子，吃穷老子！他烧的一件件陶勺子，现在都让毛猴给掰折了。他重新烧得更结实一些，但还是不管用，毛猴手上的劲儿好像速生的树木，一天往大长一个圈儿。他不得不给毛猴用硬木制作了一件粗笨的大勺子，一双似鼓槌一样粗实的筷子。谁知这下陶盆遭殃了，毛猴一不留心，一勺子、一筷子下去，陶盆底或边就开了一个窟窿，害得他和毛野人经常再给毛猴烧吃饭的陶盆儿。以至毛猴一吃饭，他都要提醒："儿子，吃饭又不是打铁，干吗使劲儿？弄坏一个盆子，少说也要毛野人阿姨背一背柴！"

"什么是打铁?"毛猴的倔又犯了。

张连旭拿过砍镰,给毛猴说起从一块铁到工具的过程,说起老家镇子上的"铁匠炉",说起打铁还需自身硬,说起张铁匠的镰刀李铁匠的剪,王铁匠的切刀刃砍不卷,皆是千锤百炼来之不易。

费了半天口舌,毛猴才点头表示明白了。

"爸爸,再做肉夹馍吃。"毛猴的需求张连旭从来都是无条件地满足。可毛猴爱吃肉夹馍,会不会是担心再损坏了陶盆?张连旭问:"毛猴,肉夹馍好吃吗?"

"好吃啊,毛野人阿姨也说好吃!"

"毛野人阿姨咋没跟我说肉夹馍好吃?"

"说了,你没听见。"毛猴并不说谎。毛猴和毛野人难道仅仅是心心相印吗?

那天,毛野人独自出洞去了,毛猴要跟她去,也被拦住。

回来晚上时,毛野人怀里只抱着一捧"还魂草"和一截比柳椽还粗的甘草。张连旭知道这些神秘药草比金子还贵重:一年春天,书法家徐缓的妻子,突然变得迷迷瞪瞪,走路也醉了酒似的深一脚浅一脚,大小医院都看过了,就是不见好转。后来同事推荐了一位得道高人,高人说是徐缓收藏的几个骷髅作祟,年三十晚上,他妻子的魂跑了,需服三味还魂草。而据说这还魂草生长在深山老林的悬崖峭壁上,加之有催生子和毒蛇守护,凡盗采者,多是有去无还,不是被会飞的催生子咬断绳索摔下悬崖,就是让毒蛇一口咬死……死马当活马医,徐缓无奈,只好四处重金求购,还真求得一丛还魂草,还真的治好了妻子的邪病。张连旭因此识得了这种叫金钗的"还魂草",听说这草,除了具有"还魂"的作用,还有抗衰老和治肿瘤的奇效。

毛野人指着希希,让张连旭熬还魂草和甘草给希希喂。毛野人累极了,亲了亲希希,抱了抱毛猴,饭也没吃倒头就睡了。

啊,希希有救了!张连旭想着毛野人的草药,从来都是药到病除,希希一定可以得救!他撂下木马,急急忙忙就开始给希希熬

　　回来晚上时，毛野人怀里只抱着一捧"还魂草"和一截比柳橡
还粗的甘草。

药。甘草早已干透，毛野人是从哪儿找的？毛野人还有多少秘密藏在子午岭里？这一棵甘草怕长了几百年，血红血红的，毛野人是不是给他也嚼着喂过这棵甘草王，才救活他的？他砍了一块甘草，捣成碎块，又洗净还魂草上的尘土，碎柴慢火，药味很快散开了。等药熬好，他倒在希希的小陶碗里，一勺一勺吹掉热气，又担心希希咽不下去，和了少许野蜂蜜，叫醒希希。希希却任凭他好说歹说，就是不张口喝药，还打瞌睡。他拉下了脸，"希希怎不听话了！"希希才睁开眼，没受过一点委屈的希希，眼泪直掉。他硬是一勺一勺把药灌到希希嘴里，还怕希希把药吐出来，抱着希希，哼着摇篮曲，希希睡着了。

一个秋天，也在无忧无虑中不知不觉地过去。

大雁南飞，多令人神往的"人"字与"一"字雁阵。张连旭怅然若失，这不就是儿时老家的天空吗？在齐整的雁阵下，他们一群孩子仰天"乱了，乱了，乱了"地放声叫喊，雁阵在他们的叫喊声里真的乱了队形，顿时将"人"字和"一"字飞散了，像正月十五转完九曲刚解散了的秧歌队，变得杂乱无章，他们很得意地做了一回大雁们的指挥。传统秦腔剧《苏武牧羊》里有"鸿雁捎书"一折，张连旭想着要真的有捎书鸿雁那该多好！又想起"苏武牧羊"，节旄落尽不改汉志，那是何等凛然不屈的气节！比起贝加尔湖的严寒，那野人溶洞可以说是天堂，他没有理由去堕落消沉，更不能沉迷在毛野人的温柔乡里。

但事业的路在哪里呢？从炕头下去到崖壁洞口是三百步，从崖壁洞口到炕头也是三百步。他人生的路现在就这么长，就这么长的一段黑暗，一段他走了多少年的坎坷不平。从什么时间开始，张连旭变得失望起来，暗淡的心仿佛一口干枯了的水井，只是作为井的形式而存在着，荡不起些许水花，也再不能成为梦了。他也许会老死于野人溶洞，像子午岭森林里一棵树老死了倒下一样，老死在野人溶洞钟乳石、石笋千百万年积聚沉淀的一个瞬间。每次想到死亡，张连旭便想走进洞里的"迷宫"——也许真是秦始皇的"转兵洞"，死在探险的路上无论怎样说都是一种光荣。可希希怎么办，毛猴怎么办？而要想走出迷宫其实就像一个不知天高地厚的家伙说"我证明了哥德巴赫猜想1+2两个命题"一样。张连旭还产生过一个恶毒的念头，就是点燃子午岭森林，等救火人员来救火时，说不准他也可以被救出去，但很快他就否定了自己卑劣的想法。

那天，张连旭正在晒太阳，远远听到一阵飞机的轰鸣声，他忙着跑回洞里，找来手电筒的反光碗。飞机已经飞临洞口前方，这是一个可以看到他的绝佳位置，他用反光碗对着飞机"SOS"发着求救信号，可飞机永远是不慌不忙的神态，四平八稳地飞向子午岭群峰的远方。要是有一条航线，每天都飞经野人山，那他的"SOS"说不准哪天真的被一位细心的飞行员发现了，锁定方位，汇报给相关部门，然后便出现一支搜山队，则他和希希、毛猴就有救了。可飞机再没有飞过野人山，或者说在他们晒太阳的时候，飞机再没飞来过。

邻居红嘴老鸦又不友好了！

在张连旭"SOS"晃动手电反光碗时，老鸦们显然很是反感，在崖壁的上空盘飞着呱嘈着，变本加厉叼着小石块往张连旭身上丢，它们也知道采用车轮战术，两只老鸦丢下小石块飞走，另两只接着飞过来……张连旭感觉很开心，毛猴却恼羞成怒，又要爬上岩壁去捣毁老鸦的巢穴，硬是让张连旭拉住了，"老鸦们是我们邻居，咱老家有一句话，有千年邻居，无百年父子，就是说要与邻居和睦相处，刚才是爸爸不对在先，老鸦们才不高兴了的。"张连旭倒了半盆酒糟，放在洞口，拉着毛猴躲在石头后边，才平息了老鸦的不满情绪。

老鸦吃饱愉快地飞走了，毛猴还是闷闷不乐，向老鸦舞蹈的天空，顺手飞去一块石子。毛猴才没耐心观赏老鸦们精彩的飞翔表演。

"打鱼"，是张连旭为女儿希希做木马、撰写《秦直道考察报告》之外，最大的乐趣。毛野人到田里"偷秋"去了——"偷秋"是他认为最合适的一个词，他就带上毛猴去"打鱼"。从"无底潭"

坐上木筏，进入河道，野猪皮火把的光影里，鲫鱼如约而来，一棍猛地打下去，总会有所收获，一条两条鲫鱼就跟着晕头转向地浮上来被抓住。毛野人抱回两袋子荞麦，可因没法儿去皮，张连旭就把荞麦捣碎准备酿"毛野人酒"和做"母亲的醋"，眼下又兼作鱼饲料了。喂鱼的任务被毛猴抢了去，毛猴每撒出一把"荞麦饲料"，鱼群便一拥而来，接着便是张连旭的一记闷棍劈头盖脸地砸下，他和毛猴的一顿烤鱼或者水煮鱼的美味晚餐，用不了多长时间就齐备了！希希还是不肯吃鱼，在他苦口婆心的劝说下，希希最多喝几口鲜美的鲫鱼汤。

木马做好了，张连旭叫希希起来骑木马。希希今天一定会开心地笑一回，不能让希希再这样昏睡了，一定要让希希动起来！想着希希荡秋千、踢毛毽、跳花绳的快乐时刻，张连旭都觉得是一种幸福。他要给希希设计更多的玩具，猴儿翻杠，弓箭，风车车，还有木车——他要给希希当马儿，让希希坐在木车上，高兴地挥着鞭子"驾、驾"地赶，他要让快乐天天伴随着希希。

"希希，希希，起来跟爸爸骑木马！"张连旭又胡诌起了顺口溜："骑木马，上北京，北京有一个天安门；天安门上红旗飘，希希高兴地哈哈笑！"希希却没有一点反应。张连旭一把抱起希希，才发现希希身体僵硬早没气了，他不由自主"哇"的一声嚎了起来。希希自从吃了还魂草后，饭量增了，气色好多了，脸蛋也一天天红润起来，张连旭还以为希希的灾难彻底过去了。毛野人跑来，抢过希希，跟着嚎了起来，眼泪像断了线的珠子，一颗颗从脸颊上滚下。毛猴听到嚎哭声，丢下足球，飞奔而来，毛猴拉起希希冰凉的小手，跟着泪如雨下，"妹妹，妹妹，醒醒！"

张连旭的心，像蚕茧被一根根抽去了丝似的，一下空了。空得没有一点分量，似一个谁家孩子吹在风中的透明的水泡，随时都可能破灭。但他非常清醒，是他害死了女儿希希，是他害死了女儿希希……要是让毛野人来带希希，希希一定像毛猴一样健康，是他的爱害死了希希啊！从希希出生，他不是怕风吹了希希，就是怕日晒了希希，又怕不近人情的毛野人抱希希出洞……导致希希就像温室里的花朵儿，没有一点抵抗力，晕血似的晕阳光。从希希会吃饭起，他嚼喂了多久，毛野人为此跟他摔过凳子，可他总想着老家的孩子，哪一个不是如此长大！在毛野人要跟希希玩时，他警告过毛野人，希希是你明确分给我来带的，你不能不讲信用。他忽略了毛野人的叹息，也忽略了毛野人再生下孩子不让他带的气愤。他甚至误认为，自私的毛野人又要跟他抢希希了。

时间凝固了，毛野人一夜间老了许多，眼角的皱纹仿佛时间的鱼儿，倏忽经过遥远的路途洄游到了目的地。毛猴，不知什么时候躺在光炕上睡着了，眼角还挂着泪珠。不能让希希再这样折磨他们了，他应该担起家庭的重任，不能让希希凋谢的伤情，无休止地弥漫下去。张连旭烧了两件陶缸，刻上：爱女张希希，六岁——就让希希早点儿入土为安吧！耳边又响起希希"飞起来了"的笑声，好在希希从来没有过痛苦，希希的笑声永远留在他心中了……他给希希最后一次洗了澡，换上干净的衣服，将希希轻轻放入陶缸。他想了想，好像遗漏了什么，他找来希希的跳绳、毛毽，放在希希的身边。毛野人走过来，将一捧晒干了的花朵，轻轻撒在希希的身体上，伸手将希希的毛毽拿出。张连旭明白，毛野人要让希希小鸟的毛毽从此陪伴着她，那是希希永远的笑声。

张连旭将两个陶缸套起来，缠上麻绳，轻轻抱在怀里，向洞口走去。毛野人丝毫没有犹豫，掀开洞口的巨石，第一次允许张连旭跟她出洞去送希希。毛猴跟在他们身后，一路不停地抹着眼泪，叫着"妹妹，妹妹"。一年秋色尽，山山红叶飞。在野人山向阳的山坡丛林，他们埋下希希时，毛猴"哇——哇——"地哭起了。毛野人抱起毛猴，一次次擦去毛猴的眼泪，又无声地落下两行带血的泪水，张连旭这会儿才发现毛野人眼睛里滴出了点点的血来了，血泪滴落在红叶上，形成比红叶更红的点点红梅。张连旭抚摸着毛猴安慰："毛猴不哭，毛猴不哭。"自己却也泪眼婆娑。他拉起毛野人和毛猴，"我们回去。"他一刻也不敢停在希希的坟前了。远处的丛林里，隐隐闪着绿莹莹的眼睛，是狼群的眼睛。张连旭心头一阵紧，毛猴似乎明白了什么，一声呼哨，绿眼睛瞬间无影无踪了……

希希无声离去的悲情，在野人溶洞一家人心头弥漫了很长一段时间。张连旭再也没心思设计玩具了，木马灰溜溜地躲在柴垛旁，没一点精气。从没有发过呆的毛野人，现在总是坐着走神，半天盯着一个地方不动，也没再踢一回小鸟毛毽。

毛猴的时间，都用在了足球上，拐洞里整天都是足球沉闷的"嘭、嘭"响声。毛野人又捧着希希的小鸟毛毽独自伤心，突然从哪里传来希希的一阵笑声，毛野人惊奇地侧耳倾听，希希秋千绳上的一片花瓣飘落下来，正好落在毛野人手里的小鸟毛毽上，野鸡毛跟着簌簌抖了一下，毛野人顿时泪水纷纷……

睹物思人，不能再让毛野人保存希希的小鸟毛毽了！可要想在毛野人眼中，拿走她深深寄托的爱和想念，显然不可能，也不能。现在，必须要让毛野人和毛猴都忙碌起来，让他们在忙碌中疲累，在疲累中忘记一切。他相信，时间是效果最好的创可贴，让时间来愈合他们一家人心头的创伤。同时，他想着毛野人要是能再生一个孩子——就生一个女儿，当然男孩也好！

第二天，张连旭一早起床，开始生火做饭。他给毛猴和毛野人做了两大盆他们爱吃的野猪肉烩面皮，好让他们早早出洞去打猎。毛野人和毛猴吃过饭，张连旭就俨然掌柜派工似的，跟毛猴说，趁天气还不冷，你跟毛野人阿姨要多打猎物回来，咱一家人好过冬。毛猴看了一眼毛野人，想说什么，又没作声。毛野人好像听懂了他的话，背上背篓，拉着毛猴的手就走。张连旭松了一口气，毛野人和毛猴终于有活儿忙了。

谁知刚过一会儿，毛野人又和毛猴回来了，并没打得一只猎物，而是摘了满满一背篓还挂着露珠的菊花，毛猴的裤腿都湿了。老家把桃花当药引子，是治脚气、痘疹、痰饮、腰肾膀胱宿水必需的一味良药，老中医也常在养颜、活血的配方里开桃花一升。可他没听说菊花的药用功效，几年来也没见毛野人吃菊花啊，还是毛野人要喝菊花茶清热、明目和解毒？张连旭正疑惑，毛野人跟毛猴自顾自地忙了起来，他俩将金黄的菊花一朵一朵系上希希的秋千绳，一朵紧挨着一朵，高处毛野人探不上，就让毛猴骑在她的肩膀上系。他倒成了空气，此刻不存在了——毛野人在生他的气，是因为希希吗？唉，怨只怨自己错了，这杯苦酒首先该他咽下！他默默地走过去，陪着毛野人和毛猴系起了菊花。秋千绳系满了一朵朵金黄的菊花，希希的秋千架，变成了金色倒悬的门洞，似敞开又紧闭着。毛野人久久地盯着菊花的门洞黯然伤神，将手中的两朵菊花摆在秋千的蹬板上，跪下去吻了吻。又想起什么似的，毛野人找来希希的小鸟毛毽，轻轻地放在蹬板的两朵菊花的中间，用手指拨了一下秋千。秋千无声地荡起来了，菊花的清香跟着荡起来了，耳边仿佛又传来希希永远的笑声，在野人河的浪花花上，在野人溶洞七弯八拐看不见的远处，在子午岭森林白云的天空，毛野人突然晕倒在地！

毛猴响炸雷似的一声嚎叫，扑在毛野人身上。张连旭耳中擂鼓般地嗡了一下，他跟着上前，一把抱起毛野人的头，右手食指掐住毛野人的人中，又喊毛猴找来骨针，胡乱在嘴里抿了抿，一针扎在毛野人的人中上。随着骨针，一滴黑血滚落，毛野人像从梦游中醒来，张连旭一头汗水，毛猴跪在一边不知所措。毛野人无事似的坐起，摸了摸晕倒时擦伤了的左臂，啊，幸好毛野人跪着，幸好只是手臂擦伤，谢天谢地，毛野人应该只是伤心过度！毛猴的炸雷声，还在野人溶洞回响，还在张连旭耳中擂鼓。野人溶洞跟他一样根本没一点准备，让毛猴一声给穿透了，而溶洞天然的扩音效果，似乎又将那些容纳不下的余音，反复播放开来……

都是他自作聪明啊，生出什么"在忙碌中疲累，在疲累中忘记一切"的馊主意，还自以为是。现在，他才发现，他根本不了解毛野人——她是多么伟大的一位母亲，一切为了他和孩子！他想起了毛野人为他吸毒肿起的嘴和脖子，他想起了毛野人一次次带毛猴打猎回来的快乐，他想起了毛野人为希希采还魂草回来的疲惫……对了，还有两棵还魂草，他应该给毛野人熬一回药了！

毛猴以为是张连旭救活了毛野人，看着他又在为毛野人阿姨熬药，对他投来赞许的目光——那是一种依赖和信任，那更是一种无以名状的爱。但毛猴似乎有很多的不解，拿起小小的野猪牙磨成的骨针，却想不到其中神奇的缘由。张连旭指着人中穴跟毛猴说，"儿子，你要记住这个穴位，是急救昏厥的要穴——除这些简单实用的医学常识，还要跟毛野人阿姨学会草药，说不准哪天就用上了！"毛猴说："毛野人阿姨教过毛猴草药，毛猴救过狼崽。"回头看了毛野人一眼，不再作声。张连旭问毛猴："儿子，那你知道爸爸为什么在嘴里抿骨针吗？"毛猴说："狼和狐狸都知道，唾液能消炎。"

　　张连旭暗暗吃惊，毛猴大了，是该给毛猴好好上课了！

　　自从有了希希，他将更多的精力都花费在了希希身上，时间也成了希希的时间。一首首诗词的朗读背诵，一件件玩具的设计制作，还有每顿饭的营养搭配，一切都为了女儿希希。以致毛猴的学习变成了粗放式，抓早撂晚，有今没明，得空儿就知道跟足球较劲儿。现在希希走了，他和毛野人的砖墙工程——沿着河道蜿蜒的一道砖墙，也越来越远，那个令他烦恼的"他"，也好长一段时间没再出来捣乱，是该让时间成为毛猴的时间了！

　　到了冬天，野人河里的鱼群突然消失了。毛猴一把又一把撒出荞麦饲料，丝毫不见动静。毛猴说："爸爸，鱼儿吃饱睡觉了！"张连旭才想到鱼也许冬眠了，再要打鱼要等到明年春天。他却并不死心，用骨刺磨制了一个鱼钩，毛野人的飘飘长发搓成细绳又正好当钓线，浮标是用七根纯白的鸽羽制的散标，麻油和荞麦面做鱼饵，下面系了一粒石子，沉入无底潭。一个冬天虽说连小虾也没钓到，但他钓来了信心与乐趣——这对于他比钓到鱼更为重要。

　　并且在以后几年的时间里，张连旭一直把钓鱼当作日常生活。三根鸽羽沉下是鱼儿在试探，七根鸽羽沉下是鱼儿吃饵了——野人河的笨鱼在张连旭日日垂钓里，一天比一天精了。但张连旭不在乎鱼儿咬不咬钩，他只在乎钓的过程。古人以"醉里乾坤大，壶中日月长"彻悟人生，建设品性。他却发现垂钓其实也是一种人生境界，与醉里的难得糊涂相似。在悠闲得再不能悠闲的垂钓中，张连旭觉得漫长的等待其实也是一种乐趣，在考验自己的耐性，陶冶自己的情操，至于鱼上不上钩，那是另一码事儿！

毛猴对钓鱼却一点兴趣都没有。他更愿意跟着毛野人到森林里疯跑，整日真的是一个野孩子，上树掏雀，下河摸鱼，掏墙剜窟窿，实实惹得猪狗见不得——好在野人溶洞没喂猪狗！而且毛猴对学习也越来越厌烦起来，每天的功课，好像是刑场。特别是数学，简单的加减法，毛猴总是弄不明白，2+3为什么等于5而不等于6？3能减2，2为什么不能减3？数字对于毛猴来说，就好比一条河谁拿勺子舀去了一瓢水还是一条河，一群羊里赶进去几只羊还是一群羊。但张连旭有足够的耐心。为了便于毛猴学算术，他用了很长时间，给毛猴做成一个石头算盘，每天起床的第一件事及睡觉前最后的事，都是教毛猴背珠算口诀。毛猴终于背会了"一上一，一下五去四，一去九进一；二上二，二下五去三，二去八进一"，可两年多过去了，还是不会使用。张连旭只管耐心教导，同时为开发毛猴的智力，还做了一副石头象棋。棋盘直接刻在地下石头上，闲下来的时候，教毛猴下棋，好让毛猴懂得做事情要循规蹈矩，学会抽象思维。

相比起来，毛猴对于唐诗倒还有些感觉，这一点很像妹妹希希。张连旭刚教了几遍李白的《静夜思》，毛猴就能背出："床前明月光，疑是地上霜。举头望明月，低头思故乡。"甚至都走进诗中去了，在抬头、低头中似乎还想着什么，又问张连旭："爸爸，故乡在哪里？""爸爸，故乡好吗？""爸爸，故乡真的比子午岭森林还好吗？"毛猴问着又摸着张连旭的心口说："爸爸，你说故乡一直疼在你心口口上，故乡不也是毛猴的故乡，毛猴的心口口咋不疼？"

有一个荒凉叫毛乌素沙漠。

有一个不安叫无定河。

想起故乡，村口上的那棵老槐树，就像变戏法似的向张连旭眼前走来了。一头驮水的毛驴后面，父亲哼唱着古老的信天游，驮桶口上落了几只长腰蜂儿，为那一点湿润而奔走相告。炊烟升起来时，远山上放羊人吼起了："蛤蟆口灶火烧干柴，你有那心思咱慢慢来。灶里烧火我给你扇，水缸里没水我给你担。"那个被村里人叫作"老不正经"的放羊人，一曲未完，又一曲接着："大红犍牛啊呕啊，带上哟一支楼，牙伯子①兄弟媳妇揣呀揣奶头。"这就是农历里的故乡张家圪崂，张连旭几回回梦里醒来的故乡张家圪崂，张连旭醒来又进入梦里的故乡张家圪崂……冬已尽了吧，是不是该过年了？乡亲们说，紧操办，慢操办，就到了腊月二十三。又是年味儿，又是家家户户开始糊窗花，贴对联，点香，放炮，吃油炸糕，庆祝一年丰收喜庆的节日。想到过年，张连旭好像闻到母亲的"团圆饭"了，一锅冒着热气的扁食②，一盆放了羊肉丸子的凉粉粉汤。尽管比起城里七碟八碗的年，老家的年似乎降了些档次，但年味一点也没减少。记得小时候，吃团圆饭是一家人最幸福的事，母亲在包扁食时，将麻钱、火柴棒包入馅内，吃饭时，谁如果吃出了麻钱，就预示着一年来钱；吃出了火柴棒，就预示着一年发财。为讨这个好口彩，娃娃们就都发眼馋，硬要挣扎着多吃上几个可口的扁食，好吃出麻钱和火柴棒来，直到实在再吃不下去才作罢……可怜的毛猴，连一个个快乐的节日也不知！张连旭想着制作一串鞭炮，让毛猴过一个愉快的年，可是没有条件。

"过了二十三，懒婆姨上高竿，有心死了吧，丢不下二月二的油搅团"！

故乡啊，其实也是肥正月浓浓的年味儿。

尽管张连旭知道毛猴不是一块读书的料，他却不停地鼓励毛猴，"毛猴聪明！""毛猴进步了！""毛猴长大了一定能考上大学！"他同时也好像在鼓励自己，"毛猴，你就是一圪垯朽木，我也要当作象牙、犀角、和田玉，雕成一件精美的工艺品！"

---

① 牙伯子：陕北方言，即丈夫的哥哥。
② 扁食：饺子。

毛野人不喜欢张连旭给毛猴教算术和写字。也许在毛野人的心里，那些算式和文字狗屁也不如，既不能当饭吃，又不能作为狩猎、采摘的经验，女儿希希不就叫你折腾走了，你又瞎折腾儿子毛猴做什么！在毛野人的意识之中，完全是经验主义，在什么地方可以得到什么食物，仅此而已。因此，每当张连旭开始给毛猴"上课"时，毛野人便会拉着毛猴出洞。张连旭只能抽时间，或者知道毛猴不会跟毛野人出去了，才说毛猴："儿子，上课了！"他用毛野人掉下的毛，为毛猴制作了一支毛笔，啊，这才是真正的"毛笔"！又在溶洞左边的石壁泥了一块黄土"黑板"，"墨汁"有的是，他从炕洞里掏了半盆子的烟垢，掺水研磨，而后加少许野蜂蜜，温火熬一会儿，比"一得阁"墨汁更具一股淡淡的清香。他一笔一画地在"黑板"上写下汉字，让毛猴照着在地上写，直到写会理解为止，然后写在"黑板"上。他像老师一样，用砖头给毛猴砌了一个凳子，铺上狍鹿皮，野人溶洞这一角便有了教室的感觉——只可惜女儿希希不在了！时间一长，毛野人也来"蹭课"了，也学着张连旭，在毛猴凳子边，给她也砌了一个石凳，铺上狍鹿皮，旁听张连旭给毛猴上课，开始学习一个个方块汉字。

这下好了！张连旭心里暗暗高兴，要是毛野人学会了字，他就能与她交流了，他就有了跟毛野人请假探亲的机会，毛野人说不准一高兴会在他的请假条上用毛笔批上"准假"两字。同时，他也可以解开一个个谜团，像布置作文一样，他让毛野人写"明珠项圈"，写"转兵洞"，写"蜂蜜"的来历，写一个个他不知道的事情。

毛野人已经识了三四百汉字了！但毛野人不写作文，张连旭反复劝说也不管用。并且也不让毛猴写他们的事情，毛野人检查毛猴的作文，也像家长给孩子看家庭作业一样，帮助毛猴修改，又像是防止毛猴泄露了他们的什么秘密。毛野人也能读出认识的汉字，简单地用汉语跟他和毛猴对话。可他清楚，毛野人和毛猴娘俩之间还存在着一种"语言"，是他们似乎会意的一个眼神一个手势一个俄语单词。他说，如果他不带着毛猴逃跑，等他们老了，毛野人一定会信任他的，他就可以解开那一个个谜团，毛野人也会识更多的汉字！毛野人的字也写得大气磅礴，在完整地写下"关关雎鸠，在河之洲。窈窕淑女，君子好逑"的诗句时，他都遗憾没有宣纸，留下毛野人的一幅书法作品。那时，毛野人也一定会完成他布置的作文。

就是说，毛野人知道，她不是和毛猴一样的学生。

毛猴又开始问了，为什么上大学？为什么要去挣钱？钱是什么东西？粮票是做什么用的？

毛猴还问了："粮票买粮食用，那钱能买来妈妈吗？""钱买不来妈妈。但是……"张连旭"但是"之后，一时竟回答不上来了。是，钱是买不来爱情，钱也买不来幸福，但没钱你连爱情和幸福的边也沾不上，你也就没资格去想爱情和幸福。在现实世界里，高尚更多是说在嘴上的，而不是在心里。在心底没有谁为了高尚而高尚。"卑鄙是卑鄙者的通行证，高尚是高尚者的墓志铭"。新兴的朦胧诗的诗人们，只这两行诗对他胃口。张连旭掏出几张钱给毛猴看，人常说"有钱能使鬼推磨"，有了钱就什么都有了！现在，张连旭觉得只能这样对毛猴说。钱能给我们买饭吃，钱能给我们买房子，钱给我们买车子，钱还能给毛猴娶婆姨。

娶婆姨做甚哩？

娶婆姨生娃哩！

生娃做甚哩？

生娃放牛哩！

放牛做甚哩？

放牛耕地哩！

耕地做甚哩？

耕地种庄稼哩！

种庄稼做甚哩？

卖钱娶婆姨哩！

哎，怎能这样给毛猴讲！张连旭自己先笑了，他又回到李白低头思念的故乡了，娶婆姨、生娃、放牛、种庄稼，再娶婆姨，这不是简单的生活游戏，这是一种无可奈何轮回着的生存法则，是乡亲们千年万年来一成不变的坎坷人生命运。

"钱又没腿，钱又没手，钱又不会说话，钱怎么比爸爸还能厉害？"毛猴还在问，"毛野人阿姨没钱，就用石头圪垯买。"毛猴好像自言自语。

张连旭吃了一惊，问毛猴："毛猴见过毛野人阿姨的石头圪垯？"毛猴看着爸爸，想说什么却拨浪鼓似的摇起了头。张连旭心里很不是滋味儿。他知道一直以来，毛猴有许多事情都瞒着自己。看来毛猴是毛野人的同党，他必须努力争取来，首先要让毛猴成为他的死党。难道毛野人秋天从老乡家里牵来的牛背回的猪羊及其他东西，都付给了元宝的"石头圪垯"？张连旭故意捡起几块石头，递给毛猴说："毛猴，给爸爸拿好了，咱们以后也用石头圪垯。"毛猴上当了，"爸爸，这不是毛野人阿姨的石头圪垯，毛野人阿姨的石头圪垯可漂亮了，上面还有毛猴认不得的字。"

"那毛野人阿姨的石头圪垯在哪儿放着哩？"

"毛猴也不知道。"

张连旭还是耐心地套出了毛猴的话。毛猴见过毛野人阿姨拿着漂亮的石头圪垯，毛猴要玩，毛野人阿姨说要给毛猴买肉吃哩！爸爸和毛猴吃的东西，都是毛野人阿姨拿石头圪垯买的。

"那野猪和狍鹿不是毛野人阿姨买的吧！"

"野猪、狍鹿树林有啊，树林里还有果子。"毛猴说话有时颠三倒四。

"毛猴为什么不给爸爸说毛野人阿姨的石头圪垯？"

"毛野人阿姨不让毛猴给爸爸说。"毛猴又问，"爸爸，你说钱能买东西？石头圪垯咋也能买东西？"

张连旭心头一阵沉重。"蜂洞后门"的捻军宝藏，或者说毛野人宝藏，看来不是子虚乌有，似乎确定存在。可他怎么也回答不上来毛猴的问话了。还真是的，钱没腿没手也不会说话，人们为什么都爱钱？民间有一幅叫"钻钱眼"的传统剪纸纹样，两人抬着一枚赤裸裸的铜钱，贴在窗口上，正月十五夜谁梦里从铜钱眼钻了过去，谁就一年财运亨通万事大吉了……

"钱不过是一张烂纸纸！"正如毛猴所说，可有谁又能逃脱钱的紧箍咒呢？有钱人说钱没用，他们却更愿意在钱堆里死去；穷人是没有钱用，他们又常常做着活在钱里的梦！可怜的人们，好像都在钱眼里忙忙碌碌地钻过来钻过去，在钱无形的鞭子下面，一生劳碌，一生奔波。而多少人似乎更愿意为钱而生，也为钱而死。

张连旭以为自己跳出了钱无形的捆绑，可面对保存了好多年的几张百元、五十元的皱巴巴的纸币，从内心深处不由感到一阵惭愧。

第十七章

　　今天，张连旭要给毛猴和毛野人教"衣服"两字。"衣""衣"
"衣服的衣""衣冠的衣""衣架的衣""衣锦还乡的衣"" '岂曰无
衣，与子同袍'的衣"，"服""服""服务的服""衣服的服"……
他在讲衣服是穿在身上用以遮羞蔽体，他指着毛猴的中式布衫、
西式裤子和自己身上的着装，这就是"衣服"。又讲穿衣戴帽要得
体，他想说毛猴的衣服不和谐又没说出口，条件使然，这里有穿
的已经不错了！他一直坚持让毛猴穿粗布衣服，会磨掉身上的绒
毛，还真见了效果，毛猴现在除了脸上长着"老毛子"的毛外，
身上的毛逐渐褪了，只是比正常孩子长得多一点，身体也长得
壮实一些。
　　这时，毛野人瞅着自己身上芳香的草裙，似乎明白了什么。她
从砖凳子上站起，去找了张连旭的两件衣服穿上，过来给他们显摆。
尽管不怎么合体，肚皮也没有盖住，倒像时髦女郎。毛猴瞅着嘿嘿
憨笑，张连旭上前拍了拍毛野人的肩膀安慰，并给了她一个深情的
拥抱。毛野人又向文明迈进了一步，这是多么值得庆贺的一步啊！
人类最早的"遮羞布"，不过是树皮草叶，可毛野人已是很讲究的草
裙了，是城市模特再怎么也披不到身上的漂亮时装。他目睹了毛野
人编织草裙的全过程，白露前后，毛野人将柔韧的白草拔回来，在
洞里阴干，与花朵一起在水中浸泡，再次阴干，然后开始编织，远
比他护士前妻打一件毛衣工艺繁琐复杂……神奇的是毛野人的草裙

哪儿剐破了，可以修补如初，且不留一点儿什么补丁的痕迹。

可他给毛野人编织的麻衣裙，还只是一些多余的麻布片，甚时能完成不说，关键是毛野人根本不需要这样一件麻衣裙。他又突发奇想，用这些麻布片，可以做一个大风筝，不，一艘"飞艇"，一艘可以真正飞起来的"飞艇"，而不再是《天方夜谭》里神奇的"飞毯"了。一时，他为自己的聪明暗暗叫好。

现在毛野人要穿衣服了，他惭愧不能给毛野人去定做一件旗袍，几身衣服。此刻，他在心里已为她选好了面料的色彩，一件绿锦旗袍，一定是毛野人的喜爱，那是子午岭的颜色，旗袍也正合毛野人的身段，她要是出门时穿上，那才叫美轮美奂！而居家时，应该选关中染色土布，朴素的对襟立领中山装上衣，搭配青绿色中式长裙，会衬托得毛野人引领一代衣着风骚。毛野人又将草裙套在衣服外边，毛猴笑得上气不接下气。毛野人才不理屁孩毛猴的反应，她两眼出神地凝望着张连旭，等着他给予的肯定。

这需要一个适应的过程，正像他适应野人溶洞一样。张连旭给毛野人竖起了赞许的大拇指，连声道"好"。只要毛野人懂得了穿衣一如吃饭也是生活的必需，步入正常，那是多伟大的一件事！他在想还要给毛野人准备一件红色的T恤衫，织两件红色的毛衣，那是我们的"中国红"，那是子午岭秋天红叶的颜色，那也一定是毛野人崇尚的青春色彩！

……

这是毛野人多少次习惯性的流产？张连旭也说不上来。

毛野人很是沮丧，似乎又陷入了对女儿希希的思念，几天来一直躺在炕头，脸上一点笑意都没有，眼角又突然多了几道不规则的皱纹。张连旭想着，这要是在老家的村里，只需服用六爷的几味保胎中药便可根治，可这是在子午岭深处的野人溶洞。毛野人要是能跟他回张家圪崂那就好了——不去城里了，城里不是毛野人待的地方。他宁愿放弃工作，照顾毛野人一生一世，毛猴也不上"小天使"了——毛猴其实还能上幼儿园的大班，但张连旭想，毛猴就是直接上村小识字课，也不会落下多少。

张连旭心里也空荡荡的，像春天里的晒场。

他没心思钓鱼，他和毛猴整天陪在毛野人身边，准时给毛野人端上可口的饭菜，陪伴在左右。毛猴知道毛野人阿姨生病了，多少收敛起了一些野性。这一会儿，他正一声不吭懒散地坐在石头上捏泥娃娃，捏好了一个拿在手里看了看，好像不满意又捣碎了，捣碎了再捏。毛猴好像有自己的一些审美观点了，不满意泥娃娃的哭相，要让泥娃娃快乐着他的快乐。张连旭惊奇地发现毛猴捏的两个泥娃娃，一个男的一个女的，男的双手抱在胸前，看着远处一脸的坏笑；女的比男的高大，双臂自然垂着，有点似毛野人的样子。

毛猴是怎么明白这世上是由男人和女人组成的？

张连旭自然晒不成太阳了。《秦直道考察报告》已经完稿，笔记本正反两面都是密密麻麻一笔一画的方块"小楷"，张连旭大体算了一下足有四万多字，《中国地理》杂志能发表这样长的文章吗？关键是他真实的秦直道考察报告，推翻了多少人的错误观点，让"专家们"的脸往哪儿搁？曾有一位著名地理学家，将秦汉的阳周城的地理位置错误地发表在学术报刊上。但他后来明明知道自己搞错了，可就是不予以纠正。这让张连旭非常恼火，错误属于正常，人非圣贤，相反，连错误都不敢正视的专家，我们就应该称其为"砖家"了。还有，张连旭知道《中国地理》杂志与这些专家们保持着千丝万缕看不见的关系，会不会认为他这是在说疯话？

哎呀，没事干了，怎尽胡思乱想？

想起一次回村，正遇二愣子和媳妇吵架。起因很简单，家里好不容易攒够了买一头毛驴的钱，二愣子和媳妇自然高兴得不得了。媳妇说，配种了明年下一个骡驹，二愣子说对着哩！媳妇说，以后我回娘家就能骑骡驹了。二愣子不答应了，跳起来说："那坚决不行，闪了骡驹的腰咋办？"婆姨汉两个最后吵到了有文化的张连旭面前评理。张连旭问："那你俩的骡驹呢？"二愣子和媳妇你看看我我看看你，半天没说上话来。

现在，他发现自己整天其实就是在为还没生下的骡驹闪了腰而瞎操心。他都逃不出野人溶洞了，他和他生命里的"报告"，可能都要老死在野人溶洞了，却还要不停地做关于未来的梦。他又不得不时时安慰自己说，我有做梦的权利。

毛野人又让张连旭给她熬药，她要服下最后的一株还魂草。毛野人上次服过还魂草后，真有些神清气爽的感觉，身体恢复了健康的同时，沉在眼角的鱼儿，没几天游走了一大半。这使他完全相信了还魂草的神奇，以致从倒掉的药渣中，将还魂草一点一点捡起备用。

毛野人难道完全了解还魂草的药效？或者毛野人想用还魂草治愈她的习惯性流产？

在以后的一段日子里，张连旭每次煮菜，毛野人都会将还魂草的药渣放上几根，煮在汤里，毛野人自己吃，也叫张连旭和毛猴一块儿吃，还给毛猴说些什么。啊，是不是毛野人要用"还魂草"，留住青春美丽！

夏初，张连旭看见崖壁洞外几只鸟好像在吵架，他劝来劝去鸟儿们就是不领情。显然鸟儿们也有固定的地盘，那几只鸟飞到这几只鸟的家园里来了，因此爆发了这种看起来似"唱歌的战争"。既然是争地盘，不就是为食物吗？张连旭凌空撒下去几把荞麦，鸟儿们先是一愣，接着便停止它们的唱歌战争，从荞麦雨中飞走了。咋是这样的结果？好心没好报，张连旭本想留住鸟儿们，可它们好像后悔与他为邻一样，瞬时一个个飞得不见了踪影！

过了些天，崖壁洞口下面杂乱地长出了一片荞麦，张连旭多少有些喜出望外。荞麦是老家乡亲们的主食，婆姨们说离开荞麦便不会做饭了，凉粉、碗饦、搅团、剁面、饸饹、煎饼、壳壳……荞麦起码能做出几十种地方风味的美食。张连旭一直认为陕北人的灵气就是吃荞麦吃出来的，而如果以一种植物的花来代表陕北，那无疑就是粉红粉红的荞麦花了！谁家女子长得好看，也比喻为荞麦花一样好看。现在好了，他在野人溶洞能看到老家的荞麦花了，他在垂钓之余，可以感受家乡的气息，这不能不说是一件喜事。

张连旭感觉他无意间种出来的也是乡情和乡愁。

他又想入非非，想着种一个"SOS"出来，一个巨大的荞麦花的"SOS"，一个足以在飞机上看得见的粉红粉红荞麦花的"SOS"，可是哪有地方去种呢？又是一个"闪了骡驹腰"的谬想。人啊，总是吃着碗里想着锅里，有上一亩地，就想变成一栋房子；有了一头牛，就想换回一辆小车。而全然不记穷得叮当响，连一件像样衣服也没有的日子！

荞麦一天一天地长大了，荞麦开花了，粉红粉红的荞麦花像毛野人酒一样，让张连旭每天在观赏中陶醉，在回忆里陶醉。没过多久，紫红的荞麦像点亮的小小灯笼，啊，老家的荞麦还在打着灯笼寻找一颗露珠的湿润吗？在"荞麦皮皮架墙墙飞""三十三颗荞麦九十九道棱"的民歌中，谁吼了一嗓子信天游："荞麦开花花包头，是非黑白我清楚；叫一声哥哥你不要怕，大不了人头高杆上挂。"

荞麦花上好像飞来了几只蜜蜂，张连旭揉了揉眼睛，还是看不清楚。眼镜从毛野人拿回来就一直闲置着，这与牙刷的境遇大相径庭，牙刷没过两年就变成没毛的光板了，每次刷牙来回磕得牙都痒痒的，可眼镜却退休了似的被他搁在大庭的一块石笋上，再没使用过一次。他跑回去取来眼镜，上面落了一层厚厚的灰尘，用手拭擦了一下油腻腻的。只好再跑回去在温泉里冲洗净了，戴上出来，毛猴和毛野人不认识似的，冲着他怪怪地笑。再看荞麦花上的蜜蜂还是模糊不清，啊，在野人溶洞这些年来，没怎么费眼睛，可视力咋明显下降了！毛猴好奇地夺过眼镜，架在鼻梁上，眼前却是一片雾水，只得摘下来，说："爸爸，这眼镜有什么好戴的？"

正说话间，老鸦邻居似乎听明白了什么，一个个飞到荞麦上，嘴鸽脚刨，长得好好的荞麦，顿时遭殃了，好像被一场突如其来的冰雹打过一样，倒在了地上。哎，老鸦邻居，今天我们并没有跟你们发生任何冲突啊，我还给你们免费的酒糟午餐吃，你们怎能如此不明是非，不识抬举，不知好歹？你们还讲不讲一点良心！唉，也是，难道还要老鸦们成立一家负责道理调停的法庭不成！再看，蜜蜂似乎又飞来了，它们并没有畏惧老鸦们，它们要把荞麦花最后的一点蜜抢收回去。

毛野人给张连旭递过陶埙，她要听"高山流水"，望着子午岭的山野森林，毛野人说出了"高山"和"水"。她的心情并没因老鸦糟害荞麦花而受到影响，毛野人心胸宽着哩！从这一点上看，毛猴性格没随了毛野人，反倒更像他，心上总有解不开的圪塔。"嘘——嘘——"张连旭给毛野人吹起了"高山流水"。原本古琴曲的"高山流水"，张连旭过去在茶馆里也常听古筝的弹奏，他便想着用埙来吹，会更具有一种穿透力。试着一吹，还真是，埙声好像阳光，洗涤着他的身心，他仿佛遇到了他的"钟子期"，阴郁的心里一下打开了无数蓝天的窗口，清风徐来，高山之巅，如练的清流由远及近，水波上飞舞着万千彩蝶，遍地是金黄色的向日葵。浓浓的花香中，他的灵魂得到了一次净化，看什么都顺眼了，在风声里也能听出生命的感悟，对生活充满了热情和信心。在毛野人不允吹奏伤情的"苏武牧羊"之后，张连旭给她吹了一曲"高山流水"，"嘘——嘘——"的埙声里，毛野人先是手舞足蹈起来，分明在说，"善哉，峨峨兮若泰山！""善哉，洋洋兮若江河！"一会儿竟泪流满面，似在骂他这个负心汉，你咋就不能成为我的知己，你才是喂不熟的白眼狼，一心想着逃跑！大自然之曲，毛野人完全融入到"高山流水"的境界中了！她在野人溶洞享受着音乐带来的青山绿水，欣赏美丽的彩虹下，两只云雀悬停在晴空的舞蹈，拥抱百花争艳一派明媚的春光。

静静地听完一曲"高山流水"，毛野人又开始拍着泥巴捏制她的埙了。张连旭觉得这些天，毛野人常跟自己过不去，她想一下就学会张连旭的"东西"，好比一口想吃下一颗大西瓜，又没法咽下喉咙。她便不停地做着什么，跟毛猴写字，和毛猴一块玩算盘；一次睡下了，又爬起来，掰木棍量埙孔间的距离，似乎想找一个什么规律。毛野人的学习，也带动了毛猴，多少收敛了掏墙剜窟

　　望着子午岭的山野森林，毛野人说出了"高山"和"水"。她的心情并没因老鸦槽害荞麦花而受到影响，毛野人心胸宽着哩！从这一点上看，毛猴性格没随了毛野人，反倒更像他，心上总有解不开的圪垯。"嘘——嘘——"张连旭给毛野人吹起了"高山流水"。

窿的调皮。

望着远山，张连旭目光停在一棵挺拔的红桦树上了，他似乎看到树旁一个猎人，在与他对望——要是有一架望远镜就好了。

张连旭想起被毛猴拆散了的照相机，正好可以做一个望远镜。而要是真有个望远镜那多好，远山上模糊的事物，从此会尽收眼底。说不准哪天还可以望见森林里的一个采药人或者猎手，跟他说上几句话那是多好的事！他太渴望与一个人拉话了，工作和生活中，他没有跟谁结过仇，可是现在要是真有个仇人来了，那也是一件十分快乐的事情。张连旭想着自己可以和仇人拉上三天三夜掏心窝子的话，过去谁对谁错其实无所谓呀，真的是碗还磕得锅响哩，牙还咬得舌疼哩，世上没有解不开的圪垯，谁又没挖了谁的祖坟摘了谁的肝花五脏！

毛野人堵上崖壁洞口的石头，带着毛猴出洞去了。

张连旭动手开始做望远镜。这可不是烧陶器，他知道望远镜是精密的光学仪器，相应工艺要求颇高，不等同于简单的劳作。他找来照相机上的凹透镜和凸透镜，双手捏成筒状，调试焦距，先是将凸透镜作为目镜凹透镜作为物镜了，一望，像倒是成正像，却一片模糊，反过来再试，物体变得清晰可辨起来。他找来两根粗细不同的木头，用匕首修平打磨光滑了，从毛野人提回来的柳条筐系下取出铁丝烧红，慢慢在中间钻孔，在细木头里嵌入凹透镜，在粗木头里嵌入凸透镜，之后将细木头插进粗木头中，可以旋转着调整距离，一个简单望远镜做成了。

当然，这花费了张连旭好多天的时间。

啊，荞麦花还在努力地开着，荞麦花上真的飞着蜜蜂！蜜蜂是从哪儿飞来的？现在张连旭更希望子午岭的深山里，住着一户养蜂人家，一个天然洞穴是他家的一个大蜂巢，成千上万只蜜蜂出出进进，辛勤酿蜜，成年累月，蜂蜜在洞里盛不下了，从洞口溢了出来……这不就是老党说的流着蜂蜜瀑布的悬崖蜂洞吗？张连旭宁肯相信，野人溶洞的某一个洞口或者"转兵洞"一个坍塌了的出口，一定有一个蜂巢，一个装满了甜蜜的蜂巢，毛野人的野蜂蜜就是从这个蜂巢中背回来的。

一只蜜蜂飞走了，它运走了荞麦花里甜蜜的银粉金汤；一只蜜蜂飞来了，它在对荞麦花说着什么悄悄话。长上翅膀真好，长上翅膀就可以到处飞了，人要是长了翅膀那就不需要修筑道路，不需要道路，秦直道就不会存在，秦直道不存在他就不可能来考察……那他此时是不是也像蜜蜂飞在快乐的荞麦花上呢？不，他一定飞在老家的天空，飞在枣花家的垴畔上，飞在枣花一个甜甜的梦中，枣花双手端上来一碗漂着葱花花油点点的杂面，他想吃却找不到筷子，他张开口又不能将一碗杂面倒进去，正急得东瞅西望，猛地张连旭被谁重重地撞击了一下，好像是枣花男人飞回来了，他从半空里一头栽下来了……张连旭丢了一个盹，他梦见枣花了。

手心里却痒痒的，一只蜜蜂从手里飞出，原来让蜜蜂蜇了一下，手心顿时肿起来了。他刚喝了一缸子野蜂蜜水，手上沾了蜂蜜，没想就招来了蜜蜂。

对面山坡有两只鸟儿在谈情说爱哩！圪蹴在一根树枝上，先说了一会儿什么情语，接着就亲口口，哟，鸟儿也懂得接吻！又好像比赛唱歌了，它们应该唱什么歌？好像是"一个在那山上一个在那沟，拉不上话话招一招手"。扯淡，鸟儿不存在山上沟里，翅膀底下到处是通途。鸟儿应该唱："山药开花结蛋蛋，咱们两个好成面粘粘；咱二人相好一辈辈，铡刀断头也不后悔。"可是又飞来了一只鸟，好像第三者插足，三只鸟绕着树枝飞来飞去，你追我躲，突然嗖地飞出了望远镜，张连旭再也找不到三只美丽的鸟儿了。

小松鼠跑出来了，毛猴"猫咪，猫咪"亲热地叫着。小松鼠后面还跟着一只小小松鼠，没见小松鼠谈恋爱，咋就带上孩子了？小松鼠上了树，一条花蛇不知从哪儿蹿出来，一下缠住了小小松鼠。小松鼠一纵从树上跳下，扑向花蛇，一口咬住花蛇的脖颈。花蛇在小松鼠扑猛的攻击下，丢下小小松鼠落荒而逃，小松鼠带着小小松鼠爬上了树。

崖洞下面小松鼠与花蛇紧张地搏斗，毛猴和毛野人都看呆了，一颗煮熟的鸟蛋，也让毛猴攥在手里捏碎了，似握了一把不存在的鸡毛，张连旭长长舒一口气，拉着毛猴坐在身旁。毛猴的饭量，现在大得惊人，胃里仿佛安置了一台消化机，熟的生的硬的软的，什么食物只要吞进肚子，瞬间就好像被粉碎消化掉了，转换为他与毛野人一次狩猎的能量，转换为他半天的瞎折腾。从悬崖洞口滚下一块石头，传出轰隆隆落到崖底的响声。惹得老鸦邻居又不高兴了，纷纷叼起小石子，轮番攻击半个身子躲在洞里的毛猴。可不等老鸦们愤怒的石子落下，毛猴早闪身躲进洞里。再故意露出头来，戏弄引逗老鸦。毛猴乐此不疲地重复着这一游戏，还抱怨老鸦爱管闲事儿——他并没向老鸦窝里丢石头啊，"毛猴玩毛猴的，管你黑老鸦们屁事！"他反倒有理了！

　　因此，除了睡觉，毛猴其他时间都好像是在吃，可似乎总也吃不饱。上顿赶不上下顿，他一个顶得上张连旭三四个的饭量，一顿吃一颗野猪脑不成一点问题，而且还需几碗稀饭勾缝儿哩。以至张连旭提醒毛猴"饭吃八分饱"时，他会说："才七分饱哩！"

　　毛野人就像跟着毛猴赛饭量，一锅饭刚做出来，经常是没等张连旭吃一口，毛猴和毛野人便吃完了。张连旭只好再做一锅，可毛猴要是饿了，往往第二锅也轮不上他吃，张连旭不得不改灶，前后两个锅同时进行，聊以解决第二次做饭的麻烦。但是，张连旭快乐着，看着毛猴能吃能喝而快乐着，看着毛猴长成半大后生而快乐着，看着毛猴又背会了一首唐诗而快乐着，看着毛猴终于学会简单算式而快乐着。尽管毛猴书写汉字经常是只能写出一半，而将另一半忘到九霄云外；尽管毛猴怎么也理解不了"水落石出"的成语，是比喻事情终于真相大白——毛猴更愿意理解为水泼下去地湿了。张连旭也为毛猴小小的进步快乐着。

　　毛猴要看望远镜，张连旭故意将焦距拉到什么也看不见的位置上递过去。毛猴好奇地双手握着望远镜，趴在洞口向远处望，却不会睁一只眼闭一只眼，两眼说睁同时睁开，说闭又同时闭上了，自然什么也看不到。毛猴很是不解，问："爸爸，那你看什么？"

"我看有没有人——没看见！"张连旭第一次对毛猴说了谎话。

毛猴说："人不是看见的，是闻到的，毛野人阿姨什么都能闻到哩！"

"那毛猴闻到人了吗？"张连旭好像又发现了什么机密，瞪着眼睛问毛猴。

毛猴说："毛猴闻到人了！毛野人阿姨闻到人味儿就躲开走了，毛猴没看见人！"

"那毛野人阿姨为什么闻到人味儿就躲开走了？"

"人就是森林里的毒蛇，人砍大树，人烧森林，人还抢走了毛野人阿姨打死的野猪。"

"那是坏人！"张连旭觉得现在必须给毛猴说清楚人了，他又讲起"狼来了"的故事，从说谎开始吧，有的人就变成坏人了！坏人好吃懒做，坏人坑害好人，坏人干坏事——砍大树烧森林抢野猪肉，坏人……张连旭说不下去了，坏人和好人有时似乎是重叠的一个人，就像被刁蛮的婆婆对待过的媳妇，等到媳妇熬成了婆婆，但是想起自己的不幸遭遇，继而对待自己的媳妇，重新复制刁蛮婆婆的角色……这难道仅仅是一种简单的偶然现象？还是偶然里的必然！其实，坏人并不是一出生就是坏人，一出生就做坏事，好人在成为坏人之前有多少外部因素的影响？因为对生活或者某人某事有对立的看法又不能发泄，或者遭遇某些不正常、不人道、不公平的待遇，比如一个无序的社会……好人和坏人，不是一时可以说明白的问题。

"那坏人和好人怎么分辨？"毛猴又钻牛角尖了，"好人就不砍树了？"

张连旭想了想，说："坏人头上又没写'坏'字，坏人也不说我是'坏人'，坏人就混在好人里面，坏人自然就不好认了！"这跟没说有什么区别？张连旭又说："我们要从一个人的行为、处事、说话、行动上区分是好人还是坏人，哲人说，'宽处难处之事，厚处难处之人，缓处至急之事'。"

毛猴像被爸爸说糊涂了，感叹道："要是坏人像野猪、狍鹿、兔子都长上个尾巴就好认了！毛猴见了长尾巴的人就远远地躲起来。"

可是，见了坏人躲起来也不是办法啊！

一个好人不是有时候就变成坏人了吗？而一个坏人不尽然都在做坏事啊！也就是说好人和坏人是相对的，没有绝对的好人，也不存在绝对的坏人。并且一个人有时候是好人，有时候就成坏人了。关于好人与坏人的话题还真是不好讲，绕来绕去，似乎绕进先有蛋还是先有鸡一个绕不出的圆圈里了，不知哪达儿是开头哪达儿是结尾。

总是毫无征兆，急性子的毛野人想出洞了就走。毛野人拉起毛猴，转磨盘似的堵上悬崖洞口的巨石。张连旭只能结束远望的快乐，结束与毛猴好人与坏人似乎永远也说不清的讨论。张连旭还在想毛猴的话，让坏人长上一个尾巴不现实，但老天爷应该让人在做坏事时长出尾巴。坏事大小决定尾巴的长短，比如希特勒、墨索里尼及裕仁天皇就让他们吊一条三丈长的大尾巴，人们一眼便可以看穿他们的本来面目。这样坏人就不敢做坏事了，坏人也就会变成了好人……

而张连旭的"飞艇"工程，也在紧锣密鼓的实施中。他原以为，将野蜂蜜消融了渍在麻布片上，就是轻便的"飞艇"外壳，实行的甜蜜飞翔很不现实——那他只能在冬天里飞，夏天的阳光很快会融化了蜂蜜，"飞艇"会一头扎进子午岭森林，他也可能会被摔得粉身碎骨。关键是毛猴，他不能让毛猴伤了！而给"飞艇"制作一个降落伞更有些离谱，他带来的一把雨伞也尸骨分家，一一派上了用场。要不，让毛猴撑着，掉下了总还能缓冲一下。但他计划中的"飞艇"是在春天里起飞，借着春风的势头，飞出子午岭森林，飞过野人河的。因此"野蜂蜜"只是不切实际的想象，弄不好还可能引来蜂蜜，成群结队落在"飞艇"上，那简直是自讨苦吃，而不是甜蜜的飞翔了！

"飞艇"计划胎死腹中，可张连旭一条"船"的骨架却大体做好了。他又开始修改设计图，在"船"上设计了两对翼，其实勉强算是"翅膀"，后边两只小翅膀是固定的，前边两只巨大的翅膀如同船桨，可以摇动。正好防潮褥子和帐篷已无用处，可以拆了缝制"翅膀"，以及一个奇怪的"降落伞"——一个"船"篷似的降落伞。而准备给毛野人做裙子的麻布片，他缝了一个麻袋似的简易船舱，防止"船"在摇晃中，毛猴掉下。而降落伞不敢保证让他和毛猴稳稳地落下，但也不至于一下摔死他们。再说还有森林，密如草甸似的树梢，高举着一个个温柔的手掌，也可以提供一层难得的保护垫。

　　因此"飞艇"变成了一条"飞船"。

　　毛猴看着他终于组装起来的"飞船"，一个劲儿地傻笑，"爸爸，没见你这样的大飞虫，蜻蜓、蝴蝶、蜜蜂、麻雀、老鹰啥也不像，能飞起来吗？"毛野人也围着"飞船"转来转去地看，跟着毛猴傻笑。在毛猴"能飞起来"的疑问中，张连旭顿时惊慌失措，回头看了一眼毛野人，才放了些心，毛野人并没看出"飞船"秘密。他害怕毛猴再问个不停，泄露了天机。佯装着揉了揉眼睛，说："毛猴，虫子飞眼里了，你给爸爸吹吹！"岔开了话，毛猴果然上当，剥开张连旭指着的右眼，使着吃奶劲儿吹了三下。张连旭感觉凉飕飕的，心里骂："这个愣种子，咋这么大劲儿！"嘴上却笑，"乖儿子，虫子吹跑了！"又想自己谎没个把儿，这野人溶洞哪儿有过虫子？

　　又一个明媚的春天来了！春风一阵一阵地刮过，子午岭林涛如潮水般一阵滚过之后，接着又一阵从远山涌来。一个冬天里饱受风霜已快要僵硬的树枝，在林涛一阵一阵的呼唤声中，睡醒了似的开始舒枝展叶，绿意益然，焕发起了生命的活力。张连旭甚至听到了森林打了一个呵欠，同时，轻松地伸了个懒腰。啊，草木有情，恰似久别重逢的故人，在这个醉人的春天里相遇，相互作揖、举杯、叙旧，之后，又急匆匆地上路了！只有草木才懂得珍惜这深情的春天，它们没有片刻虚度的时光。

张连旭偷偷给毛猴说："儿子，敢不敢跟爸爸坐船飞一会儿——千万千万不能叫毛野人阿姨知道了?!"

"敢啊，爸爸，你的大飞虫，真能飞起来?"毛猴一脸惊奇的神色。

"能，一定能飞起来!"张连旭又给毛猴眨挤眼，"乖儿子，不敢说。"

张连旭和毛猴父子俩达成的秘密，内容却截然不同，一个是要逃跑，一个是要像荡秋千一样像鸟儿一样在天上飞一回。张连旭任何行李也没敢带，一来担心毛野人看出破绽，二来再不能增加飞船的重量了，他饭也只吃了几口，又悄悄嘱咐毛猴不可吃多了! 也因为他对这次"飞行"——他的首飞其实并没有多少把握。他在想美国莱特兄弟第一架飞机的成功试飞，他在想德国航空先驱奥托·利林塔尔驾驶自己制造的飞行器的坠毁悲情。虽然他清楚自己的"飞船"更接近奥托·利林塔尔的飞行器，他的这次飞行可能不只是闹剧，也许更是悲剧，但他必须飞一次，在未知的闹剧与悲剧中寻找他人生的喜剧。

晒太阳的时候，张连旭收拢"飞船"的翅膀，将"飞船"抱到了崖壁洞口，而后迅速张开机翼，没等毛野人反应过来，就用手势给毛猴发出暗号。毛猴用力向外推出"飞船"，在要跳上去的瞬间，被毛野人一把拉住了。毛猴哪里挣脱得开，再看爸爸张连旭已飞了出去。毛猴没能甩开毛野人铁钳般的大手，还在抱怨，"飞船"却像突然被麻雀鸽去了翅膀的蜻蜓，挣扎着在半空里跳了几跳，一头跌到森林里去了。只有"降落伞"在嫩绿的树梢上划了一个月牙弧，飘飘摇摇，很不情愿地一个倒栽葱卡在了树间。

毛野人和毛猴这时才从惊恐中醒过来，也顾不得堵住崖壁洞口的巨石了，不知从哪儿就蹿到事故地点。张连旭躺在一片绿茸茸的杂草丛中呻吟着，鼻青脸肿，一身伤痕。断翅的"飞船"散落一地。前面的两个大翅膀，滑稽地挂在一棵旱柳和一棵松树上，迎风吃力地扇动。毛猴不管张连旭的死活，笑得前俯后仰，似在庆幸他没跳上"飞船"——这哪里是什么"飞船"，这明明就是最笨的大虫子啊！毛野人瞅了一眼毛猴，抱起还在呻吟着的张连旭就走。

扫了一眼散落一地的"飞船"残骸，张连旭想着失败的原因。一方面应该是他为减轻"飞船"的重量，烧烤木材，强行对红桦木"脱水"，导致木材失去韧性的因素——他多想子午岭森林里生长着美洲热带森林里最轻的巴沙木，他也希望红桦有东北完全可以跟金属相比的铁桦树的硬度，就是老家穆柯寨五郎为破天门阵作斧柄的降龙木的硬度也行啊！另一方面就是头重脚轻所致，要是毛猴跳上了"飞船"，平衡就不会存在问题，而在他回头发现毛猴被毛野人拉住的刹那间，他起码少划了一"桨"，也让"飞船"失去动力的原因。当然"降落伞"也出卖了他，咋可能无故丢下"飞船"飞走……可以肯定的是毛野人没对"飞船"动过手脚，他早晨还仔细地检查了一次。

没摔死——这比张连旭预计最坏的结果要好得多，但他知道自己这回怕是破相了；幸运的是胳膊、腿没折一件，肋骨也没断两根，这已是不幸中的万幸了，值得庆贺，其实摔死了活该！毛野人也并没有大发雷霆，她似乎只当这是他和毛猴想飞起来的一次游戏。遗憾的是他不能总结分析"飞船"失败的其他原因了，毛野人抱回"飞船"四分五裂的残骸，不容分说地撂进了火堆。"飞船"的两个小翅膀在燃烧，"飞船"的"降落伞"在燃烧，"飞船"的一对大翅膀在燃烧，"飞船"散乱的红桦木船体在燃烧，他几年编织的麻布片在燃烧，他一个冬天的精心设计在燃烧中化为灰烬……

张连旭却坚信，这样凭翅膀提供动力的"飞船"一定可以飞起来，原理跟燕子、云雀、大雁等等的鸟类一样，未来的天空一定"飞"着这样的大鸟"飞船"。他甚至猜测，古人早就如此"飞"过了，这才有了《封神榜》里会飞的雷震子，其实就驾着类似这样翅膀的"鸟儿"，在天空潇洒地飞来飞去，而被误以为会飞的人了！还有所谓"鲲鹏展翅"，也是一位智者制作了这样的一个"大鸟"，从云里的昆仑山一跃而下，借着风势，飞过千山万水……看啊，赶集路上两只"飞船"相遇了，彼此之间亲切地问好后，又扇动着翅膀飞走了；谁家愣后生，后边捎了个俊妹子，"翅膀"就扇得像拜雨鸟，一翅十里地飞向县城。

休息了几天，摸了摸受伤的额头，还真的留下了一道疤痕。张连旭也不计较，只为耽误了毛猴的学习而不安。三天不写手生，三天不念口生，这话就像针对毛猴说的。毛猴根本不会复习功课，反复教他就会了，一不教又忘得一干二净。他常想着牛羊的倒嚼，从而将吃进肚子里的东西充分地消化。要是毛猴有这种对知识反刍的本领，那该多好，可以给他省出多少宝贵的时间！现在，他的时间越来越不够用了，整日除了家务，要做的事，还是一件又一件地能拉几大车。唉，洞中的神仙们，也许只因为专心地忙，而忘记了岁月的短长！

——张连旭变得脆弱起来。总是被感动，总是无法控制情绪，电视里一名身患血癌的女孩，为父亲唱最后祝福的歌，他的泪水一时竟抹也抹不完；上班路上，一位翻垃圾箱的老人，让城管训斥得流涕痛哭，他上前帮助孤独的老人，跟着满眼热泪，硬给老人塞了二十元钱……他知道，他深深地思念着毛野人！他本来戒烟了，却在毫无意识的情况下又点燃了一支香烟，烟鬼似的大口大口地吸着，他在心里开始鄙视自己。所谓高等动物的人，一个个都像活在虚假之中，为追名而奋不顾身，为逐利可以头破血流。活是为给别人看而活，有谁真正活着自己！套了一个个面具的后面，就是为了让别人看着光彩一些，面具下面的脸变得比川剧"变脸"还快。只有一个人静坐时，一声沉重的长叹才属于自己。他在想，要是允许抛弃虚假的面具，他会用一生来呵护这一场旷古绝伦的爱情！

张连旭后来一直在国外，非洲国家去得更多。他一直力所能及地救助那些还在贫困线上挣扎的穷人，为他们送去食品、药品、衣服，以及他认为灵魂的书籍。他尽管不懂任何一门外语，但他能跟说各种语言的人们进行交流，他在发给广东佬的电子邮件中说，人们的心是相通着的，并附了一首写在西非冈比亚河的短诗：

> 笑，不需要翻译，
> 哭同样不需要翻译。

这首只有两行的短诗，却有一个"世界"的题目。广东佬反复琢磨，感到一种震撼，久违的艺术带来的震撼。因此，广东佬将这首越是品味越感到深刻的短诗发表出来了——在张连旭诗意的"世界"里，一定包括了毛野人，包括了自然界所有会笑会哭和不会笑不会哭的动物、植物，一切有生命的物体，他要告诉人们，万物有灵。

但后来，张连旭不得不返回野人溶洞。他实在受不了那种来自心灵深处的折磨，仿佛身体的每个空间里，都住着另外那个"他"，他的时常要蹦跶出来的活魂，还有那些似乎总陪着"他"的无法割掉的疼痛。那些毛毛虫噬咬的疼痛，心在肝里摇铃铛的疼痛，夜里想起就睡不着的疼痛，莫可名状的疼痛，他只好回到子午岭的野人溶洞。只有在无尽的思念中，他才能安静下来，灵魂也不再遭受煎熬。他也只能活在思念中了，他开始痛恨秦直道，自己所谓神圣的事业……

毛猴在吃一条烤鲫鱼时，惊奇地问张连旭："爸爸，这烤鱼咋变了味儿呀！"

张连旭接过烤鱼尝了尝，还真有一股什么味儿。可是什么味儿呢？这是多年来张连旭没有闻到过的一种怪味道，他仔细回想，啊，是石油味儿——从小家里点灯用的石油味儿，这野人河从哪儿来的石油味儿？张连旭拿起葫芦瓢从河里直接舀了半瓢水喝了一口，就是有一股石油味儿！野人河被污染了，污染来自地下还是一条河的源头？他说不清楚，但可以肯定的是野人河的确是被石油污染了！

野人河从哪里流来？野人河是从什么时间开始被污染了的？

毛野人习惯性的流产，根源恐怕就出在河水的污染上。还有毛野人老是抱怨的掉毛脱发，张连旭想一定是污染了河水的石油在作祟。这如何是好？野人河是他们唯一的水源，他不可能用蒸馏法来提取他们的饮用水。不仅没有这样的条件，而且水不是调味的食盐，他们一家每天用水量最少也得一百升。再说，长年的烟熏气打，野人溶洞的钟乳石已似文物一样，拥有了一层类似于作伪的"黑漆古"的皮壳。他的熟食主义，使野人溶洞遭受了空前的破坏。他也应该生出一条坏人的尾巴来。

啊，今天的野人河不是昨天的野人河了，今天的张连旭也不是考察秦直道的张连旭了！他一如晚清遗老，飘逸的长须，好像刚从戏剧舞台上下来。只是身体有些微微发胖脊背有些驼了，长长的头发有些蓬乱，身后也没有背着一条历史的长辫子。

第十八章

毛猴应该九虚岁了。

按照老家过去的乡俗，毛猴要上村小了，乡亲们说："十岁念书石筒筒，九岁念书九灵灵。"意即九虚岁孩子有了灵气，入学正当时。而十岁上学，误了孩子的智力开发最佳期，书就念不到肚子里了。

九岁的毛猴跟爸爸张连旭说起话来，像大人。张连旭问："毛猴，毛野人阿姨是怎么打野猪的？"

毛猴说："毛野人阿姨在野猪路上，挖好一个深坑，在上面铺上杂草，第二天野猪就掉进去了。"

"那野猪要是掉不进去咋办？"

"毛野人阿姨藏在树上，悄悄地等，野猪要是过来，一石头砸在野猪脑上，野猪就死了！"

"那野猪不过来咋办？"

"毛野人阿姨寻上野猪的家，野猪肯定过来啊！"

咋全然没有他想象中惊心动魄的战斗场面：一群野猪在一头野公猪的带领下，刚钻出梢丛，潜伏在大树背后的毛野人，一声嘶叫，手持木棍，迎面扑上，野猪四散逃奔，毛野人急若流星，似《动物世界》一只扑向猎物的母狮，风似的撵上一头野猪，在毛野人挥棒的一刹那，野猪掉头反扑，箭一样地冲向毛野人，毛野人一闪躲过，顺势一个箭步，右手按住斗大的野猪脑袋瓜子，左手一棍抢了下去，只听得咔嚓一声，木棍折成了两截。好一个毛野人，左拳一攥好像一只铁锤，三下两下便结果了野猪的性命——有点类似《水浒传》里的武松打虎。

看来毛野人狩猎，跟人类相似，学会使用智谋了！

毛猴应该十一虚岁了。

毛猴误过了上学的年龄，但张连旭并没让毛猴落下课程，十一岁的毛猴识了将近一千的汉字，十一岁的毛猴会背三四十首唐诗宋词，十一岁的毛猴能熟读一半多的《三字经》——张连旭只记得这一半多的"三字经"，十一岁的毛猴学会了三位数的算式。只是二分之一加二分之一，一直算成四分之二；而且立简单的算式会把个位与十位对齐，将十二加八计算为九十二。只是毛猴总是钻牛角尖，一次又将个位数与十位数对齐了，二十二加八算成了一百零二，张连旭说毛猴算错了，"儿子，二十二加八，怎能那么多？"毛猴重新算了一遍，还是一百零二，就说："二十二加八，好像没那么多，可这式子是硬道理啊！"张连旭笑得前仰后倒，毛猴又算了一次，还是一百零二！张连旭说："儿子啊，式子是硬道理，可你把个位数的八放在十位数上加了！"毛猴半天才醒悟了过来。

十一岁的毛猴知道自己是中华人民共和国的公民，十一岁的毛猴明白了简单的道理，十一岁的毛猴懂得了礼义廉耻、善恶丑美，张连旭还教毛猴了解什么是社会，一个需要不断奋斗的舞台，形形色色的人们，多姿多彩的生活，构成一个法制的人生舞台……

十一岁的毛猴熟悉子午岭每一个早晨的太阳，十一岁的毛猴热爱子午岭每一天的清新的空气，十一岁的毛猴可以独自狩猎一头野猪了——让一头野猪掉进伪装的陷阱，十一岁的毛猴面对狼虫虎豹毫无畏惧之心。

十一岁的毛猴有了一个叫"毛毛"的伙伴狗狗。毛毛是一条灰黄色的土狗，是毛野人冬天从村子里拉回来，当猪肉一样准备给张连旭和毛猴吃的。毛毛大概一两岁，牙才长齐了，洁白光亮。毛毛长得颇有精神，两只黑亮的眼睛深邃透明，脖颈上一圈黑直通脊梁至卷起的尾巴，好像一条黑丝带上套了一平一竖两个舞动的圆圈，很是讨人喜欢。毛毛一进野人溶洞就跟毛猴成了形影不离的朋友。除了晚上睡觉，毛猴睡在炕上，毛毛睡在地下外，毛猴和毛毛整天玩在一起吃在一起。有时候毛野人出去带着毛猴，毛猴就带上毛毛，成为一道远古的风景。

又到秋季，毛野人扛回一只黑山羊。张连旭高兴地对毛猴说："儿子，有羊肉泡馍吃了！"羊宰杀后准备剥皮时，他突然想起了羊皮筏子，他曾在西口的黄河渡乘过羊皮筏子。而有了一个羊皮筏子，野人河就再也挡不住他了！他尝试如何将羊皮整个囫囵个儿剥下来，只能从颈部开口，他小心翼翼一点一点慢慢地往下褪。最早要囫囵个儿剥羊制筏子的古人，一定不是无意为之的，他也许是受羊群过河的启发，产生了制作羊皮筏子的灵感。他成功了，整个羊皮一点也没破。接下来的工序，是要给羊皮脱毛，这个活儿颇叫他伤脑筋，拔不是刮不成，羊毛自个又不会掉下——就应该让羊毛自个掉下来，他想到了"捂"，先放起来"捂"一阵子再看吧！

现在，先要给毛猴和毛野人解馋。

张连旭先在陶盆里煮了羊肉，又忙着拾掇头蹄下水——多少年了，他一直想吃一顿羊杂碎，也要让毛猴和毛野人知道这羊杂的美味。肉还没烂，毛猴就开始捞羊肉吃，毛野人眼馋，跟着毛猴半生燎熟地吃了起来。张连旭还在忙活，毛野人眼见着快跟毛猴吃光了羊肉，就压住陶盆盖子，不让毛猴吃了。张连旭揭开陶盆，说："你俩尽管吃，我还不饿。"毛猴举着油腻腻的双手，说："爸爸，再做一盆吧！"张连旭摸了摸毛猴的肚皮，笑着说："都吃圆了，还吃！"他开始烙饼，却不给毛猴和毛野人吃了，要不，他烙完了饼，他俩就吃饱了。一摞干饼，他让毛猴和毛野人学他一点点掰碎了，他又添柴烧滚了羊汤，浇在他们掰好的碎饼圪垯上。细看毛猴和毛野人，饼都掰成块了，自然少了羊肉泡馍地道的风味。啊，这是他们在野人溶洞吃的最细法的一顿晚饭，毛猴吃得不放"碗"，毛野人吃得不摆"筷子"。在此后的几天里，毛猴一吃饭就嚷着羊肉泡馍，毛野人也要吃"肉""馍",成了两个吃货。张连旭很会调剂,他们要吃偏不给吃,隔了一星期,才再做羊肉泡馍,满足娘俩的胃口。

羊杂碎却没吃成。毛猴和毛野人像是比赛饕餮,好不容易等张连旭从陶锅里捞出来羊肝,蘸着醋你一口他一口吃了!接着是羊蹄、羊肠、羊肚、羊头,煮熟了什么吃什么,一样不少地吃了个光。毛野人还要了一杯酒,享受地吃着喝着。只剩下半"锅"煮羊杂汤了,张连旭煮了些面圪垯,又给毛猴和毛野人各盛了一"碗"。毛猴一边吃一边心不在焉地打算盘,"三八一十八"。张连旭纠正说:"儿子,又错了,三八二十四!"毛野人似乎为早没拉回几只羊而过意不去,也为张连旭没有吃到他辛苦做的美味而不好意思起来。

张连旭心里却美滋滋的,突然产生一种事业的成就感,笑着说:"你们吃好了,就顶我饱了——过去,我经常吃哩!"

羊皮囫囵"捂"了一阵子,一抖果然羊毛纷纷落了下去,又一道工序完成。接着,张连旭用麻绳扎住三只肢、头和屁股,从剩下的一只肢中往里吹气,等羊皮鼓起来了再扎紧——他终于有了一只羊皮筏子。"下水人乘筏,上水筏乘人",想起筏客的话,他将羊皮筏子偷偷藏起,等毛野人和毛猴出洞后,才又是晒又是泡地独自遐想。

转眼,毛猴应该十三虚岁了。

也就是说,毛猴在子午岭已度过了十二个春天,毛猴吃过了子午岭十二个秋天的果实,毛猴在子午岭的十二个夏天里,跟着毛野人掏过鸟蛋、挖过野菜、背过盐土,毛猴在子午岭十二个冬天里,陪爸爸张连旭看过雪飘、听过松涛、呼吸空气里的花草芳香……

十三岁的毛猴魂全了——道教所谓人之三魂六魄,似乎经过一次十二生肖轮回,已构成了一个人的完整,就是说毛猴到了可以成婚的年龄。当然,这是老家旧习。十三岁只是人生最早的 一个分水岭,就是说十三岁的毛猴算成人了!

十三岁的毛猴已长成大后生。毛猴身体壮得像一头小牛犊,只是肋骨没有分开,从胸前及腋下摸去,感觉整个胸腔像是石头做成

　　毛猴在子午岭已度过了十二个春天，毛猴吃过了子午岭十二个
秋天的果实，毛猴在子午岭的十二个夏天里，跟着毛野人掏过鸟蛋、
挖过野菜、背过盐土，毛猴在子午岭十二个冬天里，陪爸爸张连旭
看过雪飘、听过松涛、呼吸空气里的花草芳香……

的人体模特，硬邦邦的不见一根软骨——这跟毛野人完全一样，胸骨好像是整体生成的。

十三岁的毛猴学会下象棋了。"马走日字象飞田，士在九宫走斜线。"从死记硬背简单的棋谱规则，到总是把马当车来走，把士当马来用……一点点进步，现在，毛猴下棋学会动脑筋思考了，学会棋谱中常见的"弃车保帅""闷棍绝杀"的战术。张连旭对毛猴智商的担忧，有些如释重负的感觉。

十三岁的毛猴俨然已是这子午岭森林的王，每次回来都给张连旭讲森林里的事情：一只花豹子咬死了野猪，被他赶跑了，抢回来野猪肉；一头野猪带着一群小猪娃娃，他逮了一个小猪娃娃，野猪妈妈追过来了，他爬到树上，野猪妈妈就咔嚓咔嚓地咬树，毛野人阿姨让他放下小猪娃，野猪妈妈才带上小猪走了——吃不上烤小猪了；一只老鹰叼着一条蛇飞了，蛇在老鹰的爪子下，像拴了一根烂草绳，飞翔的蛇一动不动；两只鸟在树上打架，他挡都挡不开来，飞来一只鹞子，"吱"地叫了一声，就把一只鸟给抓走了……他喂的小狐狸——说起小狐狸，毛猴特别兴奋。几个月前，毛猴回来说，有五只小狐狸饿得趴在洞口哀叫，一定是狐狸妈妈死了，他想把小狐狸抱回家里来，毛野人阿姨不让，说小狐狸长大会占了咱们的洞。他就天天给小狐狸喂食饮水——毛猴出洞，将肉馅剁得像烂泥巴，还熬一些稀稀的面汤装在陶罐里。现在，小狐狸长大了，都认得他了，他一去，它们都围在他跟前蹭他的脚，一只小狐狸还给他叼来一朵红花儿，小狐狸精着哩！他走时小狐狸要送出好远，直到他装得恼下，它们还要深情地目送，小狐狸真乖！

张连旭在毛猴身上嗅了嗅，问："小狐狸不臊吗？"

"小狐狸和毛毛一样，一个个都带着山野的清香。"毛猴话里很有成就感。

张连旭点着头，奖励地抚摸了一下毛猴。

"毛毛今天立功了。"毛猴说，"毛毛三纵两跳就逮住了一只大灰兔——他留给小狐狸们吃了！"毛猴后悔上次没带毛毛，有毛毛在他就不会被野猪追到树上去。张连旭说："那样，野猪会伤了毛毛。"毛猴想了想，又像是庆幸没带毛毛出去。

　　其实子午岭森林世界里一幕又一幕惊心动魄的场面，张连旭在望远镜里多次看到过。天空只要有老鹰盘旋就一定有情况，随着老鹰箭一样地射下，一只鼠兔或者蛇十有八九就变成了一顿美餐。当然也有例外，一次张连旭看到老鹰冲下，一只兔子在惊慌奔跑的瞬间，突然仰面倒下，待老鹰张开翅膀扑过来时，兔子前蹄奋力向上一蹬，老鹰冷不防，脖颈被抓破了，好像血都流了出来——张连旭想起老家窗口上一幅"鹰踏兔"的剪纸，老鹰张着翅膀威风地骑在温顺的兔子的背上，显得非常亲热，倒像是老鹰和兔子在卿卿我我地谈情说爱——现在想来，这不过是民间一种含蓄的生殖崇拜，乡亲们美好向往中的生殖图腾符号，也是一种淳朴的生殖理念。而森林世界是残酷无情的，正所谓兔子急了还咬人，可以说是森林世界的自然法则。一次一只花豹叼着一只狍鹿，就在豹子叼着猎物往树上爬时，几只狼围了过去，左冲右突，豹子大概过于紧张，猎物掉了下来，成了狼们的一顿美食，豹子只有蹲在树枝上恨几眼的份了。

　　望远镜就这样成了张连旭的一个器官，是他心、肝、肺及口、鼻、耳之外的另外一个眼睛的器官，这个器官虽然没生长在他的身体上，不是母亲所生，但现在这个器官与他身体上其他器官一样重要，是他通向森林世界的一扇窗口，是他孤独生活里的一道彩虹。从两只喜鹊在树上垒窝开始，他是那么的不耐烦，他多么想去帮助喜鹊搭建它们爱情的窝儿。他整整看了七七四十九天，喜鹊夫妻才完工了这个巢穴口开向西南的柴草窝儿——喜鹊原来也懂得避开西北风！

　　毛野人为张连旭捏制的陶埙这天终于烧成。毛野人又用狍鹿皮擦拭了大半天。这一打磨牛鼻子陶埙看上去漂亮多了，俨然一件精美的工艺品，瞬时多了一层淡淡似包浆的光泽。毛野人双手捧着"牛鼻子"给张连旭递了过来，毛猴要抢夺，毛野人似乎早已料到，一个侧身，将毛猴挡在了身后。张连旭像老师检查学生作业本一样接过陶埙，细看不由吃了一惊：毛野人在烧制前，已在埙坯上做了简洁的雕刻，如汉墓出土玉蝉上雄浑博大的"汉八刀"，牛眼、牛角、牛耳，一气呵成，刀法矫健、粗野，锋芒有力，野人溶洞里并没有这样一把刀啊。而且，这哪里是"牛鼻子"，分明就是一个非洲大草原剽悍的"野牛头"！

"嘘——嘘——"张连旭轻轻地吹了两声，啊，他都不敢继续"高山流水"了。真是人利不如物利，如此圆润饱满的声音，即便是哪位陶埙演奏家也没吹出来过，这才是天籁之音，比之"大珠小珠落玉盘"绵长，比之"间关莺语花底滑"悠远；叮咚山泉又稍嫌空旷，风卷落叶则过于肃杀。恍惚之间，张连旭感觉这是他梦里的埙声，是他试着吹过多少陶埙而未曾寻求到的声音。他爱不释手地反复端详着，像发现了一件史前文明的古董。再看他制的"牛鼻子"，简直可谓陶犬瓦鸡，他太自以为是了，以为毛野人不过是瞎子点灯，折腾时间。因此，从没想过些许的帮助，可毛野人居然烧制出了这样的一件杰作，咋一个青出于蓝说得过去！

毛野人等不及了，跟毛猴一块"高山""高山"地乱嚷嚷。"嘘——嘘——"张连旭吹起了"高山流水"，毛野人静静地跪在地上一动不动，毛野人琥珀色的眼睛里闪着泪光。张连旭知道，毛野人在为她的成功而动情。抑或也因他这样一位道貌岸然的知音伤感。毛野人真正的知音在"高山流水"的地方，他们的心跳在一起，她的远望中有他的快乐的目光，她的呼吸里有他哼唱的歌声……他们老了，她和他手拉手在蓝天白云下漫步，他摘了一朵山花，插到她的枯瘦的发间，她回头冲着他莞尔一笑。夕阳静美，充满诗意，他们披着落日的鸟声回家，他们是精神的贵族。山坡上是一群迎接他们回家的儿孙们，他们幸福着他俩的幸福……悠扬的埙声里，一小团一小团的雾气，如宣纸上泼洒了素墨，从音孔中漫漶着飘散开来，张连旭感觉到眼前一片湿润，恰似流水在阳光下升腾的乳白色雾气，在埙曲里氤氲散开，他鼻孔里都嗅到山野云雾的味道了，夹杂着子午岭花草的一阵阵清香。牧童骑在牛背上横笛吹奏陕北信天游小调，从洞里的石笋、钟乳石群中走来，两只蝴蝶不知从何处翩翩飞上竹笛，不，是两只蝴蝶在笛声里翩翩然起舞。彩虹高挂，鸣声啁啾，野人溶洞真的变成了神仙府第……毛猴少有地在埙曲中安静，一动不动地坐在凳子上，似被埙声定了身。毛毛中了魔法似的侧歪着脑袋蹲在毛猴身边，像是一尊石笋的狗狗，以一种绝对的姿态保持着沉默，眼睛都没眨一下。

一叶落而知秋。

这让张连旭最早看到了从远处漫步而来的秋天，喜鹊巢下的秋天，老鸦翅膀里的秋天，红叶漫山遍野的秋天，蝉声日渐静下来的秋天，毛猴喜欢吃野梨的秋天，让张连旭感觉还算愉快的秋天——这也是张连旭在子午岭野人溶洞的第十四个或第十五个秋天。

毛野人到村庄"偷秋"走了。张连旭带上毛猴和毛毛去打鱼。坐在木筏上，毛猴也不管有鱼没鱼一棍又一棍乱打，溅起一丈高又一丈高的水花，毛猴好像本来就是为玩水来的，是给毛毛玩水洗澡来的，而打鱼只不过是捎带。鱼早被毛猴惊跑了，哪里还会翻着白肚膛漂上水面。看着毛猴高兴，张连旭只管划着木筏，任由毛猴横一棍竖一棍地乱打。

半天，鱼没打着一条，张连旭和毛猴的衣服都湿透了，毛毛也像刚洗过澡，变成了可怜巴巴的落水狗，但毛毛和张连旭一样，从来都快乐着毛猴的快乐！

张连旭划着木筏上岸，系定草绳。返回"家"里，先给毛猴换了一身干净的衣服。等张连旭自己换衣服时，一转身毛猴和毛毛便没了影子——这个孩子跟毛毛对脾气就知道疯跑，而躲避学习。张连旭的衣服实在破得不成样子，两条半裤，现在好像驴笼头，再也没法穿了，可还得穿上——就是这全凭毛野人一次又一次将谁家晾晒在院子里的衣服拿回来，使得他和毛猴没赤身裸体地行走。但毛猴成天出没在子午岭的梢丛里，衣服没穿两天，就浑身是破洞，荆棘似乎都长着眼睛，专门与毛猴作对，撕扯他的衣服。毛野人又不可能天天都到村子里拿衣服回来，因此他与毛猴所穿衣服一直供不应求。

毛猴带着毛毛跑来说："爸爸，走，晒太阳了，我喊'芝麻开门来——'石头门就开了——我搬开石头了！"

张连旭以为毛猴跟他闹着玩，毛猴拽着他的手，又不容他不去。

崖壁洞口的巨石真的被挪开了，洞门大开，阳光如注，他感觉唯有这时的阳光才是液体的，与毛野人在身边晒太阳时固体的阳光有本质的区别！突然之间，张连旭觉得眼睛又有些不适应了，亮晃晃的白瀑，自由地飞进黑暗的崖洞，刺得他眼睛都睁不开，一片白云好像就从洞口前方飘过，似在向他招手！张连旭擦去眼角的泪水，站在洞口，伸开双臂无比幸福地拥抱阳光。瞬时张连旭感到一种从没有过的恍惚，寂静的灵魂开始喧闹起来，他整个的身体像要被撕裂，以至于眼睛什么也看不见了，耳朵什么也听不到了，张开的双臂似要飞走，却僵直在亮晃晃的阳光里一动不动，时间跟着一动不动，树木跟着一动不动，鸟雀的翅膀跟着一动不动，一片落叶跟着停下来一动不动，小松鼠紧张的一声嘶叫跟着一动不动。张连旭静静地站在洞口泪流满面，毛猴似乎担心他要掉到崖下，又拽着他的手回到洞里。

邻居老鸦好像为他们这会儿来晒太阳很是不满。此时，老鸦们又作对似的在崖壁洞口飞来飞去，"嘎——嘎——"不住地嘶叫。惹得从不见动怒的毛毛，也冲着老鸦的天空"汪、汪、汪"地叫。老鸦们黑色的飞翔在斜阳的照射下，闪着奇异的荧光。啊，老鸦的翅膀怎么能闪出绿光？这些年来，他其实对邻居的老鸦的观察还不够仔细，只知道它们每年春夏开始哺育幼鸦，一天多少次地辛勤忙碌，还要防备蛇对幼鸦的偷袭——这使张连旭对"乌鸦反哺，羔羊跪乳"多了一种可以说是切肤的感知。可因为几次小小的冲突，同时担心毛猴再攀上崖壁去惹是生非，他并没有将老鸦们作为观察的对象，他只是通过喂它们酒糟享受老鸦们表演的飞翔舞蹈，只凭直觉晓得老鸦们经过一代代的繁殖，数量增多了不少，对毛猴的仇恨也似乎增多了不少。但张连旭真的还不了解邻居老鸦，老鸦们却知道他们每天会在什么时间出现在洞口。毛猴又要飞石驱赶老鸹，被张连旭伸手拦住。

张连旭这才回过神来，乡亲们常说一句话，小子娃不吃十年闲饭！

他收起毛猴晾晒在洞口的衣服，给老鸹邻居端来一盆新鲜的酒糟，平息了它们无聊而单调的呱呱叫声，他也无心再观赏老鸹们飞翔的舞蹈了。他在心里想跟多年的老鸹邻居挥手告别，我要带上总是不能使你们清静的儿子毛猴走了，我为你们带来的飞翔舞蹈而深表感谢。但我不想说"老鸹，再见"，我真的永远也不想再与你们相见。当然要是可能，我想邀请你们到我的老家来做客，我会端上丰盛的食品，让你们天天饱餐，而后请你们品尝"毛野人酒"，让各位一醉方休……可以肯定，自己应该能跟老鸹们告别了！张连旭叫毛猴重新堵上洞口的巨石，他想亲眼目睹毛猴是如何移动这个"庞然大物"的。毛猴很听话，似乎明白这是爸爸在有意测试。毛猴学着毛野人的方法，一手在石头上一手在石头下张开，肩膀一顶，巨石便回到了原来的位置，悬崖门口恢复原样。张连旭拉着毛猴的手转身返回。

张连旭叮嘱毛猴："儿子，不能告诉毛野人阿姨，你能挪开洞口的石头。"

毛猴问："为什么不能？"

"爸爸以后再给毛猴说，今天你千万不能说我们晒太阳了——毛猴要听话。"张连旭说得语重心长，每个字都沉重得似能在地上砸一个坑出来，以至于毛猴像不认识他，陌生地看了他一眼。

毛猴却不买他的账，耍赖说："我想说就说了，不想说就不说了。"

"儿子，爸爸对你好不好？"张连旭一时竟有些激动起来，说，"儿子，你必须记住，你要听爸爸的话。"张连旭说着从地上捡起一根鸡毛，右手的食指和拇指轻轻捋着鸡毛，口中念念有词："鸡毛鸡毛爹爹，给你穿个狐皮褂褂，叫你低头你低头，叫你抬头你抬头。"

他接着"低头""抬头"地发号施令，鸡毛真的低头抬头。张连旭就对毛猴说："儿子，你看鸡毛都听我的话。"毛猴不解，也伸过手指，"低头""抬头"地命令，鸡毛却不听毛猴的话。毛猴又以为爸爸神了，呆若木鸡地愣了一会儿，说："毛猴听爸爸的话，不给毛野人阿姨说毛猴能搬开洞口的石头，也不说跟爸爸晒太阳的事儿。"

"儿子，爸爸就是忘了'芝麻开门来——'，不、不、不是，是毛野人阿姨的石头门，'芝麻开门来——'叫不开。爸爸忘了另外的具有神奇魔力的开门口诀，'太上老君教我杀鬼，与我神方。上呼玉女，收摄不祥。登山石裂，佩带印章'。对了，儿子，我是把印章丢了。"张连旭有些张皇失措，说话也结结巴巴起来。

毛猴似懂非懂，想说什么又没说。

张连旭其实也不清楚，自己胡扯了一些什么。他在跟儿子说谎，为了叫毛猴死心塌地听命于他。他只好故弄玄虚，又不知所云。

毛猴一副若有所思的样子。

张连旭心潮澎湃，这是他多少年来想也没有想过的结局。他曾心如死灰地以为，他要老死在野人溶洞了！这些年来，毛野人每次出洞，他都在心里默默祈祷，毛野人平安无事。他害怕毛野人遭受豹子的突然偷袭，害怕毛野人遭遇狼群的围攻，又担心毛野人被毒蛇咬伤或者失足跌下悬崖。在有了毛猴之后，他的这种担忧更为强烈了。哪天，毛野人要是回不来了，他和毛猴就会被困死在野人溶洞。因此，在毛猴稍大一点时，他便希望毛野人出去带上毛猴，即使毛野人遇到意外，毛猴也不会被囚着。希望毛猴能回到张家圪崂，认祖归宗。这也是他最早教会毛猴老家概念的一个目的。让毛猴在可能的困难中，想到爷爷、奶奶，想到他还有一个老家。

张连旭开始做饭了。他要做一顿丰盛的毛野人最喜欢吃的干牛肉揪面片。他和了半盆白面，切好干牛肉炖在陶锅里，很快洞里升起诱人嘴馋的一股香味儿。他心里在想，这会不会是野人溶洞最后的饭香？不会的，即使他和毛猴走了，毛野人一定会好好地生活下去，毛野人已经熟练地掌握了制陶、取火、熬盐的技术，并且毛野人早就告别了茹毛饮血的过去，学会自己做饭了！毛野人一定会好好生活下去的，啊，毛野人要是能跟着他走就好了，毛野人要是还有一个孩子就好了，毛野人要是再抢一个男人回来就好了——就抢石门村那个没事干的光棍汉，他闲着也是闲着……

　　毛猴圪蹴在灶前没心没肺地只管添柴烧火，毛毛卧在毛猴的身边，一副安闲自得的样子。毛毛只管盲目地追随毛猴，它从来没有任何主见可言。毛猴并不明白挪动堵在洞口巨石的真正意义。爸爸张连旭给了毛猴故乡和城市的美好想象，尽管毛猴也做过关于故乡和城市的梦，但毛猴一直是快乐着的。虽然没有玩具、彩笔、图画、饼干、面包、牛奶，但是在这深深的野人溶洞，更没有比较。与世隔绝的没有比较的生活，使毛猴不知道什么是失落。如果说烦恼，毛猴的烦恼似乎就是学习，整天起床识的一个字，睡觉前的一遍无多少意义的背诵，以及无休止的算盘——毛猴好像几次有意弄坏石头算盘，害得张连旭一次次修理。烦恼也源于毛猴不懂得竞争，没有谁来跟毛猴争抢碗里缺油少酱的饭，没有谁想把野人溶洞占为己有，即便是在梦里也没有。而从小生活在一个毫无竞争的环境中，人就没有理想和抱负了，也不存在勤奋与懒散，认真学习的重要性就无从谈起。

　　毛野人傍晚才回来，毛野人背回了张连旭和毛猴都喜欢吃的玉米棒子、南瓜、山药蛋儿，还有苹果、桃子、梨。毛野人显然饿了，狼吞虎咽一气吃下一盆子连锅面，张连旭给毛野人递去一颗苹果，毛野人却摇头，好像是吃不下去了。张连旭给毛野人倒来满满一陶杯的家酿美酒，双手捧上。毛野人学着张连旭喝酒的姿势很享受地品咂了起来。毛猴在灶膛烧玉米棒子。将铁扦子一头插在玉米棒子上，一头插上木棍，在火籽儿里拉出入进。烤玉米棒子的清香，又诱惑着毛野人一如小孩儿似的，也要烧一个玉米棒子吃。毛野人还没剥开玉米棒子，张连旭接过去，连皮把玉米棒子埋在火籽的中间——父亲曾这样给他烤过玉米棒子，在他饿得等不到午饭时，父亲在地里燃起一堆火，掰了一个嫩玉米棒子埋进火里，那味道他至今想起来都觉得一股清香留在记忆的某个部位。毛野人的玉米烧好了，黄中泛着焦，焦里带着黄，与毛猴在火籽里烫出来的黑不溜秋的烤玉米相比，这都成烤玉米艺术品了。同时毛野人烤玉米的香味儿，好像含在每一粒玉米中了，淡淡的散也散不开。毛野人拿在手里，嗅了又嗅，看着毛猴的馋相，还是没舍得吃，而递给毛猴吃了。张连旭想说什么，可没说出来，他又挑了一个嫩玉米埋进火籽里——他想让毛野人吃一回这样烤的玉米，他甚至在心里把这样烤出来的玉米称作"毛野人烤玉米"。

张连旭要给毛猴上晚课了，他相信，这是他在野人溶洞的最后一课：k-u-a "挎"，挎包的"包"。毛猴说，爸爸错了，怎k-u-a "挎"，又"挎"包的"包"！毛野人也疑惑地看着他。张连旭知道自己心乱了，说，下课吧！他给自己也倒了一杯"毛野人酒"，走在毛野人面前，举杯轻轻地跟毛野人碰了一下，千言万语，一时竟水雾似的凝结在心头，缠着绕着，使他无法说出口来。他多么想带着毛野人一块离开野人溶洞，但这根本不可能。他也不能将毛猴留给毛野人，毛猴是他生命不允割舍的一部分。但他必须走，必须回家孝敬父母，必须完成"秦直道考察报告"，必须让毛猴上学……就把毛毛留给毛野人做伴吧，可不明情况的毛猴能同意吗？毛毛怕是也不肯留下。

张连旭感觉心里满是纠结又纠结的泪水，却一滴也不敢流出来。他又倒了一陶杯的酒，发现眼睛有些湿润。毛猴说："爸爸酒喝多了！"张连旭忙掩饰说："爸爸老了，不胜酒力。"两颗热泪却不由自已地落在了脸颊上。他笑了笑，说："毛猴早点儿睡吧，阿姨累了！"说过之后，张连旭感觉话咋走调了，他对毛猴从来都说"毛野人阿姨"。这一夜，张连旭一直翻来覆去，怎么也睡不着，临行说不出的留恋无声地啃咬着他，仿佛一群吃不饱的铁背蚂蚁，在他周身爬上爬下。一会儿又感觉长腿蚂蚁都变成细长的尖嘴蚂蟥，排成几路纵队，直往肉里钻。他想逃离却发现眼前黑漆漆的什么也看不见，他的双脚像是拴了马绊，他一步也迈不出去；两只手挣扎着想抓住什么，树木、山石，都抹了油似的从手指间一滑而过，像吹灭了的油灯飘了一股轻烟散去。毛野人拉了他一把，他才从蚂蟥堆里冲出，他是在醒着的状态下做了一个噩梦。哎，他毕竟跟毛野人一块生活了这么漫长的一段时光，而他也将人生中最美好的一段时光，留在野人溶洞了。他在脑海里，一幕幕地回放，他与毛野人度过的日子，毛野人给予他的无私的爱，他分明就是这野人溶洞的首领啊，毛野人是多么忠心于他的奴仆……

可是，从看到毛猴真的搬开了洞口巨石的那一刻起，他其实立即就想带着毛猴逃走，但他清楚，毛野人会追上来，那以后逃跑的机会也许永远没了。果真那样，他不是避世的隐士却真的要老死山林——这是他最不情愿想的事情！"秦直道考察报告"，现在可以说完成了，他要使真实的秦直道在中国历史地理的坐标上清晰完整；毛猴应该生活在一个文明社会里，享受人类几千年发展的成果，去读村小、中学、大学，成为社会的一员，而不是在子午岭在野人溶洞；还有父亲母亲，他们就他一个儿子，他们现在老了，他即使不能接他们到城里去享福，也要让他们安度晚年的美好时光。记忆中的一幕幕在他心头一次次地重播回放。那么，就算他请假离开野人溶洞一段时间吧！他想自己一定会回来接走毛野人的！毛野人那个时候必定会跟上自己走！

毛野人真的累了，一夜睡得很踏实，还不时发出轻微的鼾声。平时很少听到毛野人打呼噜，只是到了秋天，毛野人去村子里"偷秋"，一天一个来回不说，还要背着抱着他们的食物，累是自然的。啊，这么多年来，也真该感谢毛野人，让他不劳而获地享受生活，将平凡而简单的日子过得总算有滋有味儿，让他从来没有为吃喝而担忧，他们的生活要是简单地从物质而言，是实实在在的小康生活——比老家农村提早了许多年。还有毛猴，毛野人对毛猴似乎比自己的眼睛仁仁还要呵护，可以说毛猴是在毛野人的眼睛里长大的，毛野人不允许毛猴受一丁点儿的委屈，毛野人甚至不想叫张连旭教毛猴学习，毛野人知道毛猴不爱学习。

明天，明天要是毛野人还是傍晚回来就好了！

然而，没有明天了，毛野人醒来了，天已经亮了。

张连旭随即起床、洗脸、做饭，叫醒还赖在炕上的毛猴，学习今天的生字。一切看起来按部就班没什么变化，张连旭极尽所能地压制住内心的不平静，但很明显对毛野人表现出另外一种热情，这是他现在唯一能做的，他没有什么可以留给毛野人，他真想给毛野人留下什么。啊，要是再有一个孩子就好了，那他一定留给毛野人，不管男孩还是女孩，他一定留给毛野人。他暗里发誓，以后一定会专程回来，看望毛野人。如果带不走毛野人的话，他会给她送来全部的生活用品，香皂、毛巾、牙刷、擦脸油，以及调料、铁锅、案板、切刀、勺子、笊篱、擀面杖，还有衣服、鞋袜、卫生纸、蜡烛、火柴等等，让毛野人从此享受现代文明……

并且张连旭想过开发野人溶洞，修一条公路，再拉通电，加上中国古代第一条高速公路秦直道，这无疑是整个中国西部地区再没有哪个地方能与之媲美的旅游景点了，一道中国西部最靓丽的旅游风景线！当然，这只是想想而已，他坚决反对旅游搭乘文物古迹而发展，野人溶洞不是大遗址，但秦直道是，还有待考察的秦始皇"转兵洞"是，开发野人溶洞就会破坏秦直道及"转兵洞"的保护。

哎，还是架设一条索道的好，便捷环保不说，对子午岭森林和秦直道都不会造成破坏，从空中俯瞰秦直道，那是何等壮观的情景！皇上路，圣人条，凌空鸟瞰，这更具一种神秘色彩。而建设如此长的一条索道，需要多少钱？张连旭想了，要是能找到捻军的宝藏，资金就不成问题。他可以偷偷挑选几件拿到拍卖会上，一定可以卖出一条索道。关于宝物的来历，他也想了，就说这是他老爷参加捻军时留下的，算是家传，但他坚决不会倒卖文物，特别不能再让文物流失到海外去了。他一直怀疑，毛野人的"明珠项圈"他曾经的荣誉花环毛猴现在的明珠灯笼，可能也来自捻军的宝藏，也就是说，野人溶洞某一个洞通向传说中的"蜂洞后门"。

这些年来，毛野人一次次背回大块小块的野蜂蜜，但他无法知晓毛野人是从哪儿寻得的。而要跟踪毛野人真可谓痴心妄想，不仅是毛野人灵敏的嗅觉和飞毛腿，要是毛野人经过与野人溶洞连着的"转兵洞"，那他无论如何是不敢进去的。因为有一点可以肯定，那就是每次背野蜂蜜毛野人并没走平常出洞的路，而是从洞中的某个洞里走进去了，半天之后便背着野蜂蜜返回。有时，毛野人会像幽灵一样出现在张连旭身后，也不知从哪个地方钻出，似乎有什么秘密害怕他和毛猴知道了。一个只有毛野人知道的守护在心里的秘密。

这跟背盐土是完全不同的两回事。背盐土毛野人带着毛猴，走平时出入的那个洞口。在每年的旱季里，毛野人都要去背几次盐土，自己熬制提取小盐，装进陶罐，供他们一家一年食用。精美别致的竹背篓，现在都已经严重破损了，张连旭十分心疼，想用藤条编一个代替品，可是毛野人却不给他砍藤条回来——这大概与毛野人仇视他用绳子捆扎成的木筏有一些关联，毛野人像是担心他会利用藤条制造出一只飞船逃走，始终没给他砍回一捆编一个背篓的藤条。

吃过早饭，张连旭拿起一颗山药蛋给毛野人比划，他要毛野人去陇东，他想吃煮红薯，而红薯是陇东地区的特产。毛野人明白了，每天能接受张连旭指派的任务，是毛野人一件非常愉快的事情。

毛野人要出洞去了，一瞬间，张连旭感觉心头隐隐作疼。他不知道自己带着毛猴的逃跑，将给毛野人带来多深的伤害，毛野人能承受得了吗？愧疚，突然就变成了无数的飞虫，从四面八方蜂拥而至，里一层外一层地包围了他，让他觉得浑身似包裹了一层厚厚的茧壳。他左冲右突挣扎着想突出重围，却感觉被一只无形的大手，凌空揪起来又重重地撂下，毛野人过来拉了他一把，他才从疼痛中爬了出来，心却不见了，自己化作一阵尘埃飞走了。

回过神来，张连旭见毛野人真的拉着他的手，毛野人像他在噩梦中惊叫一样拉着他。多么衷心的毛野人啊，他无比忠诚的野人妻子，要是没有秦直道要是没有年迈的父母要是没有毛猴——有时，他真担心毛猴哪天病了，会像希希一样无声无息地离去！现在，他真的不想离开野人溶洞，他真的想陪伴毛野人一生一世，醉在醇厚的"毛野人酒"里。

　　毛野人要出洞了，张连旭从陶盆里摘下一朵盛开的山丹丹花儿，踮起脚尖，双手戴在毛野人绾起的秀发间。毛野人不好意思地对着张连旭笑了笑，又深情地给毛猴扮了一个鬼脸儿，转身急急忙忙地走了，像撂着吃奶娃娃的婆姨迟了会饿着孩子似的。毛猴喊了声："阿姨，别忘了再给小狐狸喂食！"毛野人回过头响亮地答应了一声"噢——！"谁知竟跟一柱形状的石笋撞了个满怀，一股奇异的清香扑鼻而来，红光四射，张连旭分明看着一只风筝似的彩蝶从石笋柱上飞起，仔细再看，咋无踪无影了？毛野人一个趔趄站定，呆了瞬间，没等张连旭和毛猴反应过来，又侧身踉跄而去……

第十九章

毛猴说："爸爸，走，我们打鱼去！"

"不啦！"张连旭说，"毛猴，爸爸给你讲一个毛野人的故事。"

毛猴问道："是毛野人阿姨的故事吗？"

"不是。"张连旭说，"是另外的一个毛野人。"

张连旭把奶奶讲的毛野人吃人的故事讲给毛猴听。"从前，有一个女毛野人，把山上锄地的一个男人吃了。男人的婆姨来送饭，被女毛野人挡住了，说：'我给你捉虱子。'毛野人说是捉虱子，可把婆姨头上的血都给揩了出来。婆姨问：'我头上咋红红的？'毛野人说：'是我给你扎了根红头绳。'毛野人问婆姨：'家里有几个娃娃？'婆姨说：'四个，木墩墩、门栓栓、笊篱篱、马勺勺……'"

毛猴听过之后，显得非常紧张，问张连旭："爸爸，毛猴胖吗？"

张连旭说："毛猴不胖，爸爸胖了——爸爸胖得浑身都是肉了！"

毛猴好像又轻松了一点："那我再也不挨毛野人阿姨睡了，毛野人阿姨说'胖的胖的挨妈睡'，我就说'毛猴不胖，爸爸胖了！'"

"那爸爸不就让毛野人吃了！"张连旭望着毛猴说，"那谁带毛猴回家？"

"那我就说，'毛猴瘦着哩，爸爸也瘦着哩！'"

"不行呀，毛野人要是知道爸爸胖了，就会吃了爸爸！"

"那怎么办？"毛猴显然没了主见。

张连旭平静地说："毛猴，你忘了？毛猴是跟爸爸考察秦直道来的，现在我们的考察任务完成了，爸爸的'考察报告'也写好了——我们回家！"

"好啊，毛猴早想回家了，那我们甚会儿走？"

"现在，趁毛野人出去了，我们现在就走。"狗狗毛毛咬了两声，张连旭就说，"毛猴你听，毛毛也说要回家了！"

"那毛野人阿姨会追上我们的，毛野人阿姨跑起来风一样快，毛野人阿姨肯定会追上我们的。"

"毛野人追不上我们，毛野人去了西边，我们从东边回家。"张连旭说着，已收拾好了行李：指南针、望远镜，以及他命一样的"秦直道考察报告"；再是羊皮筏子，他利索地解开羊皮筏子后肢上的麻绳放气——他最为珍贵的几个胶卷，因担心被毛猴损毁而藏在一根钟乳石柱子下，不想两年前就霉烂得不成样子！还好，"纸驴"没让毛野人给毛猴擦了屁股，将来也好给"白来问"一个交代。毛野人"明珠项圈"七彩的光芒，仿佛亲切的召唤，这个必须给毛猴带上，就当他贪婪，可这是毛猴未来的生活。而砍镰说啥也要留给毛野人，野人溶洞太需要这把人类社会的砍镰了——尽管现在磨损得只剩一半，但依然是野人溶洞最需要的工具，他和毛猴完全可以从梢林里钻过去……

其实只要毛猴跟他走，他就心满意足了！

临行，张连旭找出来水壶，他裹着干草包了狍鹿皮的军用水壶，一如当年闪着青草的光，并没像他一样地老了。他灌了一壶"毛野人酒"，找来一个塑料桶灌了半桶凉开水，又装了几个煮玉米棒子和几颗苹果，然后环视了一眼野人溶洞他们居住的大庭，匆匆给陶盆里的花儿浇了一瓢河水，拉起毛猴就走。毛猴顺手抓起地上的石头算盘，夹在胳膊肘儿下，又要抱他的足球。张连旭说："足球爸爸给你买好的，毛猴不拿！"毛猴边走边向洞里怅然若失地回望，留恋不舍，毛毛跟着"汪、汪、汪"地叫了几声，毛猴说："爸爸，拿走毛野人阿姨的灯，洞里黑夜了！"张连旭说："毛野人阿姨有灯，我添满了油。"

　　张连旭已准备下了一根椽子，又找了一块石头作为支点，和毛猴一起用力，巨石动了，阳光轰轰烈烈地涌了进来，一条足以使他们侧身过去的通道洞开。

也许是紧张的原因，毛猴挪不动堵在他们走出洞口的巨石了！张连旭已准备下了一根橡子，又找了一块石头作为支点，和毛猴一起用力，巨石动了，阳光轰轰烈烈地涌了进来，一条足以使他们侧身过去的通道洞开。毛猴还不服气，要搬开石头，张连旭拉住毛猴说："儿子，我们快走！"毛毛跟在他们身后，却抢跑似的跑到他们前面去了，转身摇起了尾巴。

　　出了野人溶洞，张连旭望着太阳，拉着毛猴钻进梢丛"呼——嗨"了一声就走。下了野人山，张连旭已是气喘吁吁了，头发林林里都是汗珠子。"呼——嗨！"张连旭在抹汗水的时候又响亮地"呼——嗨"了一声。毛猴不解地问："爸爸，你'呼——嗨''呼——嗨'啥呀？"张连旭说了害怕碰上狼虫虎豹的原因，毛猴坚定地说："爸爸，有毛猴在，狼和豹子早怕得跑了，你不要'呼——嗨'了！"张连旭将信将疑，可他不想让毛猴生气，便不再边走边"呼——嗨"了。走上秦直道了，毛猴说："爸爸，我要撒尿。"张连旭看着毛猴一泡尿撒到秦直道上，不由长叹一声，感觉毛猴似乎给他出了一口窝囊气，都是秦直道惹的祸，他好端端的一个家散了不说，害得母亲多年抱不上孙子，使他在野人溶洞被关了十几个年头——他真说不上来他和毛野人生活了十五年还是十六年。春夏秋冬，他只知道季节的变换，在无时间概念的野人溶洞，他真的说不清准确的年月了。"山中无历日，寒尽不知年"，始信古人并非虚言！

　　直到进了县城，张连旭才知道，他失踪了整整十六年。那毛猴可能已十五岁了。在最早跟毛野人生活的那些甜蜜的日子里，连阳光也看不到，哪有时间季节！他心甘情愿地成了毛野人爱情的俘虏，他为一个男子汉所拥有的情欲而深深满足着，也深深地幸福着。他的不成功的婚姻，没有这样的蜜月可言。在那些爱情的日日夜夜里，他甚至没有一点儿的闲情杂念，他也无暇顾及秦直道了。他在快乐地发泄，不，准确地说是他在倾泻骨子里的瘾。他跟毛野人一样似乎产生了一种性瘾，只有在释放的痛快中，他们才能平静下来。但他们心里都清楚下一次高潮，已如傍晚的潮水形成了，正积蕴着蓄势待发的力量，很快奔腾呼啸的波涛就会汹涌而至……而更让张连旭痴迷的是毛野人身体里的花香，那是一朵山丹丹花儿的香，是一朵玫瑰花儿的香，是一捧摘茉儿花的香，是一兜儿地荽荽花儿的香，是子午岭夏天里一座山花儿的香，是子午岭秋天里十里野果儿熟了的香，是他怎么闻也闻不够怎么嗅都嗅不完的香啊！在他和毛野人的每一次缠绵里，他眼前都仿佛山花烂漫，那些好像从毛野人每个汗腺的孔隙里开出的芬芳花儿，一朵一朵都似会飞的蒲公英，在野人溶洞里到处飞扬到处绽放，野人溶洞在他们恣情的欢快里，下起了一场又一场山花的雷阵雨。万物有灵，难道毛野人是子午岭千年山花精变的，一个鲜艳欲滴的活魂！整日沉醉在毛野人身体里迷药一样沁人心脾的清香、幽香、暗香之中，一个冬天便悄悄地过去了……张连旭真不敢相信自己身体里原来蕴藏了使不完用不尽的精力，在情窦初开的毛野人身上，他如不下马的将军，整天骑在她温暖的身体上冲锋陷阵……

此时，张连旭感觉秦直道就是他前世今生的冤家，他甚至想自己前世可能是总监秦直道的蒙恬将军指派修筑秦直道的一个小头目，可他因为没有按时完成工程，面对砍头，在一个月黑风高的夜里他选择了逃跑，穿过时光的隧道，他一口气跑到文明的现代。可他受到了一种历史的诅咒，不得不耗费一生去研究秦直道，以示忏悔与惩罚。而在他考察子午岭的秦直道上，老天爷又给他准备了一个洪荒时代的毛野人妻子，将他囚禁到一个比大秦帝国还遥远的过去，而让他永远逃不出这种咒语的魔力。

毛猴开始耍赖，一屁股坐在草丛里不走了。

"爸爸，毛野人阿姨不会吃毛猴！"

该如何回答毛猴的问话？张连旭想了想，说："毛猴不想跟爸爸回家吗？"

"想啊！爸爸，我们不能带毛野人阿姨一块回家吗？"

张连旭苦笑了一下："毛猴，我们是人，毛野人不是人，毛野人有家，毛野人的家在山洞里！"

"毛野人不是人，那为什么叫毛野人？"

张连旭给毛猴递过凉开水，说："儿子，喝点水吧，我们还要赶路——要是毛野人追上来，我们就回不成家了，爷爷和奶奶在家等着毛猴哩！"

毛猴说："爸爸，我饿了，我要吃饭。"

张连旭觉得毛猴在有意拖延时间，但他现在只能哄毛猴高兴了，他最担心毛猴突然转身跑向野人山，好在他想到了！张连旭从背包里掏出煮玉米，说："毛猴最爱吃煮玉米棒子了，给，爸爸给毛猴带着哩！"

"毛猴爱吃烤玉米棒子，毛猴不吃煮玉米棒子！"张连旭听得出来，对于背叛，毛猴显然犹豫了起来。

毛猴在啃玉米棒子，张连旭沉思了一会儿，说："毛猴，等回家了，你要是想毛野人阿姨，我们再来看她，爸爸和毛猴还要给毛野人阿姨买好多好多好吃的东西！"

毛猴瞪着眼睛问："我们真的来看毛野人阿姨吗？我们真的给毛野人阿姨买好吃的东西？"

"真的！"张连旭说，"爸爸说话算数，爸爸发誓不会骗毛猴的，爸爸说到做到！"

毛猴伸出右手小指，说："爸爸，拉钩。"

张连旭急忙伸过手指，勾住毛猴的手指，跟毛猴齐声说："拉钩，上吊，一百年不许变！"

毛猴这才站了起来，跟着张连旭大步流星地钻进梢林。毛毛这会儿则完全成了毛猴的跟屁虫，一步不落地紧跟在毛猴身后，泥鳅似的在梢丛间钻来钻去。偶尔，侧耳听着什么，"汪、汪、汪"地叫上几声，证明它的存在，并在大树上叉腿撒尿。毛毛这是领地意识动物本能使然，还是做一种路标的记号？

脚下是一层厚厚的白茅青草，踏到上面像是踩在绿绒毯上一样。天已正午，张连旭掏出指南针，核对方向，发现他和毛猴偏向东南了，心里不免生起自己的闷气，差之毫厘，失之千里，谁知这一偏要多走多少里冤枉路？毛猴走得动吗？要是毛猴走不动了，那如何是好？啊，要是那个"一脸胡"与"瘦子"的拖拉机能开到这里那就好了！他让师傅一路加大油门，一气跑回林站，不，还是到城镇安全，毛野人不至于追到城镇里去。再说，坐在拖拉机上，毛野人也不可能嗅着追上来，那该多好——毛猴还能感受一下坐车的乐趣！他已想好了，只要进了城镇，他先带着毛猴一块去理发——他的长发都可以扎辫子了，吊在脑后就好像大清的遗老；胡子也足有半尺长，可胡须他不准备剪掉了，这倒不是要仙风道骨，他是想留下一个身体的记忆。而后去品牌店买一身合体的衣服，去最好的饭店美美地吃上一顿，去电影院看一场哪怕糟糕透顶的电影，去宾馆的席梦思床上好好地睡上一夜。第二天，雇一辆小轿车，一天就能回到老家了……

人要是总往好的地方想，那走的就常常是下坡路。

张连旭往好的地方想，也往坏的地方想。他在想万一毛野人要是再追上来，那该怎么办？他是死也不再回野人溶洞去的，那毛野人要是带毛猴回去，那又该怎么办？毛猴可是他的命根子，为了毛猴有一天融入社会，张连旭在给毛猴当爸爸的同时，也是和毛猴玩耍的"小朋友"，张连旭将他知道的孩子们玩的踢毽子、滚弹子、抓马子，都教给毛猴了。并经常与毛猴一块玩，就是等毛猴回家后，最先走进孩子们快乐的游戏之中。尽管他知道毛猴在很长一段时间，都要他照看，从起居到生活到学习，毛猴都离不开他，而且必须由他悉心照料，毛猴即便是老天爷派给他的讨债鬼，他也愉快地认了，不管怎么说，也不能叫毛野人带着毛猴回去！

毛野人要是像昨天一样，再在傍晚回到野人溶洞那该多好，他美好的愿望就会变成现实！

张连旭给毛猴递了一颗红苹果，自己也边走边大口小口地咬一颗青色的"黄元帅"吃。苹果还没有完全熟了，有点酸涩，可这种酸涩现在是那么爽口，他感觉一口能吃下一袋子！临行之前，他想到尽可能多带些食物和水，可俗话说"百里路上不带针"，他不想因为负重而延误时间。但现在要是再不吃点东西补充一下，他的体力会更加不支——他的脚步已明显慢了下来，多少年缺乏应有的锻炼啊！而即使顺利走出子午岭森林，起码还得三四个小时。他想喝几口"毛野人酒"解乏，又实在舍不得了，这是他亲手酿造的美酒，这也算是多年的陈酿了，他要带这一水壶的"毛野人酒"回家，他要让老父亲品尝这难得的醇厚。

前面的山坡上有几棵野梨树，毛猴几步蹿过去，哧溜哧溜爬到树上，左手摘梨自己吃，右手摘梨撂到树下，喊叫："爸爸，接住了！"但张连旭清楚这野梨不能多吃，毛野人也曾提醒过他。毛毛在树下蹿过来蹿过去，盯着树上的主人轻吠细语，毛毛完全快乐着毛猴的快乐。今天的太阳，好像迫切要跟谁约会去似的，偏过西天不久，便开始一路小跑，都跑得好像满头大汗了，不停地拿一朵一朵的云彩擦汗，却丝毫没有停下歇一歇的意思，扔下云朵，跑过一个山头又一个山头，约会"一日不见如隔三秋"的月亮恋人。时间就好像一把薄薄的刀子，你不使用它，它就在角落里毫无光芒地钝着锈着；等你要使用它了，你霍霍地磨刀，刀刃锋利了明亮了，却又那么不经使用！还没等你分开早上、中午、下午、傍晚、夜便来了；还没等你砍回一背柴火，时间的刀就断为一地玻璃的碎片；你刚从井里绞上来一桶水，倒入水缸里的已是一些破碎的冰块；你刚搭建了一间小木屋，住进去时木头已经彻底腐朽。

张连旭很是揪心，太阳啊太阳，你就不能慢点走、慢点走吗？你就坐下来歇一歇，我给你扇扇子；你躺下来睡一会儿，我给你盖被子……尽胡思乱想。

现在，他要想办法哄住毛猴。

"毛猴，下来，我们要赶路；再迟，就过不了河，毛野人就会追上来！"张连旭望着川子毛猴，在树下一股劲儿着急地呼唤，毛猴却充耳不闻。他感觉毛猴其实就是想让毛野人追上来，跟他们挥手再见，或者给他们送来一颗煮熟的野猪脑，一袋子毛猴要孝敬爷爷的核桃、干枣、野蜂蜜，一篮子毛猴要滋补奶奶的木耳、蘑菇、黄花菜。毛猴是想跟他回家，回人类文明的城市，看看他描绘的美好生活。但毛猴现在又留恋毛野人，留恋生他养他的野人溶洞，留恋他就要背叛的子午岭森林，张连旭甚至感觉到毛猴与毛野人的母子之情，是类似于磁场干扰指南针一样无声传递的，他只能哄骗毛猴一时，哄骗不了毛猴一世。

"毛猴，等我们回了家，毛猴哪天想毛野人阿姨了，我们就哪天再回来——给毛野人阿姨买好多好多好吃的东西回来！"张连旭看着毛猴有所动心，又说，"毛猴，快下来，望远镜能看清楚了，爸爸眼睛不好，你帮我看看那里是什么？"张连旭故意装出紧张的样子。

毛猴这才溜下野梨树，张连旭一手按住毛猴的右眼，一手将调整好焦距的望远镜递到毛猴的左眼前。毛猴仔细地看着，吃惊地说："一只大黑蛇缠住了一只兔子，蛇要吃兔子！"张连旭其实并没看见"蛇盘兔"的事儿，他只不过是要毛猴下来跟他走，就顺势说："毛猴一听话，望远镜也听话了，真奇怪——哎哟，毛猴我们快走，望远镜就送给毛猴了！"

"望远镜能望多远？我们回家了，毛猴能望见毛野人阿姨吗？"毛猴的话仿佛一把利剑刺入张连旭的心，一瞬间，张连旭感觉自己直往一个深不见底的枯井里掉，不知头是朝下还是朝上，神志变得迷迷糊糊，浑身顿时软了下来。对了，他是翻着一个又一个跟头往下掉的，他有些散架了，两腿不听使唤似的，想走却迈不开了脚步。

毛猴站着等爸爸张连旭回答问题，毛猴眼睛专注地看着爸爸张连旭。

张连旭显得万般无奈，说："要是天晴，不，不是的，要是没有山……毛猴，我们回家试一试吧，要是望不见，爸爸再给毛猴买一架军用望远镜！不，爸爸给毛猴买一架天文望远镜！"

毛猴脸上掠过一种失望——回到老家而望远镜不能望见毛野人，毛猴真的失望极了！一时，毛猴眼中充满了落寞和悲哀，毛猴说："爸爸，毛猴不回老家了，毛野人阿姨不会吃毛猴，毛野人阿姨也不会吃爸爸的——毛猴想毛野人阿姨，我们回去吧！"

张连旭有些急了，说："毛猴咋不听爸爸话了？不是说好了，等我们回老家了，过上一段时间，毛猴要是想毛野人阿姨了，爸爸跟毛猴一块来，我们还给毛野人阿姨买好多好多好吃的东西！"

毛猴抹去眼睛里涌出的两滴泪水，恼悻悻走过来说："爸爸，拉钩——爸爸要是不来看毛野人阿姨，毛猴就一个人来，毛野人阿姨不会吃毛猴的，毛野人阿姨也不会吃爸爸的，毛野人阿姨说'胖的胖的挨妈睡'，毛猴就说，'毛猴胖，爸爸瘦着哩'！"

"拉钩，上吊，一百年不许变！"张连旭虽然笑着，但笑得比哭还难看。

"爸爸，小狐狸会饿死！"

"小狐狸有毛野人阿姨喂哩，再说，小狐狸长大了！"

"小狐狸好可爱，爸爸，我们带上小狐狸吧？"

"毛猴最喜欢毛毛，你看毛毛多听话！"张连旭在毛毛偏着的脑袋上按了按。

"小狐狸也听话，毛猴最喜欢小狐狸！"

毛猴是故意磨蹭。张连旭说："儿子，小狐狸是野生动物，怎能跟毛毛比啊！"

毛猴不说话了，向后转身双手捂成喇叭筒喊叫："小狐狸，快快长，等着我回来看你们——"

张连旭看到毛猴眼中汪满了泪水。

他的心在颤抖，他在问自己：我是不是真的遭到什么诅咒？秦直道难道是不允破解的千古之谜，可我固执得硬要看清它的庐山真面目，多少年死钻牛角尖地考察研究，现在终于弄明白了，却遭遇咒语里的报应！而毛猴其实也是诅咒的一部分，并且这可能还是开始。啊，毛猴要是哪天在家待得烦腻起来，一定要来看毛野人，那他不是又要将自己送进子午岭送回野溶洞送给毛野人了吗？

在老家的民间传说里，人死后先过鬼门关，再走过黄泉路，就到了忘川河边的奈何桥，奈何桥上有孟婆，喝一口孟婆用你自己一生眼泪做成的迷糊汤，人世间的一切从此忘得干干净净——要是给毛猴也能喝上一口迷糊汤就好了！让毛猴忘记过去，忘记子午岭森林忘记野人溶洞忘记毛野人，在毛猴睡一觉醒来时，告诉毛猴做了一个奇怪的梦，毛猴在梦中遇见毛野人了，毛猴梦里在一个奇异的溶洞里住着，毛猴在梦中还吃过毛野人做的饭……对啊，只要回了家，毛猴要是说看望毛野人，就以梦来搪塞，一切是毛猴做的一个奇妙的梦，毛猴一觉睡起来时，忘记了自己，毛猴把自己的过去撂在一个关于森林、溶洞和毛野人的梦中去了。

张连旭在发给广东佬另一封电子邮件中说：他在回到野人溶洞寻找毛猴的那个夜里，还在劝说毛猴不能把自己关在梦里，他坚持毛猴是走进梦里了——哪里有什么毛野人？突然听到狐狸一声声长长的哀鸣，狗狗毛毛先是朝着洞口汪汪叫了几声，接着箭一样地射出。他颤声喊："毛毛，回来！回来！毛毛！"毛毛一反常态无视他的指令。毛猴似乎才反应过来，不由分说拉着他去追毛毛。毛猴搬开洞口的巨石，星光下的森林，绿荧荧的狐狸眼睛一字排开，毛毛又急先锋似的上去跟几只狐狸交头接耳，那几只狐狸跟着毛毛走过来了，他并没有胆怯，可不自主地后退了一步。狐狸蹭着毛猴转圈儿，毛猴半天哽咽着，"回去——"，狐狸们恋恋不舍，一只大狐狸叼着一束用青草捆扎的山花儿，站立起来，"递"到毛猴手上。所有狐狸都跟着站立了起来，抱着前爪，一副老学究的神态，肃立着给毛猴鞠躬致敬，大狐狸一声叫，狐群一溜烟消失在森林之中。毛毛为狐狸们送行，汪汪汪地叫了几声。

他眼睛湿湿的，又怕毛猴看见了，正准备独自先回洞里，背后的森林里传出一阵狼的嗷嗷嘶叫。狐狸是来报恩的，他知道毛猴和毛野人曾一次次地给小狐狸们喂食，将它们养大成"精"。但毛猴只字未提救过狼崽的事情，那就一定是狼寻仇来了——毛猴和毛野人说不准与狼为敌，结下了什么梁子，现在毛野人不在了，狼们等来了复仇的机会！想到这里，狼们直直的火车汽笛的鸣叫，在他心里一阵寒气逼人。他看见像灯笼似的狼的眼睛了，像鬼火在森林里缓缓移动，寒气如鞭子抽打着他，他的双脚被寒气捆绑住了，他的双手被寒气捆绑住了，寒气笼罩在他的头顶上了，他的头发一根根竖立起来。他想拉毛猴回洞，却像冻僵了伸不出手，想喊，舌头硬如一块铁板，只在嘴巴里生硬地左右摆了摆。他在被毛野人抓起时，也没有这样恐惧过。毛毛不识高低又汪汪迎向寒气，他在想着一声喷血的撕裂时，看到毛毛在跟领头的瘸腿母狼亲切地拥抱，也许久别重逢，它们相拥着跳起了欢快的舞蹈。毛猴不高兴地"咳"了一声，毛毛急忙牵着母狼走向毛猴。瘸腿母狼奴仆似的趴下给毛猴叩头，群狼跟着瘸腿母狼俯地给毛猴叩头行礼。一只公狼走过来，将一块石头递给瘸腿母狼，瘸腿母狼用右前爪在石头上蹭了蹭，石头发出狼眼一样的绿光，瘸腿母狼捧着"绿光"毕恭毕敬呈给毛猴。毛猴没有犹豫，接过了瘸腿母狼递来的"绿光"。这会不会是狼家族的"玉玺"或者什么图腾标记，难道毛猴要做狼首领？不，是森林之王，毛猴要在子午岭森林里落户了！

回到洞里，毛毛还在毛猴面前摇头摆尾。他问毛猴："狼是怎么回事？"

一天，狼群挡住了他和毛野人阿姨，他正要打狼的"麻秆腿，豆腐腰"，被毛野人阿姨拦住了。原来母狼让蛇咬了，一条腿肿得像水瓮，是狼请毛野人阿姨看病哩！狼们把草药都拔来了，毛野人阿姨挤出母狼伤口里的黑血，嚼了几样草敷在母狼的伤口上，又给母狼嚼着喂草药。过了几天，母狼下了一窝狼崽儿，小狼请毛野人阿姨和他去，送了毛野人阿姨一头大野猪……

毛猴说完，他问："那你咋没给爸爸说？"

"是毛野人阿姨不让说。爸爸，不是毛猴做梦，这是真的，是爸爸忘记了！"

他再也控制不住自己的眼泪了，他孩子似的嘤嘤啜泣，毛猴过来拉他，"爸爸，别哭，有毛猴在，没谁敢欺侮爸爸。"他想站起来，两腿却像灌了铅不听使唤了……

太阳离西山头只一竿子高了，张连旭和毛猴还没有走到河边，张连旭感到一阵阵地不安，毛野人回洞了没有？毛野人要是发现他带着她心爱的孩子毛猴逃跑了，她会怎样呼天抢地地哭嚎！不，毛野人会立马嗅着气味儿追上来，等追不上他和毛猴时，才会哭嚎着回去。然后，去抢一个男人回野人溶洞，等野人河的石油花花水变干净了，他们再生一个两个三个的孩子……不可这样想。

> 阳婆婆上来丈呀么丈二高，
>
> 风尘尘不动天气好，
>
> 哎哟，叫上妹妹打樱桃。

　　在感觉又被什么包围起来的无止境的压抑里，张连旭吼了一嗓子老家《打樱桃》的民歌。他的嗓子有些沙哑，调儿也跑了好几里路。他无奈地看着毛猴笑了笑。一时又感到一阵从来没有过的轻松，一种冲出层层包围的轻松。从走出野人溶洞开始，他就产生了一种从时间的井底被吊上来的感觉，天不再是悬崖洞口被牢牢固定的天了，地更是他随时都想跪下深深亲吻的地，树木草丛，风声鸟语，山石土粒，都是久违的亲朋好友，他都想与它们说说话儿。现在自由地行走在晴朗明净的天空下，对他而言本身就是一种幸福。张连旭甚至怀疑他又在做梦，只有这一声吼喊，表示他不在梦里。他也想给儿子毛猴带来一些快乐，毛猴喜欢他唱陕北民歌，他更渴望毛猴跟着他能学会几首陕北民歌，那是他们的根啊，无论走到哪里，只要唱一声信天游，家的位置有了，乡土的气息也有了。

　　毛猴却说："爸爸，阳婆婆不是上来，是落下——你唱错了！"

> 阳婆婆落山丈呀么丈二高，
>
> 风尘尘不动天气好，
>
> 哎哟，叫上毛猴打樱桃。

　　——这都唱成啥了？可毛猴并不领情，像谁欠了他多少钱赖下不还，就寸步挑人毛病说："爸爸，我们是'偷跑'回家，不是去打樱桃！"毛猴将"偷跑"说得像石头砸在地上，张连旭都看到那个棱角分明的坑了。

张连旭想说我们不是偷跑回家，却努了努嘴说不出话来，嗓子眼好像被一个看不见的木塞塞住了。他看了看指南针，跟毛猴一前一后，从一道沟里走了下去。毛毛又到树上撒尿，也不知毛毛哪来这么多的尿液？这一路尿了几十次！张连旭感觉那条河就在沟底下，他们应该快到野人河了，他侧耳听了听，似乎听到了轰鸣的涛声。

第二十章

滔滔洪水仿佛一堵高不可攀的城墙，挡住了张连旭和毛猴的去路，是上游什么地方又突降了暴雨？张连旭上次来时河水平缓，只要一根木柱，完全可以抱着渡过河去。似乎老天与他们作对，暗里为毛野人布防，才有了这一河汹涌的波涛。毛毛似乎明白主人的心思，对着滚滚的洪流一阵狂吠。

而且，河对岸也没有一条等待他们过河的木船。

张连旭给毛猴递去最后的一根煮玉米棒子，拉着毛猴向上游走去。野人河的上源称头道川，发源于陕北西北部定边县的南梁山，向东南流经吴起县，在川口附近与支流周河交汇，经甘泉县折向南流，在黄陵县附近又有葫芦河汇入，而后一路向南——如果他没有搞错的话，那现在的位置应该在甘泉与黄陵之间——他们距离老家更近了！

天黑之前，必须渡过河去。否则等毛野人风似的追来，那回家的所有美好心愿，就像雨后沙漠中的海市蜃楼，在风中化作一阵雾岚飘散了，十多年好不容易苦苦盼来的希望，又将变为没有任何价值的泡沫儿。而这次要被毛野人再逮了回去，以后，他怕永远也没有机会了。毛野人就是不撕了他这个无情无义的薄情夫君，也会变本加厉地限制他可怜的自由，每次出洞将会坚决带上毛猴，让野人溶洞成为他一生的牢狱，而且将禁止放风禁止打鱼禁止他和毛猴拉话，实现让他彻底死心的目的。

怎么走进了一个峡谷！身后的悬崖上，崖窑错落有致，黑沉沉的洞口宛如历史的一个个句号，封存起多少关于地主关于土匪关于革命的往事。不，张连旭突然发现，崖窑其实更像遥远而伤感的一个个等待，只是等不来忘记回家的主人了，但它们依然深情地睁着渴望的眼睛。一群老鸦在崖畔上盘旋着落下，又在一阵杂乱的叫声里飞起。老鸦显然看到他和毛猴了，老鸦是不是以为他和毛猴要侵犯它们的巢穴……张连旭不由想到野人溶洞，好比这些等待中的崖窑，从此等不回他的脚步、声音与孤独了。

——当然，张连旭错了。当他再次走回野人溶洞时，抱着毛猴，一时竟不能自已，孩子似的失声痛哭起来。泪光里他感觉眼前一切都变成黏糊糊的黑色了，从洞口方向蹿进的阳光是黑色的，吹过来阴森森的风是黑色的，他的汗水和眼泪是墨汁一样黑色的，他的哭声以及毛毛不住气"汪、汪、汪"的叫声，也被染匠迅速染了似的变成洗不尽的黑色了！整个野人溶洞，下着一场像蝌蚪的黑雨。这场黑雨再也没有停下来，一只只摆动着小尾巴的蝌蚪，纷纷钻进他的心房，他的血液变成墨汁似的黑色，他的身体跟着变成千年僵尸一样的黑色，他的呼吸变成了黑色，他的目光变成了黑色。他心里一阵阵发呕，呕吐物也是发酵了的老酱的黑色，几只黑色的癞蛤蟆呱呱叫着从里边跳出。接着，他屁股后边长出了一条黑色的鳄鱼尾巴。而这条沉重的大尾巴使他不能站立，他只能像鳄鱼笨重地爬着走了。他再也无法回归文明的世界，他也分不清白天黑夜了，整日无所事事在子午岭的野人溶洞里爬来爬去。这倒像是应验了世人的一句话：早知今日，何必当初！

锅灶前还放着毛野人背回的半口袋干瘪了的红薯，黑色的红薯秧子从袋口伸出，如黑色的长蛇爬了一地……烂成干泥巴似的苹果、桃子、梨散落一地——这都是毛野人为他们背回来的　　他和毛猴爱吃的食物！养在陶盆里的几棵花儿，全部枯死了，野菊开过花儿了，只是它们金黄色的花朵没等来主人的观赏。而枯萎在枝头的山丹丹花儿，一如几滴凝固的血泪，欲滴未滴……张连旭抱头蹲在地上哭得半天起不来，黑色的泪水飞瀑似的怎么也止不住，可耻啊，是他害死了毛野人，也害死了自己……毛猴泪眼婆娑地说："爸爸，你难道真的忘了？不是毛猴做梦，这不是一个梦啊！这是毛野人阿姨的家，这是我们住过的家。"

……

对面河边系着一条木船，张连旭双手作为喇叭，放声吼叫了好一会儿，却无人应答。他将羊皮筏子从背上解下，蹲在地上，用力吹足了气，扎紧麻绳。毛猴面对突然而至的"羊"，一脸惊讶，嘴也合不拢地傻看。狗狗毛毛也是不解，围着肥"羊"叫了几声。张连旭站起跟毛猴说："儿子，爸爸过去划船，你和毛毛不敢离开。"此时，一浪涌来，羊皮筏子着魔似的，冲入河水，眨眼间像长了翅膀，划了一个弧线飞走了。张连旭追了几步，"羊"就不见了，这野人河难道真是自己逃不脱的宿命！左首上方的崖下有一片菜地，大白菜长得足足有半人高——张连旭想起了故事里那棵变成一群小毛野人的大白菜。从河边斜搭了一根木槽，是老乡浇菜地用的。

现在不是信命的时候，当然也不能再瞎吼喊了。空寂的峡谷，这吼声如同闷雷在崖壁上炸响，不知能穿透多少里的森林，他这是给毛野人指示方位啊！此时，毛野人肯定已在追赶他们的路上了，迈着夸父追日的脚步，风驰电掣般地在丛林里狂奔。一棵小红桦树让毛野人撞折了，"啪"的一声倒在丛林中；毛野人的草裙、衣服被一丛黑圪针剐破了，毛野人解下草裙抱在怀里一路马不停蹄……是啊，毛野人跑起来还真好像一匹汗血宝马，一颗斗大的血色汗珠，从飘逸的长鬃的发间坠落，如一阵神奇的红雨在山林里纷飞。啊，是五彩缤纷的花朵，在夕阳的映照下，毛野人身后飞舞着一条鲜花的彩虹，一阵清香在傍晚的子午岭丛林里弥漫开来……

天就要黑下来了，误过这条船，怕是不会再有"渡口"，他们逃出去的希望也许又要彻底地泡了汤。

看来只能冒一回险了！

张连旭走过去，掀下老乡浇灌菜地的木槽，解下背包，找出来

"毛野人酒"喝了两大口，顿感肚子里有一股火升腾，看了看身上破烂不堪的衣服，索性脱了个光溜光，免得让洪水中的柴草拴住了，望着毛猴又叮咛："毛猴，你和毛毛就在这儿等着，爸爸游过去把船划过来，记住别动。"张连旭拖着木槽要下水时，毛猴拉住他的手说："爸爸，我们回去吧，毛野人阿姨不会吃毛猴，毛野人阿姨也不会吃爸爸的！"张连旭摸着毛猴的头，信心十足地说："毛猴听话，我们先回家看看爷爷、奶奶，他们老了，他们走不动了，他们想爸爸和毛猴了——爸爸一会儿就划船过来！"

毛猴的手很不情愿地松开了，张连旭勇敢地抱定木槽，游进浑浊的河水。下了水，他才发现，水流比想象的还要急，与其说是他划着木槽，不如说是木槽划着他。很快，他就被木槽带到了河中央，顺着水势向下游漂去。他听到毛猴的喊声了，侧转头他看见毛猴追着木槽在河边叫喊。毛毛跟着毛猴毫无章法地乱叫，好似一个不会说话的哑巴在紧张地诉说什么。

"必须战胜洪水，必须战胜洪水……"张连旭在给自己鼓劲，"我已到家门口了，父亲母亲站在碥畔上看着我哩，父亲母亲等着抱孙子哩，还有，毛猴不能没有爸爸！"但他只能在心里期盼，洪水小一点再小一点吧！他在口里念叨着："洪水洪水，一退三里；洪水洪水，不流连旭。"慌乱之中，他念错了《诗经》里"扬之水，不流束楚"的诗句，信口胡诌。洪水却一点也没小下去，一浪跟着一浪砸在他的身上，他口里早扑进了轰鸣的涛水，涛声又顺着鼻孔一涌而出。毛猴的哭喊声在浪里又真切地传入耳内，一股无可名状的愤怒在张连旭心间陡然生起。在大学时，一次各系篮球比赛，他们输给了体育系，但数学系的小子们也想把他们当软柿子捏，上来抢篮板就是几次"拔萝卜"，接着不断"盖帽"，把他们历史系也当中文系的书呆子们欺侮。张连旭一时怒火中烧，便不顾一切地冲锋对抗了。作为前锋，张连旭动作里融合了陕北腰鼓手打、踢、跨、跺以及收、放、弛、张的要领，人球合一，球人一体，一个胯下过人，转身，虚晃，再晃，起跳，投篮，一气呵成。队友们也被激怒了，一个个死死地盯住目标，越战越勇，一个快速插上封堵，一个上去虚晃一枪，一个便从容干拔跳投，百步穿杨……嘟的一声，裁判的哨子响了，他们以较大比分战胜数学系，夺得亚军……

现在，张连旭感觉被洪水凌辱了。一个一个浑浊的浪花长了眼睛似的，张着血盆大口在浑身上下撕咬着，又恶意骑上他的脊背，硬是把他往洪水里按。他想一脚踢开那些可恶的浪花，可双脚好像被无形的绳索紧紧地缠住了，怎么踢也踢不出去——啊，洪水原来是由一根根坚韧的绳子组合而成！必须战胜洪水，从捆绑中慢慢解套，剥丝抽茧一样将缠在身体上看不见的绳子斩断。他不会凫水，只能借助水势了。他想起引水龙——无定河一发洪水，每每可见两蛇端立潮头，踏浪而行。乡亲们说这是引水龙，是龙王爷怕洪水漫上堤岸淹了庄稼，指派两"小龙"前来疏导引洪。也许顺着浪花游，说不准会像"小龙"一样驾驭洪流，然后借水势挣脱，游到对岸去。

张连旭右臂死死抱定木槽，左臂奋力斜向狗刨似的划动，双脚跟着收回，紧接着用力向后蛙蹬。木槽终于冲出河中心湍急的水流，跟着张连旭的动作游向河对面。此时，张连旭觉得口鼻都涩涩的，嗓子像是被什么东西塞住了一半，肚子鼓鼓的不知灌进了多少浑水！眼睛也涩得睁不开来了，像是大风吹进去了沙尘。他回头想看看毛猴，可是河对面一片模糊，河岸在跟他赛跑，毛毛在跟他赛跑，一棵树在跟他赛跑，最后的一片晚霞在跟他赛跑，不，好像毛野人追过来了，从山崖上直直地跑了下来，双手抱定毛猴嘿嘿地笑着，还向他挥手再见哩！似乎还对他冷笑着说，只要我的毛猴在，我才不稀罕你个不识抬举的憨孙，你走你的那个拐弯路吧，我在村子里给毛猴抢一个媳妇，等明年就给我生一个大胖孙子，我毛野人家族就可以一直延续香火了！

木槽一下戳在泥滩上了，张连旭用脚向下一蹬，感觉他游到岸上了。他手脚并用地站起来，使劲眨了眨眼睛，让泪水冲去眼中的沙子。睁开眼看毛猴，还在河对面望着他哭喊。他向毛猴招了招手，向前面的木船走过去。右首边的台地上，谁家种了一小片黄萝卜，张连旭过去挑大的拔了几个，提在手里，正是"天无绝人之路"，毛猴可以填充一下肚子了！

走到船边，张连旭把萝卜撂在船上，解开拴在木柱上的麻绳，向前用力一推，在木船下水的瞬间跟着跳上船，摇起桨向对面划去。谁知木船到了河中，一样不听使唤了，顺水向下游漂去。毛猴追着木船在对面岸边喊叫，张连旭却毫无办法可使，一用力划桨，木船便开始打转，并且摇篮似的前后左右地颠簸摇晃。木船向下冲出了一里，张连旭无法控制；木船向下冲出了二里，张连旭无法控制；木船向下冲出三里，张连旭还是无法控制。木船向下冲出有五六里了，在一个转弯的地方，张连旭才趁着水流，控制住了木船，划向毛猴和毛毛。

毛猴哭成了泪人人，毛猴从来没有这样伤心过。毛毛看着伤心的主人，在一旁摇尾讨好抚慰。

张连旭抚摸着毛猴，又拉着船去寻找他的《秦直道考察报告》。哎，应该让毛猴背着背包，也省得如此来回折腾了！毛猴一声不吭地跟在身后，一手搭在麻绳上帮他往回拉船。毛毛跟在毛猴的脚下，一蹿一蹿，不时侧头看着主人。毛猴似有一肚子的委屈，想哭却没有哭，愁眉苦脸五官都有点错位了。张连旭安慰儿子说："毛猴不哭，毛猴长成大后生了，回家让奶奶给毛猴做肉肉吃。"说过之后，又想肉肉毛猴并不稀罕，在野人溶洞这些年来，他们都可谓肉食动物。回头看看，他发现毛猴在这一天里已长大成熟多了，一下脱了孩子的稚气。

天完全黑下来了，半个红月亮不知什么时候升起了。

张连旭穿衣服时，才感觉浑身都在疼痛，两臂擦伤了，而被荆棘撕破的小腿，湿水之后，又像是撒了一把盐，疼直往心上钻哩！毛猴站着开始丢盹儿，走了一天，毛猴是到睡觉的时候了。但应该让毛猴睡在船上，只要上了船，可以说他们就安全了。张连旭说："儿子，吃一个大萝卜再睡，有爸爸在，毛猴放心睡吧！"

"爸爸，我们还走吗？毛猴走不动了。"

"我们今天就歇在船上吧，明天走——明天我们就回家，回家看爷爷奶奶。"

"爸爸，毛猴给爷爷奶奶拿了'灯笼'，毛野人阿姨回家没了亮，就看不见了，你忘了给毛野人阿姨点灯了。"毛猴一直将"明珠项圈"叫灯笼哩！

张连旭再也控制不住自己，一颗粗大泪滴从眼角无声地落下。现在，他似乎明白了，他带走的只是毛猴身体，毛猴的心留在了子午岭森林留在了野人溶洞留在了毛野人无限的疼爱里了……都怪自己一时财迷心窍，毛猴在戴上毛野人的"明珠项圈"时，他应该劝说与阻止啊！

毛猴坐在船舱里啃萝卜。毛毛软不塌塌地卧在毛猴身旁，毛毛一定也饿了。张连旭双手拉着麻绳站在水边，他想让毛猴撂下来一个萝卜，发现毛猴已经昏昏沉沉地睡着了，半个萝卜还在手里。毛毛很知趣，一声不吭望着毛猴蹲着，一副誓死跟随主人的样子。

毛野人很快就会追上来，再过一两个小时毛野人就会追上来。但滔滔河水会让毛野人知难而退，毛野人会在失望里，回到野人山的家，再抢一个男人回去，在野人溶洞继续过它的小日子。人常说"燕孤一时，雁孤一世"，毛野人一定耐不住寂寞，那他就不会受到一个负心汉的良心谴责了。他和毛猴以后的生活，也不会因为这个解不开的结，而笼罩着一层雾霾似的暗灰色。毛猴是属于他的张姓家族的，毛猴从此算是与毛野人撇清关系了。毛猴的张未来的大名必须响亮地叫出去。从小学开始——毛猴应该直接可读三四年级，到初中、高中、大学，他相信毛猴。这也是他作为父亲的责任。

啊，但愿老天有眼，让他的想象变为现实。

张连旭跳上船，双桨向后一撑，小木船像离弓的箭一样，顺水向南漂去。再见了，毛野人！感谢你给我生了一个儿子，祝愿你平平安安快快乐乐地生活下去！啊，要是有可能，我和毛猴真的会回来看你——除了我和毛猴不能给你之外，我和毛猴给你带来我们的一切。给你架一条直通索道——对了，毛猴拿了你的"明珠项圈"，我会拿去拍卖，我会用拍卖来的钱，给你架一条直通索道，给你拉通电给你买一台冰箱一台电视一架摆钟一口高压锅，给你运来粮食和四季蔬菜，让你天天吃你爱吃的干牛肉揪面片，给你带来母亲亲手酿的醋，给你带来你没吃过的各种各样的鲜果……

想到这里，张连旭的心情不由沉重起来，他明白他在为自己的厚颜无耻开脱。他心里只装着儿子毛猴，可他又根本没顾及毛猴的感受。一直以来，毛野人不过是他身外的一个物件，是他快乐的性奴，他曾经做过的一个美梦而已。而关于他人生理想的"秦直道考察报告"，他可以让毛猴去邮寄。毛猴其实可以代替他去集市购买生活用品，使者一样去实现野人溶洞与文明社会的沟通，只是他没有那样培养教育毛猴，也没有去努力。他的逃跑，其实不是无奈的唯一的选择。

任凭小木船在洪水中漂流过几道弯之后，张连旭看到河东山势平缓下来。"熟处怕鬼哩，生地怕水哩"。他担心突然出现的跌哨①，他开始划桨了，感觉小木船也渐渐听话起来，并没费多大的劲儿，他们就如愿以偿地到了河东。毛猴睡觉很死，就算天塌下来撼翻艮震也吵不醒他，走是走不成了！张连旭将木船远远地推到岸上，现在他们只能在船上将就一夜，等天亮以后再走了。张连旭找来一个萝卜吃，回想一天发生的事情，真的可以用惊心动魄来形容，又不免有些后怕，要是抓不牢木槽，那他就会变作一个忧伤的水鬼，毛猴也将成为新一代的野人……但一切都过去了，毛野人不可能追上来了，他们成功逃出了毛野人的"势力范围"。刚松了一口气，张连旭就感到浑身散了架似的疲惫不堪，两腿僵硬得像石头再也拉不动了。

夜露下来了，张连旭感觉有点冷，他在给毛猴找背包盖时，看见毛猴原来头枕在了背包上。哎，要是有一堆篝火就好了，可这只

---

① 陕北方言，河水形成的落差，泛指小的瀑布。

能是他美好的想象。毛毛在毛猴前边睡下了，他挤在毛猴另一边，他要用身体给毛猴取暖，让想象里的那一堆篝火燃烧在他的心中，燃烧在毛猴的梦里，驱散夜露与清冷的水声。睡意却毛毛虫似的，从他的每一个骨节缝里爬了出来，聚集在眼睛里捣起乱来，他只好坐起，他不能睡着了，他要守护毛猴的梦，他要防止一匹狼或者豹发起的偷袭，他要防止河水漫上河滩将木船推走。

猛地，张连旭看见一个高大的黑影从对岸悬崖上闪过去了，是毛野人！她顺着河水狂奔向南而去，在朦胧的月光下，毛野人像一道黑色的闪电，几纵便从他眼中闪过。啊，毛野人还以为他和毛猴也被河水挡住了，毛野人肯定没有嗅到他们，否则毛野人会在河对岸停下来。张连旭感觉心跳加快了，不知从哪儿来的一阵恐慌，他慌乱无措地龟缩在船舱里不敢抬头，他向周围看了看，木船正好在山的阴影里，毛野人就是站在河对面，也不会看到木船，不会看到他和毛猴、毛毛。此刻，张连旭最害怕毛毛"汪、汪"叫咬出声，急中生智，他用力推开船舱后边的木板，将毛毛一把推了进去，跟着关上木板门。

他目不转睛地望着对面崖畔，毛野人会不会藏在一棵树后面看着他？不，毛野人会不会从一道坝梁上翻过去绕到他们的背后？还有，要是洪水退了，毛野人会不会就能涉水走过河来？啊，洪水还是大一些再大一些吧，大得让毛野人望而却步！洪水真的又黑压压地涌过来了，一定是头道川上午又下暴雨了，洪水从上游一堵城墙似的涌过来了，洪水就要漫到小船边上来了，张连旭急忙跳下船，用力将小船向山的阴影里又推了几步。

谢天谢地，要是再晚一些，他们肯定渡不过野人河了！

他甚至想背起毛猴立即就走。天亮之前，要是能到一个村子就好了。村庄里百味杂陈，毛野人鼻子再尖也嗅不到他们了。毛野人就只好返回野人山，去做她野人溶洞的洞主，去等他和毛猴有一天去野人溶洞串亲戚。可是背着睡梦中的毛猴翻山越岭，不是一件容易的事——他实在也没有这样的气力了。

他看见毛野人又折了回来。毛野人像黑色的幽灵飞跑着向北去了，毛野人是不是发现他和毛猴没到过前面？会不会看出什么问题来了？毛野人要是看见他和毛猴，毫不畏怯地下到河里该怎么办？看着毛野人在洪水里挣扎他是去救呢还是不救？

　　树头一只恨虎突然凄厉地叫了两声，张连旭心里好像落了一层冰冷的霜，惆怅、落寞、悲伤，一时完完全全地包裹了他。半个月亮被一片云遮住了，一颗流星贴着天幕，划火柴似的陨落下去了。啊，最好月亮也跟着落下去！该是农历十一二了吧，今晚的月亮咋这么光洁，像是谁刚用清水擦过，亮得张连旭不用戴眼镜也看得清对面崖壁上的树木。对了，应该戴眼镜了，他从背包里摸出眼镜哈了口气在衣襟上擦拭了一下戴上，却感觉远处更加模糊——眼睛不听使唤了！他无奈地收起眼镜，又从背包里摸出望远镜，趴在木船上调试焦距，向对岸望过去，还是看不清楚，是不是望远镜湿水钻进了泥沙？

　　一声悲怆的长啸从对岸传来，子午岭森林的夜顿时静下来了，滔滔不绝于耳的水声顿时静下来了！不懂人事的毛毛在船舱里刨着木板门，张连旭不得不用身体堵在木板上，毛毛"哼、哼"了两声才安静下来。接着，毛野人又是一声哀婉的长啸，那是爷爷说的活魂的嚎声，正如失群的骆驼羔羔孤独的叫声，接着是一声更为凄切的长啸，一声更为悲惨的长啸……张连旭感觉受不了啦，他想找什么东西塞在耳里，可什么东西也没找上。看着毛猴睡得很香——啊，毛猴千万不能醒了，他脱下衣服轻轻盖在毛猴的头上。他双手捂在耳上，他再没有丝毫勇气听毛野人悲痛欲绝的嘶叫了。但毛野人星空下四处漫漶的悲鸣声，像骤然间的一场寒风暴雪，张连旭感觉心像是被毛野人悲伤的叫声包裹住了，又像是被这悲切的叫声一镢头刨了出来，掉在一个冰天雪地的世界里了，一阵凛冽寒风呼啸而来好似万箭齐发，他的心被射成了一个野蜂巢，血一滴一滴地洒在雪地上红红的一片，这是零下多少度的风雪之夜？这是几百年来的一场飓风？他看见森林像病了的麦子倒伏了，他看见一河的洪水瞬间开始倒流，他在万箭穿心的痛苦里双手捂住了耳朵……

他又看到毛野人了，毛野人就像游荡的灵魂一步一挪地由北向南走过来了。毛野人一天钻了多少里的梢丛走了多少山路？毛野人早晨只吃了不多的一点饭，毛野人显然已精疲力竭了啊！毛野人啊毛野人，我张连旭求你了，你就不要找寻了，你就不要嘶叫了，你就不要悲泣了，你还是回去吧！我张连旭带走毛猴对你是残忍太不人道，但这都是为了毛猴好，我会将毛猴培养成有用之才的，我会让毛猴过上美满幸福的生活——给毛猴娶一个漂亮贤惠的妻子，给毛猴买一套宽敞明亮的楼房，真的要是有可能，我会带上毛猴带上我们儿媳带上我们的孙子一块去看你。不用等到来世，我就不走了，我用我的后半生陪伴你。只要你愿意，我就带着你去旅行，去看我们祖国的大好河山，去寻找你可能还存在的同类……那时，也许你老了，但你再也不用走出野人溶洞狩猎收秋摘野果，我会给你带来人类几千年来的文明，我们会愉快地在野人溶洞安度晚年。

毛野人站在对面崖壁上了，顽强的毛野人面条似的瘫软在地上了。躺倒在崖壁上的毛野人哭得一塌糊涂。毛野人的哭声似一阵透彻心骨的寒风，从张连旭的前心吹向后背，又从后背吹向前心。张连旭感觉自己要被冻僵了，手脚发麻，浑身颤抖，头发一根一根直直地竖了起来。天在塌陷，地在旋转，星河倾斜，神哭鬼泣。子午岭突然遭遇了一场罕见的暴风雪，不是一棵树被凝冻了，不是一片森林被凝冻了，也不是一座山的森林十座山的森林一百座山的森林被凝冻了，而是三十里的森林五十里的森林一百里又一百里的森林在毛野人哭声里凝冻了……张连旭想起陕北说书里的"哭场书"：

> 哭得神害怕来鬼害愁，
> 哭得张玉皇泪长流。
> 哭得王母娘娘直哆嗦，
> 哭得阎王爷抬不起头。

哭得狼遁深山虎奔林，
牛牛蚂虫钻了地缝。
哭得鸦雀木鸽哑了音，
直把个黄河的水哭清。

张连旭不得不用双手捂耳，但毛野人的哭声在他心头擂鼓一样痛彻地响着，毛野人的哭声在他的血液中来回奔涌，毛野人的哭声让他浑身的细胞都在剧烈疼痛，毛野人的哭声使他的每一根神经都在痉挛，他感觉就要崩溃了，仿佛一堵老土墙，在一天的倾盆大雨中开始倒塌，倾斜度已达三十了，倾斜度已达四十了，倾斜度已达六十、七十了！一座山倾斜了，一片森林倾斜了，天空倾斜了，河流倾斜了。漫山遍野，枯叶飘飞。夜融化了，风卷着黑色的蝴蝶上下翻飞。几只飞出洞穴的老鸦，好像断了线的破风筝，直直地从崖壁坠下，又扑腾着翅膀飞起。此时，张连旭看见毛野人站起来了，毛野人顽强地站起来了，毛野人擦去脸上的泪水，毛野人向后捋了捋长发，毛野人仰起头静静地望着河对岸，毛野人像丢了魂似的站着一动不动。毛野人是不是看见木船了？毛野人是不是嗅到他和毛猴了？毛野人是不是要转身回去了？毛野人在一声活魂悲凉的长啸声里纵身跃下悬崖，毛野人在空中划出一道忧伤的弧线……

张连旭脚下安了弹簧似的被直直地弹出船舱，他眼睁睁地看着毛野人落入滚滚河水。一棵青松一跳在崖畔弯下了腰，半个月亮砰的一声落下西山。毛毛挠开木板"汪"的一声跃进滚滚波涛，挣扎着向前游去。毛猴睡梦中哭喊着站起，毛猴双手揉着眼睛，怔怔地看着张连旭，说："爸爸，毛野人阿姨叫毛猴呢，毛猴看见毛野人阿姨了，毛野人阿姨说，'毛猴是我的''毛猴不要走''我寻毛猴来了'。"张连旭一脸的悲伤却不得不安慰毛猴说："毛猴做梦了，哪儿有毛野人阿姨？"

谁知此后，一到这个时间，毛猴就从睡梦中惊恐地跳起来，哭喊"毛野人阿姨不要走，毛野人阿姨不要走"，也不管在什么地方睡，疯了似的两手乱抓。跟着开始在墙壁上嘭、嘭、嘭地撞脑袋，像在野人溶洞里踢足球的响声，鼻子都撞出血了，还在不停地撞。老家的拐炕壁上，留下毛猴一道道深深的抓痕，以及刮也刮不完、刮不掉的血迹。张连旭在还好说，硬拉死拽着毛猴，挡在墙壁前，让毛猴狠狠地狂抓，在身上撞击，他好似一名职业的拳击陪练，任由毛猴疯狂地发泄。张连旭要是不在，那便糟了！劝说毫无作用，爷爷根本拉不定毛猴，也经不起毛猴的一个撞，只能任凭毛猴哭喊着狂抓乱撞了。奶奶的哭泣，更多的是无奈和悲楚。让她弄不明白的是一家三辈三个男人，遗传了什么怪病似的，一辈胜过一辈的以戕害自己身体寻找心灵的慰藉。

——张连旭满眼泪水，他一边说一边推木船下河，几十米的绝壁，毛野人肯定是摔死了，他要捞起毛野人，为她做口棺材将她埋了——万一毛野人还活着，他要救起她，送毛野人去附近的医院抢救。可怎么对毛猴解释呢？回头再看毛猴，又迷迷瞪瞪地睡在船舱里了，张连旭"毛猴，毛猴"叫了两声却没人应，他知道毛猴又睡着了。

狗狗毛毛像一头勇敢的避水兽，骑着波涛向毛野人落水处游去。张连旭划着木船紧跟在毛毛身后。眨眼间，洪水明显地降下去了一大截，流速好像也平缓了一些。黑暗中张连旭感觉东方开始放亮，一个卑鄙的昼夜就要过去，可是在阳光的早晨他能掩盖住他的无耻吗？毛野人落水的地方，张连旭嗅到一阵幽香，淡淡的却挥之不去，是子午岭早春几朵野花的气息，又似他一个月夜踏雪寻梅的暗香，啊，这是毛野人身上特有的那股来自大自然的香味儿，毛野人魂归子午岭森林了，毛野人把她身体上的一段清香留在子午岭森林了，毛野人把她的爱也永远播撒到子午岭森林了！

此时，他多么希望毛野人是乘着"飞船"跳下绝壁的，他也多么希望羊皮筏子就在洪流中等着毛野人。可希望只是他的一厢情愿，今天的野人河不存在希望，今天的野人河只有卑鄙和罪恶！一直以来，张连旭还认为，他称毛野人"她"似乎不妥，其中包含了一些报恩及自慰的因素。现在，他真想狠狠抽自己一顿，毛野人是比人还"人"啊，比他一个知识分子高尚，比他一个正人君子伟大！惭愧啊惭愧，还跟毛野人比较，你配吗？你不过是道貌岸然的伪君子！他在心里骂着自己，张连旭啊张连旭，你就是一个尖酸刻薄的小人，你其实轻蔑的是你自己，你其实鄙视的也是你自己，你以为你是人吗？你才是应该称"它"——你做了就是牲畜也做不出来的事情，你还不及狗狗毛毛！

无地自容啊，他一时该回的家究竟在哪里！？

张连旭从背包里取出毛野人的"明珠项圈"双手举过头顶。河水被照亮了，周围一片光明，他期盼着毛野人一声微弱的呼救，或者远远的光影里一个召唤的手势，哪怕高出水面的是她全部的愤怒。但河水死一样的寂静，浪花也跟着毛猴睡着了似的沉默无声，周围都仿佛沉浸在无限的悲痛之中，星空低垂，神灵无语。一座山峰戴着黑色的毡帽向他走来，一棵树披着黑色的纱巾向他走来，一片蘑菇云捧着巨大的黑色花朵向他飘来，一阵鸟鸣仿佛唱诗班的歌声从崖壁上传来，水面突然出现了一个冰清玉洁万树银花的花环，不，一个用阳光做成用星星装点而成的巨大的花环。毛毛吃力地游在花环边上，好像要为毛野人守护这个神奇的阳光花环。张连旭的肩头仿佛压了两座大山，他掏出来"毛野人酒"，瞬间泪流满面。他在将"毛野人酒"洒在光环之中时，不由地呐喊了一声："毛野人，我的爱妻——"酒香四处飘散，他看到"毛野人酒"在水面燃烧形成的淡蓝色的火焰，一如他熟悉的毛野人身体里关不住的芳香……

天亮了，世界的一切污秽和丑陋全都暴露在圣洁的阳光下面。张连旭顺水划船向下游找去，一定要找到毛野人，他想一定能找到毛野人，他要将她葬在子午岭向阳的山坡。

静静的河面波光粼粼，一条鱼跃出水面，紧接着又落到河水里了。毛毛蹲在船头一阵"汪汪汪"地狂叫，水面上漂浮着什么，张连旭一手扶着船舷，一手伸进水中捡起漂浮物，是一个牛皮影儿，

　　毛毛蹲在船头一阵"汪汪汪"地狂叫，水面上漂浮着什么，张连旭一手扶着船舷，一手伸进水中捡起漂浮物，是一个牛皮影儿，一个分明是毛野人的牛皮影儿！

一个分明是毛野人的牛皮影儿！张连旭惊愕不已，他仔细观看毛野人牛皮影儿，无论是包装还是制作工艺，可以肯定是一件汉代的皮影儿，怎么可能被洪水冲到河里来了？

……

——这是张连旭回到溶洞的事：毛猴说啥也不走了，他却不能不走。在他离开野人溶洞的时候，毛猴幽幽地问他："爸爸，毛野人阿姨哪儿去了，咋不来看毛猴？"他嗫嚅了半天，说："爸爸老了，什么都记不起来了！"他知道毛猴迟早会问，只是想不出该如何回答。他背转毛猴，在野人山向阳的山坡——女儿希希的坟墓旁边，用墙砖给毛野人砌了一个衣冠冢，他将毛野人的枕头、一条草裙和穿过的衣服、他送给毛野人的牛鼻子陶埙以及他在野人河里捞起的毛野人皮影、希希的小鸟毛毽、只会奔马的二胡、他从老家带来的一面镜子，还有一罐毛野人喜欢喝的酒埋了进去——可又发生了一件怪事，红桦木梳子不见了，他怎么也没有找到！

他在心里为毛野人立了碑，"爱妻朱妮娅之墓，张连旭立"。墓碑上，当然不能用"毛野人"了。他其实想用洞口的一块石头刻字，但他担心毛猴知道了，他想把毛野人之死的秘密永远埋在自己的心头，是他的自私害死了毛野人。他想起破镜重圆的故事，他和毛野人却只能在梦里相见了。他吹起了毛野人的"牛头"陶埙，他坐在毛野人的衣冠冢前吹奏"高山流水"。"嘘——嘘——"的埙声里，飞来了一只黄蝴蝶，蝴蝶跟着音乐翩翩起舞，当他吹到"高山"的时候，蝴蝶静止地停在半空，只见翅膀缓缓扇动；而在明快的"水声"中，蝴蝶竟然波涛似的绕树上下翻飞，埙声里仿佛有一根根看不见的竹棍，舞动着一只皮影的蝴蝶，在子午岭山坡林间的荧幕上演出。他泪流满面，他嗅到了毛野人身体里已经凝固了的香味儿，是柠条花儿的香，是山丹丹花儿的香，是打碗碗花儿的香，是地菍菍花儿的香……是子午岭山野流动的清香啊！毛野人是这子午岭的精灵，他感觉到了毛野人无处不在的气息，每一棵树的后面都有毛野人的身影，每一棵小草都留下了毛野人的汗香……

在一滴"叮咚"的水声里，蝴蝶立在一朵不知名的草花上了。蝴蝶左边的触角动了动，一颗露珠顺着草叶无声地落下，是蝴蝶的泪还是花朵的泪，啊，蝴蝶好像忧伤着他的忧伤！他看见蝴蝶张开的翅膀，是毛野人漂亮的草裙，蝴蝶在花朵上旋转了一个毛野人的舞蹈，他揉了揉眼睛，再看时，哪里也找不到蝴蝶了。山坡林间遍地像是蝴蝶的花朵儿，是蝴蝶化作花朵儿了，还是花朵儿要努力变为蝴蝶？瞬时，他走进了一个白日的梦里，花朵儿迎风飞舞，森林出现一条蝴蝶翩翩的彩带，他看到毛野人了，毛野人飞在蝴蝶的花团锦簇里，跟着蝴蝶、花朵儿，飞进她的衣冠冢里了……

　　鸟儿们受到了惊吓似的，鸣声一浪高过一浪铺天盖地而来。可并没有一只鸟儿飞走，一群长尾巴锦鸡落在山坡上，抖擞着五彩羽毛，咕咕咕地叫。他们的邻居红嘴老鸦也飞来了，他认识它们，它们的鸣叫声，现在是多么悦耳动听。更多他叫不出名字的鸟儿，它们把深情的鸟语撒在林间草丛。可惜他读不懂鸟儿，鸟儿们也许真有一种不是鸟语的"鸟语"，电波一样地传递属于它们的信息。但不管怎样，他都应该感谢鸟儿们，他相信它们今天是来吊唁毛野人的，它们是恭送毛野人魂归子午岭的。

　　让张连旭没想到的事情还在后边。天刚擦黑，毛猴跟狗狗毛毛回来了。他给毛猴盛了一老碗烩面，他们正吃之间，听到狼直直的长嚎，接着又传来狐狸的叫声。毛毛不识头当①，迎着狼和狐狸的叫声跑了。毛猴也没喊。他说："毛猴，别管它们，吃过饭再说。"洞口堵着，毛毛一会儿又汪汪汪叫着跑回来了。等他和毛猴走出洞，瘸腿母狼的狼群和狐狸们列队排在洞前，毛毛主人一样和它们握手相拥。毛猴也像没明白瘸腿母狼和狐狸们所为何事。他和毛猴疑惑之际，看到公狼赶着一只白山羊飞奔而来，公狼叼着羊耳朵，尾巴像鞭子抽打着羊，山羊似中了邪，跟着公狼像拉辕的两匹矮马并驾齐跑。接着，他看到了更惊心动魄的一幕，一只红狐骑着一头

---

① 不识头当：不知深浅。

壮猪，冲浪似的从林中冲出，猪大张着嘴，好像从滚水锅里刚捞出来，浑身冒着腾腾热气。狼和狐狸就是来祭奠毛野人，也不用这黑天半夜的啊！在张连旭不以为然中，瘸腿母狼、狐狸和毛毛簇拥着毛猴走到毛野人的衣冠冢前，公狼咬断了山羊的喉咙，山羊挣扎着倒地而死。壮猪则在狐狸跳下脊背时，喷血而亡。毛野人冢前，一片肃静。

这是一个他从来没有想到过的追悼会，尽管没有主持，没有谁致悼词，但从白天到黑夜，没有一滴虚假的眼泪，动物们用它们的方式，寄托哀思，怀念毛野人，让他无地自容。在他要逃回洞里时，毛猴问他："爸爸，这到底是怎么回事？"

他吞吞吐吐，半天才说："它们想念毛野人阿姨。"

"毛野人阿姨去哪儿了？"

"毛野人阿姨回娘家去了！"

"我等毛野人阿姨回来，我一定要等到毛野人阿姨回来！"毛猴的眼泪扑簌簌地往下掉。

毛猴整天和毛毛在森林里疯跑，回来背包里不是草药，就是野菜、鸟蛋，今天跟狼群在一起，明天又与狐狸们为伍，好像成了它们中的一员。过了几天，毛猴让他编了一个鸟窝，毛猴将鸟窝绑扎在洞口的一棵松树上，第二天，奇迹发生了，毛猴在鸟窝里掏出二十多颗大小不一的鸟蛋，足够他们一天吃了。那些天，他经常看到不知名的鸟儿飞到"窝"里下蛋，之后飞走，毛猴在晚上或者清早，爬到树上收回鸟蛋——真不知毛猴给鸟儿们使了什么魔法！

广东佬像看传奇故事一样，看完了张连旭这封写自非洲大草原的邮件。他想这是张连旭写的一个传奇故事，回信一问，谁知确有其事！广东佬再次询问野人山的位置，张连旭就是不说，他不想让广东佬扰乱毛猴宁静的生活，他借口说毛猴其实不愿跟人接触，或者说他想把自己完全封闭在子午岭。广东佬说，他想替毛猴征婚，一定有愿意嫁给毛猴的女子。张连旭回信，这事还得毛猴同意才行。广东佬却火急火燎替毛猴开始征婚了……

第二十一章

一路走过，张连旭发现到处是林立的井架和老乡们称作"磕头牛牛"的抽油机。出租车司机告诉张连旭，陕北和陇东都发现了大油田，如今被美誉为"中国的科威特"了！但张连旭同时看到了污染，严重的环境污染，连空气里也飘散着一股浓浓的原油味儿，树梢上一个个喜鹊窝儿也听不到一声鸣叫。他明白了野人河里的石油是从哪里来的——这也是导致毛野人没再生孩子的首恶。

小车行驶到村口时，张连旭叫司机停下车。

这个世界，这个张连旭给儿子毛猴讲的文明世界，他感觉自己都不认识了。仿佛真的是一个梦，他从梦中醒来，却怎么也找不到梦里的故乡。他想起烂柯的故事，真不敢相信所谓"改革开放"政策，竟然能使时代加速：布证、油票、肉票、粮票、棉花票，一个凭票证的时代，如今彻底终结了；牛车、马车、拉拉车，铁锨、镢头、锄头，多少亲切的农历里的事情，如今被科学技术淘汰出局了；毛毛匠、毡匠、皮匠、轱辘匠、铁匠、石匠、木匠、席子匠、柳匠、泥水匠、砖匠、瓦匠、骟匠、钉掌匠、鞋匠、画匠、纸火匠、井匠等等五色匠人，这些吃香的行当，在这个百废待兴的时期，如今一点神通也显露不出来了；那些叫解决温饱的话题，如今开始变为奔小康了；石磨、碾子，曾作为财富和家产，如今废弃村子里无人问津了；人们一步迈五尺的腿脚，如今一步成一丈了；农村如今跟城镇变得一样了……

现在，张连旭看到只有守在村口的这棵老槐树没有变，还是他记忆里的老槐树，还是他魂牵梦萦的老槐树，还是母亲送他上学时远望里的老槐树，还是父亲接他回家等待中的老槐树。毛猴听说到家了，一时高兴得走路都横着跳了起来：

老猫回家家，
家里有一颗大西瓜，
一切几牙牙，
一人一牙牙。

毛毛跟着毛猴高兴，一下从毛野人的悲情里走了出来。就要回家了，毛毛再也不会讨人嫌了。几天来，毛毛没少让张连旭难堪，住宿、吃饭、乘车，毛毛简直可说是多余，但张连旭深为毛毛的忠勇打动，在毛毛面前，他甚至产生连狗都不如的深深的愧疚。因此，几天来毛毛的伙食标准都超过他和毛猴了！

毛猴还放开嗓门叫喊："我们回家了，我们回家了！"

几天来，毛猴似乎忘记子午岭野人溶洞的生活了。吃着可口的饼干、罐头、面包以及西瓜等水果、糖果，毛猴似乎才相信了爸爸张连旭所说的"文明"，毛猴一气吃下一颗十八斤的大西瓜，毛猴一气吃下三碗清炖羊肉七八个白面蒸馍，毛猴一气吃下半脸盆炸油糕四碗肉丝细粉汤……只是钱已不是十六年前的钱了，张连旭带在身上的几百元钱，早已不再是一块钱可以吃一碗炒面的钱了，不再是两三百里路程五块车票的钱了，不再是两块半一瓶二锅头可以美美地喝一夜的钱了，也不是宾馆的席梦思一夜十块的钱了，而是毛猴理发五元一双运动鞋二十元一身衣服六十元的钱，是他想给母亲买衣服给父亲买两条烟给姐姐买擦脸油而不敢买的钱，是他想都没想到钱咋就这样不经毛猴花销的钱。而他的七八十斤全国通用粮票，早已过期作废，还居然成了可收藏的"文物"……街道上到处是震耳欲聋的音乐，到处是花花绿绿的俊男靓女，到处是长了翅膀一样南来北往鸣着喇叭飞着的摩托，到处是看着他和毛猴的奇异目光。特别到了夜里，大街小巷霓虹灯闪着诡异的色彩，张连旭牵着毛猴的手走在街上，更是惊讶不已，"大肚肚"搂着"细腰腰"跳，"红口口"对着"白胡子"笑。一对青年在街头接吻，毛猴惊讶地问："爸爸，男人咋啃吃女人哩？"张连旭没法回答。一切都变了啊，城市把黑夜变为白天了，公安把小偷变为朋友了，学生把网吧变为逃课的教室了，"大款"把歌舞厅变为半个家了……"小姐"，女子的一个文明礼貌的称呼跟"妓女"划上等号了；"手机"，专柜里在公开叫卖一个男女老少的"情人"；"手表"，一个城市农村都戴在手腕上的"风景"远去了；"时髦"，变成干部群众追赶潮流的一种"生活"了……

张连旭还听到了一个关于毛野人的故事：有一个红毛女野人，每年秋天都要到村子来几趟，买过冬的粮食、衣服、猪呀羊的。毛野人像是生了小毛野人，还要小孩儿的衣服！毛野人不管拿了谁家的东西，都撂一个银元宝，毛野人大方着哩！毛野人还知道价钱，拿少了撂一个小元宝，拿多的就撂一个大元宝。但老乡们都认为红毛女野人，其实就是马栏村跑进子午岭的老地主的女儿，大概从小没了爹娘，就变成野人了——要不，哪来那么多的元宝？还有，"毛野人"穿着一件黄鼠皮缝制的皮衣，是老地主当年让马栏最有名的皮匠用了一年半时间才缝成，皮匠的后人还一直以那件棕红色的黄鼠皮大衣而引以为荣。而老地主为了这件黄鼠皮大衣，组织长工、短工挖了几年黄鼠才精心挑选得来。老地主特别喜欢清炖细嫩的黄鼠肉吃。大概是爱屋及乌，老地主一次在剥黄鼠皮时，突然想出这件与众不同的黄鼠皮大衣来。只是"毛野人"不跟大家答话，怕是她还以为在斗地主哩！一位大娘心疼毛野人乱花钱叫了一声"姑娘"，"毛野人"还给"唉"了一声，那声音却像奶山羊的叫声。又说，一个老乡拿了毛野人的银元宝到县城的银行鉴定真假，银行笨孙们，把好端端的元宝一刹四瓣——白花花的雪一样，一点假都没有。还有人收藏了毛野人的一枚五十两的大元宝，上面"刻"着好几行字，还是珍贵的"金点雪花宝"哩……

毛野人完全有融入这个社会的可能啊！

"哎，我又错看毛野人了，还说是'偷秋'呢，毛野人本来就是君子啊！"张连旭不觉一阵心酸，眼泪直往肚子里掉，自己太不了解毛野人了，他来自卑鄙人类的骨子里的轻蔑和自私，使他根本没有走进毛野人的内心世界，枉与毛野人做了一场夫妻！他还要等有了钱，到毛野人"侵害"过的村子，去赔偿老乡们的损失——毛野人没欠下谁的任何债务，是他倒欠下毛野人一生还不尽的心债了。他突然明白了，任何一个女人，都是金子，就怕你不是一块试金石，而是把金子当石头的蠢货。最糟糕又可悲的是他张连旭，把金子一样的毛野人当石头永远地扔掉了。

……

现在终于回家了，回到张连旭魂牵梦萦的老家了。

张连旭没舍得给自己买一身像样的西装，他也没心情让自己再现当年的风光。他的钱是为毛猴准备的钱，他的笑也是为毛猴准备的笑。他只在旧货市场买了几件合身的廉价故衣聊作遮羞布，这与他带着毛猴，须发杂乱，衣衫褴褛，拄着拐杖走进闹市时的形象已有了天大的变化——有人还以为他和毛猴是从马戏团逃跑出来的两个"大猴子"，而要报警哩！

啊，亲切的老槐树，深情的老槐树，让他激动得流下热泪的老槐树！啊，谁家许愿了，老槐树上挂着一绺一绺的红飘带！那一定是父亲母亲亲手挂上去的，在期盼失踪的儿子早日回家，也许他们在为这个等待坚守着生命的高地。

他们走进村子了，他们走上硷畔了，他们走进院子了。一阵狗叫声里，母亲走出门来，母亲真的老了！母亲一脸夸张的核桃皮，没有一点儿平整的地方；母亲头发全白了，像一场经年的雪落在母亲的头顶。白发母亲双眼瞎了，张连旭明白母亲深陷的眼窝，只剩遥远而看不到的祈盼了，他却只有两行流不尽的泪水，母亲咋这样老了！额头一朵经霜野菊，秋风的刀子又任意刻了多少回啊！母亲老了，都怪他这个不孝的儿子！

但母亲听出了儿子的脚步声，母亲摸着儿子和孙子的脸泣不成声。母亲说昨黑夜梦见刮起一阵风，风过去后，她看见院子里开满了花，又听到了一阵鸟叫，一只鸟儿在花朵儿上下了蛋，一会儿就孵出一只憨憨的小鸟。母亲就想着今天儿子一定会回来，而且带着她的孙儿回来。母亲说，她从来没相信儿子的失踪。

毛猴站在大立柜的穿衣镜前，呆呆地看着镜子里的自己。他招手，镜子里的他跟着招手；他做鬼脸儿，镜子里的他也做鬼脸儿。毛猴很是生气，似乎想砸碎穿衣镜。张连旭走过去，毛猴发现镜子里也有一个爸爸。毛猴看看镜子，又看看爸爸张连旭，一脸的迷茫。张连旭挠着毛猴的胳肢窝，说："儿子，笑一笑。"毛猴一笑，镜子里的毛猴跟着笑了！张连旭说："毛猴，这是镜子，里面的就是爸爸和毛猴——就好比我们的影子，镜子只是更清晰地把我们照进去了！"

毛猴疑惑地问张连旭："那我咋跟爸爸长得不一样？"

"谁说不一样！是不是爸爸胡子长了？"

"不是。毛猴咋这么多的毛？"

"那爸爸还这么长的胡子哩！"张连旭接着说，"每个人的外表都不一样，有人长头发，有人不长发，还有缺胳膊少腿的呢！一个人外表的丑俊其实不重要，重要的是我们要拥有一颗善良的心。"

毛猴这才不在镜子前僵了！

该买一台电视，不仅能给毛猴提供一个全新的休闲娱乐方式，并且有助于毛猴走进社会，更好地接受现代文明。而让毛猴真正融入爷爷和奶奶的生活，成为家庭的一员，还需要他做更多的努力，就好比一件中式上衣，纽扣和纽门要一双手来扣上一样。尽管他在野人溶洞为毛猴今日的回家，做了那么多亲情的铺垫，但他相信血缘无形的纽带作用，会紧紧地连起他们一家。

——真如张连旭所想，毛猴对电视节目到了一种近乎痴迷的地步。每晚从《新闻联播》，直要看到屏幕上飘起雪花点。特别是

《动物世界》，毛猴看着看着，不由手舞足蹈起来……在很长一段时间里，电视也成了毛猴最好的休闲工具。毛猴在一天天的电视节目中，快乐地安静了下来。母亲什么也看不见，却守在孙子毛猴身边听电视，母亲非常高兴。狗狗毛毛显得很无聊，虽然没被拴起来，却只能在门口守望毛猴，一副闷闷不乐的样子。

父亲天黑才回家，父亲到穆柯寨放羊去了。看着儿子张连旭和孙子毛猴，父亲抹了一把老泪。父亲一张脸仿佛浓缩了的山川沟壑，而且右脸分明有些扭曲，使得两眼不在一个平行线上了，眼神在充满忧伤的同时却异常的坚定。张连旭腿不由一软，跪在地上，号啕痛哭起来。母亲拉起张连旭，念叨："回来就好，回来就好！"毛猴在一边傻着，毛猴不懂，有一种喜悦要用泪水来表达。父亲说，母亲想他哭干了眼睛，在他走后第三年就瞎了。父亲说，单位来人撂下两千元钱，他们说多次找过张连旭，但估计张连旭是遇上狼虫虎豹了，要不就是迷路跌下悬崖了。单位还给张连旭开过一个追悼会，父亲和母亲却坚持不去参加。父亲要亲自到子午岭森林找儿子，单位领导说雇了附近几十名群众找遍了，可就是活不见人死不见尸。父亲拿出两张报纸，一张是报道寻找他的过程的；另一张报道他的生平事迹，还附着一张照片：一块立在子午岭秦直道森林的石碑上，写着"著名学者张连旭失踪处"——隶书字体，一看就出自徐缓手笔。张连旭不由笑了，他什么时候变成"著名学者"了！

夜里，毛猴睡了。母亲找来瓜子、黑豆，在老红纸上粘贴起了一摆溜"瓜子娃娃"。"瓜子"双腿叉立，一字横列，一副威风凛凛的样子，好叫妖魔鬼怪望而生畏，而不敢进宅来。父亲说："你妈跟你奶奶学的，越老越迷信了！"张连旭两眼盯着母亲一双长满老茧的手，摸索着将瓜子、黑豆粘好之后，又在灶膛里找来一截未燃烧成灰烬的火籽儿，在瓜子上一道一道画出"娃娃"眉眉眼眼，母亲的手指上像是长了眼睛。母亲叫父亲将"瓜子娃娃"贴在毛猴睡的墕炕的门楣上，母亲口里念叨着："天不怕，地不怕，就怕瓜子娃娃打八叉。"张连旭知道母亲要让"瓜子娃娃"护佑孙子毛猴，让"瓜子娃娃"作毛猴永远的保护神。

看着母亲、父亲专注的神情，张连旭心里好似打翻了五味瓶。多少年来，父亲、母亲经受了怎样的煎熬，为他活着，也默默地守望着。父亲告诉他，母亲说见不到儿子回家，她死也不会闭上眼睛。母亲每年照旧给他过生日，杀鸡捣糕，留下张连旭最爱吃的鸡翅和鸡脯肉。母亲说她能感觉到儿子的心跳声，即使在千里之外，她相信儿子活在这个阳界。去年冬天，老家通电了，家里有了电灯，可母亲却感受不到光亮了。张连旭说："妈，我先带你到市医院看看眼睛，要是白内障什么的，很快就能治好。"母亲说："不治，我哪儿也不去，你和毛猴回家了，我眼睛看不见心里亮亮的！"

"要治的，妈，你不要怕花钱；儿子有钱——这些年我的工资都顶攒着存着哩！"张连旭以为母亲担心花钱。

"不是钱，是我知道，心里亮比什么都强，妈的心亮了！"母亲说得很坚决。

母亲要下炕熬茶，张连旭怎么挡也挡不住。父亲说："你妈高兴，你不要管。"父亲又说，母亲曾对天许愿，只要儿子回来，就让她两眼变瞎都行——这不应验了！父亲的意思是老天还真有眼，特意开恩了似的，不仅让他平安回家了，还带着一个牛犊子似的孙子毛猴一块回家了！张连旭低下头，他不想让父亲看见他的眼泪。

——后来，张连旭车都叫来了，要接母亲到医院。母亲还是说甚都不去。张连旭动员二姐来帮腔，母亲却说："你们这是要逼我死啊，人怎能言而无信！"铁板上钉钉子，没有一点商量的余地。母亲又说："我心里什么都能看见，治眼睛还做啥？心里亮比什么都强！"母亲还说："我今天能活着，已经是老天照顾了，你们难道让老天收我走了？"母亲说得挺吓人。父亲帮倒忙："这么多年都过来了，让你妈真的一下看见了，怕也不行。"张连旭真不明白有甚不行的，但也只好如此。

张连旭陪着父亲母亲一直坐到鸡叫。

母亲问他"病"好点了吗，他只能如实说："本来好了，可最近又犯了！”这也是他一天里最担心和痛苦的事，下午两点，他要提前一个人躲着，等待可能发作的恐惧症。父亲问他：“是不是严重了？”他点了点头，疑惑地看着父亲。母亲叹了一声开了话闸，父亲跟他一样，都半辈子了，经常睡梦里惊醒，像得了羊羔疯似的，一头冷汗。前几年好多了，谁知最近……父亲打断母亲的话，本来已经控制住了，每当发作时，他就跟羊顶架，极力克制情绪，一次让头羊撞得不省人事，半天才缓过来。一看，羊围着卧了一圈儿，牲口都有灵性哩！后来，白天渐渐不发作了，转到了夜里。好了几年，最近又……父亲也叹了一声。母亲又说，父亲担心那些孤魂冤鬼来找，黑夜不敢睡，半夜半夜睁着眼，圪蹴在炕头抽旱烟，窑洞都成烟洞了！

他跟父亲母亲说到女儿希希，眼睛像蓝宝石，生起气来，小嘴一噘，就是爱睡。比芭比娃娃还亲，真像信天游里唱的：“水萝卜胳膊糯米牙，眼睫毛一眨会说话。”都怪他太溺爱了，从小没出过溶洞……父亲说，洋芋窖里种不成庄稼，人也一样，不经风雨长不成人。父亲又说，他梦见过希希。

他和父亲怎么有一种感应？

第二天吃过早饭，父亲从箱底掏出包在红布里的两千元钱，递给张连旭，说：“人凭衣衫马凭鞍。”让他到县城去买两件像样的衣服，顺便收拾收拾，把胡子剃了。张连旭点头接过钱，说：“我得回单位一趟，先处理一下工作上的事。”他本想将毛猴安顿在家中，让父亲照看几天，毛猴却死活不答应，无奈张连旭只好带上毛猴，并要父亲跟他去照看——他不能带着毛猴去单位，他不想再提毛野人的事，否则大家会怀疑他精神方面出现了问题。

地改市后，文物局并入了文化局，张连旭所在地区文管所并入博物馆变成市文化局的一个下属单位。原单位所在地，在扩建文化广场中被彻底拆除了。走进博物馆办公楼，张连旭一时感慨不已！好在馆长是那个什么都敢吃的广东佬，他一眼认出了张连旭，惊讶地问：“哎呀，你是从哪个乱坟梁上跑回来的？”

张连旭苦笑着说:"见马克思都要排队,等轮到我了,谁知老马说,我见他还不够格,这不一脚就把我踢了回来。"张连旭编故事说,他迷路了,掉到一个山崖下,过了十几年的野人生活。他将自己走进县城拍下的照片递给广东佬馆长,这是他走出森林时的形象。现在他要回来工作,继续完成他的"秦直道考察报告"。

广东佬馆长开门见山地说:"连旭啊,真苦了你,回来工作,自然是理所当然!但你已经是烈士了——这工作不是我说了算的,人事部门、财政部门,还有市长,都得挨个地跑,一时怕是不好恢复!"

"这我知道。"张连旭接着又说,"《秦直道考察报告》我基本写成了,只是过去放在办公桌里的资料……"

没等张连旭话说完,馆长笑着接过话说:"馆里有你的一个事迹陈列室,都保存在那儿。"馆长跟他开玩笑,"哎,你都一个'英雄'了,你说你咋就又活了——这一回来也许连个'狗熊'都不如了!"

"都是秦直道害的啊——再说父母年岁已高,还等着我养老送终哩!"张连旭怅然若失。

馆长打电话叫来会计,单位先给张连旭借了三千块钱,解决生活问题。广东佬馆长当即到文化局汇报去了,"我们的英雄、烈士,张连旭还活着,现在回来了!"这是远比张连旭的不幸"死亡"更具爆炸性的新闻。十多年前,张连旭不仅作为全系统的英雄模范人物,而且被树立为全地区的典型,差不多把全国的新闻媒体都覆盖了一遍,怎么又活着回来了?文化局长是张连旭曾经的文管办主任,事业性比较强,考虑再三,说:"这个人,我最了解,不是可以用钱安抚的主儿。"只好带着广东佬馆长,找分管副市长汇报。

张连旭变成了一颗烫手的烧山药蛋儿,让市上颇为尴尬作难。分管文化的副市长是当年地区宣传部副部长,组织新闻媒体全面报道宣传张连旭的事迹,因此受到地区书记的赏识,提拔到县上给了个县长,算正式步入政坛。现在这个被追授为烈士的人突然回来了,这不是要给他脸上抹黑,叫他扇自己嘴巴吗?副市长似乎不相信广东佬馆长的话，反复追问："你能确定那个人就是张连旭？会不会有人冒名顶替？一个人在森林里独自生活十多年——可能吗？"文化局长将照片递给副市长，副市长看了又看，说："像个野人，我看不是张连旭，我对他有点印象；烈士是榜样，我们不能如此草率地给烈士脸上抹黑，烈士就是烈士！"就这么两句冠冕堂皇的指示，张连旭的工作因此陷入山重水复的困境。

广东佬馆长抱歉地对张连旭说："老张，我尽力了，人家官大啊！但我相信白的说不黑，黑的白不成，纸里包不住火，任何时候，我给你作证。"

张连旭只好不停地上访。并请省上记者在都市报纸上连续写了几篇报道，《活着的烈士》《从烈士墓碑上走下的考古学者》《过了十六年野人生活的学者》……但无济于事，各级领导似乎只关心经济发展指数GDP，其他都是议事日程之外的鸡毛蒜皮。谁让他尴尬了市长的尴尬，那他只能活该！直到这位副市长升迁去了陕南，张连旭才真的从烈士名录里走下来，到市博物馆上了班。

但是，毛猴张未来的上学问题也因为没有户口而难以解决，只能在老家张家圪崂村小上学，只能让爸爸和爷爷轮换着陪读，他们一家人心里都蒙着巨大的阴影。其间还有房子问题，张连旭失踪后，房子被跟他离异的护士捷足先登，重新搬进去住了。单位和父母都不知他们已经离婚，护士的女儿就享受了"烈士"抚恤金。张连旭在带着毛猴回家时，护士装得一本正经，不仅不认识张连旭，还破口大骂："哪里来的骗子，带着一只大猴子就猪鼻子里插葱装象了？"张连旭无奈，离婚证是放在家里的，他一时半会儿是有口说不清楚。过了好多天，张连旭才通过熟人在民政部门找到离婚档案，告上法庭，护士才归还了他的房子。

更让张连旭气愤的是，过去征集回的一些等级文物，竟然都不见了！还有一些文物被调换为赝品，其中一件唐代的黑玉马，在调包后用黑石头仿了一件十分拙劣的石头马，还陈列在博物馆的展台上——那是他跑了十几次，苦口婆心，好说歹说，才从老乡家收回的一件文物，黑玉马代表着盛唐气象啊！他去问广东佬馆长，馆长哀叹了一声，看着他说，改革开放最大的好处是让十几亿人过上了好日子，是让我们思想彻底解放了，是让一部分人先富起来了；但改革开放也使一些人没了思想，没了灵魂，让一些人什么都敢想敢做了，让一些所谓的人民公仆变成人民的老爷了——"坏事"都是那些老爷们干的。"我这个馆长是馆里老人手都提拔完了，文化局免费送的。"广东佬最后还诚恳地告诫张连旭，"操心你的工作要紧，你不要捅这个马蜂窝，我早习惯了当瞎子！"

张连旭伤透了心。难道这就是他崇尚的文明世界？这个世界原来是如此的肮脏！回味子午岭野人溶洞的生活，真可谓世外桃源。人啊，身在福中不知福，总是看见前面的山高，而不去珍惜得到了的美好日子。

可悲啊可悲！

在街上小吃店要了一老碗拼三鲜吃了。张连旭无精打采走回家时，夜已经黑下来了。他从书架上找下回家后很少再摸的陶埙，"嘘——嘘——"轻轻吹起，如泣如诉、如悲如戚的埙声，好像秋风卷着枯黄的落叶在细雨中飘飞，似梦似幻，似痴似迷，他感觉心里一阵冷飕飕的。从目睹毛野人跳进洪流开始，这阵冷风就好像钻进他心眼里了，他一直就有这种感觉。甚至在睡梦中，这阵冷风也来搅扰他，令他突然一头冷汗地坐起。"嘘——嘘——"他轻轻地停止了孤独的吹奏。这忧伤、哀婉的埙曲，与外面车水马龙的吵闹，形成多大的反差啊！这陶埙似乎只合适在野人溶洞里吹，在一座广大无边的废墟上吹，在一个乱世古战场的落日残阳里吹……他总是感到憋得难受，他们原来的局长，这个干尽了坏事的"老爷"，居然当上了市纪委书记，整天喊着反腐倡廉，让他想着都恶心得一阵阵发呕，怎么一个盛世里到处是破败的废墟！他不学着广东佬馆长当瞎子，不是脑往胶锅子里入吗？

多少天了，先是工作问题，再是打官司，毛猴上学，简单装修房子，直至搬家，张连旭觉着有时被架在火上烤着，有时被搁在笼里蒸着，有时被摞在锅里煮着，有时又被丢在冰天雪地的荒原上，冻得瑟瑟直哆嗦。但真正让他累的是心，一颗疲惫不堪的心。楼上又传来卡拉OK声，一个男青年歇斯底里地学唱费翔，接着又是一遍遍的费翔原唱播放：我已是满怀疲惫，眼里是酸楚的泪，那故乡的风和故乡的云，为我抹去创痕，我曾经豪情万丈，归来却空空的行囊，那故乡的风和故乡的云，为我抚平创伤……

张连旭突然觉得倒是费翔唱出了他此时的心声。还有费翔的忧伤情绪，颇似铅华洗净的埙声。费翔终于停下了美丽的悲情，张连旭又不由自主地拿起陶埙，"嘘——嘘——"轻轻吹响，仿佛走进一个遥远的梦里了。一时竟思绪万千，这埙声他仿佛从来不曾听过，又恍若千遍万遍于耳；这埙声也好像唤醒了沉睡在心里的什么东西，不能让废墟之象无限度蔓延下去了。他放下陶埙拿起笔，不能跟"广东佬"学，他要举报这些瞎了心的"老爷"，哪怕匿名。

十多年后，张连旭坚持不懈的匿名举报终于有了结果。其实，他举报的"老爷"，已从正厅的位子上退休。用"老爷"的话说，该做的他都做了，不该做的他也做了；该享受的他都享受了，不该享受的他也享受了。他被"双开"，之后被判刑入狱。"书记好古，全市盗墓"。但他就是死刑上十回，又岂能复原被他破坏了的文物！

惟一让张连旭感到安慰的是，他的《秦直道考察报告》在《中国地理》杂志上公开发表了。他的子午岭秦直道沿用先秦故道旧基改造的论述：这条故道最早始于西周，"决通川防，夷去险阻"，他引用史籍和自己的发掘考证加以论述，并详细阐述了在战国旧道基础上的四种筑造方法，即土筑法、加宽法、削筑法、铲平法——这四种方法在他的历次考察中得到的印证。同时，他提出独家观点：秦直道是在秦统一后规划设计的，工程质量极高，是完全可以体现大秦帝国行政效率的一条南北大通道，亦称作"驰道"；秦直道的路政设施，则以亭与障最为典型，亭即亭燧，也就是墩台，而障是关隘或堡寨，一般选择在交叉的十字路口，一关控扼四方，具有十分重要的军事战略位置……特别是他的关于秦直道在子午岭部分路段呈复线的考察成果，以及以秦直道为国道主干线形成的中国古代北方公路网的论述，受到专家学者们的关注——这也是导致史学家们关于秦直道形成不同走向的主要原因。此外，他提到了迷宫一样的"转兵洞"存在的真实性，令学界瞩目……《秦直道考察报告》在史学界引起了极大的反响，被称作"揭开了秦直道之谜"，张连旭因此被国家文物局评选为大遗址考察先进工作者，职称也晋升成正高研究员了。

父亲打来电话说，最近一段时间毛猴天天犯病。昨天夜里，父亲将一床棉被挂在墙上，今早让毛猴撕成碎片了，棉絮像雪花飘飘洒洒飞了一窑。可还是没挡住毛猴在窑壁上撞脑袋，鼻血染红了撕碎的被子，溅到落下的棉花上像一地红雪。母亲怕得不行，跪在院里一会儿猪一会儿羊地乱许愿。好在毛毛跑进窑里，乱叫了几声，毛猴才安静下来了。父亲让张连旭早点儿回家，是不是带毛猴到医院看看。或者请个神婆，安正一下？说甚也不能让毛猴这样折腾了——人身上就那么多的血，否则哪天真会出事的！

张连旭只是哼哈，半晌无言。但狗狗毛毛让毛猴安静下来，倒让张连旭心里咯噔了一下。

……

腊月初十那天，父亲叫老黑来杀年猪，老黑是村里最利索的屠夫，这会儿正霍霍地磨刀。父亲抢着破斧在劈柴火，一大锅开水冒着热腾腾的水泡。父亲自言自语说着："今年这头猪，一斤也不卖了，毛猴爱吃肉肉！"父亲又说："毛猴大姑家也站了一头壮猪，估计能杀三百多斤哩！"

下午饭是猪肉大烩菜，父亲特意多割了两条肋骨，要让孙子毛猴吃好。嗅着香喷喷的杀猪菜，毛猴说："爸爸从来没做过这么香的饭。"也是，野人溶洞没什么调料，哪能做出这样香的大烩菜！吃饭时，毛猴突然问张连旭："爸爸，我们不去看毛野人阿姨了？毛野人阿姨可爱吃肉菜了！"

张连旭感觉身体的某一个穴位猛然间被谁点了，他给毛猴碗里夹了一块大骨头，说："毛猴又说梦话了！"

父亲疼爱地说："毛猴总爱说胡话，几次还拿望远镜爬上山，要看毛野人阿姨。我说：'毛野人在故事里，毛猴看不到。'——这孩子却犟得不行，硬说毛野人的家就在子午岭山洞里，毛野人阿姨是爸爸雇的保姆！"母亲接着唠叨起了："毛猴的衣胞不该丢了啊，要不，等过了年，请阴阳来安正一下，给毛猴说上一台平安书。"又叮咛父亲和张连旭："正月二十三，咱都要记着给毛猴叫魂。"

过年了，一个来之不易的团圆年。一大早，母亲就擀好了长长的杂面。张连旭吃惊母亲不需要眼睛看，除了唤毛猴帮着纫针外，能做任何的家务。尽管他一次次地劝说，"停停儿身着"①。但母亲手不识闲，一会儿也身不住，嫌父亲做的饭清汤寡水没味儿，就自己摸着下厨，油瓶瓶盐钵钵放在了什么地方，母亲能准确无误地找到。张连旭只要回家就抢着下厨做饭，母亲却不依不让，他只能给母亲打打下手，搂柴烧火，剥蒜洗葱。吃早饭了，母亲把第一碗杂面端给毛猴，还念叨着："拴魂面，拴魂面，拴住我孙子的魂儿，串起我孙子的钱儿。"毛猴似懂非懂，没等要问什么，张连旭抢先说："毛猴，奶奶的杂面可好吃哩！"自从回家，似乎什么饭都合毛猴的胃口，母亲也变着花样儿饱孙子的口福。早饭刚吃过，母亲又开始张罗年夜饭了，支走张连旭，让他去陪毛猴玩——母亲感觉到毛猴的不开心了！

张连旭早就给毛猴买回来了一大箱的花炮。"送灶"那天刚放了几个，就让毛猴收起来了。毛猴一点都不像邻家的孩子，早早地就让鞭炮声点亮了农历的山坡。他心里还想，毛猴懂事了，知道节约东西了！吃过早饭，毛猴就不停地摆弄着手中的望远镜，墙上一阵子房上一阵子，一会儿说看到树上的一只麻雀，一会儿说看到山上一只兔子；一会儿又骂起山来了："山要是树，我就一刀砍了它。""山要是野猪，我就一脚踢死它。"惹得不会爬墙上房的毛毛，

---

① 停停儿身着：陕北方言，什么活儿都不要做。

趴在地上直声子地叫。张连旭叫毛猴："儿子下来，爸爸给你讲故事。"毛猴骑在墙头上说："爸爸，毛猴不想听故事！"张连旭说："那毛猴想听什么？""毛猴想毛野人阿姨了！"毛猴接着说，"爸爸，我们雇车寻毛野人阿姨来一块儿过年。"张连旭岔开毛猴的话："儿子，下来我们放花炮！""毛野人阿姨没见过花炮，我们跟毛野人阿姨一块儿放花炮，毛野人阿姨一定好高兴——才不像爸爸放狼烟！"张连旭背转身，两行冰冷的泪无声地流下脸颊，他明白了，毛猴的心早飞到子午岭、飞到毛野人遥远的爱中了！

父亲挂起了大红灯笼。温暖的灯光里，父亲给毛猴耍起了"火龙驹"。张连旭记得，也是小时候，父亲在正月二十三才偶尔耍这种古老烟火的"火龙驹"，来消灾驱邪、祈祷平安。父亲两手舞绳飞旋，绳子一头系的柠条笼子里燃烧着柴火，上下飞舞，火花飞溅，宛若一条火龙满院子飞蹿。毛猴拍手惊叫起来："毛野人阿姨，快来看啊，爷爷耍'火龙驹'了！"母亲高兴得不时擦眼泪，叫毛猴坐到她身边，不是剥一个糖，就是递一把枣，说着："孙孙儿，奶奶给我孙孙儿毛猴压岁钱！"说着递给毛猴两张崭新的百元钱。张连旭似记起了什么，拉过毛猴，端起两杯红酒，双手递给父亲、母亲，跪在地上，和毛猴一块儿给父亲和母亲深深地磕了三个响头，又叫毛猴给爷爷和奶奶敬酒……

正月二十一早上，母亲早早儿起来，用黄表纸剪了几个"燎疳娃娃"，让父亲贴在正窑的门楣上。三日以后——也就是正月二十三，父亲在山里捡了一背柴火，早早就搁在碹畔上。晚上，父亲让毛猴放了一串鞭炮，一家人相跟着出去燎疳，火堆熄灭时，母亲把"燎疳娃娃"纸花烧掉。拿着一把笤帚，从碹畔到窑洞门口，三出三进，母亲一遍遍大声地叫着："毛猴回来——"父亲应答着："回来了——""毛猴回来——""回来了——"双扇扇的窑门大开着，母亲好像真的看见毛猴的魂魄回到了窑里，眉宇间顿时有了鲜活的光泽，与父亲木讷的表情，形成很明显的反差。

之前，毛猴在火堆边兴奋异常，表现出一股在野人溶洞里才有的热情，绕着火堆手舞足蹈。母亲叫毛猴跳火燎疳，张连旭给毛猴示范从火中跳过，毛猴一下来劲儿了，像是明白了这火堆的意义，在火里跳来跳去。母亲口里念念有词："不疳不净，一燎干净；毛猴燎疳，一年没病。"毛猴跳着"人火"还不称意，又要去跳"鬼火"，被张连旭拉住，说："儿子，那一堆是鬼火，跳不成的。"毛猴问："为什么？"张连旭"因为"了半天说不上来，想了一下，还真没见过关于这堆不可跳的"鬼火"的解释，只好回答毛猴说："就这么个乡俗。"毛猴又问："什么是乡俗？乡俗厉害吗？"张连旭拉过毛猴双臂搂在肩上，说："乡俗比老虎还厉害哩！"

然而，看着爷爷、奶奶，明明知道他在身边，却叫"毛猴回来——"毛猴有点慌了，还以为他被丢了一样。问张连旭："爸爸，毛猴没丢呀！"张连旭笑了起来："毛猴当然没丢，爷爷、奶奶是怕把毛猴丢了！"张连旭也应了母亲一声："回来了——"让毛猴也答应："回来了——""回来了——"

之后的一段时间，毛猴只要一哭喊"毛野人阿姨不要走，毛野人阿姨不要走"，张连旭就叫来毛毛，并拿出"明珠项圈"。在毛毛伤心的叫声和"明珠项圈"七彩的光芒里，毛猴的症状减轻多了！张连旭又想起了埙，毛猴不是也喜欢听埙的声音吗？到了城里，毛猴一犯病，他就在"明珠项圈"的晕光中吹起毛野人埙。光影迷离，埙声幽远，毛猴像突然得到了一种神秘的指令，很快就能安静下来。症状缓减的同时，毛猴每次发病的时间，也似乎渐渐地在缩短。这也让张连旭看到了希望，彻底根除毛猴的病痛不是没有可能。

——在野人溶洞，张连旭再没有发现毛猴犯病。毛猴完全像是脱胎换骨了似的，忘记了有过黎明前发疯一样痛苦的经历，这也是张连旭没再想着带毛猴回家的一个主要原因。

……

张连旭上班后，将毛猴转到市三小。谁知没过几天，毛猴说啥也不去学校了。原来一个同学给毛猴起了一个"大猴子"的不雅外号，毛猴反映给老师，老师极不负责任，说："张未来，你不就是个'大猴子'——还怕同学说啊，就知道踢球，球能当饭吃！"毛猴说，他真想一拳砸在女老师的脸上，可他还是听爸爸话了：不打人、不骂人，讲文明、懂礼貌。毛猴又说，他热脸换来的是冷屁股！后来张连旭得知，新生进校，不仅要请老师吃饭，而且还要去校长家送礼，张连旭却不知这样的人情世故——他真的是跟不上"社会形势"了。他又天真地想让女老师给毛猴道个歉，他好说服毛猴上学。没想到女老师根本不通情理，还说风凉话：不是我没把你们当"人"看，是你们没把我们当"人"看！

无奈，张连旭只得把毛猴又送回村小。山里的孩子淳朴，没人欺侮毛猴，再者，老辈人说起来都亲戚套着亲戚呢，不是舅亲便是姨亲。毛猴总算答应回村小上学，只是苦了张连旭，每周得跑回去，要给毛猴送一次糖果饼干，以及毛猴喜欢看的小人书、毛猴一周的零用钱，以使毛猴安心学习。但每次回家，父亲都要给他讲毛猴调皮捣蛋的事情：毛猴跟娃儿们掏了几个喜鹊窝，泥糊着喜鹊蛋儿在火里烧着吃。喜鹊报复，将刚出了两片嫩叶儿的南瓜、老瓜苗，及刚开始扯蔓儿的红豆苗，鸹得满地都是——毛猴分不清喜鹊和老鸹，像跟它们有什么深仇大恨。后山有一个老鹰窝，老鹰经常到村里抓鸡吃，老鹰抓小鸡，村里人多少年来都习以为常了，一见老鹰在天空盘旋着不走，婆姨们都忙着招呼家里喂的鸡。那天，二愣子家的一只下蛋母鸡被老鹰叼走，也怨二愣子呼天喊地，为一只鸡跟死了娘似的。毛猴跟几个顽皮娃儿们，领着毛毛寻上老鹰窝，用石头砸死一只守窝老鹰。毛猴还不作罢，又从半崖上爬上去，捉住两只快会飞的老鹰娃摔死，生了一堆火，将三只鹰娃儿们烧着一顿吃了。父亲一边说一边慨叹，父亲是担心毛猴被老鹰伤着了。老鹰多危险，一翅膀扇下去，能打断老牛的脊梁骨。

父亲又说，毛猴什么都敢吃，也不知张连旭是怎么带大的。逮着蛇烧着吃蛇，逮着鼠烧着吃鼠，逮着雀儿烧着吃雀儿。都什么年代了，家里还能少了毛猴吃的！张连旭清楚，因为毛猴爱吃肉肉，母亲喂了一群鸡，鸡蛋天天供毛猴吃不说，隔三岔五就给毛猴杀鸡吃，毛猴一顿能吃下一整只公鸡，还带几碗黄米饭——毛猴可喜欢吃黄米捞饭了！父亲也多养了几只黑山羊，不是赶到山上拦，就是拔回一筐一筐的青草喂。每到节令，不杀羊也要割肉给毛猴吃。并给毛猴喂了一只奶山羊，毛猴爱吃奶子泡饭，也喜欢喝奶奶熬的奶茶。父亲和母亲，完全变成毛猴的奴仆了，可他们是那么的心甘情愿。父亲还抱怨，要是河里有鱼就好了，他可以天天下河给毛猴捉鱼吃。毛猴的姑姑们，也不管节不节年不年的，谁家都把省下的肉送过来满足毛猴的胃口。

毛猴还给姑姑们说，要是有森林就好了，他可以天天给爷爷、奶奶、姑姑们打野猪吃。野猪不用人喂，野猪自己在森林里吃草长大。还有狍鹿，狍鹿的肉香着哩，爸爸还做狍鹿皮大衣穿，不，不是大衣是围裙子。不过毛野人阿姨最爱吃爸爸做的牛肉面。爸爸做的醋，跟奶奶做的醋，一样样的香。毛野人阿姨可爱吃醋了！

张连旭知道，爷爷、奶奶对毛猴说的话，听着也不听着。

可就在那年秋天，一天下午，父亲心急火燎地打电话给张连旭，说毛猴不见了。老师放学还看见张未来站队走出学校，问几个同学，他们都说，张未来跑到山上去看风景去了——张未来总爱拿望远镜看远山。还有，毛猴将积攒一年的零花钱都带走了，成天守着毛猴的狗狗毛毛、他给毛猴买的足球也不见了！父亲又估计说："毛猴会不会去找你了，毛猴想到城里看看热闹？"

张连旭宽慰父亲说："大呀，不要急，毛猴没事的，都大后生了，我去找找。"父亲电话里还说，母亲又在抱怨，孩子的衣胞在哪儿，孩子就想哪儿——母亲意思是带毛猴回家时，应该请一个巫神安正四方，可他们就是不听她的话。

张连旭知道毛猴去哪儿了，毛猴去找寻他坚持说的一个梦去了。此时，他深深地感到一种不安、一种内疚，毛猴跟毛毛去了子午岭，毛猴去找毛野人阿姨了。他要到子午岭找回毛猴，找回红石朱雀。他还要寻找毛野人宝藏，揭开许多的谜……去白鹿原上找"白来问"，告诉他毛驴儿的事情，唯有这样，他今后的梦才能安静一些。

张连旭突然想起什么了，他翻出笔记本，去找他过去认识的一位老中医，请他辨认自己画下的毛野人采的中药。老中医更老了，老中医果然了得，对照图形很快就写下了药名儿，治拉肚子的有车前草、鬼针草、牛奶子根、毛大丁草等几味；治毒蛇咬的中草药有火烧兰、绥草、黄芩、金银花、夏枯草、白芷、吴茱萸、川芎、血灵、威灵仙、连翘、茯苓等十余种。而曾经"咬"疼过张连旭的野草是"邪麻"，能让邪麻立即失去疼痛感的野草叫"青蒿"——子午岭原来也是药山啊！他要将这些药方传授给附近的村民，让他们了解这些神奇的药草，认识神秘的子午岭。

而后，他去车站买好明天一早的长途汽车票，准备好出远门的行李。他在想着，后天下午就能走进子午岭，最多，大后天就能见到毛猴！

张连旭的下午两点恐惧症却越来越频繁地发作起了。每次，都使他像深陷泥潭似的不能自拔。不，他陷入的是泥泞不堪，淤积着红血的沼泽。年轻女红卫兵的头皮上黑发疯长，藤一样地缠在他身上，让他动弹不得。他的那个"他"，也开始变本加厉，如掷保龄球将"塔山"上的血淋淋的人头，向他抛来。他不得不闭住眼睛，女"红卫兵"叹息着幽怨的目光向他走来，后边还跟着一群缺肢少胳膊的"红袖章"，女"红卫兵"跟他说，她本该步入两鬓斑白的老年——老年的时光多好！可她十八岁被炸飞的青春，让她无法老年了，就那么的一次游戏，她成了历史之外的流浪儿。他想说，历史不是游戏，但游戏往往作为历史的一部分，让历史受伤，使人民蒙冤受屈。他却一句话都没说，他不想再做任何解释，他也解释不清楚……

他恨的是那个讨债鬼的"他"，时不时地从身体里出来，尾巴一样地跟着他，跟他胡言乱语，除了毛野人是"他"的婆姨之外，还说什么《秦直道考察报告》是"他"的研究成果，被他据为己有。甚至说到张连旭父亲，根本不是什么老红军，是真正的"叛徒"，因此才遭到了诅咒。这会儿，"他"又借题发挥，啥人么，标榜高级动物，其实人才是这世界上的垃圾，活着不敬畏、尊崇自然，而是破坏自然，死了还建一个什么坟墓，不过是个垃圾堆罢了！他实在忍无可忍，明明知道是打自己，有时还狠狠抽上一个耳光。他一直盼望能够穿越时光，抛开那个"他"的折磨，就想着到非洲大草原上去。可父母老了，他要伺候尽孝。

后来，张连旭被他的那个"他"撵得满世界地跑，去南美热带雨林，去非洲大草原，去北极南极，还尝试一个人在荒岛上生存……已是父母去世几年以后的事了。不过，他发现只要飞在空中，在飞机上，那个"他"就找不来。而一次次在电视里，看到伤心的中国足球，张连旭就骂起"一群废物"，要是请毛猴出山就好了！

他现在想着，在溶洞里窝上一段时间，病情能不能有所缓减。

——一次进子午岭，张连旭突发奇想，何不也编一个"鸟窝"试试。他用柳条编来编去却收不起帮子来，只勉强编了个张牙舞爪的筛底子。在村子里找了个老乡，他说他想要个鸟窝。老乡看了看大榆树上的喜鹊窝，只一支烟的时间，一个精巧的鸟窝就编成了，还将上面封死，只在向阳处为鸟儿留了一个"门"。老乡说，鸟窝都是鸟儿自己建的，没听说有不会筑巢的鸟儿！张连旭笑了笑谢过老乡，抱着鸟窝进了森林。他将鸟窝牢牢地捆绑在一棵杜梨树最高的枝丫上，还在鸟窝里铺了一层细软的枯草。溜下树来，发现树枝杂陈，密密匝匝，鸟儿不专注，根本看不见这个温暖的窝儿。又爬到树上，将遮蔽鸟窝的树叶一一撕掉，阳光彻底漏进来了，鸟窝像悬在半空里的水兜儿，一览无余。他祈盼也有一窝鸟蛋。夜里他还做了一个美梦，一只凤凰落在他的鸟窝里了，下了一颗金光闪闪的凤凰蛋，"金蛋"光彩夺目，一如母狼呈献给毛猴的那颗闪着荧光的石头……第二天一大早，他跑到杜梨树下，气喘吁吁地爬上树看，一窝臭烘烘的鸟粪，真是臭气熏天。怎么会是这样呢？他叫苦不迭：鸟儿啊鸟儿，你不给我下蛋也罢，我又没得罪你们，何故如此羞辱我矣！

他跟老乡说起这件事，老乡笑话他，你真是书呆子！你见过鸟儿在花果树上搭窝吗？不屙你一窝鸟屎才怪呢，他才醒悟过来。生活啊生活，你欺骗了我，谁说只要观察，观察其实远远不够，更需要思考！鸟儿比我们想象的不知要聪明多少倍，它们清楚花果树上，孩子们会来采摘果子吃，而不在上边筑巢。多少年来，他只是简单地观察却缺少了应有的深入研究。

夜里，张连旭怎么也睡不着，辗转反侧。回家以来，他一直陷入一种深深的罪过之中，自己好像负了重大案件的一个逃犯。虽然知道，没有谁通缉他，但良心的谴责，比一笔巨额的债务更折磨人。年前，母亲想给他再找个媳妇，"一个男人没个家，怎么生活？就是二愣子，一娶过婆姨，人就变成另外一个人了！"姐姐们已开始为他物色下了几个对象，其中一个是二姐小姑婆家的两姨妹子，还是乡上的妇女主任，因男人下海挣了钱外面有了相好而离婚。二姐跟女方家里已沟通过了，人家那边没甚说的。母亲就叫张连旭跟二姐去相亲，他才知道她们背后里的这些动作，而后断然拒绝了母亲和姐姐们的好意。他那个护士前妻再次离婚后，听说单位给张连旭补发了这十多年的工资和奖金，也托人游说想与他复婚，也被他婉言回绝。张连旭很清楚，他再不可能有爱情了，他也再不会走进婚礼的殿堂！他的心早已随着毛野人妻子而死掉，活着的是他的一个象征性的躯壳，是为了给毛猴成长预备一个温暖家的躯壳。

广东佬馆长一次在卫生间碰到张连旭时，盯着他的眼睛，说："老张，你的状态不大对啊，是不是病了？"

张连旭问："馆长，怎么不对了？"

"你的眼睛里好像什么都没有，又好像什么都有。说虚幻不是，说空茫也不是——噢，我明白了，是专家了，专家们的眼睛都一片苍茫。"

张连旭笑笑："我要是专家了，那专家们都成狗屁了。"

"你要不是专家，那他们专家也就不敢专家了！"广东佬人好，不贪不占，还一心扑在事业上。就是有些"和事佬"，对于那些个敢贪敢占的，他也不闻不问。但对同事挺好，尤其张连旭，广东佬打心眼地钦佩，"老张真不简单，就像一部传奇小说的主人公了！"

现在，同事们都称张连旭"老张"了，他由"小张"就这样一下过渡成了"老张"！没人跟他商量。

在坐卧不安的每一天里，他只有拼命地工作，似乎只有这样，才可以为他赢得心灵上瞬间的解脱，让他忘却那一个始终纠结在心里的噩梦。他也曾怀疑这本来就是自己昨日一个奇异的梦，可现实中的儿子毛猴又是从哪里来的呢？

此时，那首毛猴和毛野人都会念的童谣，似一阵沉闷的雷声，在他心头轰然炸响：

什么大？

天大！

什么天？

晴天！

什么晴？

山晴！

什么山？

高山！

什么高？

塔高！

什么塔？

宝塔！

什么宝？

国宝！

什么国？

中华人民共和国！

张连旭扬去被子，拉灯坐起，翻阅着《秦直道民间文物》的初

　　他突然又醒来了，难道这一切，真的是一个梦吗？那他是从梦里醒来了，还是回到梦里了？

稿，思索着该不该将毛野人的"明珠项圈"也收录其中。不知不觉间又想起了美丽的毛野人，他感觉两眼有些湿润，鼻子跟着酸酸的。一位作家朋友曾说，合适的人生位置，既不靠近钱，也不靠近权，而是靠近灵魂。可他好像出卖了灵魂。从书架上取出在走马河里捞取的毛野人牛皮影儿——这件经过鉴定应该属于汉宫皮影戏里的毛野人，怎么就与跟他生活了十余年的毛野人如此相似？冥冥之中会不会真有神灵？要不还魂草怎能为徐缓妻子招魂驱邪！啊，等回到野人溶洞，他要试着也用还魂草给毛野人招一回魂。想起已过世多年了的"剪花娘娘"曾给他剪过一幅"招魂鸟"，似鸡的鸟背上骑着巫婆，双手持着引魂线伸向天空，鸟尾一条鱼。张连旭知道鸟是阳物，民间文化认为鸟能引魂、招魂，而鱼属阴物，象征灵魂。但他不清楚"招魂"的过程。他断断续续地记得《岳阳楼记》中的腾子京的"招魂赋"：归来兮，归来兮！英灵胡不归。归来兮，归来兮！忠魂栖何处。归来兮，归来兮！神魄游九天……就是请一个巫婆也要为毛野人招一回魂。他现在觉着毛野人的灵魂，其实就附在了这件牛皮影上……

还有"白来问"的"纸毛驴儿"，脊背上一道细而黑的墨线，书法家徐缓绝对地说："不是写字作画的普通墨汁，而是一种什么特别的黑色矿物质。"

"白来问"是什么意思？啊，是"别来问"的关中土语吧！但这纸毛驴儿又是怎么回事？一个谜，一个任凭他怎么也猜不透的谜。恍惚间张连旭觉得自己坐着进入梦境了，谁在跟他说，毛野人是属于子午岭属于秦直道的活魂，日月精华孕育，山川草木抚养，阳光金色的液体镀了肌肤，花朵幽远的清香化作气息，葡萄的眼睛，桑葚的红嘴，让她活色生香……他突然又醒来了，难道这一切，真的是一个梦吗？那他是从梦里醒来了，还是回到梦里了？

张连旭竟无法回答。

2018年7月12日　六稿于靖边

图书在版编目（CIP）数据

野人河／霍竹山著. -- 北京：作家出版社，2019.1
ISBN 978-7-5212-0349-3

Ⅰ.①野… Ⅱ.①霍… Ⅲ.①长篇小说－中国－当代
Ⅳ.①I247.5

中国版本图书馆CIP数据核字（2019）第011687号

野人河

作　　者：霍竹山
责任编辑：秦　悦
装帧设计：王汉军
插　　画：华月秀
出版发行：作家出版社有限公司
社　　址：北京农展馆南里10号　　邮　　编：100125
电话传真：86-10-65067186（发行中心及邮购部）
　　　　　86-10-65004079（总编室）
E-mail:zuojia@zuojia.net.cn
http://www.zuojiachubanshe.com
印　　刷：北京明月印务有限责任公司
成品尺寸：152×230
字　　数：304千
印　　张：23
版　　次：2019年4月第1版
印　　次：2019年4月第1次印刷
ISBN 978-7-5212-0349-3
定　　价：58.00元

作家版图书，版权所有，侵权必究。
作家版图书，印装错误可随时退换。